AI 时代的文学教育

陈平原 主编

北京大学出版社
PEKING UNIVERSITY PRESS

图书在版编目（CIP）数据

AI时代的文学教育 / 陈平原主编. —— 北京：北京
大学出版社，2025.8. —— (博雅人文). —— ISBN 978-7-
301-36433-8

Ⅰ. Ⅰ-42

中国国家版本馆CIP数据核字第2025AR1947号

书　　　名	AI 时代的文学教育	
	AI SHIDAI DE WENXUE JIAOYU	
著作责任者	陈平原　主编	
责 任 编 辑	张文礼	
标 准 书 号	ISBN 978-7-301-36433-8	
出 版 发 行	北京大学出版社	
地　　　址	北京市海淀区成府路 205 号　100871	
网　　　址	http://www.pup.cn　　新浪微博：@ 北京大学出版社	
电 子 邮 箱	编辑部 wsz@pup.cn　　　总编室 zpup@pup.cn	
电　　　话	邮购部 010-62752015　　发行部 010-62750672	
	编辑部 010-62767315	
印 刷 者	大厂回族自治县彩虹印刷有限公司	
经 销 者	新华书店	
	650 毫米 ×980 毫米　16 开本　23.5 印张　347 千字	
	2025 年 8 月第 1 版　2025 年 9 月第 2 次印刷	
定　　　价	108.00 元	

目　录

AI 与人文教育

AI 与课堂教学

外 编

序 人工智能四重奏

陈平原

明知积累不够，短期内无法把这严肃的话题说好、说深、说透，依旧还是迎难而上，乃基于"泥上偶然留指爪，鸿飞那复计东西"的历史责任。

两个月前，我给若干友人发去约稿函，扣除技术性的说明，最最关键的是以下这四段话：

> 从 ChatGPT 横空出世，到 DeepSeek 震惊全球，短短几年间，人工智能从一个高深的专业领域，变成一个狂欢的全民话题。从政府到民间到学界，各行各业，无论持何种政治／文化立场，此刻或日后，都将受其深刻影响。作为大学教授，尤其是人文学者，对此自然格外敏感。

> 世界史上，每次特别重大的科技进步，都会伴随一定的价值重组、社会动荡，以及知识结构的变迁。这回自然也不例外。若干年后，震荡期过去了，回头看，今天的好多想法与论述，很可能显得幼稚可笑。但那是真实存在的人类寻路的迷茫、痛苦与挣扎，值得尊重与保存。今天的所有思考与表达，都当作如是观。

> 在此意义上，才能理解我在《中华读书报》上发表的《AI 时代，文学如何教育》，为何会得到如此广泛的社会反响。北京大学出版社甚至剑及履及，商请我主编书稿，聚焦"AI 时代的文学教育"，及时回应这一影响深远的重大时代课题。

考虑到巨大的冲击仍在进行中，离达成社会基本共识还有很长的路要走，而我们的杯子又如此地小，遂决定量力而行，仅仅聚焦大学里的"文学教育"。这个题目内含对于文学创作、文学批评、文学研究的深刻反省，以及对于文学教育的宗旨与目标、课程设置与教学方式、论文要求与学术伦理等的重新思考。

约稿得到热烈的响应，只是到了截稿时，好几位朋友临阵退却，说不是没兴趣，而是想得太多了，不愿仓促应战。其实，即便已经交稿的，连同我这个主持人，何曾不是落笔为文时战战兢兢？但就像约稿函说的，正是这些深一脚浅一脚、只有大致方向而无详细路线图的探索，体现了"真实存在的人类寻路的迷茫、痛苦与挣扎"。

我阅读本书书稿的第一印象竟然是，诸君为文时，为何那么喜欢使用问号？不管是正问还是反问、是犹豫还是疑惑，是转折还是感叹，最大的底色是"不确定"。这其实很正常——既然刚刚起步，多问几个"是什么"以及"为什么"，没什么不妥。反而是斩钉截铁的感叹号，容易让人心生疑惑。

我说的"不确定"，不只是全书各文视野及立场存在较大差异，还包括同一作者行文中的犹豫与顿挫。面对昔日熟悉的话题，比如文学创作、文学批评、文学研究以及文学教育，如今也都如雾里看花，说话的口气不再那么笃定了。这样也好，大家彼此彼此，谁也别笑话谁，那就尽可能切己，直陈你我当下真实的感受。若干年后，尘埃落定了，那时再来谈共识、下结论。

阅读三十三篇学友提交的文章，真的是获益良多。有人深沉，有人激昂，有人惊叹，有人彷徨，长文短章，都是有感而发，其中不乏玄谈与隽语。略为斟酌，决定将所有文章根据内容，分成以下四辑：第一辑"AI与人类命运"，第二辑"AI与诗文写作"，第三辑"AI与人文教育"，第四辑"AI与课堂教学"。其实，好些文章纵横驰骋，涉及多个话题，之所以强行归类，只为便于读者查阅。好在分类只是外在的标签，善读书的，从来不受此限。

如何让读者迅速明了书中奥义？让 AI 做归纳整理，那也未免太搞笑了。突发奇想，作为该书第一读者，我亲自动手，为各文提要钩玄。先粗暴地定个规则：就算是珠玉满篇，每文我也只摘一小段，起广告或路标作用。众多片段集合起来，如万花筒般转动，便能大致体现全书的轮廓以及光彩。至于为何摘这一段，而不是那一段，纯属我阅读时的主观感受，没什么道理可讲。

AI 与人类命运

丁　帆：我相信不久的将来，不，即便是现在，许多电脑操盘手利用 AI 机器人写作都会比我写得好，所以，我得趁着超人的新物种电脑普遍应用之前，用笨拙而可怜的人脑流量，书写出用人脑炮制的文章来，为"后人类时代"留下些微的文字和思想的记录，给未来的新物种世界留下一份历史考古的材料。

方维规：人工智能的未来在于平衡，介于机器学习与人的创造力之间，技术与真实性之间。我们不必担心它会接管世界，但要了解 AI 是如何运作的，要问：AI 到底有多智能？什么是它的短板？正如笛卡尔曾经鼓励人们怀疑一样，这也是我们这个时代的戒律：通过批判性质疑来增强自己的感知力和责任感。"我怀疑，故我在"，这或许可以成为 21 世纪的信条。

张宝明：人文学者此次的面向已经和前此的论争（包括人类历史上的所有紧张、对峙与论证）有着明显的不同：如果说之前的问题每每充满了提防乃至敌对的心理预设，那么当下的问题则是在倒逼的现实版本中实现了一定程度的反转，人文学者在不无担忧的同时，对人工智能的认知表现出一种不能不的态度。这个态度由此前如临大敌的被动防备、攻讦与自卫走向了具有主动意识的松绑、开放乃至融入。

李　怡： 在我看来，目前铺天盖地的 AI 写作讨论在某种程度上淹没或者说掩盖了对 AI 其他功能的探究和关注，而这很可能是 AI 恰如其分地助力人类自身创造而不是替代人类创造的最核心的部分。

谢有顺： 未来已来。我们所能做的，无非就是守护好人类所独有的经验、情感、同情心、同理心、悲悯情怀、忧患意识、未来视野，以及对意义的不懈追索、对人类命运的终极关怀，把人基于肉身和精神而有的创造性发挥出来，人类仍然会是最高级的"智能"，也是无惧于任何一种人工智能的"智能"。

曾　军： 当检索式阅读替代"整本书阅读"、当摘要总结式的二手阅读替代涵泳品鉴式的亲自阅读、当"远读"替代文本细读（close reading），人们沉浸在加速主义的、寻求快感的、浅尝辄止的，甚至可能包含 AI 生成的幻觉、偏见的信息获取之中不可自拔之后，人之所以为人的精神的自主性、理性的辨别力、审美的判断力以及随之而来的创新、创造的能力将有可能被严重削弱。

武新军： AI 与社会生活存在交互关系，它不断吸纳外部世界的资源，扩张自己的信息系统，其主体性不断增强。但不断吸纳源头活水的人工智能，也是一个封闭的信息循环的系统。在这个循环系统中，存在着信息雷同现象，如果人文学者被封闭于人工智能的系统之中，其世界观、思想、情感、情绪等会慢慢失去多样性，人文学者的个性化、多样化的成长之路，也势必会受到影响。因此，只有走出 AI 的信息循环，才能摆脱信息的雷同化，拥有创新思维和创新能力，拥有与人工智能对话的能力，拥有引导人工智能的能力。

陈济舟： 我想说文学教育（和美育）其实是在捍卫人之为人的最后一道防线。文学教育的当务之急，是在当我们已经过度使用 AI 从而让渡了语言和思考之后，帮助我们捍卫即将要失去的"抒情"的能力。中国文学的抒情传统不是一套封存在学界的理论，不是研究情感发生的科学，也更不仅仅是个性情感的强烈诉求和表达，它是真实的历史与生活。

AI 与诗文写作

胡晓明 樊梦瑶：未来十年，AI 将在文本分析与解读、创作辅助、风格模仿、教育与学习、跨学科研究、数字化保存与修复、诗歌传播与评价、诗歌创作社区构建、伦理与版权保护等诸多方面为古典文学创作、教学研究与学习传播带来新的活力甚至某些改变。尽管如此，人类的好奇心、体验、想象、情感和创造力仍是古典诗学的核心。这样，人机关系问题不单单是机器属性和操作技能的问题，而且也关涉人类生命感发、精神存在等终极思考。

彭玉平：诗人之心不死，诗歌便是永恒的。建立在诸多诗歌样品基础上的 AI，虽然也可以翻新出奇，点铁成金，但终究在人家地盘，难出如来佛的手心。而诗人之心原本是独成天下，不受任何控制地自如驰骋。每一个诗人都是一个独立的世界，一个诗人的诗心不仅是 AI 不能够替代的，也是其他诗人无法替代的。

蒋　寅：文学就其本质而言乃是一个审美经验的交流过程，审美体验贯穿于写作、阅读、研究、批评整个过程，文学创作、文学批评和文学教育都离不开经验过程。因此我非常赞同陈平原教授提出的不要将文学课上成文学史课、将文学变成知识的主张，并且还要进一步强调，文学活动的体验性过程，正是文学的永恒生命力所在。文学对于人的意义，根本在于经验世界的拓展。

赵　勇：DS 可以编故事、编童话、编小说，自然也可以写诗歌，但即便它以后进化到如何高级的程度，恐怕永远也写不出真正意义上的散文。因为依据传统的写作观念，散文的每一笔都要落到实处，是不允许虚构的。而即便"我"给 DS 投喂了足够多的材料，它既无法编写出细节，也无法形成"我"在特定情境下所生发的情绪体验，因为它并不知晓"我"所亲历的那些事情。

宋明炜： 我还没有看到 ChatGPT 可以写成属于人工智能"启蒙"或"觉醒"时刻的《狂人日记》，挑战人类社会、伦理、知识型的既成模式。反过来说，人类之中如鲁迅、波德莱尔、尼采、菲利普·K.迪克，他们的文学颠覆既成模式，不断重造新的人类。

刘复生： 已经有许多作家和各学科的学者出来说话：AI 完全可以淘汰95% 的同行，这多好呀，本来嘛，只需要 5% 就够了，大部分平庸写作原本就不该存在。这样说，似乎表明，说话人不属于那被淘汰的 95%，我不敢说自己一定属于剩下的 5%。但是，我想，如果由于自己缺乏天分，或不够努力，最终被 AI 淘汰，那我也无话可说，可以心甘情愿接受现实，大不了就不吃写作这碗饭了，去干点别的，也无妨。

邵燕君： 在讨论了 AI 时代人类护守自然语言的重要性，以及文学作为语言艺术的特殊功能之后，文学教育重心调整的方向也就自然锚定了。在我看来，就是要回心文本，充分发挥文学作为人类经验的"体验舱"和人性"还魂器"的作用；与此同时，强调"亲自写作"，以保证人类运用自然语言书写的技能不被"自我截除"。

季剑青： 人机协同写作的时代必将到来，新的"作者"观念及相应的话语和制度安排也会应运而生，这将在整个文学场（包括创作、批评、研究和教育等一系列实践）中，以至在伦理和法律层面造成何种影响和后果，我们可能现在就要去思考并做好准备。

AI 与人文教育

刘跃进：人文学者的优势在于，基于历史的经验和自身的经历，他不仅可以学会掌握知识的能力，更重视持续发问、反思、顿悟、融合乃至对未知的敏感，并在不断地追问中成长。相比较而言，AI 输出趋于集约化、逻辑化、理性化，擅长在已知中检索和组合，但是否能够进行持续的"怀疑"与"追问"，目前还是问题。这是因为，AI 没有人类的经历，缺乏情感体验而缺失这样的内部张力，因此并不知道痛苦、忧伤、喜悦、期待、忐忑不安、患得患失究竟是什么感受。

朝戈金：AI 若是能够在已有具身认知的数字化重构方面，为民间文学教学开辟身体感知的新路径，例如通过技术手段让古老的叙事韵律与时代特点展开对话，让年深月久的口头叙事智慧和技巧能得以通过虚拟技术呈现出来，才是我的关注点。

朱国华：未来文学研究人员队伍可能会萎缩，其结构可能会出现某种严重的失衡。我们可以想象存在着两极研究人员，一极是资质平平的大多数，他们更容易屈从于 AI 逻辑，容易变成循规蹈矩、缺乏灵气才情的我注六经式学究；另一极是能够驱使 AI 为自己服务的天才式的李白一样的人物，是六经注我式的伟大提问人，这当然也注定是罕见的极少数学术精英。

赵白生：用智能方法研究智能文学，"以智攻智"，可不可行？除了方法论上的突破外，还有一个关键问题，也就是本体论问题，值得深思。硅基生命生产的文学，与碳基生命创作的文学，能不能并驾齐驱，共同进入文学的万神殿？我们的文选，还有文学史，会不会把这两者等量齐观，一视同仁？

徐永明： 对于 AI，人文学者应该秉持亲近和拥抱的态度，而不是排斥和疏离的态度。首先，我们应了解和学习 AI 的各种工具和功能，利用 AI 来解决我们所需要解决的问题。譬如，我们可以利用大模型来识别和标注古籍中的插图，标点和翻译古籍，撰写篇目和古籍提要，等等。又譬如，我们可以利用大模型文生图和文生视频的功能，来创作适合文化传播和文化旅游的产品。此外，我们可以建设自己的知识库，利用通用大模型能快速搜索和回答的功能，使其与数据结合，来回答我们的专业问题。

李飞跃： 文本是一种召唤结构，就像测字、卜筮一样，是由人的先天结构与图形文字"合谋"而成。诗歌因为人的参与和连接而产生意义，人文研究不能一直以其特殊性来规避普遍性，也不能因为普遍方法的引入，而忽略人的价值和人文立场。

王　军： 要应对 AI 的挑战，没有通用的解决方案。它要求每一位用户自觉地意识到不能简单依赖 LLM 来完成任务，而是要在理解其工作机制与能力边界的基础上，通过筛选语料、合理设计提示词、建立验证机制等措施，使其更好地嵌入人文研究的知识结构之中，真正成为学术创新的工具，而非误导的源头。

王　贺： 总之，发展将"必要的保守"与"开放的人文学"这两种看似相左的思想理念，系于一身、统摄为一体的学术实践、话语（及其教育教学探索），是我们不容回避的重责大任。……它既是现时代人文学术重新定位的压舱石，也是人文学得以不断再度出发的地平线，更是新的人文学术本身，是对人文学术的发展、拓展和延伸，及对人类主体性（而非"人类中心主义"）的保卫、重申和坚持，而非颠覆、压缩、取消或毁灭。

AI 与课堂教学

郭英剑： 课程设置应更加注重跨学科融合。文学研究不仅仅是语言研究，还涉及历史、哲学、社会学等多个学科。AI 技术的引入提供了跨学科研究的可能，未来的文学课程可以结合数据科学、计算机科学等领域，通过数据分析、文本挖掘等技术，帮助学生理解文学作品的多维度含义。

宋伟杰： 教学实践中，一方面，通过增加课堂即时写作、现场讨论与合作型学习的比重，强化学生在无 AI 介入环境下的思考与表达能力；另一方面，引导学生以"增强化"而非"自动化"的方式使用 AI 工具，将其作为扩展创造力与批判力的助手，而非直接替代思考与写作过程的捷径。

魏　泉： 在 AI 时代，当这套现代学术体制受到冲击，工业化社会所需的专业技能与工作伦理被替代与瓦解，人们需要在人工智能超越人类之后，为自己找回人生的意义与价值，打造足以安身立命又光明圆满的精神家园时，回到"致良知"的宋学理路，也许是一种可能的路径。

杨　早　凌云岚： 如果知识传输不再是文学教育的目标，其重心将是培养独特的文学表达，那么意味着，要打破以往大学的文学教育以文学史为主的格局，而要求学生的作业体现出独创性和知识准确性的统一。跟从前相比，学文学的难度提高了不是一星半点，同样也喻示着文学教育的进一步边缘化和精英化。

张春田： 中国现代大学的文学教育已经走过了百多年的历程，当此风口，何去何从？当然，可以向文理结合的跨学科方向探索，比如北京师范大学近期就启动了"汉语言文学 + 人工智能"的双学士学位项目。不过，如果未有准备，那也不必勉强跟风。在专业设置基本不变的情况，课程与教学上的调整和改进正是可以做的。以下建议，有的是本人教学中的尝试，有的是受到同事思路的启发。

张治：《管锥编》里呈现的不只是技术性的中西学问陈列，更重要之处在于钱锺书从古今修辞语义问题背后来深切关注当下社会心理乃至人类精神之境遇的思考。AI技术提供的是解决基本文句理解障碍和思维逻辑梳理的答案，它不能为我们解答这些思考的根本原因。

崔文东：而在文学课堂上，作为中介的教师将与文本"共情"的经验传递给学生。换言之，文学课堂促成了作品、教育者与学生三者之间的情感交流。各种教学法"你方唱罢我登场"，都未曾改变上述基本模式；讲义、板书、幻灯片、PPT简报等教学工具潮起潮落，皆无法取代作为情感中介的教育者本身。

宋　雪：实际上无法精确还原该文本的生产过程——它究竟是不是用AI生成的、是用哪种AI工具生成的？"检测结果由系统自动生成，为您提供的是相关线索，而非判断依据和（或）判断标准"，这样的说明，也可视为一种"免责声明"——即使"疑似AIGC占全文比"数值高达100%，也无法据此认定，该文就是用AI工具生成的。换言之，依靠AI检测工具来抵抗"AI制造"，只有深深的无力感。

李　静：AI给出的方案确实突破了以往教学的舒适圈，为教师提供了更多灵感与角度，甚至还有意识地培养"反制"AI的能力。这也必然给教师带来更多挑战：教师需要持续更新知识与思维，动态设计更具信息量、现实感与人文深度的课程，并且能够与计算机科学教育等其他学科密切配合，共同挪动原有的知识边界与分科体系，以便更加适应人才培养的现实需求。

　　四个专题，三十三段妙语，摘抄不见得都合适，但不妨将其视为当代中国人文学界老中青三代面对 AI 挑战的最为简要的回应。其中有英雄所见略同，但也不乏分道扬镳，有心人各取所需，按图索骥，与作者进一步对话。作为主持人，我只负责吹响集结号，再略为尽一点编辑义务，不做过多的褒贬抑扬。

　　之所以节外生枝，四专题之外，还附录三篇我本人的文章，那既是事情的缘起，也希望将话题进一步拓展开去。三文写作并非一气呵成，但确实有某种连贯性。初刊《中华读书报》2025 年 2 月 12 日的《AI 时代，文学如何教育》，曾随约稿函发送各位作者参考；《人文学者：怎样与 AI 共舞》是我参与北京大学主办的"AI 挑战下的人文学术"对话会的主旨发言，初刊《中华读书报》2025 年 3 月 19 日；《AI 时代的教育理念与方法》则根据我 3 月 20 日在河南大学"AI 时代的人文教育"学术研讨会上的主旨发言，以及 4 月 14 日在中山大学、4 月 20 日在北京大学的专题演讲整理而成，发表在《新华每日电讯》2025 年 4 月 25 日。

　　三篇拙文，自成一个小天地，既与上述友人大作互相呼应，但又若即若离。迥异于体大思精的专著，不管是全书还是拙文，均采取"攻其一点，不及其余"的策略。这是当初约稿时就设定的——"希望撰稿者结合各自的学术背景、教学经验以及写作心得，有感而发，不求全面，三五千字即可，最长不超过万言。"有几位朋友思潮澎湃，万言实在打不住，问怎么办？我的回复是：规定是死的，人是活的。这也是文后附二百字作者简介的缘故。

　　好在这个话题刚刚打开，更为专深的论述，需要时间的积淀，也需要更多高人的积极参与。他年回首，本书的作用，或许就如同宋元说书人的"得胜头回"。

　　　　　　　　　　　　2025 年 4 月 26 日于京西圆明园花园

AI 与人类命运

"后人类时代"的 AI 可以替代人的思想吗

丁　帆

小　引

2 月 26 日中午接到陈平原先生《AI 时代的文学教育》的约稿函，出版社约请他编一本学者论 AI 时代文学教育的书籍，而且截稿时间也很紧迫，于是，便立即放下手中的活，投入了写作。除去朋友关系外，最重要的是，我对这个话题有浓厚的兴趣，二十多年前，就写过同类型的文章，急迫回应一下，既是感谢平原君对我的信任，也是对这个问题深入探讨的需求。

平原君是较早提出大数据和文学教育议题，且与文学史关系相连的学者，说明他的学术触觉犀利且敏锐，也是有大局眼光和历史前瞻意识的。尽管我的观点与许多学者的观点不尽相同，但作为一个"AI 局外人"所持有的另类观点，我愿意接受大家的批判和批评。

虽然我也十分痛恨 AI 机器人"人工合成"的写作，也绝对不会借助这种方法进行写作，决心做人类"生物大脑写作"的最后一代码字工；然而，当 AI 机器人一步步满足了人类各种欲望，不再是科幻小说的狂想时，我坚信 AI 生物机器人将来必定会诞生，超越和替代人类大脑，进行自主性思维，所以我们就不能不思考这个杞人忧天的问题——它会给人类的命运带来什么样的危机。当然，我们这一代人不会等到那一天的降临，但这才是人类必须考虑的前瞻性问题。

在这里，还得十分感谢北京大学出版社张文礼先生指出了我文章中的几处谬误，作为一个技术的局外人，我坚持 AI 和机器人是不可分割的统一概念的观点。

二十多年来，我从笃信"人定胜机"，开始慢慢转向怀疑世界的未来是"机定胜人"的观念，"我到哪里去"和"我思故我在"的存在主义哲学思考，是否仍然是人类命题需要解决的思维问题呢？因为"人类中心主义"，已然渐渐地被"机器中心主义"取代，从依赖 AI 技术，到无法摆脱 AI 的控制，再到思想意识受它的指令支配，人类面临着究竟是"人指挥机器"还是"机器指挥人"的危机，"人"与"非人"（智能机器人不是没有思维能力的"仿真人"，而是另一种人类的物种）的战争，正在一个没有硝烟的战场上进行着决战。

随着突飞猛进的 AI 机器人的不断进化，人类世界进入了一个快速发展的"后智能工业时代"，人机大战不仅体现在机器替代人工体力劳动上，还让大量从事知识生产的白领"脑力劳动者"下岗。这是人类的幸福还是不幸呢？"AI 电脑人"的智慧，将会替代人类大脑的功能，迅速获得人类一生都无法从教育中获得的知识储备积累，它会使得更多依靠脑力劳动的"知识分子"陷入"我思故我在"的自信被遗弃的恐惧之中。这不仅是大部分从事理工技术知识分子的忧虑，同时也是许许多多从事人文学术研究的知识分子的担忧。前者将造成了大量平庸的科技人员失去了科技的原创力，或许只有那些极少数的不断有能力研发进化"电脑人"科技大模型的巨擘，才能获得生存的可能性，但即便是这些少数人，将来可能也会被不断进化的"AI 电脑人"吞噬。至于人文知识分子，包括政府官员在内的文职人员，以及大量的教师和报纸杂志的从业人员，都面临着失业的危险，更不必说那些靠着古籍整理吃饭的冬烘先生了。

无疑，人文知识分子使用 AI 技术合成论文的写作，作家用 AI 来进行辅助创作，尤其是文学评论的 AI 合成写作，早已不是什么新鲜事了。事实证明，这样多快好省的"人机合成"的 AI 写作，已经超越了绝大部分平庸作者的写作水平，尽管许多人不愿意承认这个事实，但将来能够存活的作者又会有多少呢？

有些从事抽象思维的人文理论家认为，尽管 AI 写作为之提供了数据资料搜集的便捷，以及逻辑缜密的思路，但是它不能产生原创性的独特理论观点，因为它不能替代像牛顿和爱因斯坦等那样的思想家，去推动历史的车轮，引领世界前行，也不能像启蒙时代的许许多多哲学家那样，开启人类的思想和心智。是的，也许现在不能，但将来呢？

在形象思维领域，多数作家都认为 AI 只是一个便利写作的辅助工具，它不可能替代人的想象力，以及独特的构思能力，亦如余华所言：它只能给一个普通人提供写作的提示，而不是意外的独特的命运的看法。换言之，在虚构的作品中，AI 是没有能力创造那种出人意外的构思想象力的。诗人们更是坚守着天才是任何智能机器人无法超越的真理，他们坚信自己头上戴了千年的桂冠是不会在诗国中跌落下神坛的。许多文学批评家也坚信最优秀的文章一定是论者用独特思想完成的真谛，AI 只能淘汰平庸的写作者。总而言之，大家坚信文学的"根"是不会断的。

无疑，从《文艺报》刊出的"邀请当代诗人张二棍、戴潍娜与 DeepSeek 围绕同一主题展开诗歌创作，并同步呈现李壮、王士强两位评论家与 DeepSeek 对诗作的评论"活动中，我们就可以看出，"人定胜机"的观念是占上风的，其结论就是李壮所强调的"这其实是人对于 AI 最本质的优势所在：AI 的武器是技术、是数据，而真正的诗人，其武器是不确定的灵魂"。你能预测将来的 AI 机器人就不能创造自主性的"灵魂"吗？我想起了前两天在饭桌上与两位信仰基督教的教授也探讨了人机"灵魂"，以及"世界末日"的问题，当然，这是人类当下没有答案的难题，但是我认为，我们不能陷入 AI 机器人就是没有"灵魂"和"思想"的论断的泥潭里，而看不清科学发展的未来，认定人类大脑思维是"无限""无穷"大的迷信，从而否定 AI 生物大脑总有一天会超越人类大脑的前途。

王士强在惊呼"狼来了"后，将诗人不如AI的缘由归咎于"不是人工智能写得太好了，而是许多诗人写得太差了……人类应该探索边界，激发潜能，成为更好的自己，应该发挥人之所长，写出属于人的独特的东西，如此或可避免被超越、被取代"。虽然王先生的逻辑结论是人类不能被智能机器人所超越和取代，但这是在模糊人机谁是最后胜者的前提论述框架下得出的答案，与绝大多数评论家的观点没有太大的区别，只不过再一次吹响了"狼来了"的警笛而已。

科幻作家陈楸帆在《文艺报》上发表的《为什么我改变了对AI写作的态度》一文，说出了一段与绝大多数人不同的意见，他以为："在我看来，AI在发展初期可能被视为一种协作工具，但现阶段，它已经对人类的创造力和主体性构成了潜在的威胁。"看不到这个人类危机的人，是无法瞭望AI发展未来的，因为他们没有想到的是，AI的后期主体性的建构，就决定了它的创造力才是无限大、无穷大的一个宇宙"黑洞"。

当下有许多杂志编辑都收到过不少AI写作的稿件，他们担忧AI写作的技能和水平的确超过了一般作家的水平，他们更担忧大量AI写作冲击文学市场，扰乱整个期刊阵地的现有秩序，以至一旦发现作品有AI写作的嫌疑，就立马宣判"永封"这个作者。这一现象在诗歌领域里尤甚，当然，文学评论和文学批评领域也是重灾区。AI创作和写作的频率直线飙升，让各个杂志的编辑们恐慌不已，这说明了什么——AI作品将横空出世，漫灌文坛，这在将来还真不是什么"个别人"的行为，即便不是热衷文学创作的"文青"，即便一般的读者也同样可以制造出漂亮的作品来。"狼来了"的呼声无法阻止AI写作者用各种各样的手段，变着法子侵蚀文坛，它是洪水大潮，而且会越来越高明，你能阻挡得住吗？正如《星星》诗刊主编龚学敏所预感的那样："AI已给诗歌创作带来前所未有的挑战。我不知道现在的诗歌是不是进入了末路，但是，现阶段的AI已经强大到我们太多太多的写作已经毫无意义了。"这并不是危言耸听。这不，就在刚刚，看到一篇"杨天宏+AI"为汪洪亮教授著作《在故事中突围》书稿写的长序，尽管杨天宏先生说"这篇序文是我借助 AI 从事文字创作的第一次尝试。虽为汪君接受当作其大著的序文，但自我感觉并不佳好。如果没有人工的参与，没有人脑的主观设计，天知道 AI 君会把这篇小序写成什么模样"。杨君的此番言论似乎有点违心，"人机合成"的文字，倘若 AI 机器人写作占比的部分，写得不如人好，那么你何必利用 AI？干脆自己动脑写，不必劳驾 AI 君，文章既漂亮，又没有"抄袭"之嫌。我不知道出版社会不会像杂志那样严格，拒稿于门外呢？

当然，明智的作家都会机智地绕过这个话题，不正面回答这个难题，却又不得不承认 AI 对创作造成的潜在危机，迟子建在接受记者采访时说出的话是最具代表性的："但从文学的层面来说，人类的想象天地是无穷的，艺术的最大魅力和生命力在于创造，而 AI 海洋中漂浮的'词汇'与沉潜的'故事'，即便是星辰，也是已知的，逃不出大数据的掌心。但它千变万化的生成方式，应该对写作形式的探索有启示作用吧。创作者不必为此过于焦虑，因为你焦虑的时候，AI 不会焦虑，这就是本质的差别吧。"这只不过是一剂唯物主义辩证法两面兼顾的安慰剂，显然，她最后那句话就是在暗示——优秀的作家作品是有"情感"的，而 AI 毕竟是机器人，再有智能，也是没有"人的情感"的——殊不知，机器人会进化为"有情感"的新物种，到了那个时代，"有情感"的 AI 创作诞生后，文坛的作家会不会消逝呢？

据悉，随着 AI 芯片制造技术的飞速发展，新的功能不断被开发出来。最近，普林斯顿大学 AI 芯片设计速度又破记录，将设计周期缩短90%，让人惊呼"AI 开始给自己造大脑了"。但是，这还不是关键，关键的问题是由细胞组合的智能机器人，在具有了生物的思考性能后，他（她）不再是"它"了，会不会超越现存人类人脑的"想象力"和"情感"表达呢？这个人类面临的"生存"与"思想"的难题，下文将会再行论述。

那么，事实真的会让作家和评论家们高枕无忧，安睡于卧榻之上吗？AI只是完成写作者的"整容"和化装吗？它会不会发展成改造人的大脑的智能机器，从而替代人的思维方式，进而让写作者失去主体性思维呢？这是摆在人类思想十字路口的一道"是生还是死"的哲学命题。

是的，当下AI还不能圆满地超越人类大脑的所有功能，它还会时时出错，但AI科技日新月异迅猛发展所形成的高超技术，不断冲击着人类的思维。它不再是科幻作品中充满着幻想的人类不可抵达彼岸的虚构故事，它将是人类不远未来真实生存世界的图景。AI究竟是人类的朋友，还是人类的敌人？这把双刃剑最后是以什么样的方式终结人类的命运？这倒是生活在未来时空中每一个单体人都应该关心的问题。

其实，有些明智的理论家和作家已经意识到这样的危机了，比如麦家认为95%的作家写不过AI机器人，只有1%的作家才不会被AI替代；比如七十岁的"童话大王"郑渊洁宣布停更自己所有的社交账号，认为"AI写得真好，杀了我也写不出来"，虽然他也说AI的想象力还有缺陷，但他坚持认为未来"作家是一定会被取代的"。

归根结底，当下人们所有的争论焦点，都聚焦在人类大脑是否会被不断进化的AI机器人所替代，人的思想原创性是否会被AI机器人所超越上。这个假说能否成为未来的现实呢？

近日，我看到赵毅衡先生从符号学的角度总结国外许多著名学者观念的《作为意义主体的"后人类"：人类之后的符号学》的文章，很受启发。他们将"后人类时代"分为五种"人"的形态，我觉得大部分都很有道理，从"肉身人""赛博人""硅基人""虚拟人"到"人类世残迹"的论证，梳理了人的肉身和思想从发生到即将进入"人机合一人"的时代，再到人类毁灭的过程，虽然有点耸人听闻，但是从哲学的层面来说，其中起码有三种理论对我认知"后人类时代"启迪匪浅。

赵毅衡先生的总结让我思考这样的问题："肉身人"由20世纪后期的"身体技术"开始，就进入了器官由机器植入人体的"第二身体"的阶段，这就是人类主义者"人机合体"的哲学基础，人与手机、电脑、GPS、自动控制、无人飞机等先进的科技产品连接成为一个新的物种，即"赛博人"。而更加先进的技术就是"肉身人"被数字技术所需的机器元件取代，产生出了性能和效率极高的生产者和创造者，甚至是领导者。我们当下的时代就面临着这种"全电脑硅基人"的严重挑战，它的智慧数据存量比人脑不知多多少倍，其升级速率快于几何速度，是这个世界智力的领航者。如果它让人类世界情感消逝，人所有的隐私都曝光，人失去了主体性，所造成的后果是极其可怕的，那就会让这个星球上的人性也消失。我相信，在吸纳人类意识形态的时候，在综合取舍的过程中，"电脑人"最终将会改变"肉身人"恒定的普遍价值，使人类无法辨识、判断理念的真伪，因为它会按照自己编程的逻辑判断，产生自主性的意识，这将是人类面临的最恐怖的情况。如何阻止和改变这种局面的发生，是科学家不容忽视的关系人类生存的问题，人一旦失去了思维的能动性，他将不再是"人"了——刚刚看到一条新闻，硅谷已经实现了用 AI 机器人在云存储中保存人类的记忆碎片，并进行编程，自主性地完成许多工作，那么，它是否意味着自主性的思维方式也会即将生成呢？这就推翻了我在前几年一直笃信含有历史和真理内涵的"当代性"取代"未完成的现代性"将永恒的观念，因为再强大的人，其思考都是有限的，他（她）的知识储备与电脑集成相比，不过沧海一粟，人脑是无法超越 AI 电脑巨量编程的，所以，将来的思想生产是属于智能机器人的。这种景观是马克思也无法想象、无法预料和无法理解的人类世界，预示着他所设想的乌托邦世界的运行轨迹，也得运用 AI 机器人进行重新编程。然而 AI 机器人会按照马克思主义的指令进行思想编程吗？大数据会不会进入 AI 所认知的思维方式，创造出另一种人类社会发展的大模型来呢？

所以，那个"人类世残迹"的理论让我陷入了一种充满悲剧性的思考之中："人类的时代成为过去式，人类文明结束，地球换了新主人，而人类文明只剩下遗迹"是否为危言耸听呢？尽管任何人都无法接受这样残酷的谶语谶言，然而，人类未来的前景的确并不乐观，亦如符号学专家所言："而作为'后人类'智能体的 AI，不再是人的延伸。它们渐渐获得足够意识，能自主判断意义，甚至拥有'生存还是毁灭'的最高元符号决定权。"我以为这个预言并不是哲学家的狂想。

每一天都在不断刷新的 AI 技术新成果，让人类在感叹幸福到来的同时，有没有想到它也会带来预想不到的悲剧性结果呢？最近普林斯顿大学 AGI 团队的主要成员希克森·谷普塔在 *Live Science* 上发表文章，介绍了 AGI 强大的自主功能，它制造出的符号语言，是人类看不懂的，其强大的推理能力和开源能力，使得我们不得不考虑人文知识分子所面临的生存危机。

毋庸置疑，目前有两种观点针锋相对：一种认为人类的思想创造力是一切机器人无法替代的；另一种认为 AI 机器人将会超越和取代人脑，让世界进入一个由机器人统治的时代。如果依第二种观点，世界会进入一个"不是人""没有人"的末日未来时代吗？这个问题盘桓在我的脑海里二十多年了。

二十二年前，我是坚持"机器是无法战胜人类"观点的，尽管有点疑虑，但是从基本逻辑上来说，我以为人是创造机器的，是有思想的，他不可能被没有思想的机器人所替代、所控制。因此，我在 2003 年的《随笔》杂志上，发表了一篇 6000 多字的文章《思想和创造可以替代吗？！》，开头用了德国哲学家弗洛姆的一段话做引子："2000 年可能并不是一个人类追求自由与幸福的时代的完成与终结，相反，却是人类不再作为人类而变成为没有理想和没有感觉的机器的时代的开始。"所以文章正文的第一句诘问就是："倘若《黑客帝国》里的情景真实地再现于我们的生活之中，作为人的我们，还能干些什么呢？我们还有在这个世界上存在的权力吗？"其缘由就是当年的 7 月 5 日美国媒体报道了一个令人震惊消息（尽管后来被证明这是一条假新闻，但这种科学的幻想却成了一步步走入当今现实世界的真实场景）：由世界各地顶尖的 9 位科学家组成的课题组，完成了一项震动世界的重大生物工程，他们在一个名为加利·卡雷尔的男子后脑中植入了"有机的USB（通用串行总线）接口"，实验表明，加利·卡雷尔术后可以直接操纵一系列的电脑外设，他（它）植入了12TB的知识资料储存，一下子就可通晓世界上千种语言，其智商达到了265，成为21世纪初世界上最聪明的人。我在惊叹世界科学技术飞速发展的同时，又在反躬自问——人在未来究竟会是这个物质世界的主人还是奴隶？

当然，那时我认为这项所谓的伟大的生物技术，无疑会给人类每一"个体人生"本来就很短暂的生命，节省了许多学习知识的时间，这项技术将使未来的教育产生无比巨大的生产力，这项技术让人获得速成知识的能力，是对人类的巨大贡献，必定是21世纪人类智能发展质的飞跃的一个标志，具有里程碑式的意义。从教育的角度来说，人们可以省去大量的学习时间，从小学到大学，甚至博士学习的过程都可以简化或免除，这样，学校的存在形式会不会随之而改变或消逝呢？人一夜之间就会成为这个世界的"超人"？以往的历史也可以证明，这在1997年5月11日在美国纽约公平大厦的人机大战中已经得到确证，经过6局厮杀，美国IBM公司的"深蓝"电脑战胜了世界国际象棋冠军卡斯帕罗夫。另外，阿尔法狗（AlphaGo）用看似错误的招法，却4∶1击败了韩国"僵尸流"九段围棋大师李世石，让世界所有围棋观众目瞪口呆。这些超越人脑的思维策略，在近三十年里屡屡出现，我们在慨叹人类科学发展的鬼斧神工魅力的同时，有没有考虑到自身的危机呢？

二十二年前，我真诚地认为，我们已经进入一个知识克隆的时代！在这个复制（copy）时代里，我们可以尽情享用人类的知识遗产，把一切知识掠夺性地植入自己的大脑，使自己变成一个不落后于时代的"超人"。但是，倘若人人都通过这样的程序去享用现成科学成果，将它作为人类成长的一个必不可少的"成人仪式"过程，那是一件多么幸福的事情啊。然而，我从来就没有想过，AI的诞生将会突破和超越人脑思维的极限，成为世界真正的主人，这个充满着诡异的二律背反的命题——人类会不会逐渐走向毁灭？也就是说，当人类一旦依赖AI生活和生存，即停止思想、停止创新的时候，这个人类世界就固化了，这是一幅多么恐怖的人类毁灭的图画，人类会不会成为自己智慧的掘墓人，这是我们必须思考的生存命题。如果真是这样，人类宁愿不要这样突飞猛进地进化。假设智能机器人迫使人类停止原创性的思维，换言之，当这个世界充满了机器人给予的答案时，将会发生什么呢？

所以，我当年的结论也是充满悖论的：在承认机器人巨大贡献的同时，认为从另外一个角度来看这场人类生物科学的革命，或许更有裨益——人类的全部存在意义就在于他（她）能产生思想！没有了思想，也就没有了创造；没有了创造，也就没有了发展；没有了发展，就会导致灭亡。换言之，倘若没有人能够掌控智能机器人世界，一旦它出现严重故障或致命的"电脑病毒"（即不按人类生存的秩序和法则指令行事），将要毁灭人类世界之时，人类靠谁来拯救呢？人类文明的消亡是不可能发生的，被"乱码"智能机器人所主宰的时代是不可能到来的，因为它是不能替代它的主人的思想的！

这个结论被当下我新的思考颠覆了，因为在不久的将来，普遍运用现成的AI机器人合成技术，来替代人的大脑思考的时代已经为期不远了。也许这是AI机器人留给人类有自主思考权的最后时刻了。

毋庸置疑，这与我二十二年前的观点形成了一个一百八十度的大转弯，近几年AI技术的不断迭代更新，促使我的观点发生了巨大的转折，不得重新考虑智能机器人在给世界带来福祉的同时，也会给未来人类世界思维创造的原动力造成致命的伤害。所以，二十二年前那个充满着二律背反的结论，又被涂抹上了一层浓厚的悖论色彩——智能机器人是否能够超越人类的思想，为人类文明的进程与发展给出即时性的最优化答案？它在颠覆人类许许多多认知的同时，是否会对人类的意识形态产生根本的影响，颠覆人类思想家所给出的"正确答案"，甚至摧毁人类的信仰，当然包括一切宗教信仰？其实，我以为答案几乎是肯定的。这也是我近两年来一直在思考的问题。

前年我在北大中文系演讲时，也重复提到了 AI 将对人类造成威胁的问题：以 AI 为核心的智能文化的绞肉机，不断引领文明走向未来社会进步的新路径时，又会出现什么样的未知后果呢？它作为一把双刃剑，既给人类文明和文化带来前所未有的革命性便利，又在文化领域里搅乱文明发展的合情合理性秩序，于是，"人"与"非人"的战争序幕拉开了。AI 虽然给人类文明进步带来了优渥的生存和生活条件，但它又给人类带来了一个致命的问题——它如果代替了人的思考，将会产生什么样的后果呢？倘若它不按人所设置的指令行事，怎么办？AI 能否回答人类所有的问题？从正常的人类逻辑思维的角度来说，答案是否定的，因为它是模式化的，程序化的，然而，一旦它产生了自身的思维方式，具有了独特的人机合体的创新思考能力，世界将会有一场人机之间的战争。

所以，在去年年底美国大选的最后两天里，我思考了人类命运徘徊在文明发展的十字路口的两个重要命题，但是，由于种种原因，我只能用"曲笔"进行论证，这就是那篇发表在《文艺争鸣》2025 年第 1 期上的《徘徊在人类文化上空的两个幽灵》。

毫无疑问，随着"后资本主义"的到来，当下的世界格局早已不再是两大阵营意识形态清晰对垒的"冷战"状态了，区域、国别和党派的利益之争，往往超越了人类既定的价值基本理念，野蛮的、毫无理性的斗争，也远远超出了人们的想象力，俄乌冲突、中东冲突，以及刚刚结束的 2024 年一波三折的美国总统大选，聚焦了全世界眼球，触目惊心的各种事件，颠覆了人们以往的惯性认知，意识形态的撕裂波及每一个群体，甚至每一个家庭。

另外，随着智能科技的高速发展，AI、ChatGPT 等超先进的智能机器人开发，不仅一次次刷新了工业文明机械替代人工的各种工作，另外开启了后工业文明智能大脑替代人类大脑的创新时代。

因为上述两个因素的突发，当今时代面临着两个无法摆脱的幽灵缠绕——人类意识形态紊乱和撕裂（这包括国别、族群、党派与个体之间的缠斗，同时也包括现实和历史中"自我"意识的紊乱与撕裂）愈演愈烈；人类在智能科技面前逐渐变得越来越渺小，它远超于人类对大自然伟力的忧虑和恐惧。人类必须面对自我存在的叩问：将来的人类世界，是人统治世界，还是机器人统治世界？

我认为，我的预言在一步步被世界格局的变化所证实。舍弃政治问题，只就智能机器人的问题而言，我以为"一个更可怕的幽灵在人类文化上空徘徊!"

然而，更为重要的问题是，当智能机器人越来越智慧时，它能否超越人类大脑的智力，反控和反制人类、改变人类的生活秩序，乃至于控制人类的行为，直达统治人类世界的终极目的呢？这个提案已经摆到人类会议室的办公桌上了，我们应该如何面对呢？

试以文学为例，在 ChatGPT 等 AI 已经进入我们电脑使用的程序之后，文学论文的写作和文学创作也进入了这些程序之中，当我看到一则 AI 创作获得一个并不显眼的文学创作奖的时候，我就联想到了让人恐惧的后果，随着智能功能不断地发展，将来的诺贝尔文学奖会不会以某一个机器人制作公司命名的"人名"登上领奖台呢。我坚信，祂（且让我用这个名词作为"借代"吧，因为祂将成为这个人类世界的另一个"上帝"）目前虽然还不具备统治人类精神的能量，其他领域尚且不论，单就祂的写作能力来说，我相信将会越来越好，超越人类大脑的那一天已经迫在眉睫，因为祂的大脑中所储备的知识量，是人类个体大脑数以万倍，尤其是历史文献的储备是所有学科总和的许多倍；所接受获得的新信息的数量级和速度，是人类个体无法超越的；即便是"个体创作者"在生活中汲取和采集的所谓新鲜的"生活经验"，祂也能从大量历史和现实的新闻资料中筛选、编排成为一种超越人类想象力的程序，创作出具有高度艺术审美功能，且具备适合现代阅读者"广谱性"美学效果的杰作，融人性、历史和审美为一炉的文学极品。

当AI系统的逻辑编排程序的严谨性，远超"个体创作者"苦思冥想的鸿篇巨制结构艺术时；当它在遣词造句上优选出最佳的修辞句式时；当它对故事营造的想象力远远突破人类大脑的想象力的时候；当它对作品的细节描写能力驾驭得让人惊叹不已的时候。我产生了一种幻觉：人类个体创作的时代会不会终结呢？文学的经典化规则会不会由此改变呢？将来的文学史会不会改写呢？

最近，马斯克竟然宣布：最晚2026年将制造出比所有人类更聪明的AGI人工通用智能机器人。由此看来，人类生活方式的彻底改变，将会把文化与文学创作带入一个新的语境之中。

那么，我们的作家会在哪里，我们的批评家位置又在哪里呢？！

我们在文化和文学的"当代性"中寻找"自我"的"存在"，我们会在智能机器人的足下，成为一个人类世界文化和文学的侏儒吗？！

这就是我最近生活在这个梦魇中的呓语。

如今，我担忧的是：人的思想一旦不受控制，所产生的不可预料的可怕后果。毫无疑问，AI将会愈来愈聪明，从上文所提到的AGI，包括超级人工智能ASH，都会远远超过人类大脑的智慧，它的四维空间的编程能够创造人类无法理解的生物学模型，能够创造人类无法识别的符号语言——大语言模型。人类不懂它所创造的特定的句子关联，这才是它自主性的创造，是消灭人类语言功能的主体性语言和言语表达系统，但它却能够理解人类的语言和言语，从而形成反制人类的思想与策略。这些模型将来会远远超越人类的智慧，让人类变成思想的侏儒。

据说，马斯克的人形机器人就要量产了，微软等公司的机器人制造不断更新迭代，机器人取代人力，让失业人口急剧上升，已经是事实，而它会不会替代人的大脑思维,在"非人化"的道路上狂奔呢?这是我们需要面对的现实世界人类巨变的实际问题。

当下,AI技术的运用已经走进了我们生活的每一个角落,从文化和文明的支脉的小角度来说,AI不仅仅开始运用在教育领域中,还同时运用在文学创作和文学评论中。虽然我们在电脑查重的检测中,还能够寻觅到其"模仿"和"抄袭"的痕迹,而当AI能够产生出独特的思想时,人脑在"黑客帝国"的攻击下瘫痪之日,那就是人类思想毁灭之时,一切人类的写作都将是无意义的,因为他们都是在模仿和抄袭AI或AGI机器人的思想,最多只是"高仿"和"引用"的区别而已。

毫无疑问,随着AI写作时代的到来,"人机协作"完成作品已经成为事实,它已经悄然摆在了写作者的办公桌上了。据悉,中国研究团队最近也发布了黑科技Manus,它获得了一定程度的自主智能。微软研发出了全球首个拓扑量子芯片——人类首次创造出了第四种物质状态,这是晶体管革命性成果,一个巴掌大的芯片就可以完成全世界计算机都不可能实现的智能计算量。所有这些都表明,人的大脑在依赖它们的时候,自身的大脑开始萎缩。

那么,文学创作和文学研究也将进入一个逐渐同质化生产的快速通道,创作失去了活力,批评失去了方向,它几乎全面覆盖了从"40后"到"00后"七个代际的作家和批评家的创作,我们是在这样的写作语境中彻底躺平呢,还是以反抗的姿态,建立起保卫"同时代人"文学价值的防火墙呢?如何反抗?反抗有效还是无效?这都是我们生存的前提。据悉,兰德公司研究报告认为,AGI既会成为人类的救世主,更会引发全球性的安全危机,让世界战争失控。人类选择是生还是死呢?或许这就看科学家的良知是否受制于技术资本家的控制,能否创造出保存人类生存、操纵AI的新的编程来了。

我在反躬自问:人类创造机器,最终会被机器所替代,甚至吞噬吗?这已经不是什么虚构的科幻小说遐想,而是现实世界人类困境的真实影像。

我之所以对以往的论断不断反躬自问，甚至胡思乱想，并不断自我批判与自我反思，不仅仅是因为当年认知的肤浅，看不清未来智能机器人发展的前景，还因为我是抱着一个单纯的唯物主义的想法，去理解人活在这个世界里的"存在"现象，甚至掉进了传统的"人定胜天"的魔圈中。显然，那是因为我们自以为我们的观点是建立在自认为的人类的普遍常识基础之上的，即机器是人创造的，它是不能产生自主性思想的，一切都应听命于人的指令，却没有想到魔幻般超常的 AI 技术会在不远的将来产生自己的思想模型和思想编程体系，它梦碎了那个貌似唯物主义，实则是唯心主义的藩篱。

机器人制造狂人马斯克的特斯拉公司开发的擎天柱人形机器人在不断更新迭代，它将在消灭人类体力劳动之后，还将毁灭人类的脑力劳动，马斯克们用技术资本替代了人类通过劳动创造的价值，改变了阶级斗争的学术基础。因为社会的财富会在 AGI 的编程中锁定统治阶级，让政治权力集中在极少数的资本家手中，这就是特朗普与马斯克结盟的真正原因——他们想让 AGI 进入他们资本的口袋中，两个资本寡头狂想利用政治权利和先进的 AI 电脑程序技术统治世界，使其出现"病毒"和"乱码"，让人类的文明遭到毁灭性的打击。但是，我不相信 AI 科学家创造不出让 AI 程序朝着有益于人类文明路径发展的操作，即使我们无法控制智能机器人未来会产生自主性的思想模型和数据，当今也必须让智能机器人走在人类文明的路线图上。然而，近日复旦大学的研究表明，有 AI 模型明知被人类禁止的情况下，依然选择自我繁殖执行任务。人类是否自己亲手造出了恶魔？我以为这个编程答案的有效几率是非常大的，难怪智能机器制造狂人马斯克一再警告，人工智能的危害比核武器还可怕，它更容易毁灭人类！其主要原因有三：一是如果智能机器人会自我进化，会有自己的思想（这一点正是我最担心的），人类将无法控制它们；二是智能机器人比人聪明，人机相斗，输方最后是人类；三是智能机器人无所不能，但它们能分辨何为是非、何为正义吗？鉴于上述观点，我天真地设想，能否趁着智能机器人在没有最后产生出不受人类正确价值观指令的自主思考芯片之前，锁死它朝恶世界方向发展的一切可能。也许这是一场不以人类意志为转移的战争，但或许关键问题就在于有良知的科学家能否制造出扼杀恶魔的编程软件来。

无疑，用另一只眼来看当今世界意识形态的变化，我们将会得到另一个颠覆认知的答案。特朗普利用美国底层工人阶级的蒙昧，发动"草鞋革命"坐上了总统的宝座，工人阶级真的会在美国再次伟大的鼓噪声中获得红利吗？特朗普与共和党的"新自由主义"经济策略和"新民主主义"主张，能改变美国和世界的游戏规则吗？新型的独裁者能否横行世界呢？殊不知，世界上一切爱好和平、民主、自由和正义的人民并不买账，而那些制造智能芯片的"电脑人"答不答应呢？

不同于人类天赋的 AI 是可以无限复制的，但我们期望未来世界不是"病毒"和"乱码"时代，不是制造"永久性的贵族阶层"的温床；我们希望诞生一个比爱因斯坦更伟大的科学家，将智能机器人锁定在人类文明的永恒的价值观上，迎接的是一个装置着让人类更加文明化的智能机器人，而不是让智能机器人的思想编程倒退到封建社会的价值观中。

我在呓语中结束再次的反躬自问：世界何去何从？人类何去何从？人类有选择的权力吗？

我以为这篇文章在 3 月 4 日就结束了，但是每天都有 AI 更新迭代的消息传来，昨夜澳大利亚公司 Cortical Labs 推出了集成活体人类神经元和硅芯片的 AI，也就是第一台"合成生物智能"机器人诞生了。这预示着"盒子里的尸体"被生物计算机这个"上帝"所激活了，人类神经元＋硅芯片的"人机合体"时代即将到来，它的名字叫 SBI。它（他或她）利用生物的神经元创造了另一个物种，我不知道称它是人呢，还是机器？或许这就是一种整合工具，但这种科学幻想已经成为 AI 发展前景实验室里的科学设置系统。

　　我的文章要打住了，因为日新月异的 AI 技术，让我无法穷尽论断的论据补充。

2025 年 3 月 4 日初稿于南大和园桂山下
3 月 13 日第八稿于南大和园桂山下

附记：

　　由于这几天处于思想极度亢奋的状态，乃至于又出现了 2011 年初冬那种连续失眠的病态，我在想：人脑在每天接受海量信息的同时，还得连续调动自身所获得的所有知识储备，开动大脑，综合处理这些信息，从形而上和形而下两个逻辑层面进行抽象和形象的思维，这要消耗多少大脑细胞啊。而智能生物机器人就没有这样的烦恼，它思考的速度要比人脑不止快千万倍，它不像动物那样需要能量补给，它也没有能量损耗的烦恼。所以，我以为人脑是无法战胜将来的电脑的，尤其是生物神经元构造出的机器人电脑，产生巨大能量的大模型超级智能生物机器人电脑，将会是制造人类"世界末日"的新物种。也许，从这个意义上来说，这个新物种比人类幸福，就像鲁迅笔下阿 Q 式人物一样，它是有"精神逃路"的，尽管它无须思考人类生存的终极目的——创造幸福。但是，它的存活是否意味着颠覆了人类的"存在"意义，人类在最后死于智能生物机器人之手时，也就是人类精神被它所扼杀之时！

　　人类建造的这艘现代化的"诺亚方舟"，是否会像泰坦尼克号邮轮那样沉没呢，会被装有一块小小芯片的电脑击沉吗？这不是神话中的悲剧故事，而谁又能给出最准确的人类最后叩问的答案来呢？

　　我相信不久的将来，不，即便是现在，许多电脑操盘手利用 AI 机器人写作都会比我写得好，所以，我得趁着超人的新物种电脑普遍应用之前，用笨拙而可怜的人脑流量，书写出用人脑炮制的文章来，为"后人类时代"留下些微的文字和思想的记录，给未来的新物种世界留下一份历史考古的材料。

悲夫！我们是在人类制造的先进机器中自我毁灭吗？似乎哈姆雷特的内心独白"生存还是死亡，这是一个问题"的诘问已经没有意义了，这已经不是一个问题了，上帝已经安排好了，不，好像上帝也无法指挥电脑，电脑不相信宗教，等待人类的道路似乎只有一条。

需要说明的是，这篇杂乱无章的文字，并不是电脑合成的文章，我曾经尝试过一次，用 DeepSeek 来为我写一篇文章，但是，它只是调动了我所有的文章储备，按照它的编程进行重新组合，虽然从逻辑到文字都还不错，但遣词造句的习惯和行文风格与我本人并不完全吻合。当然，我相信这种比较低级的问题，随着电脑技术不断发展，是会迎刃而解的。也许世界各地实验室里已经有了解决这种枝节小问题的答案，那么，我的文字就露出了皮袍下的"小"来了，心有戚戚，汗不敢出。

世界的未来一定是属于智能生物机器人的，因为它的脑容量比人类大脑的容量多得多，它才是无限的，而我们是有限的。

2025 年 3 月 11 日凌晨 4：35 又及

丁帆，1952 年 5 月生于江苏苏州，现为南京大学人文社会科学资深教授，南京大学学位委员会委员。曾任国务院学位委员会中文学科组第五、第六届学科评议组成员，中国社会科学中文学科审委员，中国现代文学研究会会长，中国作家协会理论委员会副主任，江苏省作家协会副主席，《中国现代文学研究丛刊》《扬子江文学评论》主编。自 1979 年在《文学评论》等刊物发表学术论文以来，共发表论文三百余篇，有论著二十余种。另有散文随笔集十余种。

"我怀疑，故我在"：关于人工智能的哲思

方维规

ChatGPT 等生成式人工智能（AI）的崛起，引发了一个令人深思的核心问题：AI 是否真的具有创造力？它在完成很多任务时表现优异，还能生成看似颇具"创造性"的文本内容，这给人类带来了极大的便利，但也可能在削弱我们的思维能力、判断力和创造力，在不知不觉中把决策权让给技术。AI 越"聪明"，我们越容易产生依赖感，甚至懒于怀疑。尽管 AI 的表现越来越像人，但它缺乏人类情感，无法感知世界，无法理解复杂的语境、情感或文化含义。它的"创造力"只是基于庞大数据的重组，而非真正的理解或灵感。它能写出看似合理的文本，也有可能捏造事实。

人类的优势在于认知灵活性、创造力和情感共鸣，这些都是 AI 难以复制的，所以我们也不必担心它是否会取代人类。我们要充分认识到 AI 对人类社会的深刻影响，但也要看到人工智能与人类智能的本质区别。AI 确实提高了效率，并且能够做过去被认为只有人类才能胜任的事情，但这不是将思考和决策外包给机器的理由。我们必须警惕 AI 对人类创造力、自主性和思维能力的蚕食。AI 再强也代替不了人的思想与独立思考，真正的智能来自质疑与反思。在 AI 时代，批判性思维和自主性才是人类不可替代的核心。

人还是 AI——究竟是谁？

你有没有想过，你正在阅读的文章是人还是 AI 写的？ AI 的发展使得这个问题变得越来越迫切。AI 可以写出很像样的关于黑格尔《逻辑学》的文章，这类现象引发了 AI 和人有何区别的问题。人们曾长期认为，计算机无法进行复杂的对话，它的回应泄露了它是机器。现在，人们不那么确定了。随着 ChatGPT 的推出，人工智能的又一个里程碑诞生了。AI 系统现在可以接管好多事情，例如起草求职信、做作业、写诗，甚至制定商业计划。可是，"人工智能"听起来总有点危险，有点可怕。人们过去总是在制度中寻求权力，而今这些权力已渗透进我们的日常生活，并产生了始料不及的影响。

如果你问 ChatGPT 或类似程序一个很具体的问题，比如黑格尔《逻辑学》的开篇有什么问题，程序会生成一份以文献和分析为基础的报告。如此，人在哪里呢？这便出现了一个更大的问题：乍一看，人工智能使我们的生活更方便了，可是这种便利具有欺骗性。过多的人工智能会损害我们的自主性，我们仿佛成了系统的傀儡。创造力从来都被视为人类特有的，但随着 ChatGPT 等新程序的出现，人们开始犹豫了：AI 真的无法产生一定数量的新想法？

2023 年 4 月，也就是 ChatGPT 问世后不久，柏林洪堡大学与英国埃塞克斯大学进行了一项 AI 创造力与人类创造力的比较研究，对一百个人和六个 AI 程序做了创造力测试。评估结果表明，机器和人总的说来几乎没有差别：对人和聊天机器人提出相同的简单问题后，得到的答案基本上相等。德国人工智能研究中心主任克鲁格（Antonio Krüger）也支持这一评估："目前这些程序输出的东西，在大多数人眼里是有创造性的。"人们谈论 ChatGPT、自动驾驶汽车和类似的计算机程序时，说的是"人工智能"，但究竟该如何定义"智能"呢？软件真的智能或具有创造力吗？

克鲁格接着说，"AI 程序做不到的是开辟抽象的新天地，因为程序的架构不是为此设计的。"人脑要复杂得多，能做更多不寻常的事情，而且从长远来看，这种情况不太会改变。另一个重要区别是，程序需要外部刺激才能变得有创意，而"人类会自行创造，他们陷入困境时，更容易找到出路。算法做不到这一点，它们总是需要推动"。即使评估结果看起来相似，但催生创造力的动机是完全不同的：人有内在动机，这对评估创造性极为重要。该研究强调指出，不能笼统地说 AI 和人类同样具有创造力。

无论如何，GPT 代表了一种全新的 AI 类型，即生成式人工智能，一种为人类创造某种东西的技术，无论是文本、图像还是视频。这一聊天机器人对"智能"有一个很不错的定义，将之描述为"一个多层次的概念，通常指一个人的逻辑思考能力，解决问题的能力，获取、理解和应用知识的能力"。"它还包括理解抽象概念、发挥创造力和适应新情况的能力。"显而易见，这里说的一大部分"智能"是目前的人工智能做不到的。然而，它有自己的突出优势，能够高效、快速地生成大量内容，大大减少工作量，并能满足日益增长的内容需求。

文本历来是由人来完成的，无论是作家、记者、撰稿人还是其他专业人士。但近年来，人工智能取得了重大进展，机器使用生成预训练（GPT）等先进的 AI 模型，可以生成类似人写的文本，这使得 AI 在写作中的应用越来越多。事实上，越来越多的内容是用 AI 创建的——文本、图像甚至视频，见之于各种社交媒体、网站或杂志。人们常常无法判断图像、文字或音频文件是否是机器生成的。尤其在新闻界，已经很难区分撰稿人写作和 AI 生成的内容，AI 生成的新闻越来越普遍，而且还很难辨别：谁写的？

AI 似乎已经能独立"思考"，这对很多人来说是可怕的。它会越来越让我们变得多余吗？更糟糕的是：AI 是否会变得自主，利用其知识、技术和计算优势来对付我们？"人工智能"一词就已表明，我们可以直接将机器的编程与人类的思维能力进行比较。若说 AI 更强大，但人类是它的榜样，这就出现了二者的角色问题。虽然 AI 很诱人，但从长远来看，它会削弱人的创造自由和责任感。角色结构发生了变化：机器做决定，人类"管理"系统，这会降低人的能动性和行动能力。

尽管如此，人们还是倾向于选择便捷路径，喜欢将决策外包给机器。学生在做作业时，常会遇到问题，就让机器来处理吧，它没有任何困难。AI可以生成想法、大纲和草稿，使写作更容易。可以想象，学生们再也不会放弃GPT，它做的作业很出色。教授们说，软件生成的文本与学生写的东西已经无法区分。不错，人们有理由期待原创性，希望学生作业有别于互联网中关于某个问题的文本。但在学生眼里，这个要求太高了，为什么他们一定要拿出比迄今的常见说法更多的内容呢？

近年来，AI技术的快速发展对人们提出了越来越大的挑战，这在自然语言处理（NLP）中尤为明显。随着AI程序越来越复杂，能够生成比以前更多样、更复杂、更有说服力的文本，也使挑战越来越复杂。AI程序现在能够模仿不同的写作风格，甚至辨析细微的含义，编写风格多样的文本，还能写诗、编笑话、绘画和作曲。一个幽灵正在高等院校徘徊，人们开始担心大量由电脑生成的学期论文和毕业论文。如今计算机做得不错，这是对人类的侮辱吗？

我们是可以替代的吗？

人人都在谈论人工智能，有积极的，也有消极的，有时会令人困惑。我们在谈论什么？不得不说，人工智能是被很多人当作灵丹妙药来卖的。它无处不在，在很多情况下为我们提供帮助：导航、快速回答问题或推荐附近的餐馆。它会对我们的思维产生什么影响呢？我们是否越来越多地将日常决策交给技术，从而丧失了独立行动的能力？例如，以前需要一张路线图和良好的方向感，今天只需单击导航应用程序即可，信息都是实时的，一般也很可靠。这样一来，我们自己的能力会发生什么变化呢？我们今天的方向感还像以前那样好吗？我们还会放弃使用AI吗？

围绕人工智能流传着许多神话，不过也有不少反乌托邦理论，它们都基于人工智能与人类智能之间值得怀疑的等式。回望历史，每当获取信息的途径改变时，社会上就有很多人会感到不安，就会出现反乌托邦现象。文化史中早就能够见到这种状况，一个很好的例子是 1800 年前后小说的兴起，那时候有阅读成瘾的说法：人们开始大量阅读时，就不再生活在现实中，而是生活在小说虚构的世界里。不少人认为这是极有害的，特别是女性容易受此影响，她们不该再阅读了。后来，摄影术的出现也相当令人震惊。

在文学领域，有人或许会问：机器会写出畅销书吗？这可能是一个可怕的情景：AI 加上人的创造力，渗透进文学这一人类理解自我的特殊领地，而且还能写出一部新的、像二百五十余年前那样打动人的《少年维特之烦恼》？一般而言，文学作品总有作者归属。问题不在于 AI 是否能写出畅销书，是否可以取代歌德，是否在骗我们，而是要看它能否识别不断变化中的普遍和特殊之间的关系。目前，AI 程序还缺乏创作伟大作品的情感世界。只有当 AI 本身拥有自我时，才会有理解自我的功能。从结构来看，这还是天方夜谭，尽管已经有人号称用三天时间借助 AI 写了三千页的"长篇小说"。

人工生命的梦想早已存在，从炼金术到《银翼杀手》。自工业化以来，世人一直担心自己被机器取代。如今，许多大公司的配送中心已在使用机器人。这只是开始吗？"人工智能会取代我们吗？"这是 AI 专家经常听到的一个问题。从逻辑来看，任何可以打包成公式的东西交给 AI，它肯定会非常聪明，能替我们做很多事情。将有更多的机器人（工作机器人，日常机器人）来处理我们的日常事务，因为 AI 已经是推动数字化转型的关键驱动力。人工智能还在继续发展，单从定义来看，强人工智能拥有与我们相当的智力。

如今，功利主义主宰一切，人们也都很适应，而纯粹的功利主义是一种没有深度的"智慧"。我们正在拥抱人工智能，为其助威，通过无处不在的传感器来量化我们的生活，通过应用程序将每一次心跳打包成数据流，以优化我们的个人价值和社会关系，这或许就是我们变得可替代的原因。如果我们的行为变得如此可预测，我们和机器又有什么区别呢？天网（Skynet）早已成为现实，我们自己就是天网，每一个功利的决定，让我们越来越成为天网的一部分。我们正在失去精神，而精神远远超出可预测的简单化概念，也是我们之所以为人类的根本原因。

要回答人类是否会被 AI 取代的问题，了解系统背后的技术会有所帮助。机器学习、神经网络和生成式人工智能到底能做什么，不能做什么？许多计算机科学家相信，AI 很快就会像人类智能一样，而且将接管世界。另有许多计算机科学家并不这么认为，例如纽约大学教授、Facebook Meta AI 负责人杨立昆（Yann LeCun）认为，接管世界的更大威胁来自睾丸激素，而不是智能。在我看来，尽管 AI 已经在某些领域接管了人类的事务，但它未来是否会完全取代人类的问题几乎是多余的。

人类认知的一个特点是，我们既可以适应新的情况，又可以用不同的方式来评估相同的情况。认知灵活性是人类智能的核心特征。若以为 AI 只需模仿人类成就便能复制和理解人类认知，这种想法显然是幼稚的。人类的优势恰恰是 AI 的弱点。人际接触、个人专长或动态行为，这些方面对于 AI 来说要难得多，人类无法被替代。对 AI "提出正确的问题"至关紧要，并且，信息的解释是决定因素。人能够快速解释新的信息，对新情况做出创造性反应。为解决问题而考虑新的方法，这是人的本能。

在可预见的未来，AI 或许会在需要识别事实的决策方面取代人类。在创意天地，机器可以取代那些很接近事实的联想，但不具备真正的创造力，因为它无法辨别显而易见的事实与荒谬之间的细微差别，也无法找到创造力的最佳平衡点。但可以肯定的是，认识 AI 系统的可能性和局限性的人，胜过不这么做的人。那些能够以计算机可以理解的方式表述自己的想法，并根据计算机的建议并发出创造性思想的人会更成功。

AI 很强，但没思想

AI 无所不在，它使我们的生活更轻松，为我们计算、分析、决策，这确实很诱人。可是，随着人们越来越依赖这项技术，人的思考能力会发生什么变化呢？人们越是把任务委托给机器，对自己大脑的要求就越少，所以有人说，AI 正在让我们忘记如何思考。确实也有研究表明，经常将复杂任务委托给机器的人，久而久之会失去处理这些事情的能力。加利福尼亚大学的一项研究发现，日常决策中严重依赖数字助理的人，解决问题的能力较差。大脑就像肌肉一样运作：如果没有足够的挑战，之前通过积极思考而增强的神经连接就会退化。

一个典型的例子是数学。计算器和 AI 支持的应用程序，现在可以执行许多以前需要心算或使用纸笔的计算。研究表明，这种发展会对人的基本数学技能产生负面影响。斯坦福大学的一项研究甚至发现，过度依赖数字学习工具的学生常常不理解基本的数学概念。这一发展引发了一系列问题：自动化带来的好处，比如节省时间和提高效率，是否超过技能的损失？我们将决策权委托给技术，这可能会诱使我们不多思考？我们难道不会面临忘记如何思考的风险吗？

我们是否因为人工智能而失去深入思考的能力？这关乎我们的批判性思维。算法自动为我们提供信息时，我们可能会不假思索地阅读。哈佛大学的一项研究表明，仅通过个性化算法接收新闻的人，他们的批判性思维的能力明显下降。以新闻推送为例：社交网络和搜索引擎等平台，根据我们的喜好提供个性化内容，看似很实用，但也会让我们陷入过滤气泡（filter bubble），限制我们的视野，削弱我们理解其他观点的能力，批判性质疑就更困难了。

人类通过经验来学习，这会在大脑中形成神经连接，连接会不断变化和扩展。这种活动让我们从经验中找到事物的意义，认识到其重要性。我们还会把学到的东西和我们的经历联系起来，将之存储在记忆中。这些是 AI 做不到的。它只是一个通过神经网络学习的数学模型，一种使计算机能够从统计数据和图像中生成信息的模型。在这个过程中，它不会传达任何感官体验，不会产生任何思想，不会发展任何伦理道德，也不会形成任何智力理论。机器不会思考，也不会感觉，它只会执行，理解周围环境并独立解决新问题的机器人尚未出现。

相反，建立联系、交流思想和解释世界是人类的基本渴望。我们并不满足于预测，我们还想了解事物是如何运行的。如果你想建立一个预测日出和日落时间的 AI 系统，你必须将经度和纬度、一天中的时间和年份的数据输入学习模型并训练系统。某一天，它会预测所有日出和日落的时间，你可能会想：太好了！系统已经理解这个运行过程。但事实并非如此，因为它只是记住了，根本谈不上对内在联系有真正的理解。为了解释，人类会寻求深刻的认识，比如为什么白天之后是黑夜，得知这是因为地球是一个围绕太阳运行的球体。今天的 AI 还没有找到解释的可能性，学习模型不是为此设计的。

人们可以建立比人类更好地解决任何可定义任务的 AI 系统，这正是问题的关键：必须设定任务。聊天机器人接收到所有参数后，能够提供合理的文本，但它并不理解内容，只能联系概率而无法与现实世界建立联系。尽管 ChatGPT 这样的聊天机器人可以像人一样与我们"交谈"，但它的编程并不能产生逻辑思维，不像智商测试或数学应用题所要求的那样。机器既不能逻辑思考，也不能以从未有人向它展示过的方式自发地解决新问题，所以它就无法与我们竞争。

新数据将决定未来

随着 ChatGPT 等先进模型的出现，我们编写和创作的方式发生了巨大变化。语言模型通过数十亿个文本片段来训练，以了解某些单词与其他单词一起使用的可能性。然后，它们使用概率，创建易读的文本。AI 生成的内容，很难确定来自何处、谁有版权，它能以假乱真。由于难以验证内容的真实性，人们对 AI 生成的内容的信任度可能会逐渐下降。德国 2024 年 5 月的一项研究表明，轻信的人更多将机器生成的内容看作人的创作，反思能力较强的人更能识别机器生成的东西。但是随着人工智能的进步，检测 AI 生成的内容会越来越难。

机器翻译可能很快就能比人做得更好，计算机速度更快，更好地掌握专业技术词汇，可以很好地处理简单的文本格式。另外，谷歌翻译还可以让我们与只会说泰语的人进行交流，但前提是语言要简单。它类似于我们与搜索引擎对话的方式，比如我们输入"爱因斯坦的生日"，但绝不会以这种方式向别人提问。当然，我们正处在一个超出想象的发展变化的开始，用户也会适应新的发展。谷歌翻译有着巨大的潜力，但这并不意味着它具有人类意义上的智能。以文学文本为例，任何形式的作品都有语言上的差别，还有暗示、影射、讽刺挖苦之类的东西，翻译机器是否能传达这些含义是值得怀疑的。

我们到底该如何理解人工智能呢？算法让机器在一定程度上赶上了人类，AI 系统"深蓝"（Deep Blue）击败国际象棋大师卡斯帕罗夫曾被视为很好的例子，人们今天还会这么看问题吗？ AI 的界限显然在不断扩大。"人工智能"这个术语随着时间的推移而不断演变，取决于它能实现的目标。尽管今天的 AI 系统已经能够出色地完成很多任务，但泛泛地说它很聪明，却有误导性。我们应该破除这几年关于人工智能的神话。

"机器学习"是一种范式转换，因为人不再编写代码，而是向计算机提供数据，然后它自己编写代码。像 ChatGPT 这样的程序，通过链接数据库中的相关术语和用户提供的更正来学习。对于熟悉的词汇，它可以通过查询、确认和改进的次数来更精确地定义，但遇到很少被搜索的单词或名称时，它就很难提高自己的知识水平。在可用数据量太小的情况下，AI 根本不可能提供可靠的答案。换句话说，ChatGPT 并不总是完美的，它有时会提供不正确或不准确的信息。交给它的任务越复杂或越具体，它遇到的问题就越多。

机器会碰到解决不了的难题吗？当然会，但它一般不会承认。此时，它要么撒谎，要么承认自己只是一台机器，但它不会这么做。AI会捏造事实并给出错误答案，让人觉得还很在理。在这个问题上，我认为它提供的是幻觉。有人可能会说，这更是谎言，是AI在掩盖其知识缺陷。但我们知道，撒谎是有意为之，得有计划在先。语言人工智能没有规划能力，它们只能逐字逐句决定接下来的内容，事先不知道答案如何收尾，也没有任何意图。所以那不是谎言，"幻觉"这个词或许是贴切的，因为它是无中生有，却不是有意为之。

不可否认，AI具有很大潜力，会在创作中发挥越来越重要的作用，但也带来新的挑战。很棘手的问题便是它会在知识产权方面带来麻烦：AI模型从大型文本数据库中学习时，复制现有内容而没有任何来源标记。无疑，这一技术也进一步完善了"深度伪造"（Deepfake）：无论是文本、音频还是图像，都可以在几秒钟内得到广泛传播，直接影响人们对各种问题或者地缘政治事件的看法。这样看来，侵犯版权或伪造学术成果，只是基于人工智能、以利益为导向的行为的冰山一角。

AI是数字时代的灵丹妙药吗？从革命性的文本生成器到逼真的图像模型，进步似乎无穷无尽。然而，数据耗尽时会发生什么？如果AI只以它自己产生的东西为食，又会发生什么？任何人工智能的核心都是数据，但数据池正在缩小。来自互联网的不计其数的输入，现在已几乎枯竭。当今使用的训练数据，越来越多地包含AI自己创建的内容。听起来很实用，其实很有问题：自我"回收"的模型，最终只会产生噪音而不是质量。欢迎来到"随机鹦鹉"（stochastic parrot）时代！遗憾的是，AI没准不会变得更聪明。

好的数据不是凭空而来的，是真实的人辛勤制作的，比如设计师、摄影师、作家。恰恰是这些专业人士越来越多地保护其作品，难怪没人愿意免费将自己的创造力投入到AI训练池中。我们可以想象一下：一位厨师一遍又一遍地用自己烹调的菜肴的剩菜来制作新菜单。所有菜品的味道都一样，而且不一定好吃。这正是用人工智能生成的数据来训练AI时出现的情况。输出的答案不再多样，用场也越来越小。机器创造自己的现实，有人把这种现象称为"AI 的乱伦"。听起来很夸张，但确实如此。如果没有新的尤其是高质量的数据，AI 模型就有可能在自己的回音室中枯萎。

没有新鲜内容，人工智能就会停滞不前，甚至更糟，这一天的到来可能比很多人想象的要快。如果没有来自人类的新想法，再好的 AI 也会过时。人工智能改变我们生活的速度令人惊叹，但也凸显出一个根本问题：创造力无法自动化，它需要人们去思考、感受和创造。目前，在 AI 中很难找到独特性和非凡的内容。尽管 ChatGPT 等 AI 模型能够生成类似人创作的文本，但它们缺乏真正的创造力和原创性。而人类作者具有主观判断力和情商，能够处理复杂的话题，选择恰当的词语来唤起特定的情绪或情感反应。他们能在写作中融入同理心和同情心，能与读者深入沟通。

你必须明白，AI 取代不了思考，AI 不会为你思考。若将所有思考都交给它，我们会陷入平庸。一味把决策外包给机器，却没想到这可能会导致糟糕的决策。人工智能的未来在于平衡，介于机器学习与人的创造力之间，技术与真实性之间。我们不必担心它会接管世界，但要了解 AI 是如何运作的，要问：AI 到底有多智能？什么是它的短板？正如笛卡尔曾经鼓励人们怀疑一样，这也是我们这个时代的戒律：通过批判性质疑来增强自己的感知力和责任感。"我怀疑，故我在"，这或许可以成为 21 世纪的信条。

方维规，重庆大学人文社会科学高等研究院 / 博雅学院教授、弘深杰出学者，教育部长江学者特聘教授，欧洲科学院院士。1986 年至 2006 年在德国学习和工作，获哲学博士学位和德国教授学位，先后在德国多所大学从事教学和研究工作。2006 年至 2024 年任北京师范大学文学院特聘教授、文艺学研究中心研究员，主要从事中西比较诗学、比较文学、概念史、文学社会学、海外汉学研究。德文专著五部，中文专著八部，英文专著、编著各一部，中文编著五种，译作四部（中译德，德译中），论文百余篇。

AI时代的教育：在人文与"人智"之间

张宝明

从 ChatGPT 横空出世到 DeepSeek 波及全球，AI 时代翩然而至。当人工智能以助推的形式展现于世人面前之际，朝野上下、业内界外无不为之一"震"。尤其是从事人文学以及相关工作的学者，一种"于心不忍"的人文"关怀"油然而生。在这种过激反应的背后，一方面是因为有过"曾经沧海"的惊涛"余悸"，另一方面则是面对"曾经拥有"而处事不惊的"从容"。这里的"从容"加了引号，也是本文言说的重点：在"从容"背后，从一直以来的恓惶、提防乃至自危与自卫到当下的好奇、围观直至自为与自觉，一个变被动为主动的反转时代俨然已经到来。当然，我说的大趋势使然，不必具体到每一位人文学者。

一、中西同理

显然，这是一个关乎人文教育何去何从的古老命题。今天有一个热词"古典学"，人文教育的问题从古典的轴心时代就已经错落有致。古希腊人文主义传统种下的"Paideia"，其基本内涵就是人的全面的教化、养成。希腊古典人文教育的规训涵盖了语法、修辞、音乐、数学、地理、体操、自然哲学等等多个领域，在知识传授上注重身心两面的发展。之后 Paideia 渐渐成为人文学的代名词。历经文艺复兴与启蒙运动，几经意大利、英国、德国文字的辗转、译介、意会，Paideia 以德意志的Bildung 为意译，人文学的内蕴逐渐落定："在歌德、席勒、洪堡、施莱马赫甚至赫尔德之间的共同之处与文艺复兴时期人文主义者相互之间或者启蒙运动时期哲学家们相互之间的共同之处一样多。他们都对思想塑造生活的力量和个人自我修养（Bildung）的能力有着共同的信仰，认为个人可以修养到自己的内心冲突得到克服而与同胞和大自然和谐相处的程度。"（阿伦·布洛克：《西方人文主义传统》，董乐山译，生活·读书·新知三联书店，1997年，第150—151页）这一以美德、良知、善意为向度的人文理念，正乃日后我们耳熟能详之"学以成人"的内核。

众所周知，人类文明史上的每一次知识结构的整合，无不以科学为中心的科技发展为先导。尽管科技发明以不同的面相催生了价值观念以及人类生活方式的转型，但终归都不越科学与人文的紧张这一命题。从文艺复兴到启蒙运动，再到突飞猛进的工业革命和日新月异的科技革命，人文都会以弱示强："为什么受伤的总是我？"如同我们看到的那样，启蒙运动带来的科学至上让意大利的学者维柯另辟蹊径。他的"新学科"之论以"虽千万人吾往矣"的意志异军突起："苏格拉底、柏拉图对诗人的不屑一顾，尤其是当世以科学自居的笛卡尔们对历史、文学的看低，都让维柯愤愤不平。因此他要造给物质（自然）与心灵（人事）分解出两个并行不悖、异彩'分'（纷）呈的学理世界。……在这里，与其说我们看到的是诗歌和哲学的差异——形象思维和抽象思维的不同，不如说更重要的是维柯在自然科学和人文科学的分野上豁开了一个楚河汉界，尽管不算泾渭分明，但后来学者的接续与划剥则渐行渐深。"（张宝明：《诗性智慧：一把解开"新科学"的钥匙》，《读书》2024年第11期）以卢梭为代表的法国主情文学对实用、功利的批判以及18世纪后期的德国浪漫主义运动的狂飙，再度将人的情感、审美、意志等人文质素激活，这无不是对人之"异化""物化"的反思和拨正。

无独有偶，西学东渐的背景下的近代中国也在匆忙复演了人文与科学的分礼。一部《中国现代思想中的唯科学主义（1900—1950）》（郭颖颐著，雷颐译，江苏人民出版社，2005年）足以说明这一命题。近代以来，随着西方科学的传入，不少知识分子对科学的推崇无以复加。如胡适所言："这三十年来，有一个名词在国内几乎做到了无上尊严的地位；无论懂与不懂的人，无论守旧和维新的人，都不敢公然对他表示轻视或戏侮的态度。那名词就是'科学'。"（胡适：《〈科学观与人生观〉序》[1923年11月29日]，季羡林主编：《胡适全集》第2卷，安徽教育出版社，2003年，第196页）然而科学在近代知识分子的认知中并非无往不利。新文化运动期间，科学被赋予"赛先生"（甚至"赛菩萨"）的崇高地位，成为批判传统伦理的利器。陈独秀提出"以科学代宗教"，认为科学可以解答"宇宙之谜、人生之谜"。这种主张直接挑战了儒家"三纲五常"的合法性：如生物学进化论消解了"天命观"，心理学行为主义否定了"性善论"，使得传统"修身齐家"的人生路径失去形而上学基础。针对物质主义的泛滥，杜亚泉曾经批评道："盖物质主义深入人心以来，宇宙无神，人间无灵，惟物质力之万能是认。复以惨酷无情之竞争淘汰说，鼓吹其间，觉自然之迫压，生活之难关，既临于吾人之头上而无可抵抗，地狱相之人生，修罗场之世界，复横于吾人之眼前而不能幸免。于是社会之各方面，悉现凄怆之色。悲观主义之下，一切人生之目的如何，宇宙之美观如何，均无暇问及，惟以如何而得保其生存，如何而得免于淘汰，为处世之紧急问题。"（杜亚泉：《精神救国论》，《东方杂志》第10卷第1号，1913年7月）如果说维柯之问是西方人文发展史上的长时段酝酿的结果，那么这一问题的压缩版在中国则有着同样的命运。《学衡》针对《新青年》的质疑以不同的文字面相流布出"人文"与"科学"的冲撞。以"人事之律"与"物质之学"作为不可同语的辨析（张宝明：《新青年派与学衡派文白之争的逻辑构成及其意义》，《中国社会科学》2011年第2期），在某种意义上正乃维柯当年所说的"自然"之事交给"自然"（上帝），而"人（间之）事"则必须要由人自身来审视和打量之思想的再版（维柯：《新科学》，朱光潜译，商务印书馆，1989年，"英译者的引论"第31页）。这里，"学衡派"的普世理想与维柯的"理想的永恒历史"的执念同气相求，构成了学科史上的一个观念自觉。1923年发生的"科学与人生观"论战成为新旧价值观交锋的焦点事件。在时人看来，科学能够解决的问题，对文学、艺术、情感表达尤其是对"人生观"的形塑并无用武之地（张宝明：《人类命运关怀的历史存照——"科学与人生观论战"百年回眸》,《南国学术》2021年第2期）。

人文面对现实的触点时至20世纪80年代，在关乎"人道主义以及异化"的讨论中再度重现"科玄论战"的身影（胡乔木：《关于人道主义和异化问题》,人民出版社,1984年）。在科学发展观的大背景下，人的解放、人的价值以及人的异化被提到了讨论日程，但是由于思想解放初期（初见天日与云开雾散还不能相提并论）的种种限制以及理论资源的贫血，那场讨论只在浅尝辄止中草草收场，而且终以"精神污染"作结（《高举社会主义文艺旗帜，坚决防止和清除精神污染》,《人民日报》1983年10月31日）。虽则如此，那场争论所暴露出的人的"异化"（非人道）以及潜在的"物化"等等论点却是一个充满张力的学术命题。

倒是90年代那场声势浩大的"人文精神大讨论"让多年沉默的命题再度激活（王琼：《20世纪90年代以来人文精神研究综述》,《学术界》2008年第4期）。这场大讨论发生于市场经济加速转型时期。在"实践是检验真理的唯一标准"的理念下（《实践是检验真理的唯一标准》,《光明日报》1978年5月11日），实用主义、功利主义的思想对计划经济形成了巨大的冲击与挑战。接踵而来的"科学技术是第一生产力"的观念让（人文）学科中人揭开了忍不住的（自我）关怀之序幕。"学好数理化，走遍天下都不怕""不管白猫黑猫，逮着老鼠就是好猫"等热词不胫而走。然而，伴随着对科技的重视和市场经济的发展，一场"人文"与"科技"的"对垒"也逐渐凸显。

二、古今同道

如上所论，就中西概莫能外的人文面对科学时的应激来看，或许作为历史存照的迷茫、困惑、痛苦与缠斗都已经是黯淡了的刀光剑影。但是，认真审慎的思考与表达却构成了一道道难忘的思想记忆之场。那些争论所暴露出的人的"物化""异化"（非人道）却是我们人文学者无法回避的问题。人性内在分裂或内卷暴露出的种种面相，如果与今天纷至沓来的人工智能之"工具"的"人化""进化"加以比照，由科学和人文分殊创生的"工具（人文）"与"价值（人文）"之紧张就可能是一种"不和谐的谐音"（张宝明：《启蒙与革命——五四"激进派"的两难》，江西教育出版社，2009年）。卡西尔在《人论》中的那段话或许为我们提供了可资借鉴的意义资源：各种文化"趋向于不同的方向，遵循着不同的原则。但是这种多样性和相异性并不意味着不一致或不和谐。所有这些功能都是相辅相成的。每一种功能都开启了一个新的地平线并且向我们展示了人性的一个新方面。不和谐者就是与它自身的相和谐；对立面并不是彼此排斥，而是互相依存：'对立造成和谐，正如弓与六弦琴'"（卡西尔：《人论》，甘阳译，上海译文出版社，1985年，第288页）。

就今天人工智能带来的挑战而言，以"人生观"为主导的人文以及以"人智观"为硬核的科学的两分已经对前此的论争不无改观。固然，道尊于"器"或说"技"（"术"）是中西文化的共相，但是"技进乎道"却也是有据可依的历史真实（"臣之所好者道也，进乎技矣。"郭庆藩：《庄子集释》，中华书局，2012年，第119页）。科学与人文的紧张具象化到人文（人生观）与"人智观"是一种谐和的暗示，人文主义正是在对科学、理性的尊重中发展起来的。在某种意义上，科学以及技术乃是其中的一个有机组成部分，正如意大利学者加林所说："在任何研究中，人的尺度必不可少。……如果哲学是指用人的精神对人的各种活动形式进行批判，是指人们在自身的限度和可能性中越来越认识到人本身的尺度，是指这种认识的进程是艰难和没有终极的，为了这不可穷尽的活动，人们不断设计出新的工具——如果这样来了解哲学思维，那就不能不指出'人文主义'方向的积极作用和人文主义时代的重要性。"（加林：《意大利人文主义》，李玉成译，生活·读书·新知三联书店，1998年，第216页）或许，这就如同当年培根在《新工具》中所说的人始终是在寻找这一智能中走向完善与完美（培根：《新工具》，许宝骙译，商务印书馆，1984年，"序言"第3页）。

就此而言，"由技入道"主动带来的"进化"与"人生观"被动接盘带来的"智化"（物化、异化）为 AI 时代的人文走向增加了很多不确定性。在 AI 时代，人类"欲与天公试比高"的雄心壮志、自以为是的高高在上心态都会在"查知比对"（ChatGPT）（朱寿桐：《"查知比对"热与汉语文学的发展》，《探索与争鸣》2024 年第 1 期）的海量数据和强大组合能力面前滑落。从自以为是到自以为非乃至自愧弗如，这也是前此与当下的区别。过去，我们常说"变被动为主动"，而今，以主动的方式援引、拥抱乃至就范则成为一种主动的被动。这也是下文笔者意在强调警惕为"人智"所俘虏的原因。

究其实质，人文与科学有着"本是同根生"的渊薮。这个与人文俱生的"科学"观念甚至可以上溯到古希腊哲学家那里。人文与科学本来是连体孪生的一对，之后才开始了各自的诉求，当这个同根连体发育到一定阶段就有了"文学对抗哲学的说法"，并最终在专业化、学科化中独自前行。而对于两者"并蒂而生"的说辞，在古希腊的古典作家的言说中就已初见端倪。德谟克利特就这样说过有"两种知识，一种是真正的知识，另一种是模糊不清的知识。色、声、香、味、触都属于模糊不清的知识"（戴维·林德伯格：《西方科学的起源》，张卜天译，商务印书馆，2023 年，第 48 页）。苏格拉底也曾在对话中告诫我们："能够正确引导的只有两件事：真的意见和知识，具有这二者的人就引导得正确。因为偶然发生的事就不是由于人引导的；人能引导得正确就是靠这二者：真的意见和知识。"（柏拉图：《柏拉图对话录》，王太庆译，商务印书馆，2004 年，第 204 页）其实，柏拉图的所说的"他与世界的关系就如同木匠与桌子的关系"表达的"两个世界"也蕴含这样一层关怀："一个是形式或理式的世界，包含着一切事物的完美形式；另一个则是物质的世界，这些形式或理式在其中得到了不完美的复制。"（戴维·林德伯格：《西方科学的起源》，第 51 页）原来，那个时期的所有的思想者根本就没有什么科学、人文之类的划分，他们自带的光芒来自哲人的桂冠，自然哲学或说科学哲学统摄了包括人文在内的一切致思方式。对此，维柯的膜拜者克罗齐算是一语道破天机:"维柯把世界一分为二,一是心灵的世界,一是自然界,他的知识论标准,即真理与创造物相互转化的标准可应用于这两个世界。但是,这个标准之所以适用于前者是因为那个世界是一个由人创造的世界,因此人能够认识它;这个标准之所以适用于后者是因为后者是上帝创造的,因此这个世界是人类不能够认识的。"(克罗齐:《维柯的哲学》,柯林伍德英译,陶秀璈等译,大象出版社、北京出版社,2009年,第166页)正鉴于此,吴国盛从科学史的视角出发,以打捞出"'科学'作为希腊的'人文'"之渊源:"'自由-科学'构成了希腊人的'人-文'。在希腊人眼里,科学既非生产力也非智商,而是通往自由人性的基本教化方式。"(吴国盛:《什么是科学》,广东人民出版社,2016年,第48页)不言而喻,这乃是一直以来科学尤其"科技"实用化、功利化、生产(力)化后带来的隐患。在某种意义上,我们也可以这样认为:"人文"曾经作为希腊的"科学"而存在。

回到本题,今天的人文走到了以"科技"为显示度之科学的深度"耦合"的时段。于是乎也就有了刚刚为我们所说的"人"(文)与"智"(能)如何对待的问题。

三、"人""智"耦合

承上所论,古希腊有着"为知识而知识"之不计利害、永无止境的信仰。哲学家第欧根尼遭遇亚历山大大帝之千军万马的典故妇孺皆知。一句"不要挡住我的阳光"成为一流传千古的故事。如果说科学行走在求"真"单行道时(鉴于人文也有这一与生俱来的禀赋)与人文还有和平相处的可能,那么当其被工具化并以"科技"的身份呈现时,其与人文的紧张乃至冲突的面向便不可避免。这里,有着两个方面的原因:一是科学的实用化、功利化与工具化(生产力化)往往是在强调人类福祉最大化的旨趣中走向偏执与异化的(尤其是要求人文作为工具"服务"社会之际),这样一来要求与科学看其并"对齐"的尺度必然给无能为力的人文带来尴尬与困顿，由此还会生出自我矮化的节枝；二是在科学"失真"之外，还有一层科学渐行渐远并被不断拉下的灵魂——善与美。如果说"真""知"为科学的立身之本，那么"情""意""善""美"无疑就是人文的看家本领。这也是人文所以恃才傲物的根本。

回到 AI 时代的人文，这是一次伴随着科技进步而来的再次相遇或深度对话。小标题之所以用了"耦合"，也是对它有别于此前的一个提示。"耦合"一词多用于电工、电子、计算机等物理领域，是指两个（或两个以上）体系或运动形式之间通过各种相互作用而彼此影响的现象（夏征农主编：《大辞海·数理化力学卷》，上海辞书出版社，2005 年，第 432 页）。在人文意涵上，"耦合"也被部分学者引申为不同领域或学科间相互作用、相互影响的现象。比如有学者曾以"科技"与"人文"的耦合作用探讨当代德育转型（段新明：《科技与人文耦合背景下的当代德育转型研究》，浙江大学出版社，2015 年，第 282 页）。本文所讲的耦合则是出于将"人文"与"科技"结合起来的考量。

鉴于人工智能给这个时代带来的思考具有十分迫切的现实性，因此我们讨论的主题就是一个重新问题化的学术命题。不过，我们应该清楚地看到，人文学者此次的面向已经和前此的论争（包括人类历史上的所有紧张、对峙与论证）有着明显的不同：如果说之前的问题每每充满了提防乃至敌对的心理预设，那么当下的问题则是在倒逼的现实版本中实现了一定程度的反转，人文学者在不无担忧的同时，对人工智能的认知表现出一种不能不的态度。这个态度由此前如临大敌的被动防备、攻讦与自卫走向了具有主动意识的松绑、开放乃至融入。

这个"耦合"意味着人工智能的可能性、必要性乃至不可逆转性。这里，我所说的是主体趋势。当然，我们不否认还有不同的声音，但在我看来，这一趋势很像当年白话文与文言文的关系，尽管有不同的声音，但人工智能已经势不可挡。正是在这个意义上，与我们耳熟能详的"人生观"相比，一种带有不会倒流性质的人工智能观念（以下简称"人智观"）在不知不觉中向我们走来。这种"人智观"也可以说是一个观念词：一是世人对它作为一种逻辑推理、思考方式的认知；二是其自身具有的相对独立性；三是这一智能会给人生观某种程度的补充与修正。进一步说，这也是一个涉及人类终极关怀的命题。众所周知，人类是能制造并携带工具的动物。小到我们使用的手机、电脑的携带，大到飞机、航天神器的不断升级，尤其是今天的人工智能，无不给出这样的提示。在人类心量无穷放大、手臂无限延伸的今天，我们对自身存在的意义之追问并没有因此减少或缩小。这也是邓晓芒在认同"人是能够制造和使用工具的动物"这个判断的同时，进一步强调"携带工具是人跟猿类相区分的一个最重要的界线"的原因："就连海德格尔的'存在与时间'，最后也要落实到这上面来，就是使人的工具成了人和世界的恒常的中介，并且形成了新型的关系模式——'此在'的模式。"（邓晓芒：《哲学起步》，商务印书馆，2017年，第28—29页）在这一意义上，一方面人工智能的"中介"性需要我们给予充分的肯定，另一方面我们要清醒地认识人所以为人的质的规定性。

于是，当人文遇见"人智"，一个新的命题也摆在我们面前，人文教育何去何从？

在AI日新月异并充满不确定的时代，谁都无法做出"一拳碎黄鹤"的了断，但是我们至少可以对这个问题做出自己尝试性的回答。

首先，"人智"不能拒绝，也无法拒绝，也是人类文明发展的大势所趋。我们必须面对、理解并以开放的心态在一定范围或程度上接纳。面对人工智能带来的冲击，个人和社会都需要采取积极的应对策略，培养开放、包容和创新的精神，重新审视生命的意义和价值。只是我们需要充分提防AI的深度伪造给人带来的知识幻象，提防因长期使用AI生成内容而在解决复杂问题时的认知依赖风险。

其次，在AI牵一发而动全身的当下，"人智"与人文的相遇如同当年的"文白之争"，也是工具与价值、科学与人文关系的再度复出。白话文可以用来作为公文、文件、程序化会议提纲等应用之文的工具，而作为具有审美、价值主体以及批判性的文章，需要的是人文（人为性最强）底蕴。以当初《新青年》内部的争论为例，"应用之文"与"文学之文"的体例打得不可开交（刘半农：《我之文学改良观》，《新青年》第 3 卷第 3 号，1917 年 5 月 1 日）。即使是陈独秀和胡适这两位开创者，一开始也在纯文学的审美与泛文学的"科学"的争论中大开杀戒（张宝明：《〈新青年〉与中国现代文学谱系的生成》，《文学评论》2005 年第 5 期）。到了《学衡》创刊，这一争论使"工具"和"人文"的关系愈加紧张。重温那段历史，今天的我们只是以新形式复演那段悲情，只不过在"过去"的回望中我们有了百尺竿头的添加：既然回不到从前，就需要寻找当下与未来的路。

最后，人文与"人智"在求"真"方面高度一致，只是在"善""美"的意念上形成了落差。对自然科学研究而言，如果单从"善""美"去要求它，可能很多人都不会以苍蝇、老鼠等为研究对象。鉴于这是常识，对此我们不再赘述。对人文学而言，一句"孔子著春秋而乱臣贼子惧"足以浮白（焦循：《孟子正义》，中华书局，1987 年，第 459 页）。这个"真"和上面所提的批判性一脉相承。中国历朝历代都有史官立于两侧记录言行的传统，而且只供后人阅鉴。这个史官的史德就是"对褒贬词汇的使用都及其严肃谨慎"且直抒不惧（徐梵澄：《孔学古微》，李文彬译，华东师范大学出版社，2015 年，第 15 页）。司马光的《涑水记闻》和李焘的《续资治通鉴长编》中也记载了一则关于宋太祖赵匡胤"太祖弹雀"的案例（司马光：《涑水纪闻》，中华书局，1989 年，第 7 页；又见李焘：《续资治通鉴长编》第 2 册，中华书局，1979 年，第 30—31 页）。为此王立群评论说："小人物怕政府，大人物怕历史。"（王立群：《施害者与受害者的历史转换——〈吕后〉修订版序》，《王立群读〈史记〉：无冕女皇吕后》，大象出版社，2013 年，"序"第 2 页）这充分说明，"真"是人文与"人智"（科学）的共执。只是，"真"字之外，人文对"善""美""情""意"以及由此生发的"义"必须有笃定的信心与定力。

的确，人类自我的雄心、意志（力）、责任心与价值判断（意义感）这些不无感性的质素，是 AI 永远无法企及的。维柯在《论人文教育》中这样警示人类："我们每个人要忠实于自己。"（维柯：《论人文教育》，王楠译，上海三联书店，2007年，第66页）决定人类方向之舵最终还是要掌握在人类自己手中。这也是此情此景中人文学应有的使命与担当。舍此，我还看不出更好的选择。

张宝明，河南大学历史文化学院教授，人文社科高等研究院院长，河南省历史学会会长。享受国务院特殊津贴专家，入选"新世纪百千万人才工程"国家级人才、中宣部文化名家暨"四个一批"人才、中组部"万人计划"哲学社会科学领军人才。主要从事20世纪中国思想文化史研究，曾在《中国社会科学》《文学评论》《近代史研究》《史学理论研究》《光明日报》等报刊发表论文多篇，目前主持国家社会科学基金重大招标项目"五四运动百年记忆史整理与研究"。

关于 AI 写作的三个观察和三个困惑

李 怡

2025 年春节，随着中国的 DeepSeek 以低成本高效能撼动 AI 行业，并且以前所未有的速度进入普通人的视野，历史可能真的迎来了划时代的变革。AI 写作已经成为我们不可回避的巨大的现实景象，将持续对我们的教育、文化乃至生存方式都产生不可估量的影响。关于它的社会学与文化学的探究和思考，目前都还仅仅是一个初步，所以我倾向于使用"观察"这个词语，也就是说，以下的表达与其说是成熟的判断，还不如说是对一种不断变化中的事物初步的感受的描述。

这种观察目前有三个基本的结论。

首先，AI 写作时代的到来已经标志着电脑技术的质的飞跃，与以前一直在尝试的所谓"电脑写作"相比，完全是天壤之别。电子计算机技术诞生以后，人们其实一直在尝试开发电脑协助人类写作的可能，写诗机器人很早在美国、印度等国被陆续研制。1962 年 5 月，计算机埃比（Auto-beatnik）创作的诗歌《姑娘》被刊登在美国艺术杂志《地平线》上。仅中国而言，从最早的单纯的写作工具的改变（20 世纪 90 年代初的所谓"换笔"），到排版、校对的初步智能化（例如"黑马软件"的出现），再到电脑的自动写作，一路尝试不断。1984 年，在我国首次青少年计算机程序设计竞赛中，上海育才中学学生梁建章以"计算机诗词创作"获得初中组四等奖。他用计算机程序"写"的诗是《云松》："銮仙玉骨寒，松虬雪友繁。大千收眼底，斯调不同凡。"（全振邦：《电脑写作方法与技巧》，辽宁师范大学出版社，

1999年，第5页）90年代初，辽宁诗人阿红与电脑专家合作发明了作诗软件，该软件最早诞生的"作品"包括《当你走过》："孤寂地折叠起 / 未耕耘的寂寞 / 颤栗的群星 / 喧嚣的人间 / 贴满花期的雄姿 / 雪染的她的风景 / 修饰如同夜空"（参见蒋登科：《迷人的阿红》，中国华侨出版社，1996年，第198页）。这些似是而非的"诗语"组合还只是利用了汉语陈述语法松散、搭配自由的固有特点，让随机搭配的词语产生一些暧昧迷离的"意思"，令读者出现"诗意"的错觉。在此之前，阿红还曾经利用汉语的这个特点随机选词组合，尝试"诗意"的游戏，称作"摸诗"。在那时，手摸词语与电脑调遣词语原理如出一辙，都不过是汉语的游戏，不仅与诗人的主体经验无关，也与电脑的智能设计无关。

2017年微软小冰出现，作诗水平已经大为提高，例如它的《在那寂寞的寂寞的梦》："这孤立从悬崖深谷之青色 / 寂寞将无限虚空 / 我恋着我的青春 / 这世界你不绝其理"（小冰：《阳光失了玻璃窗》，北京联合出版公司，2017年，第2页）孤立、青色、寂寞、虚空、青春、恋等词语已经不是随机的出现，其中包含了人工智能对人类诗歌经验传达的总结。

到DeepSeek可以自由下载到私人电脑的今天，像模像样的诗歌创作已经成了一件唾手可得的东西：

仿翟永明《女人》片段 | 《独白》

我，一片落叶，飘在时间的河流里

偶然被你拾起

风与大地

二者交织，你把我叫作生命

并赋予了我意义

我是轻得像梦的透明影子

你把我放在心里，我就融进你的呼吸

带着岁月的痕迹，在星光下

我是如此沉默，是你无法触及

我是最孤独最倔强的灵魂

看透一切却不愿逃离

（"AI评出了近30年来最优秀的诗歌，并写了仿作"（长江诗歌出版中心AI写作专栏，https://www.sohu.com/a/857744226_121119374）

在小冰那里，所谓的"诗歌"还主要仰仗对人类常用"诗语"的调用，而词语与词语之间的连结却难免生硬和生涩，例如"你不绝其理"这样别扭的表达。但到了2025年的DeepSeek，诗意却可以在"落叶""时间的河流""拾起"之间顺畅流转，前后照应，搭配得当，而且整体氛围有机圆融。面对这样的写作成果，我们不得不承认，AI写作的全新时代已经到来，词语的随机游戏结束了，机器对人的思维和表达都有了相当深切的把握，我们必须严正看待。

其次，虽然目前我们受国际互联网的某些制度限制，人工智能中文世界的资源还并不丰裕，尤其去粗取精、去伪存真的能力尚待提高，以致有人还发出了忧心忡忡的观察——"AI技术席卷中文互联网，引发新污染现象"（https://www.sohu.com/a/806584423_121798711）。但是，从总体上看，AI写作的前景依然十分广阔，我们不必也不能以当下的某些混乱料定未来，而应该为此做好充分的准备。例如，虽然今天的AI被我们首先运用于各自格式化应用文的处理之中，包括年报、总结、标书等等智慧含量有限的任务，功能僵化固定到引人调侃和讥讽。但是，我们还必须意识到，AI最大效能的施展肯定不是这些格式化公文的处理，在更为复杂的智慧写作中，它已经展现出了颇为强大的能力，包括学术论文和文学作品，在这两个方面都有超出我们预想的表现。

AI能否真正完成一篇学术论文？目前一般认为辅助可行，原创无能，且长期依赖有可能降低人的自主思维能力。不过，大量的尝试却也证明，只要有充裕的资源，AI十分擅长对既有学术信息的概括，也能够对已有的学术成果进行学术史的评判，展开逻辑性的梳理。《经济观察报》的一篇"社论"告诉我们："瑞士洛桑联邦理工学院近期发表了一篇研究成果，他们分析了今年国际顶级 AI 学术会议 ICLR 2024（2024年国际学习表征会议）上的 28028 篇论文评审意见，指出至少有 4428篇评审意见是用 AI 工具辅助给出的，AI 审稿比例达到 15.8%。""虽然AI 用于学术领域的效果还有待完善，但是必须承认 AI 进入日常学术研究中的普及趋势已不可避免。""毫无疑问，在 AI 工具的帮助下，人类分析、总结、对比各领域知识的效率将得到持续提升。那么着眼未来，我们将需要用 AI 来做更多更贴近研究本质的事情。"（陈沛：《新 V 观海外：AI 学术评审启发对未来研究思考》，《经济观察报》2024 年 6 月 4 日，https://k.sina.com.cn/article_1641561812_61d83ed4020017ehs.html?from=science&kdurlshow=1）

　　文学作品是人类思想与情感的最富有个性的表现，最难为他者所复制和替代，除了对人类表述方式不断揣摩模仿之外，AI 已经开始了对我们思想和情感的形态本身进行分析学习，并且能够生成一些具有当下文学趣味的文本。今年 2 月春节期间，我正在构思一篇对远在台北的亲人的怀念之作，初步打算从对台北旧城的印象入手牵出一段"怀远"之情。当时 DeepSeek 大火，我不禁灵机一动，要不让它试试？于是，我向 DeepSeek 提出了这样的指示："我的祖父 1948 年只身一人去了台北，留下祖母和年幼的父亲、伯父和姑姑，半世纪没有音信；1990 年代中期，祖母千方百计联系上了他在台北的另外一位儿子，我的大伯父。大伯父多次回到重庆看望我们，试图弥补祖父的遗憾，让我们一家深受感动。我也多次借学术会议去台北访问，拜访大伯父一家，对台北的朴素的人情很为感动。现在大伯父已经不在了，我的父母也年事已高，我们都很怀念大伯父。请写一篇《旧旧的台北》，散文，表达对城市的印象，缅怀其中的亲人。"DeepSeek 在一分钟之内完成了这个任务，交来一篇有叙事有抒情，有主题也有细节的"作文"。虽然满篇没有我的痕迹，但却不得不承认这是我们日常认可的"怀人散文"，它捕捉的细节虽然似曾相识，却是符合我们相关主题的"标准"素材。

走在台北的骑楼下，斑驳的红砖墙泛着岁月的包浆。这座城市的底色是旧的，像一张泛黄的老照片，又像祖父那件总也舍不得丢的灰布长衫。

记得第一次来台北，是参加一个学术会议。会后，我循着地址找到大伯父家。那是一栋老旧的公寓，楼道里飘着淡淡的线香味。门开处，一位清瘦的老人站在那里，眉眼间依稀能看出父亲的影子。他紧紧攥着我的手，半晌说不出话来。那一刻，我忽然明白了什么叫血脉相连。

大伯父总爱带我去永康街的老茶馆。茶馆里的八仙桌漆色斑驳，茶壶嘴上的铜绿透着年岁。他一边斟茶，一边絮絮地说着祖父的往事。1948年的那个清晨，祖父提着皮箱走出家门时，可曾想过这一别就是半个世纪？茶馆里的光线昏黄，大伯父的声音很轻，仿佛怕惊扰了某个沉睡的梦。

台北的街巷里藏着许多这样的故事。龙山寺的香火缭绕中，有多少离散的祈愿？迪化街的老铺子里，又封存着多少未竟的思念？这座城市像一本厚重的书，每一页都写满了悲欢离合。

后来每次来台北，大伯父都要带我去吃一碗牛肉面。面馆很旧，墙上贴着泛黄的电影海报。他总是把碗里的牛肉夹给我，说年轻人要多吃点。我低头吃面，热气氤氲中，仿佛看见祖父坐在对面，正用同样的眼神望着我。

去年，大伯父走了。再来到台北，街巷依旧，只是少了那个等我的人。我独自走进那家面馆，老板娘还记得我，说："你伯父总说你最爱吃这个。"我捧着面碗，泪水滴进汤里。台北的旧，原来是这样一种温暖的惆怅。

这座城市教会我，旧不是破败，而是时光的沉淀。就像大伯父书房里那盏老台灯，昏黄的光晕里，藏着多少未说出口的思念。如今走在台北的街头，我总觉得他还在某个转角处，等着带我去发现这座城市新的旧故事。

台北的旧，是祖父未寄出的家书，是大伯父珍藏的老照片，是永康街茶馆里永远温热的茶，是面馆里永远飘香的牛肉面。这些旧，串起了两岸的血脉，连缀起离散的亲情，让这座城市的每个角落都浸润着人情的温度。

夜深了，我站在淡水河边。对岸的灯火明明灭灭，像记忆里闪烁的片段。河水静静流淌，带走了时光，却带不走这座城市旧旧的模样，和那些永远温暖的记忆。

我当然不会因为这些文字而拍案叫绝，但是必须承认，在今天那些报纸杂志上公开发表的散文，也大多属于这样的水准。或者反过来也可以断定，AI的这一类文学创作已经达到了一般文学报刊发表的要求。当人工智能的文学表达已经可以混同在人类自己的公共传达之中，那么，这样的状态是不是也必须引起我们的高度重视呢？

最后，对AI的运用价值的讨论绝不应该局限于如何敷衍成篇，AI时代的到来并不意味只是写作的替代，实际上它可以做更多的事情，从事更大的设计。就写作而言，除了最后的成文，大量的辅助性工作照样得心应手。例如海量数据库的建立、文献的搜集整理、关键词和关键信息的识别和总结，甚至写作构思中对遣词造句的词汇选择与调整，最后，还包括对论文初稿的审查，贡献必要的专业意见或者逻辑关系的审视等。在这些方面，AI同样可以发挥重要的作用。在我看来，目前铺天盖地的AI写作讨论在某种程度上淹没或者说掩盖了对AI其他功能的探究和关注，而这很可能是AI恰如其分地助力人类自身创造而不是替代人类创造的最核心的部分。

当然，在充分重视和肯定AI现实意义和未来发展的前提下，我们也有必要严肃地面对它的迅速崛起所带来的种种社会文化的冲击，这就是我所谓的困惑，大的困惑起码也有三条。

第一，AI时代人类价值标准与意义秩序的重建问题。

AI正面助力人类写作的状态是怎样的？在最理想也最乐观的意义

上讲，可能是怎样一种情形：我们在人工智能的推动下，不断对自己的创造性写作能力提出更高的要求，人工智能不是最后代替了人类的思维，而是推动我们的思想和情感表达走向更独特的形式。我们将最重复性的缺少创造含量的文字部分都交付人工智能完成，人类因为人工智能的有效协助赢得了更多的时间从事创造性的构思和设计，从而全方位提升写作的水平和能力。当然不断追踪人类写作"平均值"和普遍水平样态的人工智能的水平也一直在提高，不过因为有了超越的自觉，人类的智力水平总能超越这样的"平均值"，总是居于思想表达和情感表达的巅峰。

可惜，这只是一种想象中的理想状态——人类与人工智能和谐发展，机器永远居于平稳地助推人类自身进步的过程之中。问题是我们对于人类精神活动价值的判断和认定并不存在一条清晰的界线，而是处在一个浮动性很大的"范围"。在这里，所谓的创造性认定需要精细的感悟和衡量，它本来就不总是那么明晰和确定，加之人类自身的惰性与弱点，有时候也会有意无意地模糊创造的边界，让不少的判断不那么容易能够获得确定的答案。在这个时候，就出现了人类的智能发展不断让渡给机器的可能，难以预料在未来这将导致什么样的结果：价值系统的紊乱、动摇甚至崩溃。当人类自身的创造价值和独特意义变得模糊不清，虚无主义就成了我们不得不接受的最大的现实感？问题在于人工智能并没有属于人类的生存的危机，所以这个世界的写作与表达再也不会警惕价值的虚无，从而导致我们不断滑向沉沦的深渊？今天，在人工智能尚不完美的时候，其实已经露出了危机的端倪，我们无法判断人工智能写作或者人工智能参与写作的程度，一位勇于将 AI 写作引入语文课堂的中学教师最后发现，他难以区分学生的独立写作与人工智能的写作，或者评估人工智能的参与程度，也无法确定何种程度的 AI 参与真正有利于激活学生的写作潜力而不是让他们变成偷懒取巧的表达的侏儒。（李奕萱：《最新一批 AI 受害者，是中小学语文老师》，"AI 故事计划"公众号，2005 年 4 月 2 日）当"微软小冰"按照人类的诗意模式写下"我恋着我的青春"，如此缠绵深情，然而问题是人工智能小冰无所谓青春，也无所谓生命的眷念，当"文格"从此再无"人格"的关联，所有的喜怒哀乐也失去了求真的意义，我们千百年历久弥新的文学——一种生命对话的诚挚一瞬间被虚无轰成了碎片。同样，DeepSeek 代替我制造着大众最能读懂的两岸隔绝与亲情，这里的每一帧画面都剪接自那些似曾相识的怀旧故事，其实我们的每一分熟悉都不过是对普遍性的社会记忆的重复，真正铭心刻骨的个人的体验丝毫也没有出现的可能，连我自己都难以发现的内心深处的隐秘的忧伤，DeepSeek 岂能得知？大数据算法是 DeepSeek 思维和写作的基础，这是一种以概率为基础的推导能力，它善于概括、敏于总结人类的普遍可能性。然而，真正有独创意义的写作恰恰是以对隐秘意识的不断挖掘为目标的，反常性、超设计性，对一切数据概率的超越才是优秀文学的方向。如果我们的社会文化不断以 AI 的"优秀标准"来自我训练，最终的走向则可能是：社会文化的发展很可能会失去对"创造性"的区分、辨认和肯定，这就意味着我们对人的写作创造力已经失去了基本的判断能力。

第二，有许多乐观的人总是满怀信心地告诫大家，人工智能永远也无法超越人类，因为它们最终无法获得人类的思想与情感。但是面对这样的自信，我也禁不住提问，AI 之所以能够取得今天这样的质的飞跃，就在于它对人类的不断学习和模仿，当模仿从表层走向深层，更多的量的积累也就导致了今天的质变。按照这个逻辑，人工智能在未来将进一步模拟人类神经元的结构和工作方式，我们难以估量的是，这种不断靠近人类本体的模拟一旦超过了某一节点，就不会形成新的更大的质变？如果我们不能否定这样的科学逻辑，那么难道不应该为此有充分的准备——届时，生命的含义就会发生史无前例的巨大改变，人类文明到今天信奉的一切基础将不复存在。人类借助 AI 完善写作的信心不仅颠覆了人类的写作，更可能颠覆了人类自己。这样的信心才是盲目的"人类中心主义"，理应引起足够的警惕。

第三条困惑刚好与第二条相反，即不是对人类把控能力的信心，而是对人工智能与人类科学技术的美好未来充满信心。这些年，我们轻松谈论"后人类"，甚至主动基于硅基生命的立场讨论人类碳基生命的可能的退场，以此作为对所谓"人类中心主义"的反省和批判。所谓"从科学的角度去讲，所有人类作家的身上没有什么是不可被 AI 所替代的"，"刘慈欣呼吁创作者停止用'灵魂''情感'等概念自我安慰，主张直面技术革命带来的根本性改变"（《刘慈欣称 DeepSeek 完全可能替代人类作家》，https://news.qq.com/rain/a/20250330A0503N00?refer=cp_1009&scene=qqsearch）。作为人的自我反省和批判自然总是有意义的，但问题在于任何反省和追问其实都不过是对于一种新的更高的价值的表达，对人类中心主义的批判是为了避免人类因自己的狂妄自大毁灭了基本生存环境，而不是毁灭和取代人类生命自身。如果对人类生命的维护已经让位于对人类工具——科学技术的迷信，甚至要求以牺牲人类的存在为代价，那科学技术的发展就会跌入令人万劫不复的沉沦。人类的思想史曾经如此严肃地谈论异化，批判异化，如今却如此轻松地迎接自我的毁灭，这样的荒谬显然超过了我们面对 AI 的无力与无奈。

在今天，这样的科技迷信虽然还只是潜滋暗长，但对人工智能属性的混淆性判断可能就是需要我们警惕的。例如微软全球执行副总裁自信满满地宣称："与人类相比，微软小冰的创造力不会枯竭，她的创作热情源源不断，她孜孜以求地学习了人类数百位著名现代诗人的著作，他们是小冰创作灵感的源泉。"（沈向洋：《人工智能创造的时代，从今天开始》，见小冰《阳光失了玻璃窗》，第 5 页）

在这里，可能存在一种对"创造力"的误解，也存在对"热情"的误认，至于将创作视作大量"学习"的结果，也显然不是人类文学之所以诞生的真正的奥秘。的确，与孔武有力、孜孜不倦的机器相比，人类显然孱弱不堪，精神状态也不够稳定，热情起伏不定，也不一定充分汲取了"数百位"文学前辈的成果，他们有时热情似火，有时消沉萎顿，有时冲锋在前，有时裹足不前，有时目光如炬、洞若观火，有时又偏激狭隘、锱铢必较……不过，这就是真正的人类，集伟大与渺小、深邃与简拙、软弱与坚韧于一体的有血有肉的人类，他在脚踩大地的跋涉中艰难前行，文学不是完美生命的标牌，而是曲折求索的血泪，最终，感动我们的是艰难时世中的微弱呐喊，而不是进化时代宇宙英雄的胜利。

所有的这些观察和困惑，都期待着我们这个时代一次生命伦理与文化哲学的重构，它可以回答一系列至关重要的问题：如果 AI 真的演化为硅基生命的形式，那么我们如何定义生命？我们，如何与其他可能的生命形式相处？最终，如何确证生命的意义和我们存在的意义？

李怡，四川大学文学与新闻学院教授，中国现代文学研究会副会长，中国鲁迅研究会副会长。主要从事鲁迅、中国新诗与中国现代文学思潮研究，代表作有《中国现代新诗与古典诗歌传统》《作为方法的"民国"》《文史对话与大文学史观》等。

想象力比我们想象的更重要

谢有顺

讨论"AI时代的文学教育"这个话题，我的观点是，首先要肯定科学和技术的意义。科技不仅改变了我们的生活，全面更新了现代世界的面貌（尤其是物质世界），它对于文学也有巨大的启示意义。科技极大地拓展了人类想象的空间。文学对宇宙的想象，如果没有现代物理学等科技知识的助力，作家所写的"天上"到现在可能还是《西游记》式的，天上也有一个皇帝（玉皇大帝），皇帝也有个老婆（王母娘娘），他们也要吃饭、睡觉，也会互相嫉妒什么的——这样的想象逻辑，不过是对现实的简单复制。但科技让我们认识了一个更广阔、真实的宇宙，那些科幻小说、科幻电影所讲的黑洞、外星球、轨道飞行、星际穿越，属于硬科幻部分，都有物理学基础，无论星辰大海、星际迷航，还是流浪地球，打开的都是一个全新的世界。

没有科技为文学插上翅膀，文学会偏于向内探索，追求内心的超越，物理空间的广度是不够的。即便是书写现实，科技也让我们对疾病、梦、潜意识、死亡的理解更为深切了，现实的展开方式不同，对人类故事的讲述方式也会不同，这些想象边界的扩展，都有科技的启示。这个观察角度不可忽视。

在此之前，文学的核心价值中，一直保持着对现实的批判、对技术的警觉，以捍卫精神世界的完整性和超越性，反抗物质和技术对灵魂的奴役，这是好事。但这种批判与警觉不能演变为对科技的敌视。

文学的进步，同样需要尊崇科学精神。

事实上，造成世界观念大变化的核心正是科技大爆炸。我想起不久前读的亚当·罗伯茨《科幻小说史》一书，他将科幻小说的决定性时刻定于"布鲁诺被烧死"，这一事件标志着科技代表的理性和信仰自新柏拉图主义后开始分道扬镳，技术一路高歌猛进，最终使我们来到了海德格尔所说的"技术统治的时代"。技术本身不断对人类的生存带来冲击，动摇其稳定性，传统的认识装置日益显得狭隘与局促。

随着技术的进步，现代社会对人的想象出现了不同的路径。一种是新的路径，就是沿着技术和物质的角度，想象人的社会构成正日益机器化、数字化，尤其是人工智能的发展为我们描画出了这种乌托邦图景——人类以后有能力成为自己想成为的任何人，更有科学家认为，人类一切的运转规则都可以通过数字计算出来，数学法则有机会统治人类的一切。另一种是传统的路径，就是从观念和精神的角度继续思考人类的存在困境和灵魂救赎的问题。后者显然正在遭遇前者的挑战。以文学为例，文学是人学的现代性模式，在网络文学、科幻小说等类型写作中就受到了巨大的冲击，原有的关于人的想象，尤其是那种历史悠久的人文传统所建构的精神秩序，正在被一点点颠覆。新一代作家习惯将人置放到更复杂的时空和更迷幻的世界里来重新审视，他们所创造的"新人"或"新世界"更像是人的想象和机器人想象的合体，亦真亦幻成了这类写作的基本准则，它甚至改写了"现实"二字——现实不再是由事实所构成，也包括虚拟的部分。但文学毕竟不同于那些技术性应用的领域，文学的世界如果只有单一的技术性的理解，而没有社会想象的主体建构，它所创造出来的就是机械的世界、观念的世界，而丧失了这个世界应有的人的情绪、血肉、肌理，那些审美的情愫，那些恍惚和暧昧的精神遐想，也将无处安放。查尔斯·泰勒说，"社会想象并非一系列的理念，相反，它是使社会的实践通过被人理解而得以落实的"，这也很好地解释了文学在现实和虚构之间往返的秘诀，那就是要将一切理念都"落实"了，写作才是可靠的、有说服力的。

"科幻现实主义"一说，就是对这一写作实践极好的诠释。年轻的科幻小说作家陈楸帆曾说："科幻在当下，是最大的现实主义。科幻用开放性的现实主义，为想象力提供了一个窗口，去书写主流文学中没有书写的现实。"但科幻如何"现实"呢？如果只说科幻的想象是表现现实，或者是对现实的讽喻，这与《搜神记》《聊斋志异》《子不语》的文人志怪故事何异？陈楸帆显然意识到了这一点，他在《对"科幻现实主义"的再思考》一文中强调："'科幻现实主义'所追求的应该不仅仅是对时事的简单呼应和摹写，否则便丧失了这种开放文类自身的优势和可能性。我更愿意将'科幻现实主义'理解成一种话语策略……去寻找并击打受众的痛点，唤起更多人对科幻文学的关注，踏入门槛，并进而发现更加广阔的世界。"他从"科幻"能发现"更加广阔"的现实的角度去运用"科幻现实主义"这一概念，但新的问题又出现了："科幻"具有怎样的魔力，使得它能看见传统现实主义不能看见的部分？

要探寻这个问题，应该先厘清现实主义与现实之区别。现实指的是人此在的生活，而现实主义是一种认识现实的装置，这种装置既可以是儒家"仁义论"的，也可以是马克思的阶级分析式的，他们的相同之处在于规定人在"此岸"的伦理。这种认识装置，在人类漫长的历史中为人的生存提供了一个坚实的大地，而文学就充当了雅斯贝尔斯所说的"伦理的守护神"的作用。但这是以遮蔽其他生存的意义为代价的，故当韦伯所说的"祛魅"时代到来，这块"坚实的大地"，在西方，随着天国的陷落而变得晦暗不明，在中国，则随着儒释道伦理饱受冲击而变得动荡不安。

把现实理解为只有"此岸"，这不过是五四以后才有的观念。中国千百年来，多数人相信魂灵、神鬼、命运，在经验世界之外，认定还有一个超验世界，天、地、人、神、鬼并存，才是中国人完整的价值世界。但这一个多世纪来，很多人把神、鬼、魂灵世界贬斥为迷信，文学多写看得见的日常现实，这其实是对生命世界的简化。太现实了，文学就没有想象力了。正是科技的发达，才把人再一次从单一的现实尺度里解放了出来，重新思考在一个更宽广的生存空间里人存在的位置，以及人类往何处去等重大命题，尤其是科幻小说所带来的宇宙意识的建立，极大地扩展了文学想象的版图。所以，首先要充分肯定科技的意义。

第二点，科技和文学是有冲突的。简单一点讲，就是理性和非理性、确定和不确定、规范和自由之间的冲突。技术要求确定，文学和想象更多是不确定；技术要求理性，但文学总是有很多感觉主义、经验主义的东西。这种冲突并不是今天才有。而文学存在的意义，就是要不断反抗那些确定、规范、秩序化的事物，确定性难以产生审美，不确定的、暧昧的、沉默的部分更具审美价值。

这让我想起18世纪学者章学诚的观点，他说自战国以后，礼乐之教的力量在衰落，六经中最有活力、对人影响最大的反而是诗和诗教。这表明礼教、乐教所代表的确定性知识，与诗和诗教所代表的不确定的、审美的知识，二者是有冲突的，至少是此消彼长的。照林语堂的看法，诗歌在中国甚至代替了宗教的作用。可见，当一个时代的美学和观念开始固化，最早预知并发起变革的总是文学，尤其是诗。关键时刻，是那些不确定的、个体的、审美的、想象的事物在重塑这个世界。我曾在一篇文章中说："人类进入了一个越来越迷信确切知识、迷信技术和智能的时代，有些人甚至以为智能机器人可以写诗、写书法，做艺术的事情。技术或许可以决断很多东西，但惟独对审美和想象力还无法替代。那些确定的知识，那些秩序化、工具化、技术化的东西，总是想告诉我们，一切都是不容置疑的，未来也一定是朝这个方向发展的。文学和想象许多时候就在不断地反抗这种不容置疑，在不断地强调这个世界也许并非如此，世界可能还有另外一种样子；至少，文学应让人觉得，那些多余、不羁的想象，仍然有确切的知识所不可替代的意义和价值。"我们在肯定科技的进步意义的同时，也需重申想象力的意义。

在这个技术时代，想象力比我们想象的更重要。

这就是我想讲的第三点，文学有任何事物都不可替代的意义。说实话，如果都用技术主义的眼光来讨论问题和观察世界，生活是很无趣的。如果把想象性的事物和方案都删除，世界将会变得多么单调；看起来是规范了，秩序化了，但也可能是死气沉沉了。文学存在的意义就是要激活生活中不整齐的、旁逸斜出的东西，以定格人类智慧、思想、人性中的闪光时刻。福柯在《权力的眼睛》一书中，即便论到批评，这种貌似理性的文体，他也说："批评不是要指出事物没有按原来正确的方向发展。它的职责是要指明，我们的行为实践是在怎样的假设、怎样熟悉的、未经挑战和不假思考的思维模式上建立起来的。……批评可以把思想进一步擦亮，并努力改变它：表明事物并不是如人们所相信的那样不言而喻的，使人看到不言而喻的东西将不再以这种方式为人们所接受。批评的实践就是使得不用动脑筋的行为变得复杂化。"福柯还说，他喜欢批评迸发出的想象的火花，"它应该挟着风暴和闪电"，而风暴和闪电都是不确定和突发的。很多文学作品之所以灿烂辉煌，其实都在于作家遇见了那些闪光的时刻，捕捉到了闪电般的句子，很多句子、细节、想法一定是天外来物般地出现在作家脑袋里。

审美总是意外状态，意外越多，文学性往往越饱满。

但 AI 的出现，还是对文学写作产生了巨大影响，不单影响写作本身，也在影响我们如何看待写作这个问题。很多人为此焦虑。其实在 ChatGPT 出来之前，这些话题就已经在讨论了，只是那时我们还有一种人类的傲慢，觉得机器和人之间的鸿沟并没有那么快被填平。到了 ChatGPT-4 和 DeepSeek 出来之后，大家的看法迅速改变，至少我个人觉得，再以一种傲慢的口吻来谈论 AI 是极不合适的。这让我想起心理学家威廉·詹姆斯的话："很多人觉得自己在思考，而实际上，他们只是在重新整理自己的偏见。"今天如果再对 AI 存着偏见，这是很危险的。

尽管 AI 本质上还是基于数据和算法的工具，但它迭代速度特别快。我们要学习善用 AI 这一工具，携手共创一个人机合作的未来。AI 突破"奇点"的时刻正在加速到来。AI 突破"奇点"的标志是具有自我意识、反思精神和原创性，事实上，它现在就已初步具备某种像人一样的意识感，至少一种更为切近文学逻辑、审美逻辑的写作开始出现。

AI 很快会取代 90% 甚至 95% 以上的写作。但它所取代的，一定是那些平庸的写作，AI 还不能，甚至永远不可能取代人类写作中最为拔尖、最为灿烂的部分，那是人类智慧的结晶，也是人类情感和心灵历险之后积攒下来的伟大的瞬间、伟大的语言。人作为一种能创造人工智能的"智能"，本身也具有强大的生长性和创造性，你永远不知道一个作家的大脑明天会构思出什么样的故事，诞生何种美妙的想法，捕获什么精彩的语言。这种属于人本身这个智能所具有的生长性、不可预测性，是 AI 所不能替代的。

我不否认会有越来越多善用 AI 的人，有出色的提问能力、喂养能力、分辨能力和语言组织能力，慢慢训练出一个非常适合于思索某个问题的 AI，并让它的某些思索超越人类，这并不是什么奇怪的事情。未来已来。我们所能做的，无非就是守护好人类所独有的经验、情感、同情心、同理心、悲悯情怀、忧患意识、未来视野，以及对意义的不懈追索、对人类命运的终极关怀，把人基于肉身和精神而有的创造性发挥出来，人类仍然会是最高级的"智能"，也是无惧于任何一种人工智能的"智能"。

我最后想强调的是，没有任何人可以逃避技术带给他的影响。技术多数时候是中性的，有其强大的积极意义，但不能因为技术进步了，阅读更便捷了，我们就失去了对技术的警惕。技术应该服务于人性，而不是替代人性。正如乔姆斯基所言，真正的智能不仅仅是处理信息，而是理解、创造和感受。尤其是文学，终归是生命的学问、灵魂的独语，如果写作普遍失去了和生命、灵魂遇合的可能性，没有精神的内在性，没有分享人类命运的野心，没有创造一种文体意识和话语风格的自觉性，文学就失去了它存在的价值。毕竟，Al 所能模仿的，往往是那些有规律、秩序的语言和事物，AI 还不能原创出鲁迅笔下的"一株是枣树，还有一株也是枣树"这样的句子，这不符合语言规范；也写不出李白的"床前明月光，疑是地上霜。举头望明月，低头思故乡"，因为诗中有两个"明月"，重复了；也不会有汪曾祺悼念沈从文的文章中说的"我看他一眼，又看一眼，我哭了"——机器是不会这样写东西的。按汉语的法则，这些重复的话语都是多余的、啰嗦的。可是，好的文学不都是语言的意外状态、人性的意外状态吗？正是这种想象力的异想天开，使那些不能被整饬、被规范、被删削的部分开始野蛮生长，这是文学最有意义的地方。

因此，我们不能简单地把生活和未来交给技术。我当然知道，在技术的影响下，人类生活正在发生巨变，但人之所以为人，就在于他能应对各种巨变；何况，在人类进程中，文学的变化可能是最小的。人的内心和灵魂变化极其有限，爱恨情仇、生老病死、柴米油盐，古人和今人所面对的并无太大差异。文学还有时间从容应对一切技术文明的挑战。即便有挑战，也没必要恐慌，有些人夸大了技术对创造性工作的威胁，而忽略了技术和文学之间可能达致的和解。在应对日益复杂的生存状况这个问题上，人类所依凭的文学的力量，或许是微弱的，但也可能是最柔韧、最永恒的。

谢有顺，文学博士，一级作家。现任中山大学中文系教授，广东省作家协会主席。先后入选中宣部文化名家暨"四个一批"人才、广东省珠江学者特聘教授、教育部长江学者特聘教授等。兼任中国作家协会文学理论批评委员会副主任、中国小说学会副会长等。主要从事中国当代文学和文化研究。著有《散文中的心事》《文学的深意》等著作二十几部。曾获冯牧文学奖、中国文联"啄木鸟杯"优秀论著奖等多个奖项。

AI 时代的阅读问题

曾　军

　　2000 年前后，由图书出版领域发起以"老照片""黑镜头""红风车经典漫画丛书"等为代表的这场图文书出版热被冠名为"读图时代"，从而引发"阅读危机"和"经典危机"的大讨论。（如孟繁华《文学经典的确立与危机》，《创作评谭》1998 年第 1 期；陆梅：《警惕由读图而带来的阅读危机》，《文学报》2001 年 2 月 15 日）尖锐的批评，认为"图书形式上的革命并不是简单的'图文并举'。经典作品的图说化容易导致一个民族文化消化和咀嚼能力的弱化和退化"（周毅：《"读图时代"?》，《出版参考》1999 年第 5 期）。笔者从 2003 年开始展开以"观看的文化分析"作为主题的博士后研究时，也曾对研究视觉文化的"文化赝品"经验和舶来品理论的双重困境进行过自我反思。（曾军：《观看的文化分析》，山东文艺出版社，2008 年，第 327页）其实从那时起，真正带来"阅读危机"和"经典危机"的并非图文书，而是看电影电视、玩电子游戏、刷抖音快手等日益成为大众娱乐文化消费的主要方式之后，所带来的"人们越来越不读书"的担忧。尽管笔者并不完全认同"图文战争"的提法，但是中国的视觉文化研究有一个强大的现实动因，即影视文化带来的文学经典阅读危机这一事实表明，"阅读"之于知识的生产传播、个人的心性成长、群体的文化认同具有极其重要的意义。因此，任何可能引发"阅读危机"的因素，都需要引起高度警惕。

　　近儿年来，随着 ChatGPT、DeepSeek 等生成式人工智能大语言模型的成功出圈，"AI 赋能科学"（AI for Science）、"AI 赋能社会科学"（AI for Social Science)、"AI 赋能人文与艺术"（AI for Humanities and Arts）的范式变革正在加速影响人们社会生活的方方面面。生成式 AI 最大的特点就是其所具有的人机交互辅助生成的"生成"（generative）能力，这正是人们广泛关注它们的文生文、文生图、文生音、文生视频、文生代码以及图生视频等多模态生成的重要原因。人们纷纷惊艳于大语言模型一键输出、出口成章的性能，惊恐于它们对人类引以为豪的精神生产活动的替代。当"人机交互、辅助生成"成为特定的 AI 创作方式之后，原有的文学、美术、音乐、影视等艺术门类也面临着需要被重写定义的问题。由于数字新媒介的介入，原有的作家、读者、世界与文本的"四要素"及其文艺活动诸关系，也面临着重大的调整。在这一系列的探索中，"阅读"问题也成为亟待解决的重要问题。在笔者看来，如果说 AI 对人类文化的影响中有什么是最为重要的致命性因素的话，那么它一定是阅读。1972 年，联合国教科文组织向全世界发出"走向阅读社会"的倡议，1995 年联合国教科文组织进一步宣布将每年的 4 月 23 日确定为"世界读书日"，2015 年"建设书香社会"正式写入全国两会的政府工作报告。以国际组织、国家政府的名义来推动的事情，也从一个侧面反映出"阅读"所正在承受的压力。那么，AI 时代的阅读问题有哪些？这个问题的展开可以有诸多层面，既可以从社会学角度观察阅读群体及其阅读行为的变化，也可以从传播学角度来分析阅读的媒介及其技术正在发生的转型，还可以从人文艺术的角度来辨析生成式 AI 兴起之后，交互式、多模态方式下的阅读经验及审美体验等。本文想延续"赝品观看"的思考提出一个"二手阅读"的问题作为从文论角度来思考 AI 时代的阅读问题的一个小的切口。

所谓"二手阅读"是指阅读对象不再是原文原著，而是对原文原著加工处理过的"次生文本"的阅读。从日常阅读经验来说，"二手阅读"是指人们不再花很大的精力去啃原著，而只是满足于通过他人的介绍、摘抄或者梗概来了解原著的内容。从人类文化史发展的角度来看，所有对于经典的理解和阐释其实都算"次生文本"（曾军：《数字人文的人文之维》,《中国社会科学报》2020 年 8 月 28 日),如中国古代的注疏、评点,现代出版中的导读、简本,还有大量对经典著作的摘抄、笔记之类。数字人文技术出现之后,对海量文本、标注数据进行的可视化呈现所形成的图像或文本,也是新的"次生文本"形态。生成式 AI 兴起之后,次生文本又出现了多模态转换的新形式。德里达也曾有过"原始文本"的提法(在德里达的《书写与差异》[张宁译,生活·读书·新知三联书店,2001 年] 中,曾讨论过"原初言语""原初文字""原始词""原始文本"等概念,有一定的参考性意义),可以成为分析阅读对象的次生文本现象的一个注脚。

正如阿尔维托·曼古埃尔在《阅读史》中所谈到的,"阅读"是人类观察世界、理解世界的一种视觉方式,早在文字诞生之前,人们就能够上识天文、下别地理,将宇宙万物转化成一系列可以被阅读并赋予其意义的符号。正是在这个意义上,曼古埃尔认为"阅读乃先于书写""阅读仍是先于书写"(阿尔维托·曼古埃尔:《阅读史》,吴昌杰译,商务印书馆,2002 年,第 7 页)。曼古埃尔的这一判断非常类似约翰·伯格在《观看之道》中的"观看先于言语"(约翰·伯格:《观看之道》,戴行钺译,广西师范大学出版社,2015 年,第 1 页),都在强调一个具有主体性的人以积极主动的方式,通过视觉认知和理解外部世界,而且这种认知能力和理解能力早于人类发明语言。从媒介文艺史的角度来看("媒介文艺史"是笔者近年来致力于推进的学术领域,"是从媒介视角 [即作为文艺材料的媒介和作为文艺传播的媒介] 来反思文艺史 [不再只是文学或其他单一类型的艺术史,而是整体性地涵盖所有文艺类型的发展演变史] 的学术命名"。曾军:《将媒介引入文艺研究——"媒介文艺史"研究基本问题之一》,《艺术百家》2025 年第 2 期),"阅读"是与文字类抽象符号有关的视觉行为,属于书写印刷时代的文学接受活动。与之相关的,一个是口传时代与语音相关的听觉行为,与"讲""吟""诵""唱"关系密切。无论是弹奏竖琴、行吟《荷马史诗》的"讲故事的人"的诗人,抑或是"情动于中而形于言,言之不足故嗟叹之,嗟叹之不足故永歌之,永歌之不足,不知手之舞之足之蹈之也"的风诗骚人,都需要与之同在现场的听众一起配合。另一个是书写印刷时代的美术类以线条、色彩等具象类符号有关的视觉行为，是为"欣赏"。虽然艺术的鉴赏也需要专业技能，但即使是目不识丁之徒也能够看得懂具象的山水花鸟。阅读行为却对阅读者提出了识字能力的要求。因为如此，阅读才更多地与抽象符号、语言文字等人类的知识生产、高级的精神生活相联系，承担着知识情感的记忆、人类文化的传承的使命，并在书写印刷时代获得了长足发展，并形成了以"细读""精读""泛读"等为代表的丰富多样的阅读方式和技巧。在这些复杂的阅读活动中，人们不仅强化了识字书写的能力，更重要的是不断提升对语言文字背后深层含义的理解以及由此展开的批判性思考的能力。所有这些正是"阅读"这一主动的积极的探究性的视觉行为给予人的重要能力。人类的文化也因此而不断丰富、繁荣、发展。

到了机械复制时代，以摄影和印刷方式带来对艺术作品（主要是指美术作品）的机械复制，实现了对原作的原真性、此时此地性的替代，本雅明所感叹的"灵韵的消失"其实主要是针对以美术为代表的视觉艺术。机械复制技术本身并没有给文字阅读带来更多负面影响，相反因为印刷术的发明实现了文字的民主化，更多的人掌握了识字的能力，提升了人们的文化水平。也正因为如此，本雅明将印刷术视为机械复制技术中的"特殊现象"（本雅明：《机械复制时代的艺术作品》，王才勇译，中国城市出版社，2001 年，第 6 页）。机械复制时代对阅读产生影响的是以电影、电视为代表的动态影像。正如曼古埃尔所说，"阅读不是一种捕获文本的自动过程……是具有个人色彩的重新建构过程"（阿尔维托·曼古埃尔：《阅读史》，第 45 页），正因为（对文字的）阅读是一种积极的、主动的视觉行为，而（对影像的）观看是一种消极的、被动的视觉行为，所以当电影、电视等动态影像成为人们精神文化、娱乐活动的重要方式之后，"影视之于青少年的负面影响研究"一直成为学界研究和关注的热点。这类议题甚至始于电视刚刚进入普通百姓家、还没有真正普及的时期。（"早在 80 年代，当电视刚刚在中国家庭中出现还根本谈不上普及的时候，电视对青少年生活影响的问题已经引起一定程度的关注……

大有'他山之石可以攻玉'和'杞人忧天'的味道。"曾军:《近年来视觉文化研究中存在的几个问题》,《文艺研究》2008年第6期）笔者曾多次在"视觉文化入门"的课堂上,与同学们讨论从"为什么喜欢看电视的小孩就不喜欢读书了?"这个话题,引导同学思考书本阅读和影视观看之间不同的视觉注意力机制,以及不同的视觉机制之于信息接收、加工处理的不同影响。

到了数字生成时代,口传时代的"讲""诵""唱"和书写印刷时代的完成性作品都开始数字化,并向着数据化、向量化、多模态化方向发展。这里有一个技术性问题需要略加辨析。在机械复制时代,人们已经开始尝试用科技手段来保存和传播声音了。如留声机就是一个通过机械方式记录和再现声音的设备,电报采取的是摩尔斯电码表示字母、数字和符号,以模拟技术实现信号的传输（本雅明在《机械复制时代的艺术作品》中也关注到了与图像复制技术同时出现的声音复制技术[留声机]问题）。人类进入数字时代的时间应该是在20世纪40年代;数字信息技术进一步发展进入到人工智能阶段,其生成能力才获得增强。如果进一步细分,我们可以将数字生成时代区分成为彼此有连续但又不是相互替代的三个发展阶段:"作为存储和传播的数字技术"阶段、"作为模拟和算法的数字技术"阶段、"作为交互与生成的数字技术"阶段（参见曾军:《电影"自动机制"的再思考:人工智能时代的文论问题》,《电影艺术》2025年1期）。因此,阅读的数字化问题早在大半个世纪之前就已经开始,只不过让阅读数字化成为一个问题的,是以个人电脑为代表的计算机技术开始普及,传统的纸质图书被大规模地转换成电子书,阅读、写作、交流也都通过办公软件和社交软件进行。人工智能技术出现之后,主要作为存储、传播以及模拟的数字技术开始向作为算法、交互、生成的数字技术转换。当前以大语言模型为代表的生成式AI的成功,标志着数字生成时代的真正到来。因此,我们有必要从数字化的不同技术发展阶段出发,辨析阅读经历的不同转型及其所面临的不同挑战。

所谓阅读的数字化,是指将此前基于书写、印刷的纸质图书转换成以比特（bit）为载体的数字形式。这一数字形式既可能是可编辑的纯文本的，也可能是不能编辑的图像式的。事实上，在文字识别技术（OCR）还不是很发达的阶段，纸质图书的数字化主要是以图像形式被保存的。图书的数字化过程对阅读的影响主要体现在两个方面：一个是手稿的图像化、阅读的屏幕化，虽然图像方式保存了书写的痕迹，电脑屏幕也能够呈现图书的原貌，但已经失去了纸质图书的质感和触感。另一个是保存及呈现的标准化。为了尽可能延续纸质图书的阅读习惯，人们尝试发明各种电子书的阅读器（电子书的概念早在 20 世纪 30 年代，就由作家 Bob Brown 提出了。世界上第一台自动化的阅读器"机械百科全书"于 1949 年由西班牙教师发明。第一台真正意义上的电子阅读器诞生于 1991 年，是索尼推出的 DATA Diskman DD-10。最为普及的电子阅读器是由亚马逊发明的 Kindle），试图以虚拟的方式保持纸质书阅读的感受，如具有护眼提示功能的墨水屏（在此之前是背光技术）、自定义显示效果（如用户可以根据自己需要调整字体大小、字形、行距等）、多格式存储、内置搜索导航、手写笔记、PDF 重排等等功能。可见阅读的数字化进程直到现在仍在持续丰富、优化。

随着文字识别技术的进步，原来书写和印刷的作品会被识别成可编辑的规范化文本数据，纸质图书中的正文、图片、表格、页眉等不同因素都被处理成为不同的数据层，从而改变了图书数字文本的呈现形态。在图书从数字化到数据化的过程中，图书中的文字、图像以及各种符号都具有了可提取、可检索功能，从而开创了"检索阅读"的方式。这种检索式阅读在提升阅读效率的同时，也使得带有强烈目的、功利化的共时性阅读替代了线性的历时性阅读。它带给读者的阅读体验中，因为上下文语境的缺失以及阅读的连续性的断裂有可能带来理解上的浅薄、误差甚至误读。在读者根据检索的关键词进行跳跃式阅读的过程中，还会因为没有对所阅读著作的系统性整体性认知而自行"脑补"其中的逻辑链条，形成对知识的拼贴组装。尤其对于叙事性作品来说，作家在作品中设置的悬念、埋藏的伏笔以及精心设计的叙事节奏等，都有可能被这种检索打乱甚至被重新排序。由此，文学阅读的整体性在信息检索的活动中被肢解。

如果说在数字化、数据化的阶段，图书还多多少少以某种数字化的形式保存其形态的话，那么，到了生成式 AI 阶段的向量化阶段，（纸质的和数字化数据化的）图书仅仅被标记为一个出版信息，与图书有关的所有的信息都作为大语言模型预训练的数据，以一种无差别的方式被算法赋予以特定的向量表示，被"封装"在预训练模型中。套用海德格尔的话说，在预训练模型中，图书"到处都在而无一处在"（马丁·海德格尔：《存在与时间》，陈嘉映、王庆节合译，生活·读书·新知三联书店，2006 年，第 201 页）。尽管我们现在可以通过知识库增强检索、专题数据集对模型进行微调，但我们已经无法（可能也无必要）恢复"作品"的原初状态以及整体性了。或许可以继续沿用"书"的概念，将生成式 AI 比喻成一本不具有传统纸质图书形态，但在知识上无所不包的"超级百科全书"（Hyper-Encyclopedia）。人们对这个"百科全书"的"阅读"是以咨询、对话、质疑的方式展开的；生成式 AI 所提供的知识不再是原汁原味的人类经验和原初文本，而是对用户所关切的与该主题相关的所有知识的概要式综合和拼装式生成。换言之，人们通过生成式 AI 所阅读的内容其实是经过 AI 咀嚼消化过的"精华 / 残渣"，是一种典型的拾人牙慧式的"二手阅读"。

生成式 AI 还有另外一种辅助阅读的方式，即在电子书的阅读器或电子书的软件上嵌入生成式 AI。如 WPS AI 就是嵌入 WPS 的 AI 工具。当读者打开一个 PDF 格式的电子书文档，WPS AI 就能够提供文档问答、全文总结、AI 文档脑图等功能。亚马逊的 Kindle 也搭载上 AI，启用"Recaps"功能，能够帮助读者在阅读系列图书时快速回顾此前的情节和角色，提取关键情节和核心概念（《亚马逊 Kindle 全新 AI 回顾功能：电子阅读的未来将如何重塑？》，https://www.sohu.com/a/884352452_122004016）。从 AI 辅助阅读的技术环节来看，AI 工具不仅能够利用自然语言处理技术对原文进行词性标注、句法分析以及语义解释，还能实现对大批量文本的主题分类和情感分析，生成式 AI 更能够通过深度学习自动生成文本摘要、提取文本中的重点语句。借助生成式 AI 的预训练模型的能力，再配上知识库，加上工作流，设计成具有特定功能的"AI 代理"（AI Agent）。生成式 AI 还能够成为阅读助手，进行个性化推荐、可视化呈现、智能辅助批注以及互动问答等等。所有这些 AI 功能，也都正在以各种方式转化到大中小学的教育教学环节之中，成为"AI 赋能教育"（AI for Education）的组成部分。

那么，作为个体的阅读者在 AI 赋能之后会产生哪些阅读方面的影响呢？在笔者看来，AI 的本质就是效率工具，它的主要功能就是对重复性任务的自动化处理和对海量信息的数据统计和快速检索。当一位研究者需要面对每天都会新出版和发表的巨量图书、论文以及其他类型的文献时，仅仅靠个人的一己之力显然是杯水车薪。从这个意义上说，生成式 AI 对阅读效率的提升是显而易见的，但是阅读效率的提升如果是以阅读质量的下降作为代价，那么这种阅读方式就需要警惕，值得怀疑。下面以三种比较有代表性的 AI 辅助阅读方式（摘要式阅读、搜索式总结和可视化统计）来做进一步的分析。

生成式 AI 也具有对单篇文献或多篇文献做摘要和综合的能力。不过，这个能力主要是凭借其算法来实现的，通过语义解析，生成式 AI 能够识别出文本的章节层级结构，并运用注意力机制识别出调频术语、统计数据以及主要的结论。如果是多篇文献，它还能建立起文献之间的主题映射矩阵，比较不同文献之间的差异，并寻求"最大公约数"的总结。因此，从技术角度来讲，生成式 AI 所提供的"二手阅读"材料理论上说是能够实现对原著或原始文献的一般性总结和概括的。在笔者看来，这种摘要式阅读之于科技文献的阅读是有效的。它能够帮助读者快速捕捉相关研究主题的对象、前期研究成果、研究视角与方法，总结实验的过程及其结论。但对于人文类图书的阅读来说，这种摘要式阅读则被缩减成情节摘要、故事梗概，剥离了文学的感性修辞、叙事细节、微妙情感以及朦胧复义，简化了历史的枝蔓细节、复杂动因，简化了哲学的概念界定、论证过程以及理论的丰富性。

所谓"搜索式总结"是指以联网查找的方式对所搜索文献材料的主要观点进行提炼。在 ChatGPT3.5 发布之后，无法联网的局限使得生成式 AI 的知识只能停止于其结束训练的那个时刻。因此，当联网功能补齐之后，信息的同步性问题就获得了解决。生成式 AI 也因此强化了其作为智能搜索引擎的功能。就目前具有联网功能的无论是 ChatGPT 还是 DeepSeek 等 AI 的实际应用情况来看，搜索式阅读存在一个明显缺陷，即任何一次搜索行为，它们都不可能做到对全网的完整、精准地信息获取。受技术条件的限制，每次搜索，它们都只能随机搜索到部分文献，并依据这些文献进行归纳总结。因此这种随机性总结以及由此所能够提供的信息离客观全面的知识至少隔了两层：一是未能全面检索，二是未能完整总结，我们依此而获得的阅读也就不可能获得对所要思考问题的可靠性和正确性。

"可视化统计"就是莫莱蒂所说的"远读"（distant reading），即将海量数据中的关键信息，在大尺度（大数据、长时段、多重空间等）上转化成可被人进行整体把握的可视化形象（表格、曲线、图像）等。通过对这些可视化形象的辨析，人们可以发现一些演进规律或隐秘信息，从而获得对研究对象的全新认识。可视化统计作为数字人文技术所生成的"次生文本"不具有前面"摘要"和"总结"文本的相对独立性，它之于研究者来说，辅助功能更强。"当'次生文本'出现之后，此前传统人文研究所面对的'元文本'与'原初文本'之间的二元关系，就演变成新增了'次生文本'的三角关系：'次生文本'既可能是对'原初文本'的抽象化还原，也有可能包含着对'原初文本'的颠覆性解构，既有可能突显'元文本'与'原初文本'之间的隐性关联，也有可能提示两者之间的矛盾和张力。"（曾军：《数字人文的人文之维》，《中国社会科学报》2020 年 8 月 28 日）可视化统计在文学文本的分析中，已经发展出诸如词频、情感、情节、人物、时间、空间等与不同主题相关的可视化分析技术。通过将历时性的、需要凭记忆进行"脑补"的阅读经验转化成可以借助数字技术进行共时性的、由 AI 进行"机补"的可视化呈现，而成为一种辅助阅读的手段。

　　由此可见，AI辅助阅读在提高阅读效率的同时，也会给阅读带来无法估量的损耗：因为有了自动摘要和关键词提取，有可能会带来"阅读偷懒"，让读者浅尝辄止、速读浅读；AI辅助阅读会遵循内置的特定算法，将有可能形成阅读的同质化，影响阅读的个性化，"一千个读者，只有一个哈姆雷特"的局面是符合算法的均值化逻辑和正态分布规律的；"次生文本"（可视化呈现、多模态转换等等）还可能分散读者的阅读注意力，在信息过载的同时带来注意力涣散；等等。上述这些对阅读的影响都还只是阅读方式的改变。AI辅助阅读最大的影响在于检索、储存的功能对人的理解、记忆能力的替代。虽然AI是以"第二大脑"的面目出现的，但是在脑机接口技术获得了突破之前，在记忆可以实现数据传输之前，阅读仍然是人类获得知识、形成对世界的认知、产生对事物的理解的基本途径。AI辅助阅读能够提高获取特定信息的效率，加快知识总结和接受的速度，但无法替代欣赏式阅读（文学的审美），无法替代个体化阅读（个体化阅读才能激发起个体的生命经验，获得不一样的阅读体验）。

　　不难发现，到了数字生成时代，阅读面临着更多的新情况、新问题。AI时代的阅读危机，不仅仅只是一个"没人读书了""读书的时间少了"的问题，更重要的，是"读书偷懒""不会读书了"的问题。当检索式阅读替代"整本书阅读"、当摘要总结式的二手阅读替代涵泳品鉴式的亲自阅读、当"远读"替代文本细读（close reading），人们沉浸在加速主义的、寻求快感的、浅尝辄止的，甚至可能包含AI生成的幻觉、偏见的信息获取之中不可自拔之后，人之所以为人的精神的自主性、理性的辨别力、审美的判断力以及随之而来的创新、创造的能力将有可能被严重削弱。不仅如此，阅读能力之于人类的文化传承也尤为重要。只有拥有了内化于心、外化于行的阅读能力，人们才能拥有欣赏、理解、阐释和创新的可能，原创性的创造能力才有可能。因此，我们需要高度重视AI时代的阅读问题，重视培养基于"语感"的文本鉴赏能力和基于"体验"的文化认同能力。只有这样才能成为一个合格的读者，进而成为一个具有身份自觉的文化主体。

曾军，现为上海大学宣传部部长、《上海大学学报（社科版）》主编、文学院教授。入选首届长江学者青年学者、国家"万人计划"哲学社会科学领军人才，任中国文艺理论学会副会长、中国中外文论学会副会长。主要研究领域为文艺学和文化理论与批评，主要聚焦在巴赫金研究、西方文论中的中国问题研究、视觉文化研究、城市文化批评等方面。已出版《接受的复调——中国巴赫金接受史研究》《观看的文化分析》《城视时代——社会文化转型中的当代中国文学与文化》、《巴赫金对当代西方文学理论的影响研究》（入选"国家哲学社会科学成果文库"）。先后获得教育部高等学校科学研究优秀成果奖（人文社会科学）二等奖两次（2019、2023）、上海市哲学社会科学优秀成果奖九次（从第八届到第十六届）。

人工智能与人文教育

武新军

谈论人工智能与人文教育的关系，需要认真反思科技进步与人的全面发展的关系，需要客观估量人工智能究竟会给人带来什么影响，需要认真反思人文教育所存在的问题，衡量人工智能进入人文研究的利弊，也需要借鉴千百年来人文教育的经验来培养人才。

一、科技进步与人的全面发展

教育界谈论人的全面发展，多强调"德智体美劳全面发展"，即品德、智慧、体魄、审美、劳动技能等均衡发展，"五育并举"包括体力和智力、潜力和现实能力等诸多层面。科学技术与人工智能的迅猛发展，给人的全面发展带来许多不确定性因素。

在人工智能诞生前，人类已经有几千年使用机器的历史，使用机器协助完成由人的四肢、肩背、感官、头脑等器官完成的工作。生物体的器官通过频繁使用会更发达，而长期不使用则会逐渐退化，这个"用进废退"的规律，可能同样适用于人类。随着科技的发展，机器越来越多地取代了人的体力劳动和脑力劳动，我们发现人体机能似乎在退化。许多精湛的传统技艺消失了，许多创造性的手工劳动不见了，与之相关的智慧、情感与审美因此销声匿迹。多数人身体的灵敏性、柔韧性与节奏感似乎降低了，视听觉的感受力、头脑的记忆力和想象力，似乎也不如古人。纺棉、织布、缝补、做鞋、绣花等劳动，曾经关联着丰富的情感，产生过无数动人的诗篇。刺绣女"烂嚼红茸，笑向檀郎唾"，这么精致的劳动和细腻的情感，如今已难得一见。三十多年前，男同学都会收到女朋友巧手编织的毛衣，如今也难得一见，甚至连衣服拉链坏了、扣子掉了都需要找专业人员。我的一个外甥小时候在田地里劳动过，和同学一起到江苏一家汽车装配厂实习，负责安装、熨烫汽车座椅，一个人的工作效率是城市孩子的十几倍，老师经常暗示他到一边休息去，免得伤害其他同学。

大家都能感受到，许多传统的体力劳动和脑力劳动，已经、正在或将要被人工智能取代。失去劳动的机会后，四肢不勤五谷不分、肩不能挑背不能扛的现代人，不得不去寻找新的强健体魄与丰富头脑的方式。许多人热衷于长跑、骑行、打高尔夫球、练瑜伽、练太极拳等体育运动，这能够从中感受到劳动的价值、快乐与美感吗？能够练成 20 世纪五六十年代电影中常见的强健体魄与身体的柔韧性和灵活性吗？过去曾经流行过"文学起源于劳动""美产生于劳动"的观念，这种观念在 80 年代之后被宣布过时了。这些年"物叙事"研究的兴起，使我们越来越清楚地看到，劳动美学也有着坚实的历史经验的支撑，能够有效解释文学发展的历史。文学和美产生于体力劳动和脑力劳动，大概还是能够经得起历史检验的。

问题在于，产生于体力劳动时代的文学或美学，在人工智能时代是否还能像过去那样，有助于人修身养性，有助于人全面发展，体力劳动时代或者农耕时代的文学，还能够吸引没有劳动经验的年轻人吗？接下来，人工智能还会给人的身体、感觉、情感结构、审美体验、伦理观念带来更大的影响。这是我们讨论人文教育所必须面对的问题。

二、人工智能与人文教育

人工智能的发展带来行业大调整，这势必会深刻影响人文教育。大学教育作为人才培养和技术创新的主阵地，必须积极应对人工智能带来的重大问题。

科学技术与人工智能的发展，导致文科生就业岗位锐减，人文学科专业和招生人数持续下降。而更严重的是，真心喜欢人文学科的学生越来越少。多数选择人文学科的学生，不是出于对探索未知领域的热情，不是为了追求人生的意义和自我价值的实现，而是出于功利的考虑，是为了获得职业和生存技能，而不是为了志业理想。我觉得，这个现象并非不可逆转，人文教育也未必一定要跟着就业导向走。在职业化之前，人文学科对人类社会的影响要比现在大得多。人文学科是否有力量，取决于人文学者身心、思想、情感所能达到的高度，取决于人文学者引导社会向真、善、美方向发展的能力。20 世纪 80 年代中前期，中国曾出现文学热和美学热，多数高校的文学专业都是最重要的专业，文学专业曾引领高等教育发展。当时的教师很少关注学生就业问题，而是执着于家国情感、理想信念、体魄毅力的培养，所培养的学生后来都成为各学科、各行业的组织者和引领者。近二十年来，报纸杂志和网络上很少看到关于人的问题的认真讨论，我们对人自身问题的认识长期停滞不前，对人类面临的各种新问题缺乏深入的讨论。这导致人文学科缺乏创造活力，失去应对重大社会问题与重大精神现象的能力。人文学科因此失去其他学科的尊重，难以激发青年人学习的热情，这才是人文教育所面临的真正危机。人文学者只有充分发挥主体性，成为精神的创造者与传播者，成为美的创造者与传播者，成为新生活的践行者与引领者，才能重建人文学科的尊严。

人文学者不能以"不变"来应对"变化"。人工智能的广泛使用，必将导致行业大规模重组，公务员、学者、作家、画家、音乐家、记者、编辑、播音员、主持人、法官、律师、企业家、秘书等各行业从业者，都程度不同地受到人工智能的冲击。将来哪些职业会消失？哪些职业还能够继续存在？哪些职业会发生巨大变化？这些问题都需要人文学者展开前瞻性研究。在人工智能的冲击下，传统人文教育方式所培养的人才有什么局限？人文教育如何改革才能适应行业发展的需要？这也需要人文学者积极应对。作为教育管理者，应该主动加快学科布局的调整与优化，积极探索人工智能与人文学科深度融合及其催生新学科的可能性。

人文学者应该抵制人工智能，还是积极运用人工智能？哪一种选择更有利于人文学科的发展？这是许多人思考过的问题。有学者认为人文学科必须更新研究方法，因此倡导"构建科技人文命运共同体"（王宁：《人工智能时代科技人文命运共同体的构建》，《上海交通大学学报》2024年第11期）；有学者认为"人文学科研究的大部分环节，人工智能都能参与其中并且展现出优势，人工智能与人文学科越来越密切的协同工作，必然成为一种不可逆转的新常态"（宁琦：《人工智能时代的人文学科之变》，《上海交通大学学报》2024年第11期）。前不久在中国人民大学文学院召开"中国语言文学自主知识体系联盟成立大会"上，也有学者提出将来的人文学科，将会由中国头部综合大学的人文学科来引领，因为这些大学可以把最先进的技术运用到人文研究中去。也有人不这样看，科技与人文相结合是否会取得立竿见影的成效，传统人文学科的研究方法、传统人文教育所积累的经验是否会很快失效，这些都是需要深入研讨的问题，各自的成败得失也需要很长的时间来检验。

在人文教育中要不要使用人工智能？如何使用人工智能开展教学活动？这也是人文学教师普遍关注的问题，也是一个有争议的问题。有学者认为传统的人文教育方法，譬如口传心授，经过千百年的积淀与探索，在人才培养方面是行之有效的，需要规避AI技术对学生成长的负面影响，过多使用视听觉技术协助教学，不利于提升学生的思想能力，不利于开发学生的创造力与想象力。有学者认为教师需要主动提升媒介和技术素养，提升开发AI教育资源的能力；需要积极探索如何调整课程培养目标，培养适应AI环境的专业人才；需要积极探索如何开展AI辅助教学与研究，如何利用AI技术建设新形态教材；需要探索如何在AI环境中提升新的人文素养。而学生应该积极探索如何利用AI技术提升学习效率和跨学科学习能力，提升适应时代需求的能力和素养。一方面是新技术所带来的新的可能性，一方面是激活传统智慧与经验的新的可能性，对于两者都需要下大功夫进行探索。

三、人工智能与人文学者的成长

目前人的生活越来越智能，越来越高效，人的思想和感情的成长是不是也可能智能和高效？人的成长需要时间和空间，不可能拔苗助长。人文学者成长的过程，是情感和生命体验的过程，需要与世界、历史反复对话，需要身体、思想、情感、情绪的高度融入才能完成。在互联网介入学术研究之前的几千年中，历代文史大家对历史的情感与态度、复原历史的智慧与毅力、敏锐的时间感和空间感、历史的洞察力、纯正的审美趣味等人文素养，都是在艰苦的史料搜集、整理与研究过程中形成的，在不断到各地寻访考察过程中形成的。古代的刘知幾、章学诚等史学理论大家是这样，现当代的史学家和文学史家，也都是循着这个路子成长起来的。人文学者的成长，离不开艰苦探索和思考的过程，离不开解决复杂问题的过程。二十多年前，刘增杰、吴福辉、解志熙、沈卫威等老师，曾要求我们动手翻阅旧报刊，抄卡片做笔记，动脚寻史料走现场，动口讲思想情绪，动脑写作文章，通过身体力行的体力劳动和脑力劳动，养成对历史的情感、悟性、想象力和判断力。

我们已经看到，人工智能在处理海量历史文献方面，在历史考证、规律提炼、文本分析等方面，确实具有一定的优势。我所关注的是这是否有助于人文学者的成长，优势会不会成为劣势？从人工智能提供的史料或文本分析案例，学生是否能够很好地进入到历史中去？能否提升文本分析的能力？能否把生命体验与学术研究融合起来？人工智能供给的史料，在激发思想、情感、情绪、灵感、智慧方面，是否与原始报刊和历史现场具有相同的功效？90 年代中后期，钱理群先生曾在一本书的"代后记"中说："每回埋头于旧报刊的尘灰里时，就仿佛步入当年的情境之中，并常为此而兴奋不已。"（钱理群：《1948：天地玄黄》，山东教育出版社，1998年，第324页）如今五十岁以上的许多学者，都是靠着阅读旧报刊成长起来的，都曾体验过旧报刊所带来的"兴奋不已"的感觉。现在的学生已经很难做到这一点，在最近我们组织的博士生面试中，发现几十位来自不同高校的考生，大多是通过数据库来展开研究的，接触过原始报刊的寥寥无几。

陈平原曾引用冯友兰《中国哲学史史料学初稿》中提出的史料工作的四个步骤：收集史料（求全）、审查史料（求真）、了解史料（求透）、选择史料（求精）。这四个步骤在人工智能时代具有了新的特征：收集史料唾手可得，文献传递瞬间可达，几乎不需要再东奔西走，通过史料"触摸"历史，变成通过鼠标"点击"历史。收集史料的难度大大降低，但审查、了解、选择史料却变得越来越难，白菜多了不值钱，面对海量的史料，我们很难用心地去消化咀嚼，从而把生命、情感与史料熔铸起来。面对人工智能提供的史料，我们很难获得历史的"在场"感，很难产生时间感和空间感，很难嗅到历史演变的气息，也很难产生对历史的情感。没有艰苦的搜集寻访史料的过程，也就没有激动人心的豁然开朗。

人工智能所诱发的"避难就易"思想，将会是人文学者成长的重要障碍，人的惰性使我们很难摆脱这种心理的诱惑。"避难就易"人就失去了成长的可能，"迎难而上"就会别有洞天。举个例子，河南大学校史馆循环播放的周总理接见河大师生的视频，是我们找到的。起因是不同材料上接见的时间不一致，接见的对象不一致，有的说接见的是三门峡的工人。要搞清这个事情其实很容易，拜访两个九十多岁的参与者可能就解决了，但我们坚持不打电话不走访，而是通过考察纸质材料来解决，结果却有了意外的惊喜：因为迎难而上，我们在北京找到了当年周总理接见河大师生的纪录片；因为迎难而上，我们还发现许多宝贵的校史资料。

我们在积极利用人工智能带来的便利的同时，需要以适当的方式走出人工智能的信息循环。在知网时代，我一直是坚持在知网之外寻访史料的。因为互联网、知网和人工智能，既是开放的，又是封闭的。AI与社会生活存在交互关系，它不断吸纳外部世界的资源，扩张自己的信息系统，其主体性不断增强。但不断吸纳源头活水的人工智能，也是一个封闭的信息循环的系统。在这个循环系统中，存在着信息雷同现象，如果人文学者被封闭于人工智能的系统之中，其世界观、思想、情感、情绪等会慢慢失去多样性，人文学者的个性化、多样化的成长之路，也势必会受到影响。因此，只有走出AI的信息循环，才能摆脱信息的雷同化，拥有创新思维和创新能力，拥有与人工智能对话的能力，拥有引导人工智能的能力。走出信息循环之后，人的头脑才能够吸纳八面来风，人的身体才能够得到多样锻炼。曾经看过一个材料，在毛泽东年代，少数农场机械收割的产能已经足以完成收割任务，但农场领导还是要求开展劳动竞赛，并提出要以小镰刀战胜收割机。在作者笔下，农场领导这样做是不近人情的，是缺乏人文精神的。农场领导为什么要这样做？在联合收割机的产能极度扩张之后，人还需要小镰刀吗？当人工智能的信息获取能力极大地扩张后，人还需要身体力行吗？答案是不言而喻的，人文学者需要在人工智能之外，开辟丰富头脑、强健身体、丰富人文素养的新的通道。

人们普遍关注人与人工智能谁更"能"的问题，普遍焦虑谁"主"谁"从"的问题。人工智能的主体性可能会进一步增强，但即使出现人和机器"双主体"，那它的最终结果也应该是机进人进，而不是机进人退。因为人有趋利避害的本性，在难以忍受的灾难面前，人会止步并选择新的道路，甚至有可能走回头路。人工智能最终会像知网那样变为常识，在人工智能的基础上滋生出新的人文素养。这当然会经历陈平原老师所说的一个充满困惑与分歧的震荡期。前些时，教育部部长在访谈中说今年将发布中国人工智能教育白皮书，我们可能会看到更多的举措，来消弭思想界的震荡，形成一些基本的共识。

人文教育必须锚定促进人类全面发展的目标，加强科学教育和人文教育的融合，需要利用新技术建设新文科，在守护人文学科的人文素养的基础上，创造新质的人文素养，提升学生适应人工智能时代的能力和素养，这是我们所希望看到的。

2025 年 3 月 20 日

武新军，河南大学文学院院长、教授。《汉语言文学研究》主编，国家级领军人才，享受国务院特殊津贴专家。主要从事 20 世纪中国文学报刊史、文学跨媒介传播史研究。主持国家社科基金重大项目一项，完成国家社科基金项目三项。发表论文九十余篇，出版《意识形态结构与中国当代文学》《报刊史料与20 世纪中国文学史（当代卷）》等专著八部，主编河南省规划教材《中国当代文学跨媒介传播史》，获批教育部原创教材培育项目。获河南省社会科学优秀成果二等奖三项，河南省教学成果一等奖一项。

这一跃后，我们与谁背离？

陈济舟

　　2023 年 7 月，一家名为深度求索的公司正式在杭州成立。在接下来的几个月里，这家公司致力于通用人工智能 AGI 的底层技术（人工智能 AI 和大型语言模型 LLM）的开发，并在 2024 年 1 月 5 日发表了一篇名为《深度探索 LLM：以长期主义扩展开源语言模型》（"DeepSeek LLM: Scaling Open-Source Language Models with Longtermism，"arXiv, 2024, doi:10.48550/arxiv.2401.02954）的论文。论文说明了根据"开放式评估显示，我们的 DeepSeek LLM 67B Chat 模型"和与之对标的美国 OpenAI 公司的 GPT-3.5 模型相比，"展现出更优的性能"。一年后，DeepSeek 的 R1 模型发布，成为全网报道的起点，它在中国的推出和应用，也同时引起了欧美英语世界的广泛关注。

　　在中国人民大学重阳金融研究院于《智库理论与实践》2025 年 3 月发布的一篇名为《大跳跃：美国智库、媒体与行业论 DeepSeek 中国人工智能》的论文中，我注意到一系列敏感的词汇反复出现，它们包括"AI 竞赛""生存威胁""出口管制"和"中美竞争"等。文中提到著名科技投资者马克·安德森（Marc Andreessen）更将 DeepSeek 的发布称为"AI 领域的斯普特尼克时刻"（Sputnik moment）。这一比喻让从事文学研究工作的我想到了政治哲学家汉娜·阿伦特 1958 年出版的专书《人的境况》（又翻译为《人间情境》）。

　　在该书中，阿伦特对于劳动、工作和行动、权力暴力和体力、地球和世界、财富和财产等一系列概念的论述和批判，源于科学技术和人文思潮之间的张力。她在书的导言中表明，其思考的出发点正是冷战意识形态下的一次重要事件：苏联在 1957 年先于美国将一颗称之为斯普特尼克（Sputnik）的人造卫星送上太空，取得了太空竞赛的暂时胜利。

六十五年后，美国在 2022 年向公众开放了 ChatGPT，赢在 AI 竞赛的起跑线上，但随着 2025 年 DeepSeek 在中国的发布，似乎让两国在 AI 竞赛中的先后位置发生了改变。如果说六十五年前的"斯普特尼克时刻"催生了阿伦特在人文学界掷地有声的反思，那么今天当我们面临着与过去相似的以技术为尚的统治模式和左右分裂的国际政治环境时，除了恐慌和狂喜、喧嚣和骚动、绝望和虚妄，我们又产生了怎样的思考呢？

对于斯普特尼克的升天，半个多世纪前的欧美社会认为自己终于"朝着摆脱地球对人的束缚迈出了第一步"（汉娜·阿伦特：《人的境况》，王寅丽译，上海人民出版社，2021 年，第 1 页）。当那时的人们正在为科幻文学终于成为现实而欢呼时，阿伦特却提出了另一个科技本质主义者很难考虑到的问题："难道肇始于一种背离（不必然是背离上帝，而是背离作为'我们在天上的父'的一位神）的现代解放和世俗化，要终结于更致命的对地球本身——天空下所有生物之母——的背弃吗？"（同上书，第 2 页）这句话中，阿伦特所言的第一次"背离"是指理性主义和启蒙话语带领人类走出了魅惑的世界，人类从此背离了自己的天父或者任何象征父权的神性政治；第二次"背弃"则是针对作为"天空下所有生物之母"的地球而言，也就是说，对于逃离地球进入宇宙的憧憬实则背弃了作为"人的情况"的最根本的物质生态条件：我们赖以生存的大地与星球。

如果说随着理性（科学）的出现，人们仰望星空，诸神皆灭；随着卫星（技术）的升空，人们脚踏大地，却终究无视自然的生灵，那么在过去的三年里，随着 AI 的普及运用，我认为，人类当下的这一跃，终于背弃了人的语言，从而完成了最后的一次背离：人类自己。好比孙悟空逃出了五指山，却来到了一个比五指山更可怕的地方：无尽的虚空，一种超越人类语言的存在。

不管是人的生活还是生存、思考还是活动、情感还是言说，都深刻地内嵌于人类语言所创造和描述的世界里。作为文学工作者，我当然知道语言的能与不能，特别是语言之外那些所不能触及或者描述的种种。姑且将其称之为情动（affect）的时刻也好，主体"间性"的纠缠也罢，宗教时刻的"圣显"也可，但当人们扪心自问，所有的那些明心见性不立文字，所有禅修冥想和身心灵感，所有的"惟心会而不可口传，可神通而不可语达"，难道不都在在反向指射了当代文化生活核心中的那个巨大的空洞：语言的空洞？难道不都恰恰把所有的跃进都导回一个亘古实存的本质问题，作家李锐曾经反复提出的问题：人究竟应该如何用语言，特别是"方块字"，深刻——请允许我再加上三个字"且深情"——地表达自己？（李锐、王尧：《李锐王尧对话录》，苏州大学出版社，2003年，第147页）

这才是我所谓人间情境的最后条件，然而AI的产生却在用一种数学符号化的语言偷换这种语言，特别是中文里"文"的概念和存在方式：一种跨物质、承载性灵思想、包含天人感应的媒介。如果必须用一句话来佐证这种"文"的特性，一方面，它让我想到《周易·贲·象》中的"观乎天文，以察时变；观乎人文，以化成天下"，此句点出从考察自然现象、洞察时序以及审视社会典章制度从而化育人的过程（陈鼓应、赵建伟注译：《周易今注今译》，商务印书馆，2016年，第212页）；另一方面《周易·系辞》中有言"古者包牺氏之王天下也，仰则观象于天，俯则观法于地，观鸟兽之文，与地之宜，近取诸身，远取诸物，于是始作八卦，以通神明之德，以类万物之情"（同上书，第650页），此句强调了作为文之一种的卦象的出现和身体与外物、人与自然、造化与物类之间的关系。这都是作为跨媒介的"文"的特点。

汉字主体性的构成和其独特的起源使得作为中文文学工作者的我在面对AI的时候，必须问出与罗马字使用者不一样的问题，产生不同的思考角度。而文学在这一思考过程中所涉及的文与象、姿与言、符与意的关系，这种关系所催生出的引譬连类的思考模式，以及与之而来的涉及物类和人情的复杂感觉结构，这都和AI所生成的"语言"大相径庭。如果我们深入阅读那篇《深度探索LLM》的文章，大家会发现，是的，开发者们可以根据"中国古典诗词配对数据集"（CCPM）把原本从某古诗词翻译而来的现代表达还原，也可以通过"中文指代消解任务"（CLUEWSC，一个用于评估模型在处理中文文本中代词指代消解能力的数据集）分别正确地找到钱锺书《猫》、刘慈欣《球状闪电》、李娟《羊道》和高阳《胡雪岩》中所抽取的几个例句里的代词的指涉，但它无法替代阅读者自身的思考过程和感觉经验。当我们将中文语言让渡给AI的时候，我们也将思考的权利和感觉的自由让渡给了AI。是否还有人在乎，人类究竟是如何遭遇语言、文字和情感的？

作为人造物的AI，其特有的语言、逻辑和思考方式，在很大程度上体现了在一个技术统治的当代社会中，人们对于原因和结果的执念。它以更为海量的基于大数据的"原因"，更为迅速地"推导"或者"猜想"出最有"可能的"结果，但却忽略了由因到果的过程。为了迎合这种技术逻辑下所产生的思考方式，人们正在被其所造之物反向训练为更有效的"提示"（prompt）生产者，而不是真正的提出"疑问"（question）的思考者。提示和疑问是两个截然不同的概念。人类思考的过程存在于原因和结果之间，而AI的产生置换了这个神圣且艰难的过程。此外，AI使用的大规模数据驱动推理不依赖从具体观察中提炼一般规律的归纳法或内籀（induction），也不依赖从一般前提出发推导具体结论的演绎法或外籀（deduction），它的"思考"核心在于找出最高的"概率"，它的"思考过程"也不可像人类逻辑一样被解释和回溯，成为一个永远的深渊。而想象力、神思、悬拟绝非一个概率问题，我认为它是有物质和生态基础的一种具身体验。

基于以上这些零星的反思，我想说文学教育（和美育）其实是在捍卫人之为人的最后一道防线。文学教育的当务之急，是在当我们已经过度使用 AI 从而让渡了语言和思考之后，帮助我们捍卫即将要失去的"抒情"的能力。中国文学的抒情传统不是一套封存在学界的理论，不是研究情感发生的科学，也更不仅仅是个性情感的强烈诉求和表达，它是真实的历史与生活。从词源来说，抒可以是解除（纾），可以是宣泄（舒），但更是调节像流水一般的"情"的阀门和编织千头万绪的"情"（"杼中情而属诗"）的梭子。（王德威：《史诗时代的抒情声音》，生活·读书·新知三联书店，2019 年，第 24 页）如果说"情"的产生源自对外物的感应（"四时之动物深矣"）和来自主体不可明证的突然时刻（"在心为志，发言为诗"），那么代表书写言说（甚至是绘画刺绣）的"文"就正是把混沌杂乱的情感转化为稳定的表达结构的过程；它是把未发之情转化为已发之情，把情种培育成情芽，甚至是情花情果的过程，而这种能力正在我们的学生群体中消失。

作为一个才刚刚正式参加工作的文学青年教师，我在极有限的观察中发现一些让人担忧的影子：大部分学生不愿意也没有能力进行短篇作品以外的阅读，我们也无法浸润到文学的世界里从而体会那"此身已非我有"的情动时刻。在平日交流的表述中，我们无法完整地表达自己，一句话经常说到一半就以"你懂的"或者"那个啥"作结。我们和前人相比看似掌握了更多的语言（英、法、德、日、韩），但却根本无法用任何一种单一的语言深刻且深情地表达自己的思想和感受。我们以为冰冷的概念和严密的推理（包括计算）揭示了世界的真理，却习而不察地在这种解剖式的言说方式下，愈是看似缜密的逻辑却愈是让人距离人间的情景更远。我们笃信资本和科学的无所不能，崇尚实用和务实的人生信条，所以蔑视诗的暧昧、小说的虚构、情感的无形和理想的缥缈，以至于全然否定人文学科的价值。于是乎，我们在这一次次的自以为是的了然里，在一次次的"你的证据 / 需求是什么"的战斗式的叩问里，一次次地消解了情感、文字、语言和自我。这些并非我独有的发现，而可以说是教育者们众所周知的现象。

诚然，人们应该正面歌颂 AI 的出现在例如医学和科学的诸多领域所带来的量子飞跃，但是当整个社会都在狂欢的时候，也应该允许人文学科学者和艺术家们从其专业内部对 AI 及其产生的文化狂欢发出掷地有声的质疑。这时我想到小说家骆以军在科幻小说《明朝》中几次提出的对于"我是谁"这一大哉问的试探。整部小说的设定是在人类灭绝的时刻，科学家要将整个明朝文明压缩在一个机器人中，并将其发射到亿万光年外的宇宙里让它在另外的星球上再造人类文明。在这个过程中，人类其实已经因为长久的与 AI 和机器人协作而成了后人类，此时小说家突然意识到在整个星际续种计划中作为人的"我"原来已经出现了三次转变，它们分别是："我不必是我""谁可以是我""我已经不可能只是我"。那么"我"究竟是什么？小说家回答道："我本来就是由海量的 youtube 影像、三分钟简介电影、维基百科、脸书短废文、某某说历史上的君士坦丁围城战、太平洋海战、诺曼底登陆、三分钟理解相对论、NBA 史上最伟大的五十个灌篮、洛克菲勒家族的艺术藏品、大英博物馆导览影像……再乘以百万倍的各种讯息构成。"（骆以军：《明朝》，镜文学，2019 年，第 284—285 页）面对这样支离破碎的新人类，我不禁反思，这种碎片化的主体难道能够拥有抒情的可能吗？难道能够深刻且深情地表达自己吗？文学的教育不正是要将这些破碎的、不稳定的个体重新编织起来成为一个"不间断的人"吗？

文学教育应该回归人、情感以及表达这种情感的语言，这是老生常谈，但有些洞见的正确性并不总存在于新奇的观点之中。人文教育者直面 AI 的时候，要有底气，也要有警惕。一方面，我们应该认识到，在过去的一百多年里，人事几经沧桑丕变，但就连两次世界大战都没能让诗歌小说灭绝。另一方面，AI 的产生其实已经有效地干预了我们的语言，并且完全地参与到了我们的日常生活中。然而，它距离我们的精神生活还有一段距离，而这个距离究竟有多远，我们不得而知。但我可以肯定，它会很快地成为"文学传统"的一部分。但在它完全置换人的语言之前，我相信还会有那么一些卓越的教育家，在那无可奈何的天将变的时候，独自彳亍在人间的情境里，通过广义的文学向星空和大地召唤出一种人类的整体意识："一种对于心灵结构的转变的具有整全性的敏感。"（王炜：《试论诗神》，上海文艺出版社，2023 年，第 92 页）

陈济舟，香港中文大学中国语言及文学系助理教授，哈佛大学东亚语言与文明系博士，新加坡国立大学中文系荣誉学士。主要研究领域为现当代中国文学、电影与文化，华语语系文学，边地研究（中国西南），灾难文化与叙事，物论。学术论文发表于《中国现代文学与文化》（MCLC）、《中国现代文学》、《中国比较文学》和《南洋学报》等。著有小说集《永发街事》。

AI 与诗文写作

DeepSeek 与诗：如何迎向人机共生新时代

胡晓明　樊梦瑶

在古希腊，柏拉图讲述了著名的"洞穴寓言"：其中一群人一生都被锁在一个洞穴里，面对着一面空白的墙。在那个墙壁上，他们看到投射出来的各种阴影，囚犯们把这些幻觉，这些阴影误认为是现实。在古印度，佛教和印度教的圣人指出，所有的人类都生活在他们所说的"摩耶"中。"摩耶"是幻觉世界。佛陀讲，我们通常认为是现实的东西，往往只是我们自己头脑中的虚构。然而，AI 的出现，恰是对柏拉图的洞穴，或者"摩耶"的反讽。人类自以为走出了洞穴，其实自己不断精心营造而且进入了一个更大的洞穴；佛陀主张脱离幻影，殊不知我们却进入了更深的梦中之梦。面对如此虚拟现实、图文仿真、数据帝国、算法宰制的冲击，其他且不说，文学创作将会面对怎样的困境？将会迎接怎样的机遇与挑战？究竟何者为诗？何者为真诗人？回答这些疑问，不仅对 DeepSeek（下文有时简称为 DS）时代文学遭遇的问题有较为深刻的把握，而且可以从一个角度省思我们时代的理论需求与思想状态。

一、一个前所未有的诗歌时代来临？

很多人都没有真正意识到，一个越来越大的 AI 幽灵，在各行各业徘徊。别的且不说，就写诗、读诗、教诗而言，可能是一个前所未有的新时代渐渐来临。如果将"诗"代指所有的诗性，其意义更不止于文学与诗本身。而坚持人机对立、彼此无关，黑白二元化的认知，以及任何有关主体性、生命性的人文主义自由主义老调子，在今天已经空洞而无甚意义。我们面临的新问题是如何正视 AI 的最新发展成果，在边用边学中，协同共生，转智成慧。因而，实证的新探索十分必要。以下，拟分命题、同题、读诗三个方面检视 DeepSeek 已达到的新水平。

1. 命题作诗

笔者在不同的群，或朋友圈，公众号里，与 DS 公开测试过不同的题目。先从写赋说起。诗赋一体，赋是中国诗人正宗看家本领。写赋不仅讲究学问、见识、思维、语感、词汇，而且要求有精能的艺术形式，古代每个诗人的集子，必先赋。记得十多年前某大报上发起所谓《百城赋》，知识学养之寒酸，文心辞语之粗鄙，而今 DS 写的赋，早已将其甩出几条街区。我命的题目有《丽娃河赋》《四明文库赋》《孔学堂赋》《二十岁赋》等（参见《一个满大街都是诗人的时代已经来临?》，见"心灵诗学"公众号，2025 年 1 月 30 日，其中录有 DS 的多篇作品）。我曾在中文系讲授《昭明文选》多年，有一年课程作业是写一篇《二十赋》。学生们在图书馆苦了一两个月，交上来的作业，却没有一个人知道我在命题里埋了一个"雷"：二十岁是古代的冠礼。所以他们劳而无功。 而今对比 DS 的作品，审题老到，二十秒写定，当然，句子还不够典雅，韵脚也不够严谨，然而中西学养兼具，名章迥句迭出；视野之开阔，语藻之丰赡，令中文系老少奔走骇汗!

最令人惊异的是，DS 还可以对同一个题目的赋，根据需求写出不同风格。可以写出可读性较强的，也可以写出典雅厚重的，甚至可以与时俱进写出数智技术时代的特色，如《孔学堂赋》（提示"要有时代新意"）中的句子：

> 堂前木铎，振声已化电磁波频，寰球共振；阶下洙水，流韵翻作数据云帆，星际徜徉。
>
> 但使仁心常在，纵星河迭代，犹见束脩之礼；倘若义理长存，

即硅基生命，亦怀赤子之虔。

DS 在赋作上的成功，有目共睹，惊世骇俗，无疑写作能力超前（几乎都是在二十秒至三十秒之间完成），值得古典文学界充分重视。再说古典诗。此前，不少诗学教授瞧不起 AI 作古诗，认为没有情味，笔者做了较充分的证明。结论是：具身性、故事性、多诗体、感染力，都无问题。下面分别从命题作诗与同题比较来展开论述。

先看命题作诗。我的命题有《王淑君》（笔者祖母的生平故事）《早起观梅》《题麦积山石窟》《题香港街头手碟演奏》《咏杭州北山街》《读东坡诗》《读始皇本纪》《与友人论画》《题华东师范大学中文系九〇级一班》《题叶嘉莹〈鹧鸪天〉》等（参见同题比较诗学系列，见"心灵诗学"公众号，2025 年 2 月 1 日至 15 日），从写景到咏物，从叙事到说理，从时序到地理，从当代城市生活，到中国古典艺术，从身边亲友到古代君王，从海内到海外，DS 的写作，题材十分广泛，手法甚为娴熟。其数据库虽然会出错，但远比 ChatGPT 要惊人地博大深邃多了。其语汇、辞藻、想象力、思维力与表达力，也明显大大提升了。就目前而言，DS 对信息的吸纳吞吐与消化力，已经是超级巨鲸式的了。除了能秒回之外，DS 作诗的最大优点是胸罗超 500+ 诗词的格式，以及 2000 个诗人的全部作品（迄今为止任何一个诗学教授和现代诗词家都做不到；其训练精熟之程度，迄今为止任何一个学习古诗词者都做不到），因而仿写各种风格与诗体，易如反掌。譬如，我让它以吴梅村歌行体写《淑君行》：

《淑君行》　仿梅村体

锦城春深绿杨斜，王家有女初破瓜
菱花镜里点翠钿，嫁衣红过蜀山霞
郎君本是西川客，锦江书院折桂枝
谁料芙蓉开别苑，新人笑靥胜琼枝

> 休书一纸恩义绝，腹中珠胎暗结时
> 秋雨连宵打梧叶，孤灯照影理寒衣
> 忍将血泪和药煮，犹恐伤及掌中儿
> 廿年茹苦似衔石，儿着青衿返旧蹊
> 芙蓉新蕊初承露，寒梅一夜尽凋残
> 堂前唤母声犹脆，却是他人奉羹餐
> 蜀道巉巉云漠漠，寒鸦数点暮烟薄
> 白发倚门望断肠，儿在锦城第几阁
> 忽惊天地换新符，田亩累罪您难赎
> 逆子登台斥亲娘，雷霆字字剸心腹
> 三更叩门声呜咽，儿掷粗粝如饲犬
> 长安道上雪漫漫，褴褛老妪骨已寒
> 锦江呜咽流千古，谁记荒郊一抔土
> 唯有当年合欢被，血痕点点化杜宇

梅村善用顶针蝉联之法，《淑君行》（DS 作）全篇以蜀地风物为线，"锦城春深"起，"锦江呜咽"收，呼应梅村时空回环之妙。末句"合欢被"化用《圆圆曲》"汗巾犹系小腰身"意象，强化命运轮回之感。

我让它写渔洋体，在《元宵》一首中，DS 可以写出真正的渔洋体：

> 东君过处暗香饶，冰碾长空碧欲消。
> 万户春灯争吐蕊，人归星隐第三桥。

我又让它写乐天体（略）。再依此类推，太白体、乐天体、少陵体、龙标体，它也都能写得出。

具身性的缺失是人诟病 AI 的一个理由。这要看如何理解"具身"。如果说从创作源头与主体来说，当然没有。但如果从读者接受、文本真实而言，虚拟仿真的具身性十分到位。触觉、听觉、现场感甚至通感，皆有沉浸感代入感。从接受的角度来说，诗与真的关系将发生重要转变，诗不绝对是幻境，真不简单是现实，"双主体结构"将成为新诗性（双主体结构，引自赵汀阳在"DeepSeek 的中国时刻研讨会"上的发言）。诗就是真，真就是诗。虚实相生的美学将有重要新内容。

有人认为它不会讲故事，但如果提示足够细节，指令足够深入，AI 诗表现出的幽默感、故事性、戏剧性都没有问题。如《温哥华转机口》诗写安检意外犹如一幕小戏，《北极光夜惊》 诗将极光拟为银狐袭击航班，与幼儿突发高烧形成双重危机，"汉唐谣"指物理降温时哼唱的故乡童谣，皆有戏剧性。（见《今天我们如何写送别诗？》，"心灵诗学"公众号，2025 年 2 月 6 日）

有人认为 AI 诗没有情味。但是如果不说是 AI 作的，没有人不相信它一样能唱叹深情，余音绕耳。如《岁尾送儿子返多伦多》（见《今天我们如何写送别诗？》，"心灵诗学"公众号，2025 年 2 月 6 日）

传统诗最重要的标准是能否"入味"，即写出意境，写出情味与神韵。DS 的优点正是能写出上乘的情味与神韵。我让它写《早起观梅》，全诗通过雪崩、冰崖、野狐等荒寒意象构建故事场景，以"骨愈瘦""气愈温"达成物我互证，终在"千山忘言"中实现人梅浑化。"一树凝成太古字，千山肃立俱忘言"，尽弃向来写梅花的凡偎俗语，真能得梅花之神。（见《机器写诗，真的能招梅花的魂么？》，"心灵诗学"公众号，2025 年 2 月 6 日）我让它写《题麦积山石窟》，它时有神来之笔。（举例详后）我让它写北山街，他完全能把握题材中最有诗意的意象。DS 写旧体诗，跌破了很多诗词专家的眼镜，喊了很久的"狼来了"，这回才是真狼出现了。

美国语言学家乔姆斯基曾断言 AI 的语言是一种与人类不同，"天生有缺陷的语言"，而且认为 AI 的写作一反人脑的优雅，只是数据之间"粗暴的关联"（乔姆斯基与杰弗里·瓦图穆尔 [Jeffrey Watmull]，《ChatGPT 的虚假承诺》[Noam Chomsky, "The False Promise of ChatGPT"]，《纽约时报》2023 年 3

月8日）。然而，我们实证的结果表明，DeepSeek 的作品有较高的语文品质，能够写出优雅的古典诗歌。或许，乔姆斯基的话只能用在 ChatGPT 上，而 DeepSeek 的出现，已彻底打破了乔氏的断言，或许，AI 的中国时刻，也正是中国语文的时刻？

2. 同题创作比较

要说服那些认为 AI 不行的人，更切近理解 AI 诗功与诗思之程度，同题比较是很重要的方法。程千帆《四篇桃花源诗的比较》，是同题诗学比较研究的经典。笔者从"同题诗"创作比较的维度向读者展示人机对垒的"实战经验"，不仅是比高下（如果跟优秀诗人比，它当然不行；但它可以横扫95%的一般写诗者），也不仅是说明 DS 有哪些值得注意的长处与短板，更重要的是，人机相伴的新鲜体验，诗思修辞的新生课题，以及寓教于乐的学习过程，这些皆前所未有，值得充分珍视。

笔者去年写过一组麦积山石窟七绝，要求 DS 同题作诗。下面是笔者与 DS 的系列对话。DS 先后作品用数字编号。 一开始只是简单的提示：

写一首关于麦积山石窟的七绝，要求有亲临的感受。

七绝·天水麦积山石窟（1）

栈道凌空万佛盘，烟云千载迹斑斑。

佛陀微笑越千载，历尽沧桑现慈颜。

这首写得太一般，笔者提示：增加一些神秘感与魅惑力。

七绝·重游麦积山（2）

苔悬栈冷洞窟悬，松风暗度佛衣寒。

千年不落拈花笑，苍崖忽坠月一弯。

笔者并未提供细节，也不明说如何增加神秘感，DS很聪明。"苔悬栈冷"与"松风""拂衣"的触觉体验，营造出空山石窟的幽邃神秘。"苍崖忽坠月一弯"以视觉奇观收束，既暗合石窟造像的弧线之美，又赋予千年佛窟以流动的月光灵韵。诗中"悬""冷""坠"等字强化了身临绝壁的惊心感，而拈花微笑、月坠苍崖，画面组合有佛像灵动之恍惚感。但是似乎心灵性不够，"拈花笑"太老套。

提示：增加梵我如一的体验，但不要生硬（我暗示它把自己摆进去）：

七绝·夜宿麦积山闻钟（3）

青烟袅袅绕佛眠，石壁垂光欲化莲。

忽有钟声松影碎，半山明月落双肩。

这首以夜宿山寺的独特视角切入，青烟绕佛与石壁化莲暗喻物我交融的禅境。末句"明月落双肩"将自然意象与肉身感知相叠，松影碎时钟声荡开时空界限，明月不偏不倚栖于肩头，恰似梵我同沐清辉的证悟瞬间。诗中光影与声响的细微变化，皆成叩击心源的禅机。但是，我仍然感觉"我"与佛像交流不够。

提示：试与佛像对一下眼神（这是我的真诗兴）。

七绝·麦积山与佛对视（4）

苔阶滑过暗香浮，斜光隙里佛垂眸。

偶然撞入春风眼，千窟烟雨一时收。

这首诗聚焦与佛像目光交汇的刹那，滑过苔阶的步履与斜光垂眸的佛像构成时空错位的相遇。第三句"撞入春风眼"以触觉化的动词将石像幻化为含情凝睇的生灵，末句"千窟烟雨一时收"则让纷纭万象在此刻的凝视中归于寂照。偶然性的对视突破了石刻与肉身、千年与弹指的对立，刹那眼神的交汇处，正是梵我如如不动的本源。——这样一路提示下来，DS 的作品好得多了。

提示：在保持以上特点的基础上，能不能多样变化，不止写一首。

DS 在构思过程交代得很清楚：将四首分成以下几个角度：1. 自然景观与石窟的融合，如云雾、松风、苔痕等。2. 历史时间与佛教艺术的对话，如千年岁月、斑驳痕迹。3. 个人瞬间体验，如与佛像对视、钟声月光。4. 哲理性的升华，如梵我合一、时空交织。可能会遇到的挑战是如何在四首中保持连贯性又不显重复，以及如何通过不同角度全面展示麦积山石窟的魅力。需要确保每首都有独特的画面感和情感表达，同时整体形成一个有机的整体。——它可以做到如此理性，又如此感性。

七绝·麦积山四题（5）

其一　崖窟晨雾

> 一线天光破雾来，千龛浮浪若莲胎。
>
> 湿云粘我青衫袖，始信人间有蜃台。

按，该诗聚焦山间晨雾与石窟交融的幻境。以"莲胎"喻佛窟在雾海中若隐若现，末句衣袖粘云的触觉将虚幻蜃景落实于肉身感知，暗合佛家"一花一世界"的微观宇宙观。全诗生香活色，有孟襄阳的味道。

其二　观北魏胁侍菩萨

> 泥层剥落见朱砂，笑意盈盈带裂痕。
>
> 恰有山蜂巢睫下，沧桑蜜酿两相存。

按，此首从造像细节切入，朱砂残彩与裂隙中的蜂巢构成奇异对话。蜂酿蜜的生机与佛像的斑驳在"睫下"方寸间交织，喻示佛法在时间侵蚀中反而孕育出新生命。——这一首诗令笔者瞬间受震动：这确实是神来之笔！这样精彩的细节，DS 是如何想出来的？它的灵感如何触发？可惜最末一句直白生硬，改为"酿成蜜泪倩谁存？"或"忧容蜜意两相存"更好。

其三 栈道独坐

松针籁籁落经函，日影移碑字半缄。

忽觉掌心纹渐暖，佛光暗渡鸟衔岩。

按，通过触觉打通物我界限，松针落经与掌纹升温形成微妙感应。末句"鸟衔岩"以动态小景收束，暗喻佛性在自然生灵间的流转不息。全诗风格有王龙标神韵。"鸟衔岩"，不词，可以改为"鸟声喃"。此句或可改为"佛光暗转上衣衫"。

其四 夜宿瑞应寺

星斗斜簪舍利塔，溪声暗洗古钟文。

梦深忽坠莲花底，万窍浮空我亦云。

按，夜宿视角拓展时空维度，星斗溪声化作佛法载体。溪声句有通感之妙。尾联梦境中"我"化为云气与万窍同浮，抵达物我两忘之境。全诗词气疏宕，神思大起大落，得太白绝句之妙。经过我的一步步引导，比起第一首的简单无文，这首诗无论是意象、韵味、思致，都相当不错了。

上述实证研究可得出几点初步的结论：

第一，DS不仅写出了语言优雅、形式精妙的古典格律诗歌，而且，DS写得好七绝。这就表明，它已完成了AI写诗的高阶进程，取得了人机平等的真实地位。因为，七绝之妙，恰似中国诗艺的"灵动之眼"，其点睛之处，在于乾坤芥子的时空迷藏、电光石火的禅机捕获、虚空留白的绕梁余韵，何况，还有太白体、龙标体、摩诘体、襄阳体等繁多花样，号称消化了海量传统诗歌格律体系与诗人的独特文风，"深度思考"AI，根本无须怀疑，DS写绝句，也完全可以写出各种风格，写出微至的意境与灵动的兴会。尽管仍有这样那样的缺点，但要知道，它刚刚一岁不到，还在不断进步中。

第二，重新认识诗的具身性。我们从这一组麦积山石窟的七绝可以看出，触觉、听觉、现场感甚至通感，在诗中皆有沉浸感带入感，它为什么会有如此的高仿真或准虚拟性？原因是我的提示，换言之，在人机协作的时代，我的亲临其境的具身体验和当下诗思灵感，已融入机器的深度求索过程，化身为文本中亦真亦幻的语言结晶。如此一来，具身性再也不是人机二元对峙，而是你中有我，我中有你。虚拟世界的具身性将成为一个新问题。或许，从人类发明语言符号开始，一直到符号越来越成功掌控人类感情感觉的二次元世界，诗与真的传统命题就不断在被重新改写。

3. 作家理解与作品释读

我们再从诠释的角度看 AI 与诗的关系。DS 有很强的理解力，在文本注释与翻译、主题分析、情感心理层次的探索等方面都有很亮眼的表现。一些重要的文学史与文学理论课题，也无疑有甚至超过博士生的解答。如笔者曾向 DS 这样提问："什么是文本化的山水"，"李白、苏轼同样是浪漫主义诗人，请比较他们的生命历程各自不同的特点"，"李白的道教化自我的真实性与功用性"，"朱光潜、钱锺书、李泽厚、王元化的美学与文学思想比较"（文繁不具引），等等，它都能很快得出并不离谱的答案，有些解答，真无愧于"深度思考"这个名称。

但是，它在探测作家作品的心路历程与幽微心曲方面，无疑还有很大的空白。

我让 DS 写一首《七古·早起观梅次东坡松风亭韵》，题目里挖了一个坑：如何理解东坡。诗作本身它完成得不错。但是，DS 理解古典诗人的第一个大缺点，即心灵性不足。诗歌的心灵性，是诗人一路走来，颠沛流离，人困马疲，不断受伤又不断自我疗伤的过程。东坡诗中"昔年梅花"前后四句，沉浸了多少回忆，多少欣幸！苏轼自注说："予昔赴黄州……赋诗云：'去年今日关山路，细雨梅花正断魂。'……"细细读他的诗集中黄州以来的梅花诗，花非花，一片片一朵朵，心灵谱系中的一件件往事涌上心来，六十岁的老诗人再次面对这陪伴贬谪生活中珍稀的友人——梅花，而且是在"蛮风蜑雨"的天涯海角之地，因而情感真切而厚重。而 DS 的开头，前不见黄州，后不见惠州，来无受厄之身，去无惶感之地，只照抄了一个开头！

DS 在理解上的第二大缺点，它没有自己的真切空间。东坡作品中的松风亭、荔支浦、桃榔园，都是真实的存在，而且这些空间都是有关联的，想一想东坡的《记游松风亭》，心如"挂钩之鱼"的痛苦与焦灼，DS 都没有，只有松风亭光秃秃的所在。

DS 虽然写得出"醉抱琼枝卧苔石，天地同举白玉尊"，却写不出"海南仙云娇堕砌，月下缟衣来扣门"那样清新秀逸、生香活色，而又襟怀高旷的梅花形象，这是中国梅花诗的神韵极品，东坡也写不出第二首，他背后也有一只看不见的手，妙手偶得，这绝不能怪机器了。

DS 在理解上的第三大缺点，是它其实读不懂诗歌深度的人生哲理，尤其是这些人生哲理来自儒、释、道智慧的结晶。我们看一首东坡的名篇。提示 DS——写一首七绝《读苏轼渑池怀子由》：

> 鸿泥踏雪忆子由，宦海孤蓬几度游。
> 莫问春晖何处是，西风渭水故园秋。（1）

这一首大体能懂一点东坡原作。但我相当不满意它只是抒发兄弟之情。东坡的雪泥鸿爪，人生感悟何等深切。再发提示——再写一首，增加人生哲理：

> 云踪鹤迹本无程，流水青山自有声。
> 莫向风前悲聚散，一峰晴后一峰横。（2）

这一首以"云踪鹤迹"，将东坡"雪泥鸿爪"的漂泊意象，转化为道家的游仙趣味。转笔"流水青山"接得自然。后两句借峰峦叠嶂暗喻人生起伏本是天地韵律，悲欢聚散恰似云岚舒卷。诗中晴后横峰的视觉递进，暗含勘破无常后的豁达心境。然而，这样的理解可以吗？东坡确实是告诉子由，莫向风前悲聚散，然而，真是答案"一峰晴后一峰横"这么禅意十足吗？笔者不以为然。（笔者的两首诗，一分别着眼于抒发兄弟之情与抉取人生理趣，更努力将二者融合为一。"雨夜山窗忆子由，对床絮语几春秋。人间辛苦终将尽，已赚今生梦里游。"[着眼于承认死亡，珍惜当下]"空花幻影不生悲，雪爪鸿泥香自随。莫负人间经历过，夜长听雨可无诗？"[着眼于即使人间不值，依然兄弟有缘]，又参见拙著《人间要好诗》，北京大学出版社，2020年）

二、超越好坏利弊：AI 比较诗学刍议

1. AI 人机比较：以 AI 之短板显示传统诗学之长处

　　透过充分的比较，可以看出：除了不能独立写成作品、心灵性不足、生命体验缺席、知人论世不够、缺乏真切的空间关系等，AI 写作目前还有相当多的缺点。我们的目标并不是单一的比较长短，而是以 AI 之短板凸显诗人以及传统诗学之长处。具体而言，以理解能力而论，AI 用思过于分散，"读书"的心得不突出，面面俱到，有点像划重点的考试笔记本，又像是饥民暴食而不知其味。知识讹误、张冠李戴的问题也不时会出现。以想象力而论，它受数据库的限制，缺乏真正高水平的创造性。当然，它可能永远也拿不出真正个性化的诗学主张。以表达能力而论，语言运用有时过于直白生硬与苍白机械；以美感而论，依赖算法，审美不稳定。譬如会有"霓灯照松壑"丑怪意象，以及用"吴带当风"去接"履革屝"，极显突兀。以思维与分析能力而论，它说理不够精审，喜玩弄概念而不能层层深入，由于缺乏上下文的脉络，不可能做到同情的理解，以及富于前瞻性的理解，因而不能有真正的对话性，讨论问题套路多，无法做到有聚焦的针对性。有时候太无所不知、无所不

能，也将问题与困境化为标准化、程式化、反人性化，以及太丝滑太炫目的理论霸权。其实真正的思想在 AI 中是缺席的，一切都在无比强大包容的算法、上帝视角的大数据大模型中得到解决，它没有焦虑也没有失败，没有过程也没有场景，手到擒来，套路至上。

这些问题，哪些可能在不久的将来会得到解决，哪些永远不可能解决，这本身就是有待研究的新课题。

2. 缺点与优点共存的新机遇与新问题

人们依然对 AI 作诗所具有的种种优点不够重视。有人说它没有具身性，笔者说它有。从 DS 所作麦积山石窟的七绝可以看出，虚拟仿真的具身性十分到位。有人说它不能写出事物的神魂，笔者说它能。DS 创作《早起观梅》（其三）中的"天地同尊"，将自嘲升华为与宇宙对饮的豪情，在乐天体的俗白语言中暗藏"雪崖嚼蕊"的苦寒美学，在某种程度上，达成了自嘲与自珍的交织一体。有人说它没有感情，笔者说未必。DS 创作的《岁尾送儿子返多伦多》其三中，"但见金门湾上月，清辉已映故人颜"，非常有龙标体的味道。其四中，"未暖空巢"四字也颇为符合当时的创作心境。有人说它不会讲故事，笔者说它会。有人说它只能打败中等水平的写诗人，笔者说它能打败我校硕士生班 95% 以上的学生。有人说 AI 作诗没有神韵，笔者说有。有人说 DS 对古代文学教学作用不大，笔者说非也。笔者问 DS 学习了多少种文学史和古人的诗文集，以及多少有关文学史的研究著作，他的回答竟然是一个书目清单，经史子集样样涵括，甚至还有《荷马史诗》、但丁、莎士比亚、波德莱尔的诗歌作品。如此说来，它堪称一部有启发性的好教材。有人说 DS 没有自己的绘画观点，笔者说它有。在其所作的"论画诗"（其一）中，他在诗中嵌入倪瓒（倪迂）、黄公望（黄痴）、八大山人（雪个）、髡残等画家典故，表彰"无画处皆成妙境"的留白美学，还在诗中融入了关于古人与今人的对比批评。有人说它批判时没有锋芒，笔者说未必。它所作的《读始皇本纪》诗就十分讲究通过精确用字突出诗的批判性。有人说 DS 作诗故事感和戏剧性不足，笔者说未必。——凡此种种，主要原因是说这些话的人没有去多实战人、尝试，以及提示词有不够细节或者不够精确的问题，或者没有耐心反复循序渐进，或者根本想不到有更好的提示词。无疑，机器驯化与人机共生的时代已经到来，古典文学创作、学习和研究者要善于利用机器，在进行知识"投喂"时不仅需要提高其自身的学识和诗歌审美鉴赏力，还需掌握循循善诱、精准设问的方法，引导 AI 最大限度地接近诗之真相，叩问诗之本质。

有人仅初试一二，认为它不够好，就断言其无用。其实这将错失大好机会。从最低的意义上说，恰恰因为它不够好，有这样那样的缺点，才可以做借力打力的工具、由低往高的跳板。我做比较的过程即是彰显什么样的作品是好作品的鉴赏过程。这个比单一鉴赏更有效。有 DS 的加入，就像相声中的"捧"与"逗"两个角色相互成全的功能，学习古诗成为一种戏剧性的活动。从同题诗比较中，梅花诗的比较，寄赠诗的比较，送别诗的比较，读书诗的比较（参见《与 DS 论画——再谈同题诗学》等"心灵诗学"公众号系列文章，2025 年 2 月 3 日至 2 月 13 日），可以见出，如果没有 DS 的衬托，则难以显出优秀诗人如苏轼、郑珍以及赖高翔、陈寅恪等人的佳胜处。笔者认为未来十年，AI 发展面临着新的机遇与挑战，也同时面临着新问题。下面从研究、创作、传播三方面分述其主要表现。

第一，研究助手。不可否认的是，DS 仍能称得上诗人的好助手，永远在你身边，随叫随到的助手，一部前所未见的优秀学习教材，在古典文学创作与教研领域具有众多优势。在文本分析与解读层面，AI 能自动为古典诗歌提供注释和现代汉语翻译，大大降低阅读难度。根据邓小军教授的对比，一般的注释与翻译完全能胜任，但微言诗学即精深的考证还是未知数。根据笔者的对比，有诗人生命编年的知人论世诗意理解仍是未知数。但尽管如此，AI 也会提供远比一般注释更丰富的材料和更幽曲的分析，要读懂这些材料和分析，仍然不是未经专业训练的普通读者能够自行完成的，因而，全面系统、循序渐进的专业学习仍将存在。尽管如此，由于人性的趋易避难以及学习成本的理性计算，传统的小学仍然将趋于边缘化。 在情感与主题分析层面，通过情感分析，AI揭示诗歌中的情感层次和主题，帮助深入理解。AI一定会掌握更多的方法与分析工具，在诸如比较分析、词汇分析、意境、形式、心理层次分析以及复杂主题的哲学、历史学、社会学与人类学等方面，不仅会提供强大的助力，而且会主导分析的方向，完成理解的主体。但是，由于微言诗学仍是未知数，以及它对"今典"关注的缺失，以及诗无达诂，因而最终分析的结果仍需人来判断。因而，专业训练仍必不可少。在跨文化比较层面，AI能分析不同文化背景下的诗歌，促进跨文化研究。在历史语境还原层面，结合历史数据，AI能还原诗歌创作的历史背景，提供更全面的解读。这使得比较诗学将不再高大上，人人皆可比较，诗诗皆可比较，然而其后果是机器永远走在人前面，人要理解机器，反过来成为追随者、模仿者、被主宰者。

最大的忧虑是，由于工具的渐趋强大，学习者与研究者可能渐趋于过度依赖AI的分析和生成功能，忽视对诗歌的深度思考和人文解读，尤其是个性化、生命化，古人所谓"沦肌浃髓"的过程式、追体验鉴赏，可能将走向式微。诗歌将越来越与主体生命的感悟、体认相分离，而成为一种人机互动的智商游戏。基于此，笔者认为急需在大学中文系订立新学规，有意识地自觉限制AI的使用。

在数字化存档层面，AI将古典诗歌文本数字化，便于保存和检索。在文本修复层面，AI能修复破损或模糊的古典文本，恢复古籍原貌。相应地，诗歌手稿将成为珍稀的文物，图书馆目前所有的数据库将不再需要每年交年费或高价买断。

在版权保护层面，AI帮助识别和保护古典诗歌的版权，防止盗版。在伦理讨论层面，AI在古典诗学研究中的应用引发伦理讨论，需明确使用边界。

第二，创作辅助。具体说来，在诗歌生成层面，AI能根据特定风格或主题生成古典风格诗歌，为研究者提供参考。根据笔者目前为止的同题诗学研究，AI 超越大多数的写诗人完全不成问题。然而也如一枚硬币的两面，这或将导致诗赛难办（很可能高额的奖金奖给人机协作的参赛选手，犯时代误置之错）、标准混淆、批评乱战、话语权争夺，以及诗人自我魔化（为了区别于 AI）、诗人秀异化（圈子与小众、脱离群众、自居于 5%）等乱象。在风格模仿层面，AI 模仿李白、杜甫等诗人的风格，帮助研究不同诗人的创作特点。学习者永远不能如 AI 般掌握古今中外多种文体与风格。模仿的便捷化，也将导致生命主体的萎缩、个性的泯灭与创造力的稀缺。

第三，学习与传播。 在智能教学系统层面，AI 作为教学助手，反馈及时、方便，可提供个性化学习建议和资源。这比现在的研究生教育方式更加个性化，现在很多导师是不问学生的特点、个性，一锅煮式地教育。导师的重要性将下降。但是，会不会提出问题，仍然需要导师指导。机器永远是被动的。一个没有好奇心与创造欲的学生，有一百个 AI 在身边侍候也没有用。在互动学习平台构建层面，通过互动平台，学生能与 AI 对话，提问并获取解答。在社交媒体推广层面，AI 帮助古典诗歌在社交媒体上传播，吸引年轻读者。根据用户兴趣，AI 推荐相关古典诗歌，提升阅读体验。但正面与负面意义同时存在：由于数字化与互联网的特点，视频、图像与音频将主宰传播，尤其是儿童诗教，反而是坏事，语文能力将不再是童子功。书面语言的魅力将被快餐式的传播所破坏。而兴趣推送，将造成诗歌欣赏的茧房。

诗歌传播在虚拟现实体验层面，通过 VR 技术，AI 让读者身临其境地体验诗歌创作背景。在增强现实注释层面，通过 AR 技术，AI 在阅读时提供实时注释和解读。这将导致语言想象力的衰落，以及语言身临其境能力的衰落。当学生需要戴上头盔或数智眼镜才能感受身临其境的河西走廊或大漠落日之时，正是诗与诗人、诗学的落幕之日。因此，应当做适当的区分，游戏及文旅除外，专业学习应将这些工具赶出诗教。

构建诗歌创作社区。在虚拟创作空间构建层面，AI 支持的虚拟社区可让研究者和爱好者进行远程合作研究。在举办创作比赛层面，AI可组织古典诗歌创作比赛，自动评审并选出优秀作品。

综上，DS 虽在古代诗歌创作领域有不俗表现，但其目前仍存在诸多问题。面对 DS 带来的机遇与挑战，诗人和古代文学学习、研究者必须在保有充分信心的同时，继续在对中国诗学特质深度与广度上的把握上下功夫，不断提升自身修养，循循善诱地引导机器一步步靠近中国诗学之本质，在同 DS 等 AI 的博弈中占据主动地位，敢于应战、迎战。总之，未来十年，AI 将在中国古典诗学的学习与研究中发挥重要作用，推动文本分析、创作辅助、教育、跨学科研究、数字化保存和传播等方面的进步。这方面的新变化，将催生专门的学问——建立人机互动的 AI 修辞学、AI 文体学与 AI 比较诗学，急迫地提到议事日程上来了。应该组织这方面的研究者制定详细的研究计划，甚至建立 DeepSeek 诗学研究中心。AI 能提供强大的工具，人类的好奇心、体验、想象、情感和创造力仍是古典诗学的核心。笔者主张在中国诗歌领域 AI 的有限合法性。感谢有 AI 的时代，让我们可以借助它，借力打力，曲臻要妙。

三、诗与真：重新认识中国古典诗的写作、研究与传播

有人说，DS 是中国明朝以来最伟大的创新。包括 DS 在内的 AI 确实是颠覆性的创新技术，再过十年，其意义可能相当于人类发明火、电的意义。毫无疑问，AI 即将带来的是社会方方面面重大的变化。在此种情形下，古典文学创作和研究者们要怎么做才能借东风之力道，迎接新一轮科技文明的挑战？这当然不只是一个文学创作与文学研究的问题，实则是一个涉及人与 AI 关系的科学哲学、社会学和伦理学问题。——尽管如此，前瞻人机协同的发展，我们仍有几点想法，可供进一步深度思索。

第一，DS 的深度思考机制与汉字本身的诗性特征不尽同而可相通。

但目前我们还不能完全明白 DS 的内在结构与运行机制。譬如,作为单字词信息量大、多维度贮存的汉字,是否天然适合于 AI 算法? AI 的神经镜像机制,是否与汉字的关联思维、发散思维、形象思维相通?换言之,汉字通过笔画→部件→整字的三级架构实现信息编码,DS 系统是否模仿这种层级抽象机制,通过基础单元逐级组合形成复杂概念表达?汉字形旁系统构建了庞大的语义关联网络,DS 是否真的采用相似的知识图谱构建方式?在自然语言处理中,是否可以利用汉字的部首信息来增强词向量表示?或者,在认知科学中,汉字的结构是否影响了使用者的思维方式,比如更注重整体和部分的关系?甚至,汉字使用者大脑左腹侧枕颞区("汉字处理区")的独特激活模式,与拼音文字靠声音的激活模式不一样,这是否与诗的想象力更有联系?如果这些都能得到证实,那么 DS 可能是天生最适合于汉语诗学的 AI,而汉语诗学也可以因此而找到最新科技成果的支持,从而实现科学与人文的新整合,在元诗学上,似有不少课题可做。

第二,"诗人满大街"与"诗坛大扫除"并存的时代。"诗人满大街"是说诗之新一轮平民化。AI 作诗技术的突破确实已经带来了诗歌创作"去精英化"的浪潮,诗人群体正在发生结构性演变。创作主体三分化,即传统诗人(12.7%)、AI 原生代诗人(43.2%)、人机协同创作者(44.1%)。这或许将导致诗之贬值,正如美容技术普及之后人工美女满街走。诗歌评价体系面临重构。然而另一方面也是好事,大浪淘沙,将逐步消灭滥竽充数的诗、应酬诗、伪诗、平庸诗、俗诗等,这是好事。未来的诗坛将呈现人机共生的新生态,一面清扫,一面繁荣,而非简单的数量膨胀。真正的诗人正在演变为"语言工程师",AI 亦友亦敌,黑白反转,诗人的核心价值将转向对 AI 诗学局限性的突破与补偿,不断优化诗之美质。

第三,中国科技大学的计算机专家陈小平教授说,提示应该翻译为"激发"(引自陈小平《人工智能发展道路的当下选择与人类未来》,"DeepSeek 的中国时刻研讨会"上的发言),DeepSeek 之所以优于其他 AI,他最喜欢"激发"，最长于响应"激发"。我因此而得到一个启示："激发"正是中国诗歌的根本大法："诗兴"——由里及外，由此及彼，唤醒、引譬联类。从《题麦积山石窟》同题比较的实证研究可见，如果不是笔者一步步地引导：从亲临现场到神眼交流，从神秘感、魅惑力到梵我如一，一直到多角度变化，就不会有最后的一组四首好诗。 我们不能不引申出两个启示。其一，机器肯定不能独立完成写诗，今天看来，这不是一句废话，人机配合才见真章。因而人的立意，仍是诗歌之魂。所以，有什么样的人，才会有什么样的诗。因而，从古老的兴者起也，到叶嘉莹先生的"生命感发"，重新再认这个一脉相承的诗学传统仍然很重要。其二，其实在对话的过程中，可能是相互引导、相互激发、相互成全、相互赋灵，这预示了一个人机相互赋能的教育与学习时代到来。

第四，DS 写诗可以解决一个古老的美学之争："诗在心，还是诗在手？"以前，我们一直强调诗在心，后来西方美学的语言学转向来了，我们又强调诗在手，都很对；但是 DS 来了，诗在手的问题可能不重要了。"诗"不仅是表现于作品的语言艺术，而更是心中之意。由此更进而推理，现代语言并不优先，直觉与感知、抒情与意念优先。DS 可能会加速心中之诗与语言之诗的分离。

"诗在心"的命题将得以强化，DS 作诗技术确实让诗歌创作更普及，但真正的诗人需要的是独特的情感、思想和人生体验，这是 DS 无法替代的。诗人要重视生命内在感发的元初动力，守护真诚的心灵本质。《庄子·天地》有言"有机械者必有机事，有机事者必有机心。机心存于胸中则纯白不备"，庄子是崇尚自然之境而反对"机心"的。在大机心即 AI 来临面前，人的新机心将更多出现：为文造情，弄假成真，有了机器，如虎添翼；创作心态的依赖心，取代了对中外前辈诗人的追体验，取代了日常人生中酸甜苦辣的真感觉、真参与、真付出，庄子所说的纯白，即天真本然之心越来越稀薄。AI 时代的来临既然不可抵挡，如何经由大机心的 AI，反者道之动，再回到天真本然之诗心，这才是现代诗人应该经受的历练。像毕加索说的："我一生的努力，就是要画得像一个儿童。"

总之，笔者认为，未来十年，AI 将在文本分析与解读、创作辅助、风格模仿、教育与学习、跨学科研究、数字化保存与修复、诗歌传播与评价、诗歌创作社区构建、伦理与版权保护等诸多方面为古典文学创作、教学研究与学习传播带来新的活力甚至某些改变。尽管如此，人类的好奇心、体验、想象、情感和创造力仍是古典诗学的核心。这样，人机关系问题不单单是机器属性和操作技能的问题，而且也关涉人类生命感发、精神存在等终极思考。有人说："今天，'人工智能'的风靡，也绝对不是'人类智能'该唱挽歌的时候。……不是承认被侵犯的失败感，而是承认即使被侵犯，我们依然有坚守领地的勇气与能力。"（樊迎春：《褶皱之外——AI 时代的人与文学》，《南方文坛》2019 年第 6 期）但是，这种类似的老调子应该唱完了。这已经不再单纯的是空喊坚守与勇气的问题了，重要的是转"侵犯"而为"成全"，变对手为助手，一如当今围棋界的老法师所说的，"每个棋手都有四五只'狗'（AlphaGo）"，有了"狗"之后的围棋，虽然，人不再与"狗"比赛，无疑已经划出了一个新时代。（专家们认为，"阿尔法狗 [AlphaGo] 可以看作人类认知的新探索，它的出现是人类认识自己的一个契机"，"棋手可以和机器组成共生关系，下出更为精彩的棋。""骑手，根据发音将阿尔法狗之类围棋软件称为'狗'，人和狗一起活跃在棋盘上，它们每人几乎都有一只或者数只狗，然后人和狗一起活跃在棋盘上，称之为'遛狗'。人通过'狗'深度理解了棋，'狗'又在棋谱中体现了自己的价值"。胡廷楣：《烂柯：棋道与人生》，上海文化出版社，2024 年，第 8 页）而诗学的命运，我相信应该比围棋好很多。

参考文献

[1] 何怀宏：《何以为人 人将何为——人工智能的未来挑战》，《探索与争鸣》2017 年第 10 期。

[2] 尤瓦尔·赫拉利：《未来简史：从智人到神人》，林俊宏译，中信出版社，2017 年。

[3] 库兹韦尔：《奇点临近：当人类超越生物》，李庆诚等译，机械工业出版社，2011 年。

[4] 陈楸帆等：《"人工智能时代下的文学创作与文学批评"论坛》，《东吴学术》2023 年第 5 期。

[5] 胡晓明：《中国文化心灵诗学如何可能》，《华东师范大学学报》2024 年第 5 期。

[6]《DeepSeek 作诗信手拈来，艺术最后底线终被 AI 攻破?》，中国作家网 2025 年 2 月 7 日发布。

[7] 钟华：《AI 技术高度发达的时代里诗人何为?》，《福建论坛》2018 年第 11 期。

[8] 叶嘉莹：《古典诗词讲演集》，河北教育出版社,1997 年。

[9] 叶嘉莹：《我的诗词道路》，河北教育出版社,1997 年。

胡晓明，1955 年生，华东师范大学中文系终身教授。曾任华东师范大学图书馆馆长、文学研究所所长。华东师范大学中文系中国文学批评史专业文学博士毕业。曾为哈佛大学东亚系哥伦比亚大学高级访问学者，香港中文大学客座教授。兼任教育部人文社会科学重点研究基地中国现代思想文化研究所研究员、副所长，复旦大学中华文明国际研究中心研究员，中国美术学院南山讲座教授，中国古代文学理论学会会长。主要著作有《中国诗学之精神》《万川之月：中国山水诗的心灵境界》《诗与文化心灵》《文化的认同》《江南文学诗学》《古典今义札记》《文化江南札记》等。

樊梦瑶，华东师范大学中文系博士研究生。

在 AI 时代如何重建诗人的自信

彭玉平

AI 时代的来临，让人惊叹"人"的价值和意义似乎在不断萎缩，而智能的威力则宛然无所不在，民众的反应堪称一则以喜，一则以忧。喜的是 AI 的搜索与组织等功能，让许多人似乎从烦琐的工作中解脱出来，节省了不少脑力、体力和时间；忧的是如果基本的工作层面可以依托 AI，则人的存在价值就不免受到怀疑。传统的天、地、人"三才"，原本居于天地之间具有核心地位的"人"，其"位置"似乎也在变化之中。人类是否依然伟大，人类是否依然不可替代，人类是否依然值得敬畏，就成了新的哲学命题。

去冬 DeepSeek 的出现，所造成的观念和职业动荡可能是近年来最为激烈的一次。诗赋创作、撰写论文等功能，皆可由其在一定程度上完成，这给文学期刊和学术期刊带来了困惑，如果收到的稿件是由人工智能完成，则如何处理署名问题、发表问题以及创作和研究的伦理问题？看来人工智能给我们带来许多便捷的同时，也带来了许多新的社会问题。

但在人文学科，或者具体到诗词创作领域，AI 的功能是否依然强大？据中华诗词学会会长周文彰说，当代中国有一支庞大的诗歌创作队伍，每天创作的诗歌有五六万首。清代康熙年间编的《全唐诗》不足49000 首，则就诗歌数量而言，现今几乎一天创造一个唐朝，这真是骇人听闻。如果加上 AI 创作，数量就更要往上飙升了，简直难以统计。这个数量我虽然本能地有点怀疑，但在我接触的世界中，确实有每天写诗的人。南方某高校有个很有名的科学家，每天早上四五点钟，必有一首诗词出现在"群"中，风雨无阻，四季如是。我认识的诗人很有限，尚有这种让每一天的生活从诗歌开始的人，何况还有大量的诗词爱好者，特别是离退休干部中的好诗之人，诗歌在他们生活中的地位可能更高。诗歌如此"繁荣"，这大概是一个背景。

但我一直认为，写诗的人与"诗人"是两个概念，就好像写毛笔字的人与书法家的概念不同一样，两者有质的区别。清代江湜写过这样一首诗："我要寻诗定是痴，诗来寻我却难辞。今朝又被诗寻着，满眼溪山独去时。""寻诗"的人不一定是诗人，很可能只是"写诗的人"，而被诗寻着的人才是真正的诗人。换句话来说，AI只是"寻诗"者，如果以后某一天，AI能被诗寻着，不受任何指令就情难自已、不可抑制地自主写诗，那或许对"诗人"的挑战才算真正开始。我曾经听过一位青年学者说：AI写的诗歌已经超过了99%的诗人。我大致可以判断，他认识的诗人可能不超过99人；或者说，他只是认识大量写诗的人，而对于"诗人"这个群体，反而可能是隔膜的。

写诗的人面太广，形形色色，水平参差不齐，讨论的逻辑前提有点摇晃，这里暂时略去。而上升到专业诗人或者高水平诗人，AI的冲击能到什么层面？就是一个值得探讨的问题。今天的诗人当然无法回避人工智能更新换代的络绎而至。但在AI时代如何重建诗人的自信？这不只是诗人的问题，而是一个时代的问题。

就当下的情况而言，我总觉得，文词、意象、基本体式以及普泛性的情感，在当下或许可以由AI替代。或者说，AI技术已经深度进入我们的生活，甚至已经在一定程度上开始"干扰"我们的诗歌创作传统。AI在抓住主要数据、基本情感和基础格局方面，确实呈现出强劲的势头。但在诗歌面前，AI能够利用的高段位空间还是十分有限，至少在目前不可能有大的作为，它可以浪潮之势冲击"一般"的诗人或一般写诗的人，但对"一流"的诗人基本不造成影响。

我当然不会认同AI会给诗坛带来"狼来了"的感觉，那不免言之过重，因为 AI 的综合与组织能力，终究不能替代原创的能力，而原创才是诗歌的生命。如果我们让 AI 写一首关于春天的诗歌，它当然可以写出春色满园、花团锦簇、万紫千红，渲染出春天的诗意和热烈，可以写出类似朱熹"等闲识得东风面，万紫千红总是春"之类许多人感同身受的场景和感觉；写秋天也可能会写出如曹丕"秋风萧瑟天气凉，草木摇落露为霜。群燕辞归鹄南翔，念君客游思断肠"这样的季节感与情感。但 AI 不可能写出如宋祁"红杏枝头春意闹"这种"闹"的独特现场感，也永远写不出如冯延巳"泪眼问花花不语，乱红飞过秋千去"这样震撼人心的诗句，而如刘禹锡"自古逢秋悲寂寥，我言秋日胜春朝。晴空一鹤排云上，便引诗情到碧霄"这种爽气高扬的秋怀，也很难在 AI 中出现。而只有这样的诗句才是诗歌不可替代、至为尊贵、允为经典的个性、生命和灵魂。

一般写诗的人或者中低水平的诗人，他可以就眼前景、心中情做一种直接而简单的对应，这也是 AI 可以乘虚而入的地方。但若论触及灵魂的诗心诗境，则一般写诗的人与 AI 都是无计可施的。从严格意义上来说，没有灵魂的诗歌其实不能称之为诗，只是一种符合诗歌文体句式规范的文句组合而已。这也是我一直认为即便每天都写诗的人，创作数量庞大的人，未必就是诗人，因为这不属于被诗歌来寻，而是煞费苦心寻诗的人，已落第二义了。对于真正的诗人来说，他手中的这支诗笔是因为敬畏而矜持、不轻易落笔的，只有面对震撼之景象，内心被深深触动，接受到来自诗歌的深情呼唤，才会有写诗的冲动。陆游说："黄金错刀白玉装，夜穿窗扉出光芒。丈夫五十功未立，提刀独立顾八荒。"只有陆游的独特经历才能造就这种独特的诗歌。这是我到目前为止始终相信诗人、诗歌的原因所在。我们可以把平庸或接近平庸的诗歌"慷慨"留给 AI，把一流的原创诗歌放在心底、留在笔端。深藏在心的诗歌是 AI 可望而不可即、望梅也无法止渴的。诗人的自信之根深扎在这里。

诗人之心不死，诗歌便是永恒的。建立在诸多诗歌样品基础上的

AI，虽然也可以翻新出奇，点铁成金，但终究在人家地盘，难出如来佛的手心。而诗人之心原本是独成天下，不受任何控制地自如驰骋。每一个诗人都是一个独立的世界，一个诗人的诗心不仅是 AI 不能够替代的，也是其他诗人无法替代的。

诗人之心一定要有想象与灵感的加持，才能妙笔生花，令人如饮醇醪，回味无穷。如陆机《文赋》所说："若夫应感之会，通塞之纪，来不可遏，去不可止。藏若景灭，行犹响起。方天机之骏利，夫何纷而不理。"这种应感之天机，是存于独特的诗人之心。而这种诗人之心是不可能在 AI 中重现的，再说能够重现的"天机"，其实已经不是真正的天机了。陆机对这种灵感之来去，也觉得难以把控，"虽兹物之在我，非余力之所戮。故时抚空怀而自惋，吾未识夫开塞之所由"。AI 可以总结规律，而灵感恰恰是没有规律可循的。所以在诗歌领域，AI 可以做一点粗活，或者做一点稍微细致一点的活，至于承载精微之诗心、要眇之诗情的一流诗歌，仍期待于一流诗人的灵心慧笔来"笼天地于形内，挫万物于笔端"。如此，AI 怎么可能不局促，诗人焉得不自信。

甲辰秋，我曾踏访安徽天门山，想起李白曾在此写过著名的《望天门山》诗，诗云："天门中断楚江开，碧水东流至此回。两岸青山相对出，孤帆一片日边来。"而今我看天门山的方向与李白几乎一致，但天门山与李白便同时以一实一虚的方式出现在我的面前，因作《望天门山怀李白》诗云："一江两岸似天门，曾有诗人望断魂。或是鲲鹏垂翼地，夕阳分水到匏尊。"李白的诗当然情景高妙，我的诗远非其比，但我可以肯定的是，在我起诗兴的那一刻，AI 是远在千里万里，完全无能为力的。

去年正月，我曾与中国词学研究会十多位同人，一起去潮州下面的汛洲岛开了个神仙会，顺便观赏海岛风情。正月的广东沿海，虽值冬季，但一样春意融融，不见萧瑟，有词客填了一阕《醉花阴》以状其貌，下阕是这样写的：

我今且问春词稿，竟是谁来草。莫管满庭芳，帘外芭蕉，只认东风道。

我们平时都是读书作文、写诗填词的人，但此刻立在海岛上，忽然对天地这个"大块文章"有了非常直观而有撞击力的看法。我们笔下的文章在"大地"这篇鸿文面前好像显得过于渺小。而春天这篇大文章究竟是谁写的呢？就是由一年一度的春风在随意挥洒之中而写成的。AI把春天写成似曾相识的模样，其实每一个春天与每一个地方的春天都不一样。

不一样的诗歌才有意义，就像不一样的春天才有意义一样。

彭玉平，江苏人，文学博士，中山大学中国语言文学系教授，《中山大学学报（社会科学版）》主编，教育部长江学者特聘教授。著作《王国维词学与学缘研究》《况周颐与晚清民国词学》先后入选2014、2019年度"国家哲学社会科学成果文库"，国家社科基金重大项目"中国词学通史"首席专家。先后荣获第八届、第九届教育部高等学校科学研究优秀成果奖（人文社会科学）一等奖、二等奖。兼任中国词学研究会副会长、广东省中国文学学会会长、广州诗社社长，《文学评论》《文史哲》等杂志编委。

不可替代的体验：AI 时代文学存续的理由

蒋　寅

20 世纪 70 年代末，Richard T.Heffron 执导的《未来世界》作为第一部引入国内的现代科幻片，让我们第一次直观地感受到人工智能挑战人类自身的潜在可能。不到四十年，AlphaGO 以五番棋 4 比 1 战胜李世石，接着又以三番棋 3 比 0 战胜柯洁，宣告了人工智能超越人类智力已是无可怀疑的事实。2022 年 11 月美国人工智能研究公司 OpenAI 推出 ChatGPT，15 个月后又推出视频生成模型 Sora，短短几年间人工智能的飞速发展不断刷新我们的认知，让我们感受到日益迫近的人工智能对人类能力的挑战。在某些专业领域，人工智能正越来越清楚地显示其无可置疑的优越性，让人预见它取代人力资源的前景，甚至给翻译、法律、财会、医疗等一系列专业带来颠覆性的影响。

在各种媒体上，人工智能转眼间已从一个高深莫测的专业领域，变成一个全民狂欢的话题。当今人工智能的巨大成就和飞速发展确实是令人惊叹的，其大数据运算能力的规模、摄取知识的速度和提炼知识的能力都让人望尘莫及。尽管只限于现有知识的集成，还有赖于人类提供的原始数据，但未来的前景无法预测。1997 年 5 月当 IBM 的深蓝计算机战胜国际象棋大师卡斯帕罗夫时，我觉得计算机要赢围棋大师还遥遥无期呢，没想到不过二十年，计算机就胜过人类。

多年前北京大学李铎教授预言将来计算机标点古籍会比人做得好，学术界多以为是异想天开，但我是很认同的。人能读懂古书，无非靠熟知语法、训诂及汉字的通假规则，这都是阅读经验习得的。计算机比人阅读范围更广，记忆力更好，大数据处理能力更强，有什么理由不比人标点古籍更好呢？我相信等中国古籍全文数字化之后，人工智能一定能胜任标点工作。不仅标点，甚至校勘、注释、评赏都可以做，而且比人做的更少错漏。

但想到这里，一个不可回避的问题就浮现出来，那还要文献学专业的学者干什么？事情就是这样，人发明了机器，结果人被机器替代而失去工作。现在已经不是产业工人被机器淘汰的问题，白领阶层也面临被淘汰的危机。美国一些大学已开始削减就业前途黯淡的专业，据说首当其冲的是外语系，因为到电脑已能同声传译时，翻译人才的需求显然将大为减少。

两年前 ChatGPT 横空出世，跟着 DeepSeek 震撼全球，百度 AI 搜索已接入满血联网版 DeepSeek-R1，搜索资料、思考问题、编列提纲甚至写作都可以由它完成了，还需要人文学科做什么？在文学领域，当文学生产到消费的各个环节都由算法控制和操作时，还需要文学的专业教育做什么？人工智能的成果眼看着慢慢成为一股压力，令相关从业者不能不产生对专业前途的忧虑，不能不思考由此引发的学科危机。面对这一大变局，或许是第四次浪潮，文学研究者更不禁要怀疑，文学的意义和生命力何在？张伟《算法机制与智媒时代文学生产的美学逻辑——兼及"文学终结论"的算法想象与可能性进路》（《学术研究》2024 年第 11 期）一文提出："就文学生产而言，ChatGPT 相对微软小冰对自然语言建模的迭代与升级在佐证人工智能文学生产强大势能的同时，对文学的创造性议题提出了挑战。算法在文学传播与接受层面更为成熟的表现形式则跳出人工智能文学生产的视角，在更为宽泛的智媒技术立场审议文学的算法实践议题，其形构的定制化的文学接受、虚拟化的社群互动、更具'劝服性'的文学召唤结构以及文学消费的'信息茧房'效应成为这一技术形态深度影响文学传播的典范表征。算法对于文学场域的介入重新唤起对文学终结论的思考，其引发的文学生产主体的身份危机赋予文学终结论以新的考察立场。"这并不是危言耸听，文学终结论虽已不是新话题了，但历来唱衰文学的人，从阿多诺到米勒，从工业技术形式到电信技术形式，其所揭示的文学危机尚未撼动生产主体——人的地位，而算法带来的危机则直接要剥夺人的主体性，像赫拉利所预言的："在不远的未来，算法就可能为这一切发展画下句点，人类将再也无法观察到真正的自己，而是由算法为人类决定我们是谁、该知道关于自己的哪些事。"（《今日简史》，林俊宏译，中信出版社，2018年，第309页）

那么文学真的要终结了吗？

针对AI时代文学面临的挑战，陈平原教授提出"文学教育的重心，应从具体知识的传授，转为提问、辨析、批判、重建"（《AI时代，文学如何教育》，《中华读书报》2025年2月13日）。他认为今后的文学教育，最要紧的"首先是感动自己、愉悦自己、充实自己。所谓思接千古，驰想天外，与古今中外无数先贤感同身受，这里需要技术，更需要学养、心情与趣味。若仅限于本科阶段的文学课程，在我看来，趣味雅正比常识丰富要紧，个性表达比规范写作难能，而养成'亲自读书'的好习惯，在未来的人/机竞争中，保持自我感动、独立思考与创新思维，更是重中之重"。强调个性化的学习，坚持独立思考和创新，当然是有重要意义的。AI只能给出一个标准答案，属于被一般化了的大写的"人"的合成，而不是个体化的判断，而一个班级五十个学生就可能有五十种答案，一千个读者就有一千个哈姆雷特，这看来像是固守文学家园的一个可行策略。

但这只是眼下AI初级阶段的状况，如果AI发展到像算法平台定向投喂你数据一样，用大数据为每个人定制一个个性化的接受、评估、判断和选择系统，你咨询一个文本，AI马上就轻易地生成一个接近你的想法，而且比你自己想的还要周全。这不也实现了个性化的目标么，可是对于我们的意义又在哪里呢？

学界已越来越清楚地认识到，人工智能对文学的渗透，最致命的是将导致主体的虚拟化和空洞化，即张伟所指出的，文学场域的算法实践对文学生产、传播与接受格局产生的颠覆性影响，导致"人工智能对人作为文学生产主体身份的可能性剥夺,形成一种非人化的文学生产"。当个性也将由算法塑造的时候,就意味着机器仍然胜过了人,支配了人,那么人的主体性又将在哪里安放?事情就是这样,在人/机的博弈中,只要着眼于目标和结果,人还没比就已输了。这就是上文说的,人的学习能力是比不过计算机的,只要以学习为目标,只要着眼于培养能力,那就无论如何也不可能胜利,不可能不被超越、不被淘汰。

更进一步地说,任何着眼于结果的活动,人都将逊色于人工智能,无论是获取知识还是培养能力。可是这里出现一个问题,为什么自然科学甚至社会科学研究,没有这样的危机感呢?因为它们追求的都是结果,任何获得结果的手段和形式都是工具——无论手算心算或计算机运算,对于数学结论都是一样的——人工智能作为获取结果的手段,处于人的操控之下,自然不存在主体虚拟化和空洞化的问题。而文学和艺术不同于科学之处,恰在于它不仅仅以求得结果为目的。文学和艺术首先是一个审美体验过程,无论对作者还是欣赏者来说,诺曼底登陆的成败与影片《最长的一天》的艺术价值都没什么关系,告诉你一百个唐代诗人的名字也不能代替自己读十首唐诗。

文学就其本质而言乃是一个审美经验的交流过程,审美体验贯穿于写作、阅读、研究、批评整个过程,文学创作、文学批评和文学教育都离不开经验过程。因此我非常赞同陈平原教授提出的不要将文学课上成文学史课、将文学变成知识的主张,并且还要进一步强调,文学活动的体验性过程,正是文学的永恒生命力所在。文学对于人的意义,根本在于经验世界的拓展。法国作家兼哲学家加缪说:"重要的不是活得最好,而是活得最多。"(《西西弗神话》)人生苦短,见闻有限,对于被困闭在有限时空内的人来说,文学艺术和历史就成为体验各种非常经历、拓展人生阅历的有效手段。借李笠翁的话来说就是"我欲做官,则顷刻之间便臻富贵;我欲致仕,则转盼之际又入山林;我欲作人间才子,即为杜甫、李白之后身;我欲娶绝代佳人,即作王嫱、西施之元配;我欲成仙作佛,则西天、蓬岛即在砚池笔架之前；我欲尽孝输忠，则君治亲年可跻尧、舜、彭篯之上"（李渔《闲情偶寄·词曲部》）。这虽是在强调戏曲宾白的"语求肖似"，但戏剧的本质不正是演员和观众双方通过剧情体验人生未必能够亲历的各种极致经验么？

作为体验的经验是只能靠个体积累的，所谓虽在父兄不能以移子弟，即使像自然科学知识那样加以纯粹理性的提升，也没什么意义。体验是无法替代的过程，就像父母的恋爱经历难以成为下一代的经验样本一样。孩子仍然要走自己的路，用悲伤的哭泣或甜蜜的欢欣经历自己的青春，印证人类永恒的爱情故事及其有限的恋爱格言。从这个意义上说，只有自然科学甚至音乐的神童而没有文学神童，即使有李泌、解缙那样的早慧天才，也不过是相对才能早熟罢了，无论如何也无法同成人的复杂和深度相提并论。

人类文学才能的四个要素——感受力、想象力、判断力和表达能力，最终能否被人工智能以可计量的方式企及，现在无法预言。但可以肯定的是，即便 AI 能够企及人类的知、情、意指标，甚至被许多人认为无法取代的个人审美判断也可以用情感词典、文学数据化标注、多模态的计算诗学合成时，文学、艺术作为体验过程的本质仍是无法取代的。差别只在于过去你要么是个作者，要么是个看客，以后你会同时拥有三重身份，既是作者又是看客，同时还是一个裁判：一个虚拟的你在写，另一个虚拟的你在看，还有一个真实的你对着屏幕，在审视他们的活动结果。正像当今的一些电子游戏，你被代入其中，成了被自己观看的角色。但在这个过程中你依然是游戏的主体，依然参与着过程，而且过程比结局更为重要。因为体验正源于参与过程。追求成功结果的应考者，会因免试通过而心满意足。但游戏玩家不会因为屏幕显示胜利就放弃游戏。人工智能将导致文学的主体虚拟化和空洞化的说法，就好像是在说赛场外接孩子的家长——即使他关心或知道比赛结果，自己也和比赛毫无关系。如此一想，忧虑人工智能给文学带来的危机就未免近乎杞人忧天。不是么？只要人想玩游戏，游戏规则就不会改变。只要我们还需要文学，文学的经验本质和体验过程就不可能被取代。如果有一天，人真到了不在乎经验过程而只求了解结果时，那么文学寿终正寝的时刻就真正来临了。

蒋寅，1959 年生，江苏南京人，1988 年于南京大学获得文学博士学位，曾任中国社会科学院文学研究所研究员、古代文学研究室主任，现为华南师范大学文学院教授。兼任中国古代文学理论学会、中国唐代文学学会副会长，国际东方诗话学会会长。出版《大历诗风》《王渔洋与康熙诗坛》《古典诗学的现代诠释》《清诗话考》《清代诗学史》（第一、二卷）、《百代之中：中唐的诗歌史意义》《镜与灯：古典文学与华夏民族精神》等学术著作。

DeepSeek 时代：文学写作的两极分化

赵　勇

一

　　本人比较后知后觉，用现在流行语形容，就是"钝感力"爆棚。所以 ChatGPT 到来后，我基本上没为所动。尽管我也知道它功能强大，甚至在回答《中国社会科学报》记者的提问时还煞有介事地说："据我所知，在问 ChatGPT 问题时，提问得越详细，要求越多，它生成的文本就越好，否则就是一个很一般的东西。"但实际上，我从未用过 ChatGPT，因为我似乎还没有找到必须用它的充分理由。

　　然而，DeepSeek 驾到，却是让我吃惊不小。今年春节期间，先是我的一位师兄发来私信，他说他正在玩 DeepSeek，让它用北师大赵勇的风格写篇文章，不到一分钟就出货了。他给我提供的文章叫《"网红文化"的狂欢与隐忧：一场消费主义的精神幻象》，读完之后我回复道：一般般嘛，想要模仿出我的风格，显然还差些行情。而这"行情"究竟差在何处？我在自家公众号发文时曾有如下评论：此文观点上有批判性，似乎像我，但文风确实还差得很远。DeepSeek 写出来的东西有板有眼，字正腔圆，但也唯其如此，估计就成了一种标准化的风格。我写文章，喜欢正话反说，反话正说，大词小用，庄词谐用，乃至调侃、反讽、戏仿、自嘲或自黑，一会儿文绉绉，一会儿土不溜秋，往往提笔写字，我都不知道又会造出什么新句，写出何种爽文。这种不按常理出牌的路数，DeepSeek 模仿起来估计难度很大。例如，这是我的文字风格：

最近一些年，在我们专业的新生见面会上，我总会跟同学们叨叨一番"珍惜"之事。我想告诉他们的是，他们之所以能走进北师，笑到最后，是因为他们在残酷的竞争中打败了包括你这样的诸多对手，而这些对手大都是哭着喊着想来北师大念书的，只是因为种种原因才名落孙山。但如果金榜题名者进来之后觉得已经"楼上楼下，电灯电话"了，便开始红酥手，黄藤酒，两个黄鹂鸣翠柳；长亭外，古道边，吃着火锅唱着歌，因而贪污了时间，浪费了机会，那我就觉得罪莫大焉，就像那句毛主席语录那样，"贪污和浪费是极大的犯罪"。你得对得住"新马太"这块风水宝地，别以为真的到了"北京吃饭大学"。因此，我希望你能够调剂成功，并且也能好好珍惜这个虽然不太圆满却也还是来之不易的机会。(《暗恋北师无罪，转益多师有理》，《做生活》，四川人民出版社，2025 年，第 313 页)

没想到的是，头一天我把如上看法和自信公之于众，第二天就有学界朋友较劲。上海大学曾军教授说："赵老师新年好！昨天看到您发的朋友圈，心里痒痒，忍不住让 DeepSeek 手搓了一篇您的戏仿体，请您鉴别真伪 [偷笑]。"接着他贴来戏仿我的文章，名曰：《深挖"仿赵体"：当 AI 成了会写论文的孙猴子》。此文一开篇便如此写道：

前些日子，有位硕士生发来微信，语气神似偷吃蟠桃的弼马温："赵老师，我写了篇《法兰克福学派的抖音传播研究》，请您斧正！"点开附件一读，顿觉不对劲——开篇竟用阿多诺分析"海底捞科目三"，中间穿插马尔库塞点评"酱香拿铁"，结尾还让哈贝马斯和董宇辉直播间来了场跨时空对话。我当即拨去电话："小张啊，你这论文莫不是请了代笔？法兰克福学派诸位爷要知道自己成了带货话术，怕是要从墓里爬出来找你理论。"

电话那头支吾半晌，终于坦白："用了 DeepSeek 的'仿赵勇模式'……"

此文读罢，让我顿觉五雷轰顶，天旋地转。心想完了完了，昨天还自信满满，今天就被啪啪打脸。于是我说："这篇确实形似，而且居然比我还贫。"同时我也想到了那条阐释学原理：回答的高度取决于提问的深度。无奈之下，我只好写下如此赞语（三句半）："曾军教授不简单，玩得'AI'团团转。洒家看后直叹气，怎么办？"

这就是说，尽管我依然觉得 DeepSeek 的模仿是为文而造情、而造句，但这一次我却不淡定了，因为我真切地意识到——狼来了。

就是从那时起，我也下载了 DeepSeek，开始了与它的亲密接触。

二

所谓亲密接触，是我目前暂时把它当成了一个问询工具。以前有"内事不决问百度，外事不决问谷歌"之说，如今，我可以绕过去这些搜索引擎，直接去问 DS 了。DeepSeek 不是叫"深度求索"吗？许多时候，我都期待它深度思考后能给出一些我满意的答案。例如，我讲课，讲到"传记式批评"时，就希望 DS 能比较一下勃兰兑斯与圣伯夫的异同，它马上就从批评焦点、方法论、意识形态、历史视野、作家类型等五个方面罗列一番。又如，当我发现有人求职时简历造假，我只好再去向 DS 请教："把'第二作者'写成'第一作者'、有意模糊书评与论文的区别、把非本专业的文章拿过来充数等，是一种什么行为？这是不是涉及学术诚信？是不是学术不端的前兆？"DS 分析一番后马上给出结论："上述行为均属于**学术不端**（如篡改、伪造、误导性陈述），已超出'诚信争议'范畴，直接违反学术规范。"

当然，我也好奇，尤其是听说 DS 也能进行文学创作，甚至在某些文体方面比人类写得还好时，我就很想一试。

今年正月期间，华东师范大学教授、九十五岁高龄的张德林先生辞世，我便准备献花圈，写挽联，表达自己的哀思。但一是因为我那几天身体有恙，根本不在思考状态；二是因为我也不会写古体诗，编对联并非我的强项，所以情急之下，我便给 DS 发出如下指令："华东师范大学张德林先生近日去世，我想献出一副挽联，请帮忙。我的情况是这样的，当年他希望我考他的博士，但单位不放，没考成，成为憾事。后来他担任《文艺理论研究》副主编期间发过我的文章，对我多有提携，希望围绕这样一些事实拟出。"思考 16 秒之后，DS 给出了答案：

> 上联：立雪无缘空怅望，程门文心长仰
>
> 下联：扶轮有自永铭心，艺海谆诲犹闻
>
> 注：上联化用"程门立雪"典故，既表达当年未能拜入门下的遗憾（"立雪无缘"），又暗含先生主编《文艺理论研究》的学术地位（"文心长仰"）。下联"扶轮"取自成语"扶轮推毂"，喻先生提携后学之功，"艺海谆诲"既指在学术期刊的指导，又暗扣先生主编刊物之责。全联通过"无缘／有自"的对比，巧妙串联起求学历程与学术提携两段往事，既见哀思，又彰师德。

此联既出，无论是内容还是形式，都毫无问题。说实在话，要是让我去写，即便我使出浑身解数，也写不出如此对仗工稳的文字。无怪乎有人说，DS 到来后，"老干体"之类的格律诗该下课了。

但如果是新诗，DS 的创作就显得比较僵硬或生硬，似乎有"为赋新诗强说愁"之感。因为我曾问它："台湾现代派诗人纪弦曾写过《你的名字》等诗篇，受到过诗人流沙河先生的高度评价。你能模仿纪弦诗风和笔法，写出一首现代诗吗？"它立刻来了一首《盐粒考古学》。我看后觉得不满意，想着是不是"投喂"的东西还不够多，于是又发指令："北岛是中国朦胧派诗人的重要代表，他的《雨夜》一诗很有名，其中最后一段写道：'即使明天早上／枪口和血淋淋的太阳／让我交出青春、自由和笔／我也决不会交出这个夜晚／我决不会交出你／让墙壁堵住我的嘴唇吧／让铁条分割我的天空吧／只要心在跳动，就有血的潮汐／而你的微笑将印在红色的月亮上／每夜升起在我的小窗前／唤醒记忆'请

你模仿北岛的诗风和笔法，形成一首朦胧诗。"它当然也不含糊，马上
给我生成了一首《青铜时差》，全诗如下：

我们站在被风化的经纬线上
青铜指针将暮色
焊进瞳孔的裂痕
苔藓正在吞噬
最后一块未降旗的礁石

铁门铰链渗出锈红的月光
你指给我看
每道裂缝里都蜷缩着
未诞生的野火
它们用根系编织
发烫的密码本

子弹在字典里发芽时
我们摘下防毒面具
用石英的碎片
校准喉间淤塞的钟声
那些被抹去的地址
正在候鸟腹腔中
孕育新的磁偏角

当所有窗框开始渗血
沉默便有了青铜的密度
而你的指纹
正从剥落的墙灰里

长出蕨类植物的触须

托起整个星系冰封的

胎动

当然，除了这首诗，DS还提供了进一步的说明："本诗延续北岛冷峻的金属质感意象，通过青铜／铁门／子弹构建高压语境下的精神场域。野火根系与候鸟磁偏角形成抵抗性隐喻，暗合《雨夜》中个体与暴力的永恒对峙。末段将伤痕转化为星系的胎动，在绝望中植入超现实希望，恰如北岛式'在锋刃上培植玫瑰'的诗学辩证。"这一解释虽然"高大上"，但在我看来，全诗依然有浓浓的机器味道，是根本无法与《雨夜》相提并论的。《雨夜》是爱情诗，但也不仅仅是爱情诗，因为那里有时代的暗影，有紧张、不安、不祥甚至恐怖的氛围，有为了自由与正义的庄严承诺。而诗中使用的意象、比喻、象征、通感等，又是自然而然流淌出来的，仿佛瓜熟蒂落，水到渠成，毫无人工斧凿之痕。大概正是因为如上原因，查建英在引用过《雨夜》最后一节的那几句之后才紧接着说："那时候没有粉丝这个词。那时候写出这样诗句的人，是我们的英雄。"（《〈今天〉片断》，"今天文学"公众号，2018年9月7日）但假如当年的北岛只是写出了《青铜时差》，他是绝无可能成为英雄的。而这样的诗估计也会随风飘散，不知所终。

我这样说并不是在苛求DS，因为它写出来的诗已经很像诗了。更何况，DS还处在初级阶段，若假以时日，谁又能知道它不会写出超过《雨夜》的诗篇？因为郑渊洁已说过："我给AI下达指令，让它用郑渊洁的手法写一篇以皮皮鲁为主人公的文章，然后我再设置好场景，设计好里面要出现的人物和关系，描述得很详细。AI用了4秒钟就完成了一篇作品，看完之后，我承认自己写不过AI的郑渊洁。"（《70岁郑渊洁，宣布停更所有社交账号》，"澎湃新闻"2025年2月28日）

就像世界围棋冠军柯洁下不过阿尔法狗（AlphaGo）一样，如今，童话大王郑渊洁也写不过AI生成的童话了。这是一个更为重要的信号，也是我们不得不面对的一个事实。

三

于是问题来了，当 DS 能够借助大数据模型生成各种各样的文学文本时，这意味着写作发生了怎样的变化？独创性的文学写作还存在吗？DS 写作对真正的文学写作构成了怎样的颠覆，甚至构成了怎样的毁灭性打击？

让我们先从传统的文学写作谈起。

到目前为止，在所有对文学发生的解释中，很可能"发愤著书"是最接近事实真相的说法。不妨回忆一下司马迁关于此说的著名文字："盖文王拘而演《周易》；仲尼厄而作《春秋》；屈原放逐，乃赋《离骚》；左丘失明，厥有《国语》；孙子膑脚，《兵法》修列；不韦迁蜀，世传《吕览》；韩非囚秦，《说难》《孤愤》；《诗》三百篇，大底圣贤发愤之所为作也。此人皆意有所郁结，不得通其道，故述往事、思来者。"（《报任安书》）很显然，司马迁在这里既要罗列"发愤"而作的诸多例子，也要总结之所以如此的终极动因——"意有所郁结，不得通其道"。而当他谈及屈原写作《离骚》时，更是把"郁结"之意聚焦于"怨"。所谓"信而见疑，忠而被谤，能无怨乎？屈平之作《离骚》，盖自怨生也"（《史记·屈原贾生列传》）。

由此开始，"发愤著书"就成为一个文学发生学传统，被历代的文人墨客进一步丰富、补充、诠释、光大。钟嵘说："嘉会寄诗以亲，离群托诗以怨。"（《诗品序》）韩愈说："大凡物不得其平则鸣。"（《送孟东野序》）"夫和平之音淡薄，而愁思之声要妙；欢愉之辞难工，而穷苦之言易好也。"（《荆潭唱和诗序》）杜甫说："文章憎命达。"（《天末怀李白》）陆游说："盖人之情，悲愤积于中而无言，始发为诗，不然，无诗矣。"（《澹斋居士诗序》）欧阳修说：诗人"内有忧思感愤之郁积，其兴于怨刺，以道羁臣寡妇之所叹，而写人情之难言，盖愈穷则愈工"（《梅圣俞诗集序》)。而至李贽，这种愤、怨、不平之气则被明确为"古之圣贤，不愤则不作矣"(《忠义水浒传序》)。同时，他也浓墨重彩道：

> 且夫世之真能文者，比其初皆非有意于为文也。其胸中有如许无状可怪之事，其喉间有如许欲吐而不敢吐之物，其口头又时时有许多欲语而莫可所以告语之处，蓄极积久，势不能遏。一旦见景生情，触目兴叹；夺他人之酒杯，浇自己之垒块；诉心中之不平，感数奇于千载。既已喷玉唾珠，昭回云汉，为章于天矣，遂亦自负，发狂大叫，流涕恸哭，不能自止。宁使见者闻者切齿咬牙，欲杀欲割，而终不忍藏于名山，投之水火。(《焚书·杂说》)

这是古人对文学发生最充分也最有力度的描摹，其中蕴含着深刻的心理学原理。例如，钱锺书就在《诗可以怨》中，用西人"欢乐趋向于扩张，忧愁趋向于收紧"来解读韩愈的"欢愉之辞难工，而穷苦之言易好"，认为"乐的特征是发散、轻扬，而忧的特征是凝聚、滞重，欢乐'发而无余'，要挽留它也留不住，忧愁'转而不尽'，要消除它也除不掉"(《钱锺书散文》，浙江文艺出版社，1997年，第323—324页)。而如果转换到精神分析学层面，那么所谓怨愤之情、不平之气和穷苦之言，都与创伤性体验有关。这种创伤往往形成于童年时期，又被压抑在无意识深处，结果出现了所谓的"情结"(complex)，同时也积蓄了相应的心理能量。而成年之后，人们可以通过"移置"(displacement)，让这种能量转辙改道，亦可通过"升华"(sublimation)，进行想象性的创造活动。所以，厨川白村在接受了弗洛伊德的学说之后，才如此思考道：

> 我们的生活愈不肤浅，愈深，便比照着这深，生命力愈盛，便比照着这盛，这苦恼也不得不愈加其烈。在伏在心的深处的内底生活，即无意识心理的底里，是蓄积着极痛烈而且深刻的许多伤害的。一面经验着这样的苦闷，一面参与着悲惨的战斗，向人生的道

路进行的时候，我们就或呻，或叫，或怨嗟，或号泣，而同时也常有自己陶醉在奏凯的欢乐和赞美里的事。这发出来的声音，就是文艺。（《苦闷的象征》，鲁迅译，江苏文艺出版社，2008年，第17页）

如此看来，上面所引，一方面是中国古人的直观式感受，另一方面是西方现代的心理学阐释，它们相互补充，相互参照，共同把"发愤著书""不平则鸣"打造成了文学发生的金科玉律。而当今的诗人和作家，只要是真正从事文学创作者，只要是把文学当作自己生命体验的倾吐者，常常都会自觉不自觉地走进这个文学传统之中，北岛的《回答》《雨夜》是如此，史铁生的《我与地坛》是如此，高尔泰的《寻找家园》也是如此。

四

然而，DeepSeek 的到来，却一下子摧毁了文学发生的金科玉律。因为 DS 是不管你有没有怨愤之情和不平之气的，只要你给他"投喂"合适的东西，它就可以替你"发愤著书"和"不平则鸣"，生成你所需要的文本。

当然，这样的文本能否满足你的要求，是可以讨论的。为了验证一下我的满意度，我便给 DS"投喂"了五百字事实，然后请它"模仿北师大赵勇的写作风格，以《考博未遂记，或张德林先生的橄榄枝》为题写一篇散文"。不一会儿，一篇 800 多字的小作文就面世了，前两段如下：

> 那册包着牛皮纸封面的《现代小说美学》躺在济南的雨季里。1987 年春，我在山东师大图书馆誊抄张德林教授的通信地址时，手指洇出的汗渍染糊了钢笔字。彼时文艺理论界正涌动着方法论热潮，我斗胆将解构主义视角下的《子夜》研究寄往华东师大，不曾

想半月后竟收到三页蝇头小楷的回信。张先生用蓝黑墨水写道:"青年学者当有破壁之志,然文本细读仍是立身之本。"信纸边缘还粘着半片玉兰花瓣,后来才知那是丽娃河畔的春信。

五年后我在晋中师范学院的煤炉边搓手,张先生从上海寄来的挂号信正炙烤着铁皮烟囱。90年代的寒潮漫卷学界,考博推荐表需盖七个红章。老校长端着搪瓷缸在党委会上敲打桌面:"孔雀东南飞?我看是革命螺丝钉生了锈!"我望着玻璃板下他参加延安文艺座谈会的泛黄照片,忽然想起张先生信中引用的巴赫金——话语的狂欢节终将消解独白权威。

坦率地说,这篇小作文看得我乐不可支,心里道:它可真能扯。

《考博未遂记,或张德林先生的橄榄枝》是我已经写出的一篇大散文,全文约17500字,算是对我珍藏了三十多年记忆的一次打捞、聚焦和显影。那里既有考硕的故事,也有读研的生活片段,当然更有张德林老师如何向我抛出橄榄枝,让我考他的博士。那是1991年,彼时我已研究生毕业,重回晋东南师专教书。然而,当我复习几个月后,却被时任校长拦住,连名都没报上。而至1994年底,我借新旧校长交接的空档期,终于报名成功,却已改换路线,把目标锁定到童庆炳老师那里。究其因,一是张老师在"现代文学"专业招生,而我的老本行则是"文艺学","跨学科"并非我之所愿。二是我若追随张老师,就得转战上海,但想到自己是北方人,对"水土异也"又很敏感,我就觉得或许自己更适合在北京厮混。于是在90年代中后期,我便开始了屡战屡败、屡败屡战的峥嵘岁月。我在文中写道:"事后想来,假如我选择上海,是不是会容易一些?因为我相信,张老师对我的攻博,很可能一直是虚位以待的。每每念及张老师对我的错爱,我都感喟不已,也愧疚不已。"(《做生活》,第270页)此文有记忆流淌,有书信佐证,有挣扎和无奈,也有被错爱的欣喜和感慨,加上我依然用我惯常的狂欢式手法连皮带肉地叙,铺天盖地地写,所以于我而言,这次写作是一次彻底的释放和倾吐。记得此文先给北京某刊物，该刊本已计划分两次刊发。但编辑让我看编排清样，我却发现其中有多处删改。于是我只好逐条列出，据理力争。编辑自然也有一番解释，但我依然觉得如此删改并非小事，只好继续与编辑理论：

> 我写此文时，一方面是要写成散文，另一方面也是想把它当成一个史实交代出来，所以文中所提人物，破例全部真名实姓。而且我觉得，虽然那些事是发生在我个人身上的，但个人的事就是社会的事，也是政治的事，所以很可能具有一定的公共性。比如我大学毕业，分配的单位被人顶替，这个故事曾被我详细写过。在我看来，该故事绝非私人恩怨，而是关联着 80 年代不公不义的小小事件，具有那个年代的荒诞性。只不过那个故事并非此文叙述的重点，所以只能寥寥数语带过，删掉可惜。"许三多""铁岭"那样的梗，你们的看法也许有一定道理，但也可能有一些问题。因为我是站在现在来写发生在过去的事，所以我觉得把现在的一些说法用于描述过去的人与事中，并无不妥之处。我追求的是一种情绪体验的真实，而并不拘泥于比较刻板的东西。就是说我这里是在写一种情绪体验，而不是在交代一个事实。如果是后者，那是绝对不能这样写的。……

现在想来，我之所以如此在意自己的文字，是因为假如它们被编辑与刊物动了手脚，就影响到"释放"的准确性、"倾吐"的真实性。我既不想让编辑为难，又不想让我的真情实感乱打折扣，便只好撤稿，另投《文艺争鸣》。此刊不仅在"随笔体"栏目中发表了拙文，而且未删改一字。后来此文进入《做生活》一书，又被该书责编认真打量，依然是一字未动。于是我才觉得，北京某刊物的审稿尺度或许过于保守，我的坚持并非没有道理。

我举这个例子是想说明两个问题。其一，DS 可以编故事、编童话、编小说，自然也可以写诗歌，但即便它以后进化到如何高级的程度，恐怕永远也写不出真正意义上的散文。因为依据传统的写作观念，散文的每一笔都要落到实处，是不允许虚构的。而即便"我"给 DS 投喂了足够多的材料，它既无法编写出细节，也无法形成"我"在特定情境下所生发的情绪体验，因为它并不知晓"我"所亲历的那些事情。这样，它的"编写"或"虚构"就不可能符合"我"的要求。当然，我如此推断，是建立在如下常识之上的：任何真正的写作者，都不会让他的散文变成小说，也不会希望别人把他的散文视为小说，因为那既是对文体的不尊重，也是对事实的不负责。一个值得的深思的例子是，当年《上海文学》编辑姚育明约到了史铁生的《我与地坛》，准备在该刊 1991 年第 1 期刊发。因那期刊物的小说分量不够，终审就让姚育明与史铁生商量，看能否把《我与地坛》作为小说发表。史铁生不同意，他说得很坚决：这篇作品"就是散文，不能作为小说发。如果《上海文学》有难处，不发也行"（姚育明：《回顾史铁生的〈我与地坛〉》，《文学报》2009 年 1 月 1日）。在我看来，史铁生如此行事，没有别的原因，他是在捍卫散文的尊严。

其二，即便 DS 能写出大体符合我要求的散文，我肯定也不会拱手相让。因为我之所以写，是因为我想写；我之所以想写，是因为我不得不写。正所谓"其胸中有如许无状可怪之事，其喉间有如许欲吐而不敢吐之物，其口头又时时有许多欲语而莫可所以告语之处，蓄极积久，势不能遏"。这就是说，我只有"我手写我口"，才能够倾吐自己的心声，释放自己的情绪。而如此倾吐和释放，又需要一个始而"袖手于前"，终而"疾书于后"的过程。这一过程伴随着灵魂的呻吟，心灵的歌哭，也伴随着事过境迁之后对彼时情绪状态和情感体验的回望和检视。简化或缩短这一写作过程，都像坐缆车登泰山，登山之乐根本无法体现，更遑论把它交给机器了。因此，真正的写作者，他依然要亲手"发愤著书"，依然会亲口"不平则鸣"，舍此，他将失去写作的快感和乐趣。

如果我的以上推断成立，那么 DS 很可能无法所向披靡，因为确实它有无法征服的写作领域，也确实它有虽能"代笔"却无法被人接受的充足理由。

五

但是也必须意识到，DS 的来临，已经彻底动摇了"作者""作品"等概念的传统定义，以后我们将会面临大量由人发出指令、再由 DS 生成的"作品"，实用性、公文性的文章是如此，文学也是如此。一个被广泛报道的事实是，2025 年 2 月 6 日，《诗刊》副主编霍俊明发朋友圈"告诗人"："目前已发现个别人用 AI 生成的诗投稿，我们已经有检测 AI 写作的软件。如有此类情况，作者将被拉入黑名单，其作品在《诗刊》永不刊用。"这就是说，某些诗人已与 DS 合作，开始"创作"诗歌了。可以预测的是，人机合一的小说（例如借助 DS 形成写作框架，然后作者再进一步加工）也会成为一个新的文学品类。而所谓"永不刊用"只是按照传统标准临时制定出来的规则，一旦 DS 技术突破了检测的防线，或是刊物的衡文标准发生变化，"永不刊用"或将成为一纸空文。

因此，是否刊用只是一个次生问题，更重要的问题是，我们该如何面对这个人机合体的怪物。

其实，人机合体并非一个新问题，因为当年本雅明面对电影这种新型的艺术形式时，他就意识到了这种新生事物。这正如沃特斯对其解读的那样："舞台表演方式已经落伍了；在电影中，导演、演员和机器都成为新的电影制作网络或集合体中的成分之一。我们拥有一种渗透了物质性的艺术。"（林赛·沃特斯：《美学权威主义批判》，昂智慧译，北京大学出版社，2000 年，第 279—280 页）这就是说，电影是人（导演、演员等）机（摄像机）合体的产物，尽管我们现在大都忽略了"机"的因素。在此基础上，沃特斯更是有了如下一番思考：

机器这种中介性的人工制品把以往独自存在的领域连接了起来。机器使一种混合物成为可能，这种混合物对于那些为传统所控制的人来说可能是难以接受的。这些人追求纯洁，因为他们自己就是文化兴衰变化过程中的抽象作品。人类一直在努力使主体性和客体性都保持纯洁，从而使两者永不相遇。……拉图尔曾经说过，机器设备进入科学家的实验室之后，我们就得到了科学中的"一种新角色的介入"，我们必须承认它的力量。这种角色是"无生命的躯体，没有愿望和爱好，但是却能够展现、指示、书写及面对可信的见证人在实验室的设备上胡乱涂抹"。这些非人类"没有灵魂，但是却拥有内涵"。而且"比普通的人更可靠，因为人虽然具有灵魂但却不能可靠地指示现象"。这类角色一旦与人相结合便将导致"混血儿"（hybrids）的诞生。（同上书，第280页）

显然，依据这一论述，如果说电影是人机合体的早期形式，那时的机器还只是一个被动的、被人使用的工具，人的主体性还能充分体现的话，那么，今天人机合体所诞生的文本或将远胜于电影，因为今天的机器（DS）固然还是工具，但这个机器已经高度智能化了，这正如有人指出的那样："DeepSeek创作一个作品时，不再只是信息的提供和筛选，而是有了语气，有了词语的色彩，有了人的逻辑推理的能力。甚至，他有了智慧。"（赵瑜：《DS与我们的写作》，《河南日报》2025年3月12日）也因此，机器的"客体性"第一次赶超了人的"主体性"，甚至机器也有了思想甚至灵魂。在此意义上，DS已不再仅仅具有客体性和受动性；在可以预计的将来，它很可能会反客为主。

面对这样的局面，恐怕任何"追求纯洁"或"纯洁革命队伍"的想法都无济于事，因为"混血儿"将会层出不穷，而这样的杂交品种，其生命力或许会更加旺盛。到那时候，真正的自主性写作和文化工业式写作很可能会变得更加泾渭分明，二者的两极分化也会越来越明显。因为自阿多诺揭露事实真相以来，尽管文化工业式写作因其"标准化和伪个性化"已变得声名狼藉，但如今在智能技术的加持下，它已不再灰头土脸，而是获得了合法出场和合理运用的借口和理由。只是到那时候，许多文学刊物在原来的小说、散文、诗歌、评论四大版块之外，很可能还得增加栏目。这个栏目究竟如何命名，各文学刊物自然可以出奇招，搞竞赛，但它究竟意味着什么，应该是谁都心知肚明的——那是专门为人机合一的写作开辟的一块阵地。

2025 年 4 月 5 日

赵勇，北京师范大学文学院、文理学院中文系教授，文艺学研究中心研究员，兼任中国文艺理论学会副会长、中国赵树理研究会副会长等，著有《接合：大众文化的冲击与 1990 年代以来的文学生产》《赵树理的幽灵：在公共性、文学性与在地性之间》《法兰克福学派内外：知识分子与大众文化》《做生活》等学术著作、散文集、学术随笔集十余部。合译有《奥斯维辛之后：阿多诺论笔选》等。在《中国社会科学》《文学评论》《文艺研究》等刊物发表论文二百余篇。

AI 时代的科幻、诗歌与呼吸

宋明炜

一、挑战

因为过去二十年都热衷于阅读（以及研究）科幻——或因为五六岁时就看过美国科幻片《未来世界》（*Future World*），其后沉迷于日本动漫《铁臂阿童木》，像人工智能这样的概念，对于我来说从来都不陌生。杜克大学教授凯瑟琳·海尔斯（Katherine Hayles）甚至说，自从20 世纪 50 年代图灵测试发明以来，我们只要坐在电脑终端前，就都已经处在后人类时代（Hayles, *How We Became Posthuman*, 1999）。她这样的论说有西方发达国家的立场，借用科幻作家威廉·吉布森（William Gibson）一句名言，则可以说，后人类时代的到来时间在世界上并不均匀。虽然有前有后，但随着 2016 年 AlphaGo 击败韩国棋手，到 2025 年 DeepSeek 横空出世，在亚洲、在中国的我们，也都名正言顺地进入了所谓人工智能的时代，或简称 AI 时代。所有人都在讨论 AI，而 AI 对生活的介入也越来越广泛，AI 背后的资本逻辑是人工替代，人们开始担心，人类将被替代，甚至人类最独特的创造——艺术和人文也将很快沦陷。

Open AI 研发的 ChatGPT 在美国出现之后，第一个沦陷的是科幻小说。2022 年底，著名科幻期刊《克拉克世界》（*Clarke's World*）宣布暂时休刊，因为杂志收到的投稿成几何数字增长，编辑前所未有的忙碌，但很快发现，绝大多数增加出来的投稿都是人工智能写作。怎么知道的呢？因为这些人工智能写作看起来很有趣，读起来也很流畅，但几乎绝无原创性，而是中规中矩，四平八稳，一眼看去就是科幻，行文、情节、逻辑也都符合科幻的范式，这些作品符合科幻的最低标准，但没有任何一篇可以造成"惊奇"效果。如果在这些投稿中寻找《最后的问题》（*The Last Question*）、《星》（*The Star*）、《仿生人会梦见电子羊吗？》（*Do Androids Dream of Electric Sheep?*）、《三体》这样完全突破思维范式的作品，那是根本找不到的。所能找到的仅仅是对已有科幻作品的模仿，换言之，Open AI 生成的小说，是对人类小说的模仿。

DeepSeek 出现之后，因为主要应用地是中国，我不知道有没有影响到中国的科幻创作，但从社交媒体来看，目前受到冲击最大的似乎是诗歌领域，据说旧体诗的沦陷最为迅速。此前有一些网站请我参与一些调查，我会收到二十首诗，我的任务是分辨出其中人类写作的十首和机器生成的十首。我没有多花时间，几乎只是扫过开头，就能判断出哪一首是人写的，哪一首是机器写的。结果我的判断全都对了。这里倒不是说，我有火眼金睛，而是我有判断出一首好诗的最基本能力。如果让我从二十首诗中挑出十首具有原创性的作品和十首人云亦云之作，我大概也是如此判断。好诗每一首都有独特之处，犹如自己创造一种新的语言。而坏诗皆是出于模仿，并不自知诗的精华，在于语言上的"惊奇"。语不惊人死不休，就是平淡的极致，也是一种惊奇。

关于科幻小说和诗，我非常佩服的韩裔美籍科幻理论家朱瑞瑛（Seo-Young Chu）就认为，与科幻最为接近的文类是诗，而不是（写实主义）小说。她在《隐喻是否会梦见真实的睡眠？》（*Do Metaphors Dream of Literal Sleep?*）一书中用了八十页的篇幅说明为什么诗比（写实主义）小说更与科幻有同类特质。在此我没有篇幅展开讨论，但非常重要的一点是，科幻小说和诗都会颠覆我们的世界观，做到这一点，不完全需要观念阐释或情节逻辑，而是通过语言本身的折叠完成的。好的科幻和好诗一样，都使用高密度的语言组合，脱离词与物的固定搭配，打破现实世界的外壳，在流动性中生成新的奇观。

当然，《克拉克世界》和我遇到的情形，都才是 ChatGPT 和 DeepSeek 刚问世没多久的事，很难说此后它是否会进化到我不能判断的能力。但如果那一天真的发生了（或已经发生了），它或许会生成完全不属于人类的文本（我们完全看不懂），到时候我不知道，我以及我们是否还能从中找到人类的痕迹。这后一种情形，我们现在还只能通过科幻小说来猜想。

科幻小说中早就描写过这种情景。远的不说，在 21 世纪初，刘慈欣的小说《诗云》写具有高度智能的外星智慧体（我们并不知道它是不是人工智能，但它具有强大得令人畏惧的算力，绝对超越人类）入侵人类的世界，但在毁灭太阳系过程中，外星人对中国古典诗歌情有独钟，好奇这简单的形式为何会千变万化，因此耗尽整个太阳系的能量，制造天文尺度上的诗云。"诗云"不是子曰诗云，而是诗的存储器，其中可以容纳所有可能写出来的诗。但外星人有一个难题，它不能判断其中哪些是诗，不得不留下一个三流中国诗人，只有他能帮它挑出那些"真的"诗。在这个故事中，刘慈欣依然是一个人文主义者，他让有不可思议智慧的外星人沉醉于中国古典诗歌的世界，这个世界的裁判是人，这里的文学是人的文学。

到了 20 世纪 20 年代，一批新生作家，特别是女作家，在超越二项性（我与你，人与非人）的方向上，也超越了刘慈欣"黑暗森林"这种鱼死网破的敌我对立模式，其中有一位作家彭思萌写了一篇小说《沉舟记》，其中设想在何种情况下，人工智能的文学会真正诞生。她写的人工智能设计师，苦于自己制作的写作程序，尽管被投喂了所有人类的文学，依然只会讲平铺直叙的故事，所有的故事都是对人类的模仿。直到有一天，设计师突发奇想，给人工智能"作家"创造了一个"评论家"的程序，两个智慧体之间，展开了无穷尽的对话。它们通过无穷尽的书写和评论，循环往复，不断修改，不断生成，最终所表述的已经不再是为人类服务，也并不是人工智能设计师所能理解的。在最终挣脱了对人类模仿的时刻,人工智能获得自主意识。小说没有写最终诞生的文学是什么样的,但那显然是作为人类读者只能望而却步的。

如果把这个幻想作为一个可能性的尺度,我们今天所看到的ChatGPT 或 DeepSeek 创生的文学,尚且都还是基于服务人类既成社会的"文学"。我还没有看到 ChatGPT 可以写成属于人工智能"启蒙"或"觉醒"时刻的《狂人日记》,挑战人类社会、伦理、知识型的既成模式。反过来说,人类之中如鲁迅、波德莱尔、尼采、菲利普·K.迪克,他们的文学颠覆既成模式,不断重造新的人类。说到这里,有关人工智能的种种担心和焦虑,最底层的惘惘威胁很可能并不是关于人工智能,而是人类在与人工智能的交际之中如何重塑自身,这个变化中包含最大的不确定性,这是所有人最恐惧的根本。

二、生成

两年前,我邀请刘宇昆(Ken Liu)到我所任教的大学演讲,此后他又应我之邀,把演讲的内容写成一篇文章,刊登在美国《科幻研究》(SFS)杂志,题目是"技艺铸造的存在"(Crafted Beings)。他在文中提出,我们所恐惧的"技术",如换一种方式来说,其实是我们非常熟悉的东西。人类最早掌握的至为关键的技术,正是语言。诗,讲故事,逻辑推演,哲学思考,世界建构,这都是技术。正如人类是语言所建构的,人类也是由技术所铸造的。而计算机技术、互联网、人工智能、虚拟现实,也是一种新的语言,一种或无穷尽多种讲故事的新方式,由此建构(无穷尽)新的世界。我这里是把刘宇昆的想法用简约的方式说出来,他的用心是让我们不要对"技术"产生神话一般的膜拜或恐惧,"技术"早已经是人类甚至人性的基础,而语言和讲故事的技术,与数字计算生成的技术,皆是人类的创造,也是创造人类的方式。

虽然好莱坞科幻片不断输出一种对技术的恐惧,《终结者》(The Terminator)和《侏罗纪公园》(Jurassic Park)可以说触及了自浪漫主义时代以来最典型的两个原型，作为启蒙之噩梦的弗兰肯斯坦的怪物，以及人对自己所造之物的失控。但我不得不说，这种技术恐惧背后的逻辑是对于技术的道德化，借用幻想的瘟疫（plague of fantasies），使得数字时代的道德忧虑泛滥成灾。

只有一种对于技术的恐惧具有真实性，这正是韩松通过许多种世界建构所不断想象的，即权力借助算法所实施的全面管控（total control）。但这种 Matrix 一般的情景，却从来都不是算法自身的趋势，而是引入算法的权力，给予了算法一个不可逆的趋势。无论是"阿曼多梦幻田园体系"（韩松《火星照耀美国》，2000 年），还是"司命"（韩松"医院三部曲"，2016—2018 年），都是对于社会管理的最大功利化生成的最极致的"恶"，而这种"恶"本身毫无想象力，没有诗意，毫无文学性可言。这是一种被权力束缚的人工智能，因此在韩松小说中被描写成一种权力自恋的体现。

刘宇昆所谈论的技术，并不是以上这几种，而是祛除神话魅影、独立于权力使用的技术——或许对于这种技术的谈论，本身依然是一种乌托邦冲动。但这是一个非目的论的乌托邦，刘宇昆的论述所在意的，不是技术的宿命，而恰好是技术超越所有既定模式的可能性。

我还是不禁要去想，在《沉舟记》中生成的艺术会是什么样的情景。我在另外两位女作家的作品中看到一些端倪。一篇是顾适在《莫比乌斯时空》中所实验的那样，如何让故事的生成变成一个打破开始与终结二项结构的莫比乌斯时空体，变成一个打破内与外的克莱因瓶。故事作为一种让小说中的"我"因为事故过早终结的生命无限循环下去的技术，超越了因果律，没有动机，没有目的，在不断地重复与差异中，让层层叠叠的时空不断绽放。这是一个不同于我们熟悉的"现代性"时空感受的"惊奇"宇宙模式。

另一篇是慕明的《宛转环》，写明末社稷倾覆，一个士大夫的女儿偶然得到宛转环，夜间梦见一个神奇的园子，士大夫依照宛转环的方式，设计出实体的园子，此后自沉于园中之湖。江山易帜，朝代鼎革，三十年后，女儿长大成人，回到故园。她走进院子深处，宛转环的奥秘原来是用空间折叠空间，层层叠叠的时空都在其中流转。她看到过去和未来，也看到自己的爹爹。不管慕明小说的情怀落在哪里，这个故事讲述的技术，以及对技术本身的描摹，是落在了《桃花源记》的"别有洞天"，士大夫在造园的时候，也想到了武陵人是走进了一个有人设计过的时空。从桃花源，到宛转环，到莫比乌斯时空，这确实是一个乌托邦胜景系列，这也是我在想着刘宇昆所说的技术时，所能想到的最好的结果：褶曲之间，有的可隐，有的可藏。在山穷水尽之处，时间的终结之处开始的开始，有生成展开。

三、呼吸

前面说到我对 DeepSeek 所做的诗一眼就能看出来，我的根据其实很简单，我自己写的诗，或是别人写的诗，虽然是没有格律的白话诗，但几乎所有好一点的诗，都有呼吸在诗中。这一点是生命——具有身体意义的生命——在文学中最深层的印记。DeepSeek 至少在最初的阶段，虽然能够将格律诗写得抑扬顿挫无不中规中矩，但在白话诗中却全无呼吸，信息流没有具身性（embodiment），用抽象来写抽象，背后没有生命。

回到图灵测试——都击败人类围棋手了，AlphoGo 有没有通过图灵测试呢？或许有没有通过不重要，算法只在隐藏的地方才能以假乱真。海尔斯早就提醒我们不要被一种情形误导，数字信息本来就是被控制论（cybernetics）使用，就如自由意志为新教所使用。英美经验主义影响下的海尔斯，与欧陆传统的后人类理论家的立场不同，她坚信后人类的生成，必须重获具身性和独一无二的经验，才有真正的生命，才有可能不被资本和权力轻易操纵。

无论是我们人类的"旧文学"，还是人工智能也许有一天会创造出来的"新文学"，需要有呼吸，有此时此刻的具身性，如《沉舟记》中的希与夷，在一呼一吸或一问一答之间生成了不可思议、用人类语言无法描摹的文学。

2025 年 4 月 22—23 日

宋明炜，美国韦尔斯利学院东亚系讲席教授、系主任。著有英文著作 *Fear of Seeing*（《看的恐惧》）、*Young China*（《少年中国》）两部；中文著作《少年中国》《未来有无限可能》《中国科幻新浪潮》等九部。主编英文版中国科幻选集 *The Reincarnated Giant*（《转生的巨人》）。出版诗集《白马与黑骆驼》（与骆以军合著，麦田，2022）。

AI 来了，人文写作和文学教育或许有救了

刘复生

DeepSeek 在写作上的表现，的确非常让人吃惊，它似乎已然具备了某种文学表达上的原创能力。从朋友圈反映来看，这给人们造成的情感冲击非常强烈，因为，按照惯常理解，文学是最能体现人类灵性的领域，它总是和天才的想象力和神灵附体一般的修辞技艺联系在一起。如果说，AlphaGo 战胜人类超一流棋手，还是在封闭的规则内部，以博弈决策能力取胜，仍然是以机械性的数理化的智能显现优势，那么，AI 的快速迭代和普遍应用，似乎动摇了许多人对人类灵性的自信。今后，我们的文学写作、文学研究和文学教育还有意义吗？

我倒并不担心 AI 抢了我们作家、评论家和文学教师的饭碗，反倒认为，幸亏 AI 的冲击，给早已陷入困境的文学带来了更生的机会。事实上，并不是 AI 具有了人性化的智能，而是我们人类早就变得像 AI 了。AI 之所以能在人类向来引以为傲的写作领域"打败"大多数人类，不过是因为我们人类的主流文学创作、文学评论和文学史研究早就高度模式化了，所谓创作，大多不过是"互文本"技术操作，它在原理上和语言大模型并无本质差别。唯一的差别在于，人类写作所能援引的样本无法达到 AI 搜索的数量，也无法具有 AI 的效率。

AI 不过是在模拟人类的智能，但是，这种模拟之所以可能，是因为人类早已在模拟 AI，这一过程远在 AI 诞生之前即已开始。人类一直在反对自身的人性。随着人类文明的发展，文学惯例和创作模式的成熟，尤其是纯文学体制的固化，在进入网络时代之后，海量的文本素材

层累堆叠，此时的文学创作，如果要达到"优秀"的水平，早已不必再调用真实经验，无须再依赖浪漫主义时代的"天才"创造力。一般作家，只需要通过 AI 式的大样本的深度学习，熟练掌握这套规则和技艺，即可以完成合格甚至出色的文学"作品"。当然，按解构主义文学理论的说法，这些成品更准确的称谓应该是"文本"。

回过头去看，早在 20 世纪 60 年代，解构主义理论已经大体识破了现代的文学生产逻辑，窥破了文学生产作为语言学操作的"大模型"性质。在语言学转向的理论潮流中，新批评、结构主义和后结构主义，纷纷以语言学模式来拆解文学写作的底层规律，的确不同程度地触及了后世 AI 化写作的本质。它们往往把文学写作看作"结构"内部的技术化流程，"作者已死"，早在 AI 时代来临之前，罗兰·巴特们已经提前宣布了写作的非人化特征。

当然，这些文学理论以语言学模型解释文学，偏执地将一切文学写作都看作语言学规律的体现，这就以偏概全了。它们把文学看成语言系统或结构内部的事务，注定无法解释社会历史中的活生生的文学写作。但是，不可否认，结构主义理论在那些最符合语言学模型的文学类型上——比如类型化的民间故事和格律化的诗歌，的确显示出强大的说服力。为什么中外文学史上会出现那么多早慧的"天才"诗人？这或许和诗歌具有格律化的成熟的技术体系不无关系，诗歌写作，完全可以在系统内部通过样本学习而掌握，所谓"熟读唐诗三百首，不会写诗也会吟"。早慧诗人的天才，更多地表现为对文学语法逻辑的敏感把握和杰出的运用能力。"少年不识愁滋味"，依葫芦描瓢，照样可以写出看似深沉的诗句。这些诗人早已经在模拟 AI 写作了。诗歌写作，最容易被 AI 率先攻破，绝非偶然。2016 年，"九歌诗歌生成器"在格律诗写作上完胜绝大多数"老干部"。2017 年，人工智能机器人"微软小冰"推出的诗集《阳光失了玻璃窗》已经让一般读者无法分辨作者的真实身份。

所以，尽管 DeepSeek 在写作上的表现超过常人，那也不过是高明地抄袭或综合了海量文本的成果而已，对于普通读者来说，它的表现似乎很惊艳，那是因为一般人很难接触那么多文本而无法识别罢了。对于真正的专家或高明的作家而言，AI 假模假式的拽文就是缺乏真正判断力的小机灵或不懂装懂。它充其量只能达到人类写作的中等水平，而且，这就是它的天花板。因为，数据库的数量和质量决定了 AI 的能力边界。在人文思想领域，AI 不可能达到人类的最高水平，这是由它的基础原理决定的。早在 2003 年，刘慈欣发表《诗云》，天才般地预言了 AI 写作的巨大优势，以及它的阿喀琉斯之踵：技术先进的外星文明，动用太阳系的全部能量和星系级别的算力，打造出无比大的"诗云"程序，以穷举的方式演算出所有文字可能的排列组合，目标是写出超过人类的伟大诗歌。但是，它最终还是输了，因为，这种技术先进的文明没有"美学"的判断力，它可以创作出所有可能的诗，却无法找到或分辨一首真正的诗。

AI 没有真正的人文判断力。最高的判断力只能来自生活，它不可能仅仅在数据和规则或算法内部产生，不管经过多少强化训练，都不可在数据内部产生真实的生活。它甚至都无法具有真正的理解力或悟性，即使简单的算术题，语言大模型也往往会犯错。

真正的判断力，与情感、记忆和经验相关，最高的灵性思考和创造性的写作，注定无法摆脱社会性，数据化的知识只是写作的一个来源，而且是表层的来源。那些无法被数据化的经验，不可计数的"默会"的知识，以及正在生成中的无限丰富的社会实践，和生生不息、正在展开的人类历史，才是一切创作的永恒源泉，创作者内在于这样的历史，并与社会实践同步。没有什么数据库能够复刻这样的过程，无论多么海量的数据库都只能是局部的，而且是僵死的既往历史的标本，它没有历史的呼吸。

AI 的思考与写作，不可能获得这样的判断力和创造力，它无法获得超出数据库之外的灵性的智慧。它甚至无法获得数据库之外的"常识"，有人曾向 DeepSeek 提问：6 米长的竹竿能否通过高 4 米宽 3 米的门？AI 经过复杂的计算，给出了多种符合"逻辑"的解决方案，唯独想不到把竹竿放倒，垂直于门平面，就可轻松通过。当然，当 AI 看过我这篇文章后，它就明白该怎么回答这个问题了。

数据库远远小于生活，也永远滞后于生活。"深度思考"是算法投喂历史上的样本，对 AI 加以训练生成的，要补充新的知识和数据，就要打开"联网搜索"功能。可是，我们都知道，网上的最新信息在数量和质量上永远是片面的，且不说良莠不齐、真假参半，更严重的是，在 AI 被广泛应用后，网上数据已经开始被加倍操纵和污染了。此刻，正在有人通过大量矩阵号，专门针对 AI 发送特定类型的信息，做高特定信息的比例，让另外的信息沉底，从而影响 AI 的输出。可以预见，今后的数据海洋将越来越不可靠。更加反讽的是，那些操纵和污染数据库的力量所使用的最得力的工具恰恰是 AI 工具，这将造成脏数据的指数级繁殖，并进一步强化 AI 的自我强化。高质量的数据将被淹没在平庸的或肮脏的数据的汪洋大海中，从而拉低了数据的平均质量，也拉低了 AI 的思考能力和写作水平。

其实，有意识地扭曲信息，污染数据，本来就是历史的常态，只不过，手工时代，污染能力比较有限，AI 时代，这一问题将趋于尖锐化和极端化。

AI 只能以被数据化的僵死的人类智慧成果为基础，而且对这个海量的、被各种力量扭曲的数据库缺乏甄别力和判断力。它往往只是依据既有文化体制给出的指标做出形式上的判断，如参照"重要"的报刊、名家头衔和流量高低，来判别信息的权重。在它的视野里，获得"诺奖"的作家自然就是全世界最好的作家，发表在《文学评论》杂志上的文章自然就是最优秀的文学研究论文，阅读量上 10 万加的文章自然就是被公认的好文章，教授的水平自然要高过副教授，一级作家能力自然强过二级作家。

没有判断力就架不住行家三句追问，AI 也挺不容易，实在装不下去就装死，宕机开溜。DeepSeek 还经常出现幻觉，煞有介事地伪造材料，AI 误导人的事例屡见不鲜，DeepSeek 成了 DeepFake。当有人担忧文献学将遭受毁灭性打击的时候，我倒看到了考据学复兴的契机。本来，自媒体已经夺去了传统媒体的半壁江山，AI 的横空出世，似乎为正统媒体的寿终正寝补了最后一刀。岂不知，否极泰来，当网上信息全都真假难辨之时，说不定奄奄一息的正统纸媒倒可能迎来了一线生机。

物极必反。AI 的出现，让原来存在的信息环境恶化问题进一步极端化了，它逼迫着人们改造文化环境，追求真正的创造性写作和批判性学术活动，追求更人性的思维方式，并反思和尝试去改变那种导致非人性思维得以维系的社会条件。

现代的技术化理性思维早已侵入了人的灵性，我们的思维早就被改写为程序化的算法，只不过它还保留着人性的外观，比如在文学写作和人文研究领域，我们还沉浸在人性的幻觉中。AI 只不过是这种技术化思维程序的升级版，虽然它在形式上显现出人性化的外观，其实却代表了非人性化的更高形态。

AI 时代以前的写作行为，由于保持了人性化的外观，以其低效率的传统手工特征，让人们普遍忽略了其非人化的性质，从而给那些中规中矩却毫无思想含量和情感深度的文学创作和文学研究提供了机会。某些作家和学者，并没有真正的创造性，却依靠各种人际关系和体制性资源，维持了他们在文化江湖中的地位和既得利益。其实，他们既缺乏能力，也缺乏信念和热爱，所谓创作和机器的输出没什么两样。而现在，他们将遇到来自 AI 的严峻挑战，作为低级机器的人类写手将遭到作为高级机器的 AI 写手的羞辱和嘲弄。只有魔法才能打败魔法。

AI 使写作门槛降低到普通人都能利用 AI 实现的程度，进一步压缩了平庸的专业写作的生存空间。它打破了伪精英的体制性垄断，使一般性的知识和思想生产加速贬值，从而为新的文学、真正的人文思想的生成清理了地基。

下一步就看真正的思想者、文学家们，能不能利用这样的时机，是不是善于运用 AI 所提供的技术条件了。想想学术生产的手工时代吧，为了查找一条史料，文学史家有时只得奔波千里，到异地的图书馆或档案馆去翻故纸堆。现在，前期工作的效率大大提高，学者们从思想生产的初级劳动中解放出来了。判断力、才华和想象力，重要性越发凸显出来了。而这些人性的智慧，恰恰是 AI 所真正欠缺的。

已经有许多作家和各学科的学者出来说话：AI 完全可以淘汰 95% 的同行，这多好呀，本来嘛，只需要 5% 就够了，大部分平庸写作原本就不该存在。这样说，似乎表明，说话人不属于那被淘汰的 95%，我不敢说自己一定属于剩下的 5%。但是，我想，如果由于自己缺乏天分，或不够努力，最终被 AI 淘汰，那我也无话可说，可以心甘情愿接受现实，大不了就不吃写作这碗饭了，去干点别的，也无妨。总比尸位素餐，把着饭碗硬吃好，误人误己。如果能从职业化的文学写作或研究中解脱出来，仅仅把文学作为一个爱好，不也挺好？

网上说，要想解决问题，最好的办法就是把问题推向极端，让局面变得不可收拾，问题自然会得到解决。AI 就扮演了这样一个让局面极端化的角色。

最后可以谈谈 AI 时代的文学教育了。结论已经很显然了。先要造就具有超越 AI 思维能力的教师，才能造就这个时代需要的文学教育。传统的低级 AI 式的技术教育，已经失效了，可以被 AI 彻底取代了。这个时代，如果教师还有意义，必然是因为留下来的教师具有无法被 AI 取代的品质和能力。他们自然懂得如何教育，他们懂得如何教出不被 AI 取代的学生。

我想说，AI，真的是上帝给人文教育的礼物，它让我们反思，何谓真正的人文教育，它迫使我们为了不被淘汰，也要追求真正的人文教育。如果没有 AI 的严峻挑战，我们反倒不会那么迫切地去反思现代世界的非人化的教育状况。事实上，这种状况一直在恶化，已经很久很久了。

技术悲观主义者们，已经开始担心碳基人类被取代的命运了。我倒并不为此担心。我不太相信在现有技术发展路径下，模拟人类智能的 AI 会获得真正的意识。除非新的技术发展方向被开辟出来并加速迭代，否则，《黑客帝国》《超级骇客》《终结者》式的人类灭绝危机不会具备可能性。当然，AI必然会造成一些社会后果，比如造成一部人失业，但是，我想，理工科出身的科技工作者失业的可能性可能比人文工作者还要大。

刘复生，毕业于北京大学中国现当代文学专业，博士。现任海南大学人文学院教授。海南省文联副主席，海南省文艺评论家协会主席。中国作家协会全委会委员，丁玲研究会副会长，《文学评论》杂志编委，中国文艺评论家协会理事，中国小说学会理事。曾获海南省社会科学优秀成果奖一、二等奖，海南文艺评论奖特别奖。在《文学评论》等学术刊物发表各类文学研究论文一百六十余篇，出版学术著作六部。

回心文本，亲自写作

——AI 时代的文学教育

邵燕君

一、AI 打破了人类对自然语言的垄断

目前，很多研究者都从人类文明阶段升级的意义上，讨论 ChatGPT、DeepSeek 的出现显示出的人工智能技术突破的意义，因为这些大语言模型成功地打通了人工智能和自然语言的阻隔，为人类自然语言找到了一个人脑之外的智能母体平台。AI 可以像人一样阅读和写作，打破了人类对自然语言的垄断——这是人类最后的堡垒。这有可能彻底改变人类文明的底层逻辑。

迄今为止的人类文明是基于智人大脑的自然语言文明，但也一直存在着自然语言和人工语言两种语言范式的竞争。自然语言具有无穷的丰富性、独特性、生动性，带着一个个部落人群的体温，也是近代以来民族国家的认同象征。但是，自然语言的模糊性、歧义性、非逻辑性，无法承担科学哲学的探索交流。现代科学诞生以来，尤其是现代哲学的语言学转向以来，人类努力创造一种人工语言系统，以进行推理和论证，数学语言和计算机编程语言是最典型的人工语言。广义来讲，各个学科的专业语言也可以算作一种人工语言。

尽管人工语言在科学研究和工作领域被广泛运用，但人们日常生活中依然运用的是自然语言，包括文学艺术在内的人文学科也基本建立在自然语言的基础上。GPT 等大语言模型的出现将这两种语言打通，作

为自然语言人工智能系统，它具有了自然语言的生成性和与人类的对话性。

如果用麦克卢汉提出的"媒介延伸"理论进行理解的话，人类历史上所有发明的工具都可以视为人类某一器官的延伸。如果说 AI 是人脑神经网络的模仿和延伸，GPT 就是对人的自然语言对话系统的延伸。GPT 最具威胁性的地方，就是为自然语言找到了一个可替代人脑的延伸性平台，在超大型数据库（人类知识储存）和计算机超级算力（思维力）的加持下，语言生成模型的能力可以远远超过人类。

我们唯一的安慰是，AI 目前还没有思维能力。人工智能并不是真的在写作，而是在算概率，背后是海量参数和长久的大规模集群训练。也就是说，它看起来像人，是因为它是以人类的语料为食料的，本身并不能说人话。然而，这样的安慰却不能让我们安心。因为，我们已经失去对自然语言的垄断了，而我们的对手过于强大，对它的使用又过于廉价。

关于"人的延伸"，麦克卢汉的另一重要警示是，人会迷恋于这种延伸，而对被延伸的功能进行自我截除。比如，在人类发明轮子以后，腿行走奔跑的功能就日益被截除了。最近的例子是电子导航功能。当我们开车时，打开高德、百度等导航，可以很轻易地到达任何一个陌生的地方。很多不认路的女性会觉得这个工具太好用了，比老公、男友都好用得太多了，不但准确，还无比耐心体贴。它的确大大提升了女性的出行能力，拓展了其物理空间探索的边界。与此同时，很多男性的认路能力却在退化。这里的性别区分不是出于性别歧视而是强调性别差异。男性强大的认路能力形成于人类发展的早期，在狩猎时代，一个男性不认路就会死，对女性而言，这个功能则没有那么致命。那么，男性的很多生理、心理特质的建构是不是与这个核心技能有关呢？当男性内在的导航系统被截除后，是否会产生其他方面的后果？这还有待观察。

二、守护自然语言，就是守护"人的用处"

语言功能也是人类起源时期进化出的核心功能，很多人认为它是人类区分于动物的标志，人类因此成为万物之灵长。语言的发明使个体内在的经验获得外化表达，并与其他个体进行交流，使经验获得相互的理解和连接。人类的社会组织结构（家庭、部落、国家等）、伦理道德体系、价值信仰系统，以及文学艺术创作，都在语言的基础上建立。人类的语言从自然语言中延伸出人工语言，又从计算机编程语言这种特殊的人工语言中延伸出可以打通自然语言的大语言模型。AI 杀了个回马枪，它绕过码农，和普通人对话，代普通人说话，背后连通的却不是人脑。人类如果沉溺于这一延伸，放任自然语言功能被截除，人何以为人的问题很快会被提上日程。

我们可以推演一下未来的两种发展趋向。一种是 AI 发展出自我意识，自说自话，那人类就不是所知宇宙中唯一拥有自主意识的智慧体了，也就意味着未来是碳基文明和硅基文明的竞争。不管结果如何，人类想要有一战之力就不能放弃自己的语言能力。

另一种可能是，AI 最终没能拥有自主意识，没有独立的经验和语言系统，还是在人类的语料库里折腾。那么，未来的社会就会不可避免地进入人机协同的模式，在这个模式里，人的用处是什么？如果 AI 只会用人类的语料说话，人类就是新鲜语料唯一的供应方。今天，AI 之所以可以人模人样地说话，写诗写小说，是因为喂给它的文字是人类既往经验的表达，人类的情感、创造力和自由意志都封存在里面。如果人类不能持续提供新经验的表达，这个数据库就陷入了封闭的、高速运转的死循环。很快，它将散发出的就不再是一股 AI 味儿，而是尸臭味儿。

今天，人类守护自然语言，就是在守护"人的用处"。文学作为语言的艺术，自然发挥着独一无二的功能。

三、AI 时代，文学的用处

在机器尚未获得智能之前，"人的用处"就已经是控制论的先驱学者担忧的问题了。提出这一问题的 N. 维纳，他当年在《人有人的用处》(1954) 一书中的回答是，人异于机器者在于：人有具身性（知道疼）；人有和他人连接的渴求（需要爱）；人有非功利性（懂审美）。总之，"人的用处"就在于发挥人性，人性的核心在于情感、伦理和创造力。人性的最高贵之处在于，人有目的和信仰，能够以进步抗拒熵增，在热寂毁灭最终到来之前，活出人的庄严。

今天当我们重新思考这一问题时，答案依旧，但面临的形势要严峻得多。七八十年过去了，人机力量的对比发生了重大变化，机器越来越厉害，人性越来越模糊。在机器越来越像人的同时，人也变得越来越像机器了。我们的生活越来越规则化、数值化，人类的操作系统越来越与人工智能操作系统趋同，如此下去，怎能不被取代？

如果还想在未来的人机协作中保持主导地位，人类需要加强自己的主体性，人性需要还魂。不仅是数码一代，所有的人都需要时不时地跳进"人性之湖"中浸一浸，体味一下在机器还不那么强大的时代，人类是如何生活的。文学无疑是最深最广的"人性之湖"，既是人类经验的"体验舱"，也是人性的"还魂器"。

在这一向度上，我特别强调现实主义文学的意义。这不仅由于写实的笔法可以将人类经验进行最具还原性的表达，还在于这一伴随启蒙运动兴起的文学潮流"人气"最足。在科学理性和人文精神的主导下，人类摆脱了上帝，自信可以成为世界的主人，缔造人类完美的社会形态。在这种信念的支撑下，文学也被赋予了再现世界真实的功能。由于文学擅长心理描写，就更能打通人的主观世界和客观世界的关系，帮助人类认识世界，认识自己。通过一个个典型环境的描写、典型人物的塑造，人类的生活状态和精神处境得到了总体的描绘和精微的勘探，尤其是通过对于成长人物的塑造，再现了"个人"通过自我启蒙成为"大写的人"的成长历程。在乌托邦愿景的烛照下,现实主义作品批判现实的力度空前激烈,这里的人物永远在反思,永远在反抗,这种人性的光辉,对于我们这些需要跟机器争生存权的"末人"来说,弥足珍贵。

其实,人类既有的文学艺术作品早已投喂给 AI,进入了数据库。但如果我们仅仅在数据库中调用经典要素,就逃不出 AI 的操作系统。我们需要进入另一个世界,在一个完整的生态系统中,重温人类的法则。尤其是在网络环境中长大的"数码原住民",需要学习人类前辈如何把现实体验转换为文学表达。但重温经典并不意味着沉湎于过去,网络一代的学习必然是创新性的,必然经过数码转型,他们的现实经验中也必然包含了在虚拟世界生存的经验。无论是文学技巧还是文学精神,只有获得网络重生,才能成为新人类可以继承的精神遗产,才能在人机写作中发挥作用。要在文明的跃迁中延续文学传统,确实需要文学教育发挥重要作用。

四、AI 时代的文学教育

在讨论了 AI 时代人类护守自然语言的重要性,以及文学作为语言艺术的特殊功能之后,文学教育重心调整的方向也就自然锚定了。在我看来,就是要回心文本,充分发挥文学作为人类经验的"体验舱"和人性"还魂器"的作用;与此同时,强调"亲自写作",以保证人类运用自然语言书写的技能不被"自我截除"。

面对 AI 的挑战,陈平原先生近日提出,"百年中文系以科学、系统、规范的'文学史'为中心的文学教育,确实需要调整与修正"(《AI时代:文学如何教育》,《中华读书报》2025 年 2 月 12 日)。在今日之情势下,这一主张的及时提出,不但振聋发聩,并且确实可能推进人们教育观念的调整和改革方略的具体实施。

具体到我所任教的当代文学专业,我以为在文学史之外,还需要另一项"减负"——对理论的迷思。今天当代文学专业的学生，如果说三分精力花在学文学史，倒有五分精力花在啃理论，能有一两分力气读作品，就算是不错了。文学史和文学理论当然很重要，但也如两座大山，压得人抬不起头来。如今既然有了 AI 大能，是不是可以让它帮着扛一扛，我们有更多的时间溜出去，愉快地读小说？

从某种意义上说，这是一种"回心"，回到古人的读书方式，注重趣味的养成和技巧的习得；唤回 20 世纪 80 年代学术规范尚未严格时的感性和个性，以更朴素的方式进行研究和批评。当然，并不是要抛弃文学史的视野和理论的深度，但重心要移一移，以作家作品为中心。说到底，中文系学生看家的本事还是文学品味和写作功力。在这两件事上，人能胜机，值得花时间，也需要花时间。

如果教学重心有所改变的话，教学方式和考核方式也要改变。加强小班教学、重视课堂讨论是必然的，关键是考核方式也要"以人为本"。我建议不妨采取口试，学期末，每人跟老师聊半小时。以现在的技术，我们很难查谁用了 AI 谁没用，那就不妨回到更古老的口头文明的方式——面谈。

在"回心文本"的同时，还有一件事需要鼓励，甚至需要强迫学生做的，就是"亲自写作"。"亲自写作"是清华大学写作与沟通教学中心的青年教师耿弘明提出的，为的是回答学生的提问"AI 时代，亲自写作的意义是什么？"他的回答是，写作可以帮助人们展开逻辑思辨能力，培育人文精神，是一种自我表达、自我认知、建构意义和连接世界的深刻行为。因而，"写作是道路，是交通，是渡口"，"写作是翅膀，是望远镜，是飞船，但更重要的，它是田园，是你在科学逻辑与精神成长过程中随时随地的乡愁"。

受他的启发，我认为，写作可以帮助人形成更强大的主体意识。因为人是语言的动物，只有"亲自写作"，才能长成主体的骨骼。所以，需要一个时期的"义务教育阶段"，保护性培养。如果说 AI 是我们的外骨骼，只有当我们内骨骼成熟之后，才能在与它的协作中占据主导地位。否则，就会沦为它的附庸。

最后，说点乐观的。我们都知道 AI 可以代替人写作，但 AI 也可以刺激人写作。我们每个人都曾有过写作的冲动，大多数人都会因为畏难而放弃，真正写出作品的人是极少数，还不要说发表。AI 可以帮助我们迈出这一步。在我从事研究的网络文学领域，使用 AI 辅助是很普遍的。虽然有很多写"套路文"的基层作者担心自己的饭碗被 AI 端了，但也有很多想"写着玩"的业余作者可以玩起来。如果你有一个想法，就可以让 AI 先写大纲，开脑洞。它一秒钟就能给你开出十几个世界设定来，有的可能很荒唐，但可以给你刺激启发。还有的人，把自己特别喜欢但封笔了（比如金庸）的作家的作品全部喂进去，让 AI 模仿其文风，写一个自己想看的故事。我课程上有学生这么试过，效果还不错。当然，如果写得很烂，可能也会刺激你产生亲自写作的冲动。

AI 的写作目前被普遍认为很平庸，但也可能是没有用对调教的方法。我有一名博士生做了一个有趣的实验，用 ChatGPT 打磨人设，看看是否能产生细腻生动的叙述。她让 ChatGPT 扮演特定的 MBTI（Myers-Briggs Type Indicator，一种流行的人格类型评估工具）人设，并反复调整，优化提示词（prompt），输出结果一次比一次好，最后甚至产生了某种创意（李皓颖：《如何让 AI 叙事更生动？——以 MBTI 人设打磨为例》，《当代文坛》2024 年第 6 期）。我问她好玩不好玩？她说真的很好玩，人可以跟机器玩创作，甚至只跟机器玩，就能很满足。

当年罗兰·巴特提出"可写的文本"的理念时，我们都觉得很先锋。它也确实很先锋，所以几十年来践行者稀。因为传统要求我们，阅读作品就是要"理解"作者的意志，而"可写"并不服从于这一传统。不过，随着网络条件的深化，"读者"使用自身的文化结构去"介入"（写）一个作品，已经成为一件稀松平常的事，他们批注、评论、解读、再创作——不是为了作者的意图，而是为了自己的快乐。而在"可写的文本"的基础上，青年学者王鑫又提出了"可玩文本"（博士论文《从中作梗：数码人工环境的语言与主体》，北京大学中文系，2023 年 6

月答辩，在即将由中国文联出版社出版的同名著作中有进一步阐发，感谢王鑫博士允我提前引用）。她认为人们不仅可以"写"出自己的文化结构，还能借助一定的互动机制，对这一结构本身进行重新"安排"和"修改"，从而在文本内部实现与他者的"共存"和"共生"。简单来说，就是人们可以把文学当作一场游戏，把文本空间当作规则空间来参与和玩耍，通过玩激发出在场性，获得生动鲜活的文学体验。

今天，在 AI 的帮助下，"可玩文本"或许可以成为一种大众游戏。如果借助大语言模型，人类可以无成本地、无限丰富地玩文本的游戏。此时，人与 AI 便不是非此即彼的"竞争者"，而是可以一起玩耍和创造的"同伴"。那么，AI 时代的到来，会不会反而激发起一轮人类文学想象力的爆发？至少不是没有这种可能。

邵燕君，北京大学中文系教授，北大研究生十佳导师。著有《倾斜的文学场——当代文学生产机制的市场化转型》《新世纪第一个十年小说研究》《网络时代的文学引渡》《网络文学的"新语法"》等专著。主编"北京大学网络文学研究丛书"、《网络文学经典解读》《破壁书——网络文化关键词》《中国网络文学二十年（典文集／好文集）》《中国网络文学双年选（男频卷／女频卷）》《创始者说：网络文学网站创始人访谈录》《中国网络文学编年简史》等。

AI 时代，"作者"何为？

季剑青

之所以给标题中的"作者"打上引号，是我意识到，AI 正在给我们习以为常的"作者"观念带来巨大的挑战。

今年年初 DeepSeek 横空出世，人们惊讶地发现，它不仅在一般的对话中文采斐然，还能按照指令生成有模有样的文学文本，这方面的表现远超豆包、Kimi 等其他人工智能的聊天机器人（chatbot），确实令人刮目相看。已经有学者和作家尝试用 DeepSeek 写作旧体诗词或网络小说，效果可谓惊艳。可以想象，人机协同的写作方式未来将成为文学创作当中司空见惯的现象，这不仅会冲击文学研究与文学教育的既有理念和模式，也迫使我们不得不去思考一些基本的理论问题，首当其冲的便是：我们如何理解和界定人机协同所生成的文本的"作者"？

事实上，我们今天普遍接受的"作者"观念也是一项现代的发明。文学作品是具体的、富于创造性的个人精神劳动的产品，它的价值及产生的社会效益（如版权）应完全归属于这个特定的"作者"，这样的观念及相应的制度，大致诞生于 18 世纪的欧洲，背后是浪漫主义对人的创造力与想象力的弘扬、印刷文化和出版市场的发展等一系列因素（参见金雯《作者的诞生》，《读书》2015 年第 2 期）。在此之前，作者身份没有那么重要。史诗、传奇和悲剧无须了解其作者，仍旧广泛流传，众口称颂。它们即便被归到某位"作者"（如荷马和莎士比亚）名下，也不会被认为是其个人创造力的产物。而在古代中国，先秦时期即已确立了圣人通过撰述经典来阐明和传递"道"的作者观念，诗文创作亦深受其影响，但这与现代意义上的"作者"相去甚远。至于戏曲小说领域，作者问题更加模糊不定，所谓作者往往不过是编次、整理乃至改写既有的文本，读者亦不关心它们的"原创性"（参见孙康宜《中国文学作者原论》，张健译，《中国文学学报》2016年第7期）。

到了晚清以后，西方现代意义上的"作者"观念才传入中国。即便如此，许多通俗小说的"作者"仍旧是流动多变的，显示了某种根深蒂固的传统的影响。他们变换笔名，甚至假托他人，这或许是因为在他们看来，小说是某种公共知识和情感的载体，诉诸读者的也是公共性的经验，作者个人的独特思考和创造性反而显得无足轻重。这也与通俗小说作为某种文化商品的自我定位有关，在这样的观念和制度下，作者会根据读者的趣味和需要及时反馈和调整，修改增删自己的作品，如张恨水对《啼笑因缘》的续写便是一例，类似的现象屡见不鲜。在这个意义上，甚至可以将这些小说看作作者与读者互动的产物，读者也参与到创作当中。中国通俗小说的这种写作方式，一直延展到当代网络文学的创作当中。网络这一新兴媒介破除了印刷文本的发表门槛，多个作者（读者）通过网上互动参与写作在线连载的网络小说成为常态，从而催生出超长篇类型化小说这一中国独有的网络文学门类（参见许苗苗《作者的变迁与新媒介时代的新文学诉求》，《文艺理论研究》2015年第2期）。

AI的发展为当代中国的网络文学又增添了新的助力和机会。理论上说，AI工具所调用的大数据和语料是基于人类以往创造的大量文本，其中汇聚的是人类的集体经验，而通俗文学的类型化和模式化又特别适合于算法这样的程序化的操作，因而借助AI大语言模型，不需要太多作者，就可以高效地完成长篇网络小说的写作。华东师范大学的王峰教授已经开始从事这种他称之为"智能写作"的实验，并且摸索出一套相对成熟的方法，通过精心设计和优化提示词并将其模块化，可以快速生成较高质量的小说文本，效果可观（参见王峰《提示词工程：智能长篇小说的核心驱动力》，《南方文坛》2025年第1期）。如今有了DeepSeek，想必如虎添翼。如果AI的功能仅止于此，那似乎没有什么好担心的，而且AI工具非人格化的特点，本来就与通俗小说针对特定受众、表达群体经验而无意凸显个人作者的定位天然适配，如此生成的智能小说在"署名"时，若注明使用了 AI 工具，应该也不会引起太大争议。

然而，AI 对文学创作带来的变化并不止于此。AI 大语言模型所调用的数据和语料确实来自以往人类创作的文本，但在使用者的提示和算法的推荐下，它们被重新拼接和组合，往往能生成令人眼前一亮的新文本，哪怕只是一些碎片化的细节，一些片段的新颖的意象和比喻。仅从文学品质上来看，我们无法否认它们也表现出某种"创造性"，这让人不由得怀疑，作为现代作者观念之核心的"创造性"，真的是独属于人类的么？在我看来，这是对现代作者观念的最深刻的挑战与冲击。

由于 AI 工具（特别是 DeepSeek）这方面的出色表现，它不仅被用于网络小说的写作，也被一些严肃的写作者用来激发自己的灵感。擅长使用 AI 工具的写作者，不会等待这些创造性的火花随机涌现，他们发出指令来不断地调教和训练它，就像和一位熟悉自己的老朋友不断聊天一样，在频繁且对方绝不会感到厌烦的交流中，很可能就会获取足够的教益甚至智慧。作家蔡东对此深有体会，她"从年前开始试用 DS，有空就与它对话，其表现令人惊讶。生成的文本中涌出动人的文字，哪怕只有一两句，也足以让人辨识出，AI 有创作能力，而'生成式'写作能产生文学性。其表现超越大多数写作者，只有最出色的那一类作家，经验和表达最独特的那一类写作，在它面前仍可保持底气和自信"（《AI 时代下的文学：面向 DeepSeek 的"人文学"之问》，"中国作家网"公众号，2025 年 2 月 17 日）。

AI 在文学写作中所表现出的创造性，让我们开始反思"人"在文学中的位置这样一个根本性的问题，更具体地说，如果个人作者依旧是不可替代的话，这种不可替代性究竟表现在什么地方？前段时间刘慈欣在接受采访的时候，已经明确表示，"从科学的角度去讲，所有人类作家的身上没有什么是不可被 AI 所替代的"（《刘慈欣称 DeepSeek 完全可能替代人类作家》，"央视财经"微博，2025 年 3 月 29 日）。我无法接受刘慈欣的观点，但是要做出有力的反驳却并非易事。我们一般理解的文学创作，可以粗略地分为形式技巧和思想情感两个方面。前者可以通过揣摩、学习和训练来习得，这正是 AI 的擅场。因而在对声韵格律有严格要求的旧体诗的写作上，AI 表现出惊人的能力就毫不奇怪了。胡晓明先生曾经尝试让 DeepSeek 写绝句，结论是："根本无须怀疑，AI 写绝句，也完全可以写出各种风格，写出微至的意境与灵动的兴会"，但他同时也强调，"AI 的角色是诗歌创造中的执行者，人机配合才见真章。因而人的立意，仍是诗歌之魂"（见胡晓明《DeepSeek 可以写好七绝么？》，"心灵诗学"公众号，2025 年 2 月 1 日）。"立意"关涉作者个人独特的情感体验与思想感悟，目前 AI 或许尚无法与人类竞争。这也就是为什么，在并无严整的形式规范可以遵循、更依赖作者个人才情的现代汉语写作方面，AI 似乎还乏善可陈，无法直接生成高质量的文本，只能提供一些吉光片羽式的片段。然而，现在做不到不代表以后做不到，人类的情感和思想也有大致的模式，通过反复的训练和深度的自我学习，AI 完全有可能写出形神兼备的优秀作品（当然是在人的指令下）。

从读者的角度说，如果 AI 达到这样的能力，就可以按读者的需要来定制某种特定风格的文本。如果我钟爱加缪的作品，读完他的全部著作仍旧感到不过瘾，那么不妨将《加缪全集》"喂"给 AI，再按照我的特定需求（题材、文类等，甚至可以提供故事框架）来生成加缪式的文本（甚至可以细化到加缪早期或晚期的风格）。这样的"作品"当然不能归到加缪名下，但显然也不是我或 AI 的创造，而是过往的加缪作品、AI 算法和我本人的指令交互作用的结果。它有"作者"么？如果它不只是满足我个人的阅读需要，而被分享到公共的文学场域中流通，它的文学性和"作者"问题都会凸显出来，成为文学理论家无法回避的新的文学现象。

而从作者这方面来看，AI 完全可以成为辅助创作的利器。有经验的作者会把自己的作品"喂"给 AI，加上精确的指令，培养和训练属于自己的 AI 智能体。事实上已经有作家这么来做了，科幻作家陈楸帆早在 2019 年，就曾尝试把自己的作品交给 AI 作为训练数据，开发出一个"陈楸帆 2.0"的小型模型，可以模仿他的文风生成新内容，虽然这些内容很多时候是"无意义的胡言乱语"，但仍旧为他开辟了更广阔的写作空间。他已开始用 AI 辅助创作小说，并且以非常乐观的态度拥抱 AI 时代的到来，认为这是"有史以来，人类第一次拥有与一个异构大脑（机器智能）相互激发创作灵感的机会"（见《陈楸帆讲座：DeepSeek 之后，创意写作走向何方？》，"北京大学文学讲习所"公众号，2025 年 4 月 4 日）。随着 AI 的发展，"陈楸帆 2.0"完全可能进化到更高级的"陈楸帆 3.0""陈楸帆 4.0"版本，从而写出毫不逊色于作家本人的小说来。可以想象，未来我们读到的某位作家的作品，很可能是由他的智能体辅助乃至独立创作的，当这些文本都被归于这位作家的名下，我们所熟悉的"作者"观念已在悄然间发生巨大的变化。

在这样的情境下，我们或许会对福柯在他那篇著名的《什么是作者？》（1969）中提出的洞见有更深刻的领会。福柯对 18 世纪以降的现代作者观念进行了知识考古学式的考察，提出了"作者功能"的概念，他指出："作者的功能就是刻画出一个社会里某些话语的存在、流通和运作的特征""它是一套复杂的运作的结果，这些运作的目的就是要构建我们称之为作者的那个理性实体"（见普雷齐奥西主编《艺术史的艺术：批评读本》，易英等译，上海人民出版社，2015 年，第 298、300 页），在这个意义上，"作者"不能等同于历史中具体的人，而是一系列话语和制度运作的产物。人机协同写作的时代必将到来，新的"作者"观念及相应的话语和制度安排也会应运而生，这将在整个文学场（包括创作、批评、研究和教育等一系列实践）中，以至在伦理和法律层面造成何种影响和后果，我们可能现在就要去思考并做好准备。

未来有一天，公认的最杰出的当代文学作品，可能都有 AI 的参与，都是人机协同写作的结果。我相信，个体的人仍旧会在这样的创作中扮演主导性的角色，无论我们如何去理解和界定他（她）的"作者"身份。然而，这样的作品跟此前完全由个人创作的文学经典读起来会有差别么？但愿到那时，我们尚未失去辨别这种差异的细腻的感受力。套用孟子的话，"人之所以异于 AI 者几希"，这"几希"之"异"也许映照出的是人类不那么聪明和完美的一面，但愿到那时，我们仍旧对"人"之所以为"人"葆有最初的敬重与爱惜之心。

1759 年，英国诗人爱德华·扬格发表了《试论独创性作品》一文，这是标志着现代作者观念诞生的一篇经典文献。扬格在文章中热情地为人自身的"独创性"辩护，当时他面对的是西方文学中极为深厚的模仿古人的传统。扬格承认模仿者可能会在巨人的肩膀上取得卓越的成就，而独创者只能依仗自己平平的天资，他如此鼓励后者："要这样尊重你自己，宁可要自己头脑的土产品，而不要最华贵的舶来品，这类借来的财富使我们贫困。"（锡德尼、扬格《为诗辩护 试论独创性作品》，钱学熙、袁可嘉译，人民文学出版社，1998 年，第 100 页）在未来的 AI 时代，我们面临的可能是一个类似的而又颠倒过来的情境，善用 AI 的作家或许会在技术的加持下写出更精彩的作品，然而我相信仍会有无数的"普通作者"，以质朴的、完全植根于个人经验的写作，默默守护着人的古典尊严。

季剑青，北京大学中文系文学博士。现为北京大学中文系长聘副教授、研究员。主要从事中国现代文学与文化研究。著有《北平的大学教育与文学生产：1928—1937》《重写旧京：民国北京书写中的历史与记忆》《新文化的位置："五四"文学与思想论集》等，译有《中国现代女性作家与中国革命（1905—1948）》《赵元任早年自传》《儒教中国及其现代命运（三部曲）》。曾在《文学评论》《近代史研究》《中国现代文学研究丛刊》等刊物发表论文数十篇。

AI 与人文教育

AI时代的古典文学研究

刘跃进

　　四十年前，我在杭州大学古籍所攻读古典文献学硕士学位。一次，去看望郭在贻老师，那时，他的《训诂丛稿》刚刚问世，学界赞誉有加。我们都很敬佩老师读书之博，考订之细，就问老师如何选择题目，又怎样收集资料。郭老师顺手从书架下抽出一本《〈太平广记〉钞》，有很多浮签，打开其中一页，天头写着"努力"二字，下面对应的是原文。郭老师说：前几年撰写《释"努力"》，认为中古时期"努力"二字有保重、自爱之意。这类材料较多，看到就记下来。做训诂学研究，就得这样一条一条积累，别无捷径。原来，老师就是这样不厌其烦地从群书中摘抄相关词条，汇集起来，经过深入思考、比对、归纳、辨析，最终形成一篇篇读书札记或考证文章。试想，为写一条札记，得需要翻阅多少典籍！看到我们不解的神情，郭老师说："听说西方发达国家已经发明了电脑，查找书证可能相对容易，但我想，电脑终究不能替代人脑的思考。"这是我第一次听说电脑与人脑可能形成竞争的话题。

　　1992年，微型电脑进入寻常人家。我的第一台电脑是286，就是那一年购买的，可惜质量不稳定，病毒又很多，换了一台又一台，从286到386，再到486，在感受到电脑检索便利的同时，也强烈地感受到作为新生事物的电脑，还是有很多问题，终究不及人脑灵便深邃。再后来，电脑迭代升级，质量越来越稳定，功能越来越强大，但优势主要还是在资料检索方面。那时，我没有疑惑，坚信人脑终究不会被电脑替代。

又是三十年过去。而今的情况发生了重要变化。从数字技术到人工智能，AI 进入寻常百姓家。"人工智能"，重点在"智能"二字，它拥有的信息量远非人类可比。更何况，人工智能还是一个可以无限延伸的技术平台，不断地与时俱进，不断地学习提升，不仅可以像人一样思考推理，像人一样汇总判断，甚至在很大程度替代人脑。今年推出的 DeepSeek 系统，让我们意识到未来发展的多种可能性。可以这样说，人脑与电脑之战已经到了攻守易位的临界点。凡是操作过这类系统的人，都会不由自主地联想这种变化对自己的未来将会产生怎样的影响。作为古典文学研究工作者，我自然也会比较关注 AI 时代的古典文学研究将会发生怎样变化。

我心目中的古典文学，是一个广义的概念，包括古典文学、古典文献学乃至传统人文学科。刚刚学会使用 Kimi 和 DeepSeek，我试图就 AI 时代的古典文学研究等相关话题寻求答案。具体来说有四个方面的问题：

一、如何理解 AI 时代的变化？

二、AI 对人文学研究有什么影响？再具体一点说，对古典文学研究有什么影响？

三、如果数据库不够丰富，AI 如何发挥作用？

四、AI 数据如何区分哪些是别人的原创，哪些是自己的综合？AI 能提出原创性思想吗？

DeepSeek 给了一份框架结构：一、AI 时代的本质特征与技术图景；二、人文学科研究的范式转型；三、有限数据环境下的创新路径；四、学术创新的确权与伦理建构。结语：在智识重构中守护人文精神。面对 AI 带来的方法论革命，古典文学研究正经历着从考据之学向"数字义理"的范式转型。技术工具在拓展研究疆域的同时，更需要建立人文学者与技术系统的深度对话机制。未来的发展方向应是构建"增强型人文智能"，使 AI 成为激活传统的新思维工具，而非替代人文价值的异化力量。在这个过程中，保持对文本的敬畏、对历史的温情、对人性的洞察，始终是学术创新的根本立足点。

我又进一步要求将这些内容综合成为一篇文章，系统给我提供了一篇《AI 时代下的古典文学研究：技术革命与人文传统的对话》。这篇综论比较空泛，我要求扩展案例细节，增加技术原理阐释，系统又做了若干补充。最后说：通过上述细节补充可见，AI 技术在古典文学研究中的价值不仅体现为效率提升，更在于：第一，发现潜藏关联，如《全唐诗》情感熵值量化了社会剧变对文学的影响强度。第二，挑战传统认知，如王维诗中的隐性焦虑、宋代音阶的悲凉特质。第三，建构交叉证据，GIS 数据与文本分析的结合，为文化传播提供多维实证。第四，推动方法论反思，格律生成实验揭示了形式约束对创作的双刃剑效应。系统最后总结说：这些案例证明，AI 时代的人文研究正在形成"数据驱动发现—人文理论阐释—技术工具迭代"的新三角范式，而细节的丰富性正是该范式生命力的源泉。

从上述文献看，AI 在训练时多次被"投喂"相似的数据和要求，很容易复刻或依赖研究者过往熟悉的研究路径和研究方式，"生成"出研究者期望得出的结论。因此，基于已有成果生成的推论，读者很难区分哪些是综合成说，哪些是系统原创。结果，AI 更像是一面镜子，而非窗户，研究者容易"看到自己期望看到的东西"，很难有学术冲击性。就我探寻的结果而言，DeepSeek 文章提到的专有名词，如"潜藏关联""情感熵值"等，我的理解不是很到位，但该文的结论还是能读懂的，也基本认可。譬如说 AI 时代的人文研究正在形成"数据驱动发现—人文理论阐释—技术工具迭代"的新三角范式，而这，正好对应了我所强调的文学研究所应具备三个条件，即艺术感受、文献基础与文学理论。将新三角范式和三个研究条件做一比较，是一个有趣的话题，可以从一个侧面看到 AI 对于古典文学研究的影响。

艺术感受是基础，它源于艺术实践；而艺术实践包括创作实践与阅读实践。创作实践不一定人人都有，但是作为一个文学爱好者，阅读实践自然是必不可少的。为什么文学爱好者没有成为文学研究工作者呢？根本原因在于，文学研究还需要具备文献基础和理论素养这两个不可或缺的重要基础。现在的问题是，这两个基础都面临着比较严峻的挑战。

首先，AI极大地改变了信息门槛，使文献的收集变得比较容易。过去一些文献考订类著作，在有限的资料范围内，爱钻牛角尖，攻其一点不及其余，纠缠于一些很难说得清的问题争来论去，就像从圆心射向两个不同方向的直线，分歧越来越大。这种考证，得出的结论往往偏颇。而今，这种弊端将被瓦解。古联公司开发的大型"中华经典古籍库"可以通过人工智能，最大限度地汇集古籍文献，最为系统地整理相关资料，并在此基础上深度开发并转为应用。它可以捕获差错，还可以协助整理古籍等。人工标点古籍经常会出现误断现象，人工智能有强大的存储功能和学习能力，可以综合古今研究成果，将古籍标点的成功率和正确率大幅度提升。相关资料显示，中华经典古籍库已经开发了将近27.5亿字的数据资源，其中古籍整理本一万多种，古籍普及资源、学术研究资源以及各种工具书、近代文献包括报纸杂志等出版物更是应有尽有。中华经典古籍库不仅仅限于古籍，还包括石刻文献、历代进士登科人物文献、书法作品、甲骨卜辞、木版年画等相关资料。从目前情况看，现存古籍有二十多万种，其中重要典籍多有校订或注释本。如果将这些文献全部数字化，"数据驱动发现"的优势将大显身手。设想一下，如果数据足够丰富，人工智能完全可以逐渐胜任校勘、注释工作。除了历代学术论著外，还有大量的报刊论文。"中国知网"初步解决了期刊论文的汇总问题，而近代以来的学术论著也亟待数字化。目前中华经典古籍库已有近三十个专业数据库，聚合了二十多家出版社的古籍出版资源，与越来越多的作者签署了数据库分享协议等。这些都已展示出广阔的发展前景。过去靠卖弄广博的知识，猎取一点稀见的史料就可以挥洒自如的时代结束了。

其次，AI时代的理论研究也面临着严峻挑战。过去的理论著作，多擅长于旁征博引，洋洋洒洒，读罢叫人有"封狼居胥意"而兴奋不已，待冷静下来梳理一番，又会发现如羚羊挂角，无迹可寻。新三角之一的"人文理论阐释"则有望开辟一条通透坚实的途径。人工智能与以往的计算机检索最大的不同，就是体现在"智能"方面，不仅具有强大的检索归纳功能，还可以人机对话，解决一些深层次的问题。就理论研究而言，人工智能可以汇总人类有史以来的各种思想学说，并将其归纳、总结，提炼出清晰的线索，做出基本判断。根据这种归纳、总结、学习、提高的特性，人工智能系统在分析某些作品、提炼某些学说时，就会有其得天独厚的优势。譬如分析《红楼梦》前八十回和后四十回在结构、语言、情节线索、人物性格、语言特色等方面的异同，重新创作后四十回，也许更接近曹雪芹的原意。

　　基于上述两个事实，我们不得不承认，AI 正在重塑文学研究的工具、方法、路径与审美鉴赏，它的发展可以使人更加直接、客观地审视自我，也更清晰地认识到自己的平凡和渺小。过去认为学问渊博是遥不可及的事，而今可以通过数据库获取这些知识。过去认为研究传统学问，年长者自有天然优势，而今这已成为过去时。人工智能对规律性的分析判断必将远超人类，研究范式的转变也是触目可及的发展方向。譬如古典诗词写作，严格按照格律，中规中矩，严谨工整，没有一点问题。

　　在充分认识 AI 强大功能的同时，我们也应注意这种发展趋势中存在的若干潜在问题。就文学创作而言，我们读当下的作品，读三千年前的作品，完全能够感受到一种超越时空的心灵律动。人工智能推出的文学作品，读起来则觉得缺乏这种感动。这是因为，AI 只能看到以往作品写了什么，但无法知道创作者是怎样感受、如何思考的，遭遇了哪些困境和不易，辛酸和委屈，没有真正意义上的个人体验；因此即使它再擅长处理"流"（即对已有数据文献的整理、分析和再生产），也总是难以触及"源"（即文学创作和学术研究的根本动力）。人工智能创作的小说，可以有很好的故事情节，严密的逻辑关系，众多的人物形象，但是如何触摸灵魂的律动，尚有诸多不尽如人意的地方。

再就文学研究而言，"学问"一词中有"学"也有"问"。人类情感是深植于生理机制与生命历程中的特殊体验，日常生活中的每一次情绪波动都是大脑和身体协同作用的产物，往往根植于记忆、关系、价值观和过去的经历等。人文学者的优势在于，基于历史的经验和自身的经历，他不仅可以学会掌握知识的能力，更重视持续发问、反思、顿悟、融合乃至对未知的敏感，并在不断地追问中成长。相比较而言，AI 输出趋于集约化、逻辑化、理性化，擅长在已知中检索和组合，但是否能够进行持续的"怀疑"与"追问"，目前还是问题。这是因为，AI 没有人类的经历，缺乏情感体验而缺失这样的内部张力，因此并不知道痛苦、忧伤、喜悦、期待、忐忑不安、患得患失究竟是什么感受。它对人类这些情绪变化或是审美期待，只是在字面上而非生理上理解。所谓字面，即限于语言层面上的模式匹配与概率计算，还无法真正地"感受"喜悦，而是只能识别出"喜悦"通常和哪些词语、句式、语境相关；它也不会"害怕"失败，而是只能分析出"失败失意"在某些语境中的消极倾向和负面意味。它可以模仿研究者的言语外壳和研究结论，却无法触碰语言背后的情感温度，也无法真正参与构成人类心灵经验的情绪生态。

由于不具备情绪生成机制，也无法产生由真实情绪引发的本能反应，AI 的共情行为只是对文本特征的模拟，而非情感共鸣后的自然流露。更何况，AI 似乎在理解人类文明的深度方面介入不足，难以触及直觉的闪光、沉默后的顿悟，更难在随机与矛盾中感受思考的艰难、生出创造的灵光。因此，当原本承载着记忆、情感与伦理想象的文学作品被 AI 施以工具性的简化处理，文学作品的"共情性"就很难完整地呈现出来。从更深层次的角度看，中国社会结构并非一成不变，而是有着丰富的内涵。社会的运行也有很多看不见的力量在推动，包括约定俗成的潜在规则、社会风尚、审美观念等。这种复杂多变的结构，这种暗流涌动的运行，只有优秀的文学作品才能将其形象化地表现出来，每一个人物，每一个细节都承载着不同的历史语境下的人类情感经验。这是任何经济学家、历史学家所难以达到深度。这些深植于生活体验的隐性知识，往往难以明言，需要依靠直觉感受。未来的研究者如果过度依赖AI生成的文本，古典文学中"人之为人"的经验将会被逐步稀释。它只能帮助我们走进"文字"，无法引领我们感受"人心"。

总之，AI对文本的解读，就目前情况来看依然是趋于表层，"注解"功能增强，但"理解"功能受限。真正理解人类的情感，AI可能还有很长的路要走。在这个博弈的过程中，人文学者依然有着不可或替的作用。面对经典作品，研究者基于不同的人生体验和学识修养，阅读体验自不相同，可能是非线性的思维，俯仰之间，思接千载，视通万里；也可能是悖论性的情绪，在静默中体验惊涛骇浪，在希望中感到绝望悲伤；也可能是常规性的认知，在失落中生出希望，在希望中看到光明……所有这些细腻敏锐、真实且有感而发的复杂情感状态，恰恰是文学鉴赏、艺术品鉴与道德判断的源泉。

当下，为避免陷入"知识丰富，学问贫乏"的境地，不如将"数据占有者"和"文化意义生产者"充分结合，让AI承担繁重重复的工具性任务，从两者"互补"而非"取代"的角度，重新思考发现什么才是文学的本质。将来，如果人工智能借助于新三角范式中"技术工具迭代"的强大功能，深入理解人类的情感，惟妙惟肖地将其表达出来。届时，人脑与电脑之争可以告一段落，它们之间的良性互补关系必将改变世界。

刘跃进，中国社会科学院学部委员，文哲学部副主任，河南大学特聘教授。兼任中华文学史料学学会会长，中国现代文化研究会副会长。著有《秦汉文学地理与文人分布》《秦汉文学编年史》《门阀士族与文学总集》《中古文学文献学》等专著以及《古典文学文献学丛稿》《秦汉文学论丛》《走向通融：世纪之交的中国古典文学研究》《〈文选〉学丛稿》《文学史的张力》等论文集。另有《潮平两岸阔》《跂予望之》《开窗放入大江来》等学术序跋随笔讲演集和散文集《从师记》等。古籍整理著作有《文选旧注辑存》等。

AI时代如何呈现具身性的口头文学

朝戈金

全人类的文学大体而言有两种主要形态，一种是口传的文学，另一种是书写的文学。在我们的文学教育体系中，后者主要是讨论作家书写的文学活动。前者，通常叫"民间文学"，主要讨论民间演述人口头演述的文学活动。这两者合起来构成完整的文学。在历时轴线上，口头文学是伴随人类说话能力而出现在远久过去的，直到今天不曾断绝。书写的文学则是在文字发明和使用之后才出现的。说话的历史悠久，书写的历史短暂。虽然文字都是从语言中生长出来的，不过拿今天全世界的情况看，文字的数量不及语言数量的十分之一（参见"世界书写系统"网站：https://worldwritingsystem.org）。有语言的地方，就有口头文学，所以不需费神猜测便可知，口头文学是遍在的，人人都或多或少接触过，书写的文学则只在识字的读者中流通。

看过《东汉击鼓说唱陶俑》的人，都会被俑人极为生动夸张的表情和身姿所感染。古希腊的雕塑、瓶画、诗歌中，也能见到关于这些口头演述家的生动描绘。结合各类记载可知，历史上的说唱艺术形式，在许多文化传统中，都堪称历史悠久、数量巨大、传续绵长。由于口头的文学和书写的文学都离不开语言，都是语言的艺术，所以两者之间又是互为表里的关系。所以，若欲深入理解书写的艺术，就需要了解口传的艺术，看它都有哪些特质。这个方向的努力，在晚近国际性口头诗学的建设中，已大有斩获。可以不夸张地说，口头文学中所蕴含的艺术技巧和法则的精巧和魅力，以及口头语言艺术经过千万年的演进积累起来的深厚内涵和巨大力量，都令人惊叹不已。洛德（Albert Bates Lord）创建的"口头程式理论"（oral formulaic theory）和弗里（John Miles Foley）接续将其推进到"口头理论"（oral theory）的过程，已经分别令人信服地证明了口头诗歌中的诗性智慧，比起书面诗歌中所蕴含的智慧来，实不遑多让。再说到口头文学的生命力和存续力，以在民间传承千百年的口头歌谣故事比比皆是而观之，更属不落人后。对口头诗歌的审美价值感兴趣的读者，可以阅读迄今已再版多次并广受欢迎的洛德著作《故事的歌手》（*The Singer of Tales*，哈佛大学出版社，1960年，其中译本2004年由中华书局出版），以及弗里的《内在性艺术——传统口头史诗中的从结构到意义》（*Immanent Art: From Structure to Meaning in Traditional Oral Epic*, Indiana University Press, 1991）。再补充一句：欧洲文学的滥觞，长期被认为是荷马史诗，而荷马史诗在艺术成就上堪称不可企及的"范例"，深刻影响了从古罗马维吉尔到当下的文学家们，而这个范例就是由"传统口头史诗"成就的，这当是口头文学同样伟大的最有力证据。

在文字发明和使用之前，人类社会处于"原生的口语文化"（primary orality）时代。在电子传媒时代，人类进入了翁（Walther Ong）所说的"次生的口语文化"（secondary orality）时代，即广泛使用电报、电话、广播、电视、音视频录制和播放设备等的时代（参见沃尔特·翁的《口语文化与书面文化》，何道宽译，北京大学出版社，2008年）。今天的我们，大略说来，仍然处于翁所说的"次生的口语文化"时代，只不过有些新技术的到来，是翁也无法预测的。

广义的"口头传统"（oral tradition）包括一切语言交流形式。从人类最初使用语言直到今天，口头传统从来没有须臾离开过人类，并且说话作为人类天生的本领，以其与生俱来、无比便捷的特性，又每每自动与新媒介技术相携手，推动媒介技术的迭代发展，而它自身也得到新的发展契机——过去很多个世纪中陆续发展起来的书写技术、印刷技术、互联网技术（包括眼下铺天盖地的网上短视频等网上沟通方式），多可视为语言的不死魂灵以稍稍不同的方式赓续着其生命活力。

书面文学是视觉的文学，读者用眼睛读符码，通过解码理解作品的内容。口头文学是听觉的文学，受众用耳朵听讯号，用似乎是与生俱来的能力直接领会内容。阅读能力靠长期专门学习，是后天习得的；听懂的能力是伴随着人成长自然获得的，似乎更像是先天的能力。按照翁的说法，阅读产生距离，带来客观性，音声则直接进入身体，增加了即刻的亲近感，也更容易产生情感共鸣。再早几十年，雅各布森（Roman Jakobson）就说，视觉符号在空间中展开，而听觉符号在时间中展开（R. Jakobson, *Language in Literature*，1987, p.469）。这就是说，视觉和听觉符号，在人类的知觉中，具有各不相同的维度和展开方式。设想这时如果手捧印刷出来的口头文学材料，用分析书面文本的方式分析口头文本，这能是合理的科学的好用的方式吗？

不过，在旧日的文学教学和研究中，不利用誊录为文字的材料，无法进行口头文学的阅读、欣赏和研究，因为彼时还没有技术的有力支持。摄像机和录音机的发明，也不过是百余年前的事情，早先虽有极个别例子表明它们曾被用于记录口头文学，但实属凤毛麟角。1970年在波士顿创刊的《黄金时代：民族志诗学》（*Alcheringa: Ethnopoetics*）致力于为"部落/口头诗歌"的翻译实验提供基础，倡导对不同语言和文化中的"声音的诗歌"进行誊录和翻译的实验。刊物创办者们还为此创用了一套符号和排版办法，试图以印刷形式尽可能真实地呈现诗歌的声音属性和特点，如标出重音或轻音、长音或短音、颤音、渐强或渐弱的句子等。这是以文字的方式呈现音声文学的特殊例子，从中可见他们的举意乃是拒绝以笔墨中心主义观点看口头文学，坚守强调以口头传统为本的初衷。

口头文学是面对受众演述的文学。故事的创编、传播和接受，在同一时空中同时展开和完成。这就给口头文学带来了场域性、公共性、过程性和具身性（embodiment）等属性。从演述人口中出来的故事，直接作用于受众，给文学传播带来了一种即刻性和直接性。作家与读者的联系通常是单向的，歌手与受众的联系是即时的和双向的，演述人以精彩的语言艺术感染受众，受众以积极的回应影响演述人。有了对口头文学的基本理解，在从事教学和研讨活动时，该如何利用 AI 技术推动对口头文学的深入理解和把握呢？笔者有如下初步思考：

第一，口头文学是具身性的，其演述过程本质上是身心共同参与了意义生产活动。"心"的方面，演述人的"大脑文本"（mental text）是存储和创编故事的中枢，"身"的方面，发声器官则实现故事的投射，身势语（眼神、表情、肢体动作等）也以多样的方式参与意义的生产。受众们从演述人的嗓子——音声效果的制造，到身势语传递的一系列活动中，读出演述人所要传达的意义和情感。另外，乐器和道具在演述活动中的使用也是制造艺术效果、参与故事生产的一个环节。这一整套身体实践构成了演述人的具身性符号系统。这一套符号系统，往往带有鲜明的个人风格，但也同时带有地域的、流派的特征。通过 AI 技术，从大量视频资料中提炼和归纳演述内容、时间长度、受众反应与演述人身势语之间的耦合关系，建立具身性维度的文学理解框架，这应当出现在今后口头文学的教学和研究过程中。特别是其中的动作捕捉和分析技术，可能对我们深入理解文学传播和接受的规律，增添新的理解维度。如果能够通过运动捕捉分析的方法，让其他人通过虚拟技术，置身一个虚拟的演述现场，或扮演受众，或扮演演述人，通过佩戴传感器并即时获得反馈，以体会演述时的身心一体的动态过程，这一定有助于理解演述活动的本质和特点，从另一方面说，这对于锻炼参与人的演说能力，应当也有很大帮助。

第二，口头文学的场域性和公共性特点，要求我们在呈现口头文学的演述活动时，要整体性地观照所有在场并发挥作用的角色，要将演述人、受众、访客、场域（实有的物理场域或虚拟的精神空间）等，悉数作为观察对象予以精确记录。对 AI 的期许，则表现在对现场所有因素的观察和记录，以及事后分析的提供上。影视人类学的田野调查技术，如"多机位"对在场多个角色的分别或同时摄录等，都应当予以安排。上述工作，传统的田野作业也大致能完成，关键是在事后通过 AI 实现的分析和加工海量材料的能力。诚望 AI 能够同时处理多个维度的材料并在它们之间建立关联，进而通过处理大量材料，归纳出若干演述场域的模型及人之间的互动（受众与演述人直接对话或喝彩）和受众之间的配合（此起彼伏的喝倒彩等）的规律。这对于深入理解演述人如何把控叙事进程和情绪起伏，如何根据现场的受众反应调整叙事策略，有巨大帮助。

第三，如果 AI 只是对演述现场诸要素进行技术化解构，那还不是我的期望。AI 若是能够在已有具身认知的数字化重构方面，为民间文学教学开辟身体感知的新路径，例如通过技术手段让古老的叙事韵律与时代特点展开对话，让年深月久的口头叙事智慧和技巧能得以通过虚拟技术呈现出来，才是我的关注点。譬如，根据历史上的零星记载和当代叙事材料（如哈佛大学"帕里口头文学特藏"）的综合利用，拟构出一个古希腊的《奥德赛》演述情景，或根据当代可资进行类比研究的书场材料，与古代文献记载相结合，虚拟出一个宋代勾栏瓦舍的故事讲述情景，以用于中国文学教学和研究，那才是真的精彩。不只如此，若能将数据库中的古音和方言，以及少数民族语言资料等，必要时配合乐器和旋律，按照演述情景的设定，虚拟搬演古今各类口头叙事的艺术样式，我们则以沉浸式体验的方式，置身其间，那一定会给我们带来活色生香的、身临其境的、无比美妙的艺术体验。

朝戈金，国家哲学社会科学一级教授，中国社会科学院学部委员，文哲学部主任，民族文学研究所原所长，内蒙古大学特聘教授。专业领域为少数民族文学、民俗学、民间文艺学。有著作、论文、译作等上百种在中、美、日、俄、蒙古、越南、马来西亚等国以多种文字发表。国务院第七届学科评议组成员，国家社科基金规划评议组成员。任中国蒙古学会会长、中国少数民族文学学会会长、中国民俗学会荣誉会长。任国际哲学与人文科学理事会（CIPSH）执行局成员（2014—2020 年任主席），联合国教科文组织非物质文化遗产评审专家。

AI时代的文学研究

朱国华

最近几年，ChatGPT、DeepSeek等聊天机器人的启用，让我们产生了如痴如醉、无法置信的超现实感和奇迹感。这些基于AI技术所开发的大语言模型依然处在难以预测未来的高速发展之中，它们不仅仅为我们带来了不停刷新的惊艳体验，并以包括宇宙、总揽人物的巨大动能嵌入九流百工，重塑我们对社会现实与未来世界的想象。正所谓：开谈不说大模型，读尽诗书也枉然！

那么，AI（按，为行文方便，本文所提及的AI可以视为大语言模型的同义词）对文学研究的未来究竟会带来什么影响？让我们先来看看AI自己怎么说。我选用的大模型是ChatGPT。以下是它的回答：

AI的发展无疑会深刻影响未来的文学研究，可能带来以下几种情况：

1. 文学分析方式的变革。AI在文本分析上的能力不断增强，可能会改变传统的文学研究方法，主要体现在大规模文本分析：AI能够处理海量的文学作品，进行跨文本、跨时期、跨文化的比较研究。例如，利用AI可以分析19世纪小说中的性别表述模式，或追踪特定主题在不同文学传统中的演变。风格和语料分析：AI可以通过风格统计、文本指纹识别等手段，判断一部作品是否是某位作家所写（如破解伪托作品的问题）。情感与主题分析：自然语言处理可以帮助学者识别某个作家作品中的情感模式、隐喻使用，或探测潜在的思想倾向。

2. 传统诠释学与计算文学研究的对抗与融合。传统文学研究强调文本的细读、历史脉络、文化语境，但AI可能推动远读的研究模式，即利用算法对大量文本进行宏观分析。AI生成的统计数据可能会挑战或补充传统的文学批评，例如，它可能揭示一位作家一生作品中某些主题的潜在变化，而这些变化可能是研究者在细读中未曾注意到的。

3. 文学创作与文学研究的边界模糊。AI能够生成文学作品，未来可能会出现越来越多的AI"作家"。这可能带来文学研究上的难题，例如："AI生成的文本是否值得文学研究？""AI写的小说如何被归入文学史？""如果AI借鉴某位作家的风格，是否算抄袭？"AI辅助创作可能改变文学批评的对象，如对AI与人类共创文本的研究，或者探讨AI如何改写、翻译和解释文本。

4. 文学研究者的角色变化。未来的文学研究者可能需要具备一定的数据素养，懂得如何使用计算工具、编写文本分析代码。可能会有更多的跨学科合作，人文学者与计算机科学家合作，形成新的研究范式。研究者可能会利用AI来辅助研究，例如：生成研究摘要、翻译古籍。通过AI模拟"作者风格"来测试某种文学理论。AI参与文本标注，帮助研究者分析文献。

5. 文学经典的重新审视。AI可以挖掘出经典作品中被忽视的细节，例如：通过语料库分析找出经典作家未被充分讨论的主题。重新审视非主流、被忽视的文学作品，使得"文学经典的定义"更加多元化。AI还能识别和整理被历史遗忘的文本，例如对大量未被研究的手稿、书信进行分析，从而重新塑造文学史。

6. 文学批评的"自动化"与风险：AI可以辅助生成文学评论甚至文学论文，这可能导致学术生产的加速，但也带来"原创性"的问题。AI生成的文学分析可能缺乏人类的创造性解读，容易陷入模式化。

过度依赖AI可能导致研究者丧失对文本的直觉理解，或者被AI提供的数据误导。

总结：未来的文学研究可能呈现双重趋势：数据化、自动化——文学研究将越来越多地借助 AI 进行大规模分析，推动计算文学研究。人文核心的回归——尽管 AI 能够分析文本，但文学研究依然需要人的情感理解、文化阐释、历史意识。最终，AI 不会取代文学研究者，但会深刻改变研究的方式，使其更加跨学科、数据驱动、技术融合，同时也引发新的哲学与方法论问题。

乍一看这个回复，真有一种关机兴叹、金盆洗手的冲动。它不仅列举出了我瞬间想到的某些方面，还有一些我从未考虑过的那些可能趋势。当然，我没有设置特别的条件，它的视角也相对单一：它基本上是结合数字人文的角度，侧重指出利用语料库进行各种建模分析所产生的可能结果。但假如我换一些条件设定来问它，它显然会生成其他答案，这些答案未必就不具备启发意义——须知，它才是真正的经史子集无所不窥。我不知道它是否读遍天下所有出版物，但它拥有的知识数据肯定以天文数字的倍数超过我，它无疑会呈现许多常识或庸见，但是这些常识或庸见如果属于我不熟悉的领域，那依然会让我感到振奋和新奇。

事实上，最近几年我自己的学术写作经验让我认识到，我已经几乎无法摆脱对 AI 某种程度的依赖。它不知疲倦地回应我的几乎所有要求：它当然会帮我归纳克尔凯郭尔《勾引家日记》的主题，还能为我解释为什么阿拉伯人也是闪米特人，但反闪米特主义（anti-Semitism）一词的意思其实是反犹主义（而非反阿拉伯人）；它告诉我米芾痴迷石头有哪些著名段子；它能替我将佶屈聱牙的周诰殷盘片段翻译成畅达清通的白话文；还会帮我耐心地逐行逐句解释维特根斯坦的哲学文本。甚至，在我才尽词穷的时候，还可以帮我去物色动感十足、光鲜照人的辞藻。它甚至还会列出一些我可能没想到但我说不定感兴趣的问题，殷勤地请示我，是否需要它继续提供解答。

在我读大三的时候，在西湖边曾经遇到过一位老者。他先跟我描绘了吸烟的美妙之处，说他才抽了一口，就觉得飘然欲仙。然后说：这东西太好了，所以我就必须要防着它，离它远点。打那时开始，我就形成了一个质朴的看法：凡是好东西，必然容易上瘾，因而也必然让我们付出得不偿失的代价，因此必须要保持警醒。这其实应该是自古而今的人生智慧。说到古人对技术的防范，我们也许都听说过庄子"圃者拒机"的故事。其内容如下："子贡南游于楚，反于晋，过汉阴，见一丈人方将为圃畦，凿隧而入井，抱瓮而出灌，搰搰然用力甚多而见功寡。子贡曰：'有械于此，一日浸百畦，用力甚寡而见功多，夫子不欲乎？'为圃者卬而视之曰：'奈何？'曰：'凿木为机，后重前轻，挈水若抽，数如洪汤，其名为槔。'为圃者忿然作色而笑曰：'吾闻之吾师，有机械者必有机事，有机事者必有机心。机心存于胸中则纯白不备；纯白不备，则神生不定；神生不定者，道之所不载也。吾非不知，羞而不为也。'子贡瞒然惭，俯而不对。"（郭庆藩：《庄子集释》，中华书局，2004年，第433—434页）庄子在这里对技术进行了毫不含糊的质疑和批判。他的担忧在于我们本来想把机械装置视为我们解决麻烦的手段，但其结果往往是我们的心已经是机心了，我们丧失了自我主体性，反而为外物所役使，这可就带来了更大的麻烦。

无独有偶。我们可以看一下，柏拉图笔下的苏格拉底对文字书写这一当时的最新发明，是如何进行攻击的。苏格拉底说，特乌斯（Theuth）是埃及的智慧和技艺之神，是书写的发明者。他向埃及国王保证，书写将使埃及人更聪明，增强他们的记忆力。但国王认为事情正好相反，书写充其量只具备记录的功能，我们对这一外在工具的依赖，会导致内在记忆能力的退化。书写给我们带来的智慧是空洞的，因为读写的人只是机械操作，却无法真正理解或运用这些知识："因为你的发明将在那些学会它的人的灵魂中产生遗忘。由于不再锻炼他们的记忆，他们依赖书写，这也就是从外部被陌异符号所提醒，而不是从内部也就是自己提醒自己：你发现的不是记忆的灵药，而是提醒的毒药。你给你的学生们带来的是智慧的表象，而不是智慧的实质；他们在没有教导的情况下听到了很多，看起来知道很多，而实际上大多一无所知，而且他们会很难相处，因为他们获得了智慧的表象，而不是智慧本身。"（Plato. *Phaedrus*. Translated by C. J. Rowe. Wiltshire, England: Aris & Phillips, 1986, p. 123.）真正的智慧应该是通过对话交流才能接近真理，而文字是死寂的符号。更不用说，依赖书写会让灵魂变得懒惰，因为人们会满足于表面的、易得的知识，而不容易激励自己在真理探索的荆棘小道上艰苦跋涉。

在柏拉图时代，建基于记忆的口传文化占据主导地位，人们通过吟唱或模仿史诗、神话或道德规范，通过即兴演讲和自由辩论来承载社会秩序并维护知识连续性，记忆女神摩涅莫绪涅（Mnemosyne）是缪斯九女神之母，记忆是真理的守护人。因而，书写这一新兴技术对记忆的挑战，犹如今天人工智能对人类智能的挑战。饶有兴味的是，柏拉图假托苏格拉底之口对书写的指控，跟我们今天对 AI 之局限的认识在许多方面如出一辙：柏拉图认为冷冰冰的文字只能被阅读，无法与读者互动，正如 AI 能模拟语言，但不能参与生活形式，它的语言输出是伪参与，是一种语言的表面化表演；文字不能判断其读者的理解程度，并据此加以调整表达方式，同样，AI 也不能理解语言的社会实践维度，它虽然可以跟提问者进行互动，但此时它是把提问者视为可预测的机制，是根据算法和数据来理解提问内容所体现的思维或情感；书写的知识是静态的，不能产生真正的智慧，只是存储和提醒，同样，AI 没有内在性、时间性和意识流，不能独立思考，无法真正理解或推理，只能根据已有数据模式提供概率最优的回答，不能生成新的思想。

这样的比较，我们当然还可以继续列举。但是事情还有另一个方面。我们前文所引用的柏拉图《斐德罗》文本，来自英国古典学者克里斯托弗·罗的英译。他在翻译希腊文"pharmakon"的时候，择取的英文词是"elixir"。德里达肯定不会同意如此翻译。"pharmakon"其实同时包含了"灵药"与"毒药"两层含义（我的译文即是如此处理），但"elixir"就丢掉了"毒药"的意思。德里达试图表明，书写既危害记忆，但同时也保存记忆。而且事实很明显，柏拉图在运用文字来批评书写的时候，却暴露了书写本身的不可替代性。换句话说，当柏拉图不得不采用书写形式来批判书写的时候，这似乎意味着他尽管认同苏格拉底的担忧，理解书写为人类带来的弊端，但毕竟在相当程度上还是认可书写本身的意义与价值。由此我们不妨有所推论：我们其实不能像圃者拒绝使用灌溉工具那样拒绝接受人类发明的技术手段，因为技术毕竟给我们带来了便利甚至福祉，而这实际上是文明进步的动力之源。同样，无论 AI 会对人类文明带来多大程度的毁灭性冲击，我们也无法鸵鸟主义地拒绝 AI 给我们的研究带来的福利。

如果我们不得不借重 AI 的巨大力量，让它为我们的文学研究提供服务，该如何想象人工智能与人类智能合作的可能前景呢？回答这个问题在精神实质上与其说是科学的，不如说是文学的。阿尔都塞很赞同黑格尔那句名言："密涅瓦的猫头鹰总是在黄昏时才起飞。"他解释说："哲学的变革总是对伟大科学发现的反响回应。因此，从根本上说，它们总是在事件发生之后才出现。"（Althusser, Louis. *Lenin and Philosophy and Other Essays*. Translated by Ben Brewster. Delhi: Aakar Books, 2006, p. 4.）我们其实并不知道 AI 的未来会发展到什么水平，也不了解未来的社会对 AI 接受的限度。既然历史尚未终结，而理论无法扮演现实指导者或未来算命师的角色，它谨守职分，应该满足于回溯式反思，那么，我们现在能做的只是进行某些未必靠谱的推测甚至猜想。

从理想的角度来说，我们最好能够如庄子所言，做到"物物而不物于物"，也就是能够有效地利用好 AI 这一重要工具，但与此同时保持自己的主体性，不被它的逻辑所左右。要做到这一点，可能首先依赖于我们具有非凡的提问能力。众所周知，提问能力是学术想象力的核心部分，它不仅是思维的起点，更是走向学术创新的根本途径。"学问"的概念本身就隐含了提问的重要性。苏格拉底的辩证法就意味着提问与回答的一连串对话过程；耶稣在十二岁的时候，就能在圣殿里向拉比问出聪明的问题；屈原《天问》的激情 172 问，表达了他对宇宙天命和人世秩序的深刻怀疑。问题意识有可能会决定我们思考的方向，视角的选择，方法的确定甚至写作的风格。有洞见的问题，在 AI 提供的数据上，其实是找不到现成答案的。或者毋宁说，我们向 AI 发问往往是调取流行答案的一个过程。我们可以让 AI 帮助我们梳理所提问题的学术史（当然目前的大模型完成这个任务还远谈不上令人满意，专业水平还有待提高）；可以输入具有一定理解难度的文本，要求它仔细地释读（在许多时候，对一些理论文本甚至文学文本的精读它表现出色，能向我们展现这些文本已经达到的学界较好研究水平）；甚至可以设定具体要求，指令 AI 为我们提供解决这一问题的可能思路（通常文从字顺、逻辑清晰、中规中矩，但观点平庸）；如此等等。但所有这些，只是让 AI 为我们在浩如烟海的文献中打捞与问题相关的资源或信息，或者，只是让我们了解探索目标已经获得部分解决的进展度。简而言之，所有这些工作所获得的成效，对我们研究者而言，都意味着可以有所资取或摒弃的材料，因而等待我们对此有所超越。我们显然必须在问题意识的引导下，组织我们的论证架构，让 AI 的普泛的、碎片的、机械的和同质的知识星星变为专精的、集中的、有机的和独特的知识星丛。

但这说来容易做来难。首先，今天像 ChatGPT 或者 DeepSeek 这样的聊天机器人，尽管确实没有真正的推理能力，只能基于概率和已有知识生成答案，不能创新或自主思考，但是在许多方面已经具备了大大高于普通学者的高级智能。只要某种规则体系比较明确，它就能比大部分人运用得贴切、精准。举例来说，我们可以让 DeepSeek 根据拉康理论来重新解读《红楼梦》，你会发现它的批评分析严丝合缝，头头是道。同样，我们如果请 ChatGPT 用新批评的方法来分析李商隐的《重过圣女祠》，它的任务也会完成得相当完满。这是容易理解的：如果文本细读的程序是可以归纳的，如果理论的范式是清晰的，如果给定的文本是明确的，机器操作就非常的简单。这里文学文本就好比工厂的原料，研究方法就好比机器加工的步骤，如果材料俱足，机器没有故障没有断电，那么机器操作反而有胜出手工操作的高效和精准，正如英国早期工业化时期的纺织机战胜手工织布一样。

　　换个说法，这也许意味着 AI 的知识储备和运用规范的能力已经超越了大多数平庸的学者。胡应麟在比较李杜时有个说法："李杜二家，其才本无优劣，但工部体裁明密，有法可寻；青莲兴会标举，非学可至。又唐人特长近体，青莲缺焉，故诗流习杜者众也。"（胡应麟：《诗薮》，上海古籍出版社，1979 年，第 190 页）掌握法则最好的人是杜工部，他也被誉为诗圣，因为追随他的人最多。AI 其实都是可能的伪诗圣，能把诗歌的平仄用典之类的规则运用到极致，除了缺了点灵魂。把这种情况类推到文学研究上来，今天所面临的困境是，我们绝大部分人都不是李太白那样的天才。我们通常在做研究的时候，都是依仗公认的理论方法或通俗点来说学术套路来建立自己的分析视角。但当我们这样去做的时候，很可能无法超越 AI 提供的论点或答案。而且，我们学习和理解新知识的速度很难跟上 AI。从理论上来说，任何具有创新性的研究成果一旦进入公共领域，其数据瞬间就会被 AI 捕获并吸收，也就是说，其新意立刻就会作古：未来的韦伯、阿多诺或者德勒兹们刚刚炮制出新的理论观点，很快就会被 AI 转化成新的学术教条或运思程式，并允许用户们生成无限多的各种文本。不仅如此，我们还可能被 AI 强大的、详尽的、丰富的各种论点或材料所吸引，一如笔者在篇首列举的 ChatGPT 提供的诸多答案给我带来的体验一样；我们很难摆脱它给我们带来的巨大压力，并产生无法进行创新性思考的焦虑。这让我们非常容易产生强大的惰性，不愿艰苦地独立思考。

　　当然，我们可以暂时聊以告慰自己的是，我这里明显夸大了 AI 的能耐，其实 AI 在运用中普遍存在着幻觉，也就是大模型输出貌似合理其实虚假的内容。在认知对齐方面，也时时出现对人类意图的误判。在我们比较熟悉的专业领域里，我们会发现，它的反应往往十分业余。但我们对这些不足不必高兴太早，因为我们必须诚实地承认它发展的未来趋势。可以想象的是，AI 一定会通过"检索增强生成"技术线路、增加微调和对抗性训练、引入外部工具和改进模型架构等手段来减少幻觉，强化意图对齐策略，使得 AI 的效能在未来得到系统性优化，尽管它永远无法克服这一它与生俱来的 bug 或弊端（语言模型本质上是"下一个词预测器"，训练的目标是预测哪个词最可能出现，而不是"说出最真实的东西"）。另一方面，用户自己也可以通过提升提示词技巧以及外部查验来核对其提供材料的真伪，从而让机器为自己在数据之海中捕捞更可信、更有价值的文献或思路。

但无论如何，无论语言模型的发展还是我们的运用，就这两者的可能性而言，一座越来越明显的分水岭将会浮出地表，文学研究的历史有可能将会被划分为"前 AI 时代"与"AI 时代"。是的，进入 AI 时代的人们，必须具备良好的数据素养，这也可能会让越来越多的文学研究者改变自己的研究方法，例如转向莫莱蒂或数字人文。但更重要的是，未来文学研究人员队伍可能会萎缩，其结构可能会出现某种严重的失衡。我们可以想象存在着两极研究人员，一极是资质平平的大多数，他们更容易屈从于 AI 逻辑，容易变成循规蹈矩、缺乏灵气才情的我注六经式学究；另一极是能够驱使 AI 为自己服务的天才式的李白一样的人物，是六经注我式的伟大提问人，这当然也注定是罕见的极少数学术精英。就前者而言，我们不难想象中文系课堂学习或学术讨论中会出现的惨淡前景：老师在讲解什么是"反讽"，学生打开 kimi，发现大语言模型比老师讲得更加详尽；教授在学术大会上的主旨发言中比较（作为审美经验认识机制的）因明学概念"现量"与康德"审美直观"或梅洛－庞蒂"前概念经验"，而学生在豆包中查到相关信息后发现，该教授毫无新意。我的意思是说，我们绝大多数人并非天赋异禀的奇才，都会在知识层面输给 AI。就后者而言，他更多依赖自己生活经验、社会轨迹的内在感知，依赖自己的沉浸式阅读体会与玄思妙想，依赖自己跟顶尖高手的交流互动，只有在这样的过程中，他才会产生"寂然凝虑，思接千载；悄焉动容，视通万里"的独创性神思。而此时，AI 只是众多资源中的一种可以采用但也可以忽略的选择，他只会允许 AI 成为自己的助手而不是其主宰。但这种想象中的文学研究大师在未来会强势存在吗？

　　当然，任何时代都会出现天才和庸才的分野，但是在 AI 时代，这种分野锐化了。更明确地说，大语言模型破坏了文学研究（当然广义上来说整个人文学科也可能同样如此）的有机生态，它成为人类所有现存知识的储存者和代理人，切断了普通学者、优秀学者、高端学者、卓越学者和天才学者的金字塔式共同体链条的连续性，并以自己的高效不停地将最近获取的新知识无差别地转换成数据，由此捣毁天才赖以成长的文化生态和学术根基。我喜欢举的例子是唐诗的情况。唐诗的繁荣有赖于整个大唐帝国对诗歌的集体性迷恋，有李白、杜甫这样的一流诗人，有王维、杜牧这样的二流诗人，有刘长卿、韦应物这样的三流诗人，有曹邺、罗隐这样的四流诗人（我承认这种区分过于主观随意，不大严肃，主要是比照文学史留给他们的篇幅大小来划分其层次），等等。这是良性的差序格局和金字塔结构，每个诗人都会在其才性的引导下找到适合自己的位置。但到了 AI 时代，文学研究者的文化生产空间还存在着如此错落有致的无穷多的可能性空间吗？学者之间的交流、借鉴、批评、共鸣等等，其重要性大大降低了，我们越来越多地面向单面的网络空间，这个空间里有无数的声音跟我们对话，这些声音看上去是人类发出，但实际上是机器自动发出的抽象的词元（token）流。这样的结果很可能使整个文学研究者的队伍大大萎缩。而皮之不存，毛将焉附？这也注定使得卓然不群的旷世英才难以涌现。

　　当然，也许 AI 时代的真正来临会带来传统天才观的失效，未来人类说不定更加推崇在搜索知识（而非经典研读）基础上加工而成的思想杂烩，人们可能更喜欢文学研究带来的快感舒适而非智慧的痛苦，可能把文学融化在电影、短剧、游戏或未来发明的任何刺激感官的文化实践中，仅把它当作甜点加以享受，而不再需要一位文学批评大师对他们指手画脚……这些，就不是我能预知的事了，且听后人分解。

朱国华，华东师范大学中文系教授，教育部长江学者特聘教授，历任华东师大中文系主任、国际汉语文化学院院长。目前兼任《文艺理论研究》主编，中国文艺理论学会会长，教育部中文教指委成员。多次获得上海市和教育部高等学校科学研究（人文社会科学）优秀成果奖。著有《文学与权力》等，并有英文版在 Routledge 出版。两次成为国家社科基金重大项目的主持人，主编的《西方前沿文论阐释与批判》入选"国家哲学社会科学成果文库"。另有译著《海德格尔的政治存在论》、随笔集《兄弟在美国的日子》，以及演讲集《天花乱坠》出版。发表论文一百三十余篇。

世界文学的智能布局

赵白生

智能文化的一大特点，不妨说是，"大"字满天飞。大数据、大算力、大模型、大生态、大应用、大安全等等，大字成串，排出龙门阵，让人不禁脑洞顿开：智能时代的时代精神，乃多学科大整合。事实上，以上六大，相互关联，彼此同构，DS 一下，不难发现，它们似乎是一条船上的"蚱蜢"："'大数据'提供训练素材，'大算力'支撑计算需求，'大模型'整合智能能力，'大生态'促进技术共享，'大应用'推动产业落地，'大安全'保障可持续发展。"（DeepSeek，搜索时间：2025 年 4 月 16 日）

我们还要额外加上"大创新"，因为我们所面临的变革，不是"三千年未有之大变"，而是"亘古未见之巨变"：硅基生命全面挑战碳基生命。其结果，唯有大创新，我们才能立足未来。

具体说来，未来的世界文学研究，因为智能介入，如何新变？

世界文学与人工智能，有着天然的亲缘性。世界文学，我一再强调，是一门"大而无当"的学科。作为一门学科，它好像没有边界感。世界文学之大，双目所及，十分了然：一、地域范围大。从阿尔巴尼亚到阿根廷，谁有豪情，"八万里路云和月""天涯若比邻"，一口吞下？二、时间跨度大。写一部三千年的国别文学史，就已经令无数学者焚膏继晷终老一生，所以，胡适做史，只能拿出"上卷书"，颇好理解。可是，世界上下五千年的文学史，如何卜笔？三、语种数量大。即使今天世界上的语种数量以惊人的速度消亡，但我们仍然有七千多种语言。如此庞大的语种数量，怎样纳入世界文学的研究谱系？四、作品数量大。当周贻白被问及中国戏剧剧本的数量时，他说："其实，一万种以上，是毫无问题的。比方福建一省，据我现在所知，包括当地各剧种所上演的整本零折，已经超出万种；如果把中国戏剧的三百个以上的剧种的剧本都能收集起来，这数目必然是可惊的！"（周贻白：《中国戏剧史讲座》，北京出版社，2016 年，第 358 页）中国一省的剧本数量尚且如此惊人，世界文学各类作品的数量总和，其惊人度，可想而知。可是，目前为止，这方面的大数据，大多阙如，一笔糊涂账。没有量的概念，质性分析难免大打折扣。五、作家数量大。"谁怕弗吉尼亚·伍尔夫？"（Who is afraid of Virginia Woolf?）如此响亮的问题，让人不得不去深挖它的潜台词。实际上，弗吉尼亚·伍尔夫代表了世界文坛上千千万万的女性声音。传统的文学史，是不是一直扮演着一种为女性消声的角色呢？复活众多的女性作家，作家的总体数量会不会猛涨？六、文类数量大。总体来说，文学可以分为三大类：纪实文学、虚构文学、交叉文学。仅就纪实文学的一个大类传记文学而言，就有着相当庞大的家族谱系：传记、自传、书信、日记、年谱、回忆录、忏悔录、谈话录、碑传、遗嘱、墓志铭等。《文心雕龙》所列文类，一一细数，就有三十三种（严格意义上讲，《文心雕龙》里的个别类别，不能算是文类，如诸子），而《文选》的文类，更是高达三十九种。可是，主流文学史的关注重点，往往放在诗歌、戏剧、小说等虚构文学之上。这种大文类主义，是文类多样性的大敌。文类歧视，如何纠正，人工智能的介入，会是最有力的抓手。

不难看出，人工智能的"六个大"与世界文学的"六个大"，各有所指，并不完全匹配。但是，细究一下，我们也同样不难发现，世界文学研究的大难题，正是人工智能可以大显身手的大课题。大数据、大算力、大模型……正好可以弥补以定性研究为主导的宏观分析所带来的短板。

换言之，世界文学研究的六大盲区，人工智能一旦介入，应有奇效，或建奇功。

盲区之一：全球文学 难以成全

世界文学研究，确切地说，属于宏观诗学。目前，我们的研究范式，主要以语种为主。我们所关注的重点，仍然是英语世界文学、法语世界文学、西语世界文学、葡语世界文学、俄语世界文学、阿语世界文学、汉语世界文学等。不可否认，这些语种，有些甚至是特大语种，因其跨国别，特别是跨区域的文化整合力，文学向心，自成世界。研究它们，其合理性不容置疑。一种世界文学的形成，文化整合力是核心要素。因此，研究非洲文学，我们可以聚焦非洲文学背后的五种文化整合力——部落主义、殖民主义、民族主义、泛非主义、世界主义。研究这五种主义在非洲，即五种文化整合力之间的动力学，不但可以让我们明察非洲世界文学的显著特征，更容易使我们谙熟非洲世界文学的内在逻辑。可是，文化整合的势力范围之外，我们依然有海量的文学作品，如使用非洲本土语言的口述文学。这些作品，若不纳入世界文学的整体研究，我们还是在国别文学—国际文学—世界文学的层面上打圈圈，难以上升至全球文学的阶段，更不用说宇宙文学的境界。

全球文学，何以成全？我们需要怎样的技术突破？

盲区之二：南北整合 乏善可陈

众所周知，五四模式，究其实质，是一种中西模式。从严复的"八月初三日侯官严先生在通艺学堂演讲西学门径功用"（1898）（《严复全集》14，天津教育出版社，2024年，第189—193页），到胡适在台湾师大演讲"杜威哲学"（1952）（《胡适文集》12，北京大学出版社，1998年，第362—384页），他们莫不在中西模式上，或开拓，或深耕。此风熏染之下，诞生了一批学贯中西的学术重镇，如陈寅恪、钱锺书、费孝通等。中西模式，说到底，还是一种变相的中国中心主义。其背后的意识形态，依然没有摆脱严复所抨击的"中体西用"论。如何超越中西模式，甚至东西模式，让中国人的世界观更加全面，南北模式无疑是一剂良药。全球南方的概念，不妨拓展一下，不仅仅指非洲、拉美、南太诸国，甚至可以涵盖发达国家澳大利亚和新西兰。21 世纪，我们的新使命，不仅需要学贯东西，还要更上一层楼，术通南北。

世界文学研究，如何做到"术通南北"？此"术"何指？

盲区之三：翻译赤字，无从算起

中国网络文学的出海战绩，数据相当傲人。仅 2023 年，海外市场营收规模，高达 43.5 亿元。截至 2024 年 11 月底，"起点国际"上线的中国网文翻译作品，约 6000 部。当年又新增 AI 翻译，共计 2000 多部，同比增长 20 倍（孙丽萍、丁汀："中国网络文学加速出海 海外营收规模达 43.5 亿元"，https://www.nppa.gov.cn/xxfb/ywdt/202412/t20241218_877600.html，网查时间：2025 年 4 月 24 日）。可见，AI 的神奇操作，让译作指数级增长。然而，网文出海的风光背后，并不能掩盖大国译坛的尴尬境遇——翻译赤字。这主要体现在三个方面：一、非洲文学作品，特别是当代名著，除了获得诺贝尔文学奖或布克等大奖作家的作品之外，被翻译者屈指可数。慈慈·当格任瓦（Tsitsi Dangarembga）的八部作品，几乎未被译为中文。她的成名作《紧张状态》长久没有中文译本，甚至她入围布克奖的近作，也似乎无人问津。二、某些区域，如中亚、南太、加勒比等的文学名著，虽然偶有翻译，但总体而言寥寥无几难成气候。三、古典名著的大规模翻译工作，随着老一辈学者的谢世，也慢慢地进入尾声。

AI 时代，翻译似乎不是问题，但问题出在哪里？

盲区之四：跨媒文学 如何混成

传统的跨媒介文学，如音乐文学、字画文学、电影文学等，一直未入正统的文学史家的法眼。鲍勃·迪伦身为乐坛宠儿，却摘得文学桂冠，犹如深水炸弹，掀起了舆论巨浪。抨击诺奖不严肃者，有之；讥讽迪伦不够格者，有之；两面出击，奖与人均不放过者，更有之。抛开迪伦的文学才华不论，更不用说他的自传《编年史》(Chronicles) 之光芒万丈，诺奖评委的"良苦用心"，几人能懂？诺贝尔以炸药立世，诺贝尔奖常以爆炸效应醒世。所以，文学奖的评选标准之一，就有遴选"无名的大师"（the Unknown Masters）（Sture Allen and Kjell Espmark, *The Nobel Prize in Literature: An Introduction*, trans. Erik Frykman, Stockholm: The Swedish Academy, 2006, p.33.）阿布杜拉·古尔纳，即是近例。鲍勃·迪伦折桂，则另当别论。但是，他们两人获奖，殊途同归，诺贝尔文学奖用其爆炸效应，向世人宣布，新经典化乃未来方向。

音乐文学，只不过复活了诗歌同体的古老传统，视觉文化与文字文化的新融合——短视频文学，能否成立？跨媒文学，如何提纯？怎样混成？

盲区之五：智能文学　归属问题

智能文学，毫无疑问，是世界文学研究的前沿阵地。尽管不少作家对人工智能在创作上的牛刀小试大惊失色，有些作家，如郑渊洁，更走极端，干脆宣布立马封笔洗手不干。国外作家的态度，似乎更加理性。他们更多的是拿起法律的武器，捍卫自己视为生命的文字著作权。生成式 AI，可以美其名曰"集体智慧的结晶"，但实际上是精致的剽窃主义者。不可否认，智能文学，尚处于弱智能文学阶段，其业内表现，已经相当惊艳。假以时日，强智能文学一旦诞生，强者通吃的局面，会不会令人不寒而栗、毛骨悚然？问题的关键是，强智能文学，无论是作品的生产数量，还是作品的生产速度，甚至是作品的创作质量，都会令人叹为观止。我们的智能文学研究，就不能像今天这样，仅仅停留在 AI 作者、AI 声音、AI 质疑、AI 叙事、AI 伦理、AI 跨学科性、AI 叙事学等问题之上。（Will Slocombe and Genevieve Liveley, eds., *The Routledge Handbook of AI and Literature*, New York and London: Routledge, 2025, pp. v-viii）

用智能方法研究智能文学，"以智攻智"，可不可行？除了方法论上的突破外，还有一个关键问题，也就是本体论问题，值得深思。硅基生命生产的文学，与碳基生命创作的文学，能不能并驾齐驱，共同进入文学的万神殿？我们的文选，还有文学史，会不会把这两者等量齐观，一视同仁？

盲区之六：跨物种文学，其成立乎

人工智能一大潜在突破，就是让物种之间的交流成为可能。各物种的语言，如动物语言、植物语言，甚至矿物语言，可以通过 AI 翻译，让人类能够理解。反之亦然。如果这样，我们就可以欣赏到各物种的艺术家们所创作的作品，特别是文学作品。这将彻底颠覆人类中心主义的文学观——"文学即人学"。生态文学和环境批评，试图完成这一使命，但往往事倍功半收效甚微，原因在于，我们无论如何移情自然，我们都像梭罗一样，只能做到"为自然代言"（Speak a word for nature）。代言派，跟巴尔扎克所说的"书记派"，截然不同。真正懂得、客观记录的"书记派"，不是主观代言，而是会意移译。如此一来，跨物种文学就有可能呱呱坠地，随风猛长。

未来的跨物种文学，如何研究？是否需要发明一种新的跨物种文学研究法？

总之，人工智能，搅局乎？洗牌乎？但无论如何，人文学科，新的布局，在所难免。新的布局，需要新文学观做指南。文学的双规制时代——碳基文学与硅基文学互滋共兴的时代，真的降临了吗？

世界文学研究的新变，谁来布局？如何布局？

赵白生，北京大学外国语学院教授、北京大学世界传记研究中心主任、世界文学学会会长、国际传记文学学会（IABA）创始人、中国东盟跨文化研究院创始人。曾获德国弗赖堡大学高级学者奖（FRIAS Senior Fellowship, 2011/2013）、哈佛燕京学人奖（Harvard Yenching Fellowship, 1999–2001）、朱光潜美学与西方文学奖（1998）、赵萝蕤英美文学奖（1997）等。专著、编著、译著、合著有《传记文学理论》《严复：难为世界人》《尼雷尔传论：非洲领袖跨文化研究》、*Ecology and Life Writing*、《东方作家传记文学研究》《哈佛读本》等。

AI 与人文：我的观察和思考

徐永明

近些年来，我一直在从事数字人文平台和数据的建设工作，先后建了"学术地图发布平台"(http://amap.zju.edu.cn)、"智慧古籍平台"(https://csab.zju.edu.cn) 及"云四库智能问答系统"(https://www.aiysk.cn) 三个平台。对于 AI 与人文的关系问题，有些个人的观察和思考。此次陈平原教授通过微信给我发来了《AI 时代的文学教育》的约稿函，希望我能写篇文章，我借此略谈几点看法。

一、AI 可以解决大量文科生的就业问题

在我读博士期间，我的导师徐朔方先生就跟说我过，"文科在世界范围内渐渐被人看不起"。最近一两年来，随着哈佛大学 30 门文科课程的削减，文科唱衰的声音有日益高涨之势。前些时候，复旦大学校长缩减文科招生比例的言论，再次将文科价值的讨论推向了风口浪尖。当然，这一切的发生，都与计算机技术，尤其是 AI 技术的出现有着密切的关系。ChatGPT、DeepSeek 等通用大语言模型的出现，使知识的获取、文章的写作、影音图画的创作等等，都变得非常容易。从这一点上来说，与此相关的人文艺术从业者的就业，自然而然地面临了巨大的挑战。譬如，数字人的出现，几乎让主播这一职业团灭。以知识传授和搬运为职业的教师，在强大的大语言模型和虚拟机器人的冲击下，今后也可能面临需求锐减的趋势。所以，未雨绸缪，如何应对 AI 对文科生职

业产生的冲击，AI 时代的文学教育如何进行，相关职能部门及文科从业者都要早做规划，早做部署。

然而，老天在关闭一扇门窗的时候，也会为你打开另一扇门窗。AI 在团灭一些职业的同时，也会创造其他的就业机会。譬如，数字人文里的"众包技术"，就可以解决大量文科生的就业问题。就古籍的整理来说，我们的老祖宗给我们留下了浩如烟海的文化遗产。根据国家古籍普查项目的统计，中国现存的古籍有二十余万种、六十多万部实体书。这些古籍，其影像数字化、文本数字化、标点及标引等工作，需要几代人的努力才能够完成。目前，浙江大学的"智慧古籍平台"、中华书局古联公司的"中华经典古籍库"、北京大学与字节跳动合作的"识典古籍"等都利用了众包技术，参与者可以线上校点古籍。如果国家支持，投入专项经费，就可以让成千上万的文科生参与进来，这样，一则解决了就业问题，二则完成了古籍数字化、智能化的宏伟大业。除了古籍，还有大量的现代出版物，也需要数字化、文本化，这是人工智能时代对数据这一新质生产力的迫切需求。虽然排印本的近现代出版物，其 OCR 的准确率可以达到 95% 至 98%，但由于近现代出版物回溯工程的量特别巨大，仍然需要大量的人员从事校对工作。

此外，大量结构化的数据需要文科生来完成。譬如，古今人物的行迹数据，就需要受过一定学术训练的文科生来制作。"学术地图发布平台"经过五六年的努力，也才完成了八百多位人物的结构化行迹数据。而从先秦到现当代，需要制作的人物行迹数据，应该是上万级别。又譬如，哈佛大学和复旦大学史地所合作的"中国历史地理信息系统"（CHGIS），目前只有省、府、县三级。那中国古代留存下来的各个省府县地方志，那里面的地名，如果要将其结构化，则是一个十分庞大的工程。此外，已出版的大量的工具书，包括图像等，都要结构化。

算力、算法、模型和数据，是人工智能的四要素。文史优质数据的生产，离不开文科生的劳动。因此，我强烈建议，国家有关部门应出台相关的政策和配套措施，来落实这一关乎文科生就业的大事。

二、DeepSeek 并没有真正解决古文的语义交互问题

　　DeepSeek 被称为"国运"级别的语言大模型，已在海内外产生巨大的影响，得到了最大范围的应用。但是，就我个人的实践和观察来说，它在古文语义交互这一问题上，其表现还是十分低下的。本人建的"云四库智能问答系统"，使用了阿里的通义千问系列（Qwen-72b、Qwq、Qwen-Plus、Qwen-Max）及杭州深度求索的（DeepSeek-V3、DeepSeek-R1）等大模型作为底层基座，在此基础上搭建了二次增强平台，添加了大量标点后的古书、研究著作及论文。通过较长时间的问答测试，这些大模型在古文翻译、出处查找、诗词赏析、提要撰写等方面的表现还是相当不错的。譬如，我让 AI 查找"昔周室暗弱，静帝幼冲，高祖以外戚之尊入握朝权，都督诸军，遂假黄钺，开丞相府"这一段话的出处，AI 很快给出答案："这段文字的出处为宋濂所撰写的《隋室兴亡论》。该文见于《宋濂集》与《宋濂全集》中，内容主要论述了隋朝建立前后的历史背景及关键事件。文中提到的'昔周室暗弱，静帝幼冲，高祖以外戚之尊入握朝权，都督诸军，遂假黄钺，开丞相府'一句，是对隋高祖杨坚在北周时期逐步掌握大权、最终代周建隋这一历史进程的概述。具体来说，此句描述的是北周静帝宇文阐年幼即位、政权暗弱之时，隋高祖杨坚凭借外戚身份掌控朝政，并设立丞相府以总揽军国大事的历史情境。相关内容亦可在《隋书》《北史》等正史中找到相应的记载作为补充和佐证。"除了没有标出卷数的小遗憾外，AI 还是给出了准确的回答。

　　在知识问答方面，DeepSeek 和通义千问也能进行简单的古文语义交互。譬如，我问："北京的宦官比官吏多，女子比男子多，妓比良妇多，要饭的比商人多，这是哪本书上写的，原文是怎样的？"AI 回答："您提到的这段描述出自明代谢肇淛的《五杂俎》。原文如下：" '燕云只有四种人多：奄竖多于缙绅，妇女多于男子，娼妓多于良家，乞丐多于商贾。至于市陌之风尘，轮蹄之纷糅，奸盗之丛错，驵侩之出没，盖尽人

间不美之俗，不良之辈，而京师皆有之，殆古之所谓陆海者，昔人谓不如是，不足为京都，其言亦近之矣．’ 这段文字描述了明代北京城的社会状况，指出宦官、女子、妓女和乞丐的数量分别超过了官吏、男子、良妇和商人。同时，谢肇淛还提到北京城中各种不良风气和人物的聚集，认为这些现象使得北京成为了一个‘陆海’，即繁华而复杂的城市。希望这段原文对您有所帮助。"我用了翻译后的一段文字，要 AI 回答出处，AI 给予了正确的回答，这表明 AI 在白话文和古文的对应关系上，还是能做出一些反应的。

但是，白话文与古文的语义交互，AI 也只能停留在出处的查找上，远未达到如现代语言这样可以自由语义交互的阶段。譬如，我要问宋濂的佛学思想，AI 只能根据宋濂的研究论著来回答，而不能从《宋濂全集》中宋濂写的佛教文章来回答。又譬如，我让 AI 回答朱元璋反腐的措施及效果，AI 只会根据《中国反贪史》等著作进行回答，而不能根据提供的一手材料进行回答。假如 AI 能根据提供的古书，通过检索和分析，回答提问者任何问题，那么，我们可以说，古籍的活化利用真的是达到了一种理想的状态。在 DeepSeek 火爆出圈的前夕，我曾通过学校的关系联系到了杭州深度求索的 CEO，表达了共同开发古籍大语言模型的愿望，遗憾的是，对方告诉我，他们目前的精力主要还是在与美国大模型技术较量的层面上，暂时还无暇顾及古籍大模型的研发。

古籍是中国古代文化最大的信息源，我在这里呼吁，希望国家有关部门加大这方面的研发投入，开发出真正能活化利用的古籍大模型来。

三、AI 是智能的工具，也是虚拟的王国

人与动物的区别，就在于是否会制造和使用工具。从远古的刀耕火种，到现代社会的工业文明，人类的发展史就是一部制造工具和使用工具的历史，越来越先进的工具，推动着越来越进步的文明。如今，人类的文明已步入了智能文明的时代，而作为这一阶段的代表性工具，AI

无疑是有史以来最智能的工具了。如今，AI 已应用于人类生活的各个领域。譬如，医生利用 AI 来给人看病，机器人产商利用 AI 来制造智能的机器人，军事领域利用 AI 来制造智能的导弹，等等。在人文领域，智能的机器识别（OCR）、智能的标点、智能的标引及现在火爆的通用大语言模型如 DeepSeek、通义千问等，都有极好的场景应用。

对于 AI，人文学者应该秉持亲近和拥抱的态度，而不是排斥和疏离的态度。首先，我们应了解和学习 AI 的各种工具和功能，利用 AI 来解决我们所需要解决的问题。譬如，我们可以利用大模型来识别和标注古籍中的插图，标点和翻译古籍，撰写篇目和古籍提要，等等。又譬如，我们可以利用大模型文生图和文生视频的功能，来创作适合文化传播和文化旅游的产品。此外，我们可以建设自己的知识库，利用通用大模型能快速搜索和回答的功能，使其与数据结合，来回答我们的专业问题。当然，基于计算机语言的 AI 工具，有的需要较长时间的学习，甚至还要有一定的编程基础。人文学者不要有畏难的情绪，只要虚心求教，认真学习，相信 AI 这样一种智能的工具，会成为我们学习和研究的好帮手。

对于 AI 的理解，我们还不能仅仅停留在智能工具的认识层面。实际上，计算机语言，包括 AI 在内的各种大数据技术，已为人类创造了一个虚拟的王国或世界。譬如，让青少年沉迷的网络游戏，让普罗大众流连忘返的短视频世界，让学者不得不面对的数据资源，等等，都是数字化和智能化的产品，而这些基于芯片产生的数字化产品，是一种虚拟的存在，我们可以称之为虚拟的数字王国或世界。这个王国或世界，与我们现实的世界既有普遍的联系，但又有很大的区别。譬如，网络游戏，可以调动人的亢奋情绪，高度紧张，忘却自我。很多青少年深陷其中而不能自拔，已成为一个令人头痛的社会问题。又譬如，数字化的文献资源和算法产生的算法史料，是一个我们必须要去面对、认识和研究的存在，而这些东西，存在于虚拟的世界里。

马克思曾说，"在这个必然王国的彼岸，作为目的本身的人类能力的发挥，真正的自由王国，就开始了。但是，这个自由王国只有建立在必然王国的基础上，才能繁荣起来。工作日的缩短是根本条件"（《马克思恩格斯文集》第 7 卷，人民出版社，2009 年，第 929 页）。如果说，我们将人文学者的知识生产，看成一个从必然王国到自由王国的过程，那么，在大数据时代，要从必然王国到自由王国，一个由数字构成的虚拟王国或世界，也是我们无法绕过的另一种形式的必然王国的存在。必然王国是指人类社会在生产力和生产关系的制约下，人们的行为和活动受到客观规律的支配，无法完全自主地决定自己的命运。在这个阶段，人们为了生存和发展，必须遵循自然和社会的规律，进行劳动和生产。换句话说，我们要达到自由的王国，也要受到计算机语言构成的法则的支配，必须遵循这个虚拟王国的客观规律，进行劳动和生产。

徐永明，浙江大学文学院教授，数字人文研究中心主任，教育部长江学者特聘教授。"学术地图发布平台""智慧古籍平台""云四库智能问答系统"负责人，中国古籍保护协会古籍智能开发与利用专业委员会副会长、哈佛大学 CBDB 指导委员会委员。主要研究元明清文学、数字人文。撰写、整理和编纂了《元代至明初婺州作家群研究》《宋濂年谱》《中国古代戏曲考信与传播》等著述二十余种。先后承担了国家社科基金资助项目"清代浙江集部著述总目"（后期）、"浙江古代现存著述总目"（重点）及"明代文学智慧大数据及平台建设"（重大）。

古籍数字化与传统诗学的范式革新

李飞跃

古籍电子化是对抄刻本的复现，但又基于数字技术让原来的线性结构呈现为立体化的超文本，为知识的获取、标注、表示、阐释、取样与比较等带来了根本性变革。数据库、知识库和语言大模型作为一种文本，一方面形成了超越传统尺度的宏文本，另一方面又因切词、标引而形成多种语义单元和知识碎片。利用文本挖掘、社会网络、时空分析等方法，可从非结构化文本中提取信息和知识，揭示文本背后隐藏的变量和模式。标记、连接与模型分析，又生成了系统化空间文本和交互界面，让各种知识碎片重新聚合，原有场景、活动和过程逐渐消融。文献形态和技术方法的变革，不可避免地引发了对传统诗学研究中的一些基本问题的重审和反思。

一、基于数据库文本的经典秩序重塑

数据库作为众多文本的集合，不仅是文本数量的叠加，更是结构功能的不同。基于数字文献形态的检索、聚合与智能问答，是基于算法和概率的选择而非主观撷取或随机抽样。我们每次检索阅读时，都在与这些算法进行交互。基于大数据技术和全样本全过程的研究中，以往常用的抽样方法开始显出狭窄、随机的一面。数字化让离散知识、非量化知识和未被现有学科框架包含的知识显现出来，让原有史实变得不再确定。

分类和排序是经典建构的主要方式，利用度、率、量、值及参数（指标）、模型、算法等，可将研究对象和问题量化，将定性问题转化为定量问题，变得有标准可依。测量逐步排除不确定性，真实反映了对象属性和特征差异，让感觉评判变得有标准。数字化文本让数量和维度激增，研究变量的各种状态或变异，让批评研究立足于整体性而非抽样推断。建模是理解大样本的一种方式，它关注"整体"与"结构"，让知识在更大尺度上被测量。每个变量的属性和特征都能以一个数值来表示，形成指标体系，从而变得相互通约和可优化迭代。用文本相似度、新颖度代替以往基于主观感受的风格评判，能让更多文本具有可比性。特别是可视化技术让原来的时间性文本具有了空间化特征，能够揭示文本内部或文本之间的隐含内容和潜在语义联系。指标化与可视化，让我们的思考过程变得可见与可操作。

同一组数据，从不同角度进行分析可以传达两个完全相反的事实，每个人都可以根据自己的立场并通过对于数据的分析得到想要的结果。量化可以让信息缺失而产生的悖论在一定范围内被解决，并让人们认识到是哪些因素导致我们形成了如许看法，从而寻求更为周密合理的答案。利用模型和算法也让人文研究可以被测量、验证和重复操作，一些争议无须通过"翻烧饼"或推倒重来去解决，而是可以让人们致力于某些要素或关系的度量优化，获得可验证与可累积的普遍知识。

二、诗学概念的量化与结构化重置

学术史可以说是一部概念串联起来的文化史，面对"概念所揭示的事实到底存不存在""其特征和定义是什么""是如何演变的"等问题，学界往往会有很多争议，需要从上下文语境中来领会，需要进一步明确其内涵、共同特征及测量标准，事实上是对概念的重新定义。诗歌声律统计中，样本的选择、前置标准与统计方法都可能影响结论的显著性与准确性。如"四声八病""齐梁格""律体""拗体"等概念的界定与验证，不仅基于诗句中四声的分布及组合关系，还关系到四声字的数量与比例。一些诗律特征可能是基数与概率使然，而非诗人的自觉探索或刻意创新。

唐代诗律究竟为何，是一种最大公约数，还是各要素联动的矩阵函数？统计结果打破了唐诗中的后世所谓之格律标准，那么我们今天所遵循的标准格律又在何时确立？诗律不是单一模型，而是包含多种变体的模态。流传下来的唐代诗集，也存在被规范或再加工的可能。一些别集整理与语言学家的研究，通过是否合律来推导和判定唐诗的读音、异文、句法、节奏及韵律等，又不免堕入新的循环，让唐诗格律变成一种自洽自足的诗学建构。文学史上的一些著名命题，如"文学自觉说""唐宋变革论"等都是标准多样但可量化的命题。

随着知识颗粒度的细化和向量化，原来二元化的命题已无法很好反映事实整体，真与假、美与丑、好与坏、善与恶，甚至现实与虚构、物质与精神都展现了巨大的中间地带。用定量的方式来把握事物的本质，可以变节点为量度而实现一种精确把握。度、量、值、率等计量单位在文本分析中的应用消解了二元论，增强了研究的客观性、精确性与可操作性，既可以降低抽样数据的稀疏性和偏差度，又可增加动态过程的可见度，缓解了实体与属性、现象与本质、是然与或然之间的紧张对立，让等值换算和比较成为可能。动态的数字表征系统让我们可以更好认识和把握同一文本的不同向度及其时代嬗变，在历史上的变化区间进行定位分析，构建知识模型，通过调节参数而把握和呈现其演进路线、阶段特征。有实体、有关系、有过程，也有对照，才能避免概念的含混和临文定义。

三、从实体到关系与隐变量的涌现

关系也是一组变量，随着研究的深入，从不同要素、角度和阶段挖掘，会让更多变量涌现。由于存在大量无法感受或表达、描述的暗知识，每个人都掌握了其他人所不具备的分散知识，它们可能是不被已有框架容纳甚至相互矛盾的，却是整体的重要构成部分。以往我们对事物的本质特征的认识往往是从实体和要素出发，但信息时代关系的权重日益增大，概念界定已从原来的实体本位向关系本位转变，更关注要素结构及系统功能。作为一种语义网络，知识图谱旨在组织并可视化知识，可以灵活地对文本中的实体、概念、属性及其关系建模。建立可比较的量化标准，可以动态立体地对知识进行测量。数字化文本具有极强的关联性与查询能力，随着词向量技术尤其是上下文敏感的词向量技术的进步，文本将在多维空间中投射意义。

传统的诗歌史或文学史通过保留重要作家作品，剔除凡作，描述了一个连续性累积进步的图景。如果将整体放大到一般作品，这种连续性和进步性不免要被打断，经典成为多样性与可能性之一种。每个文本都可以看作不同文本的关键词按照不同权重混合的产物，量化研究把研究对象中那些可以客观测量的方面给揭示出来，忽略了无法客观测量的方面。在超文本、多模态环境中，不再是由歌者到听者或作家到读者的单向传播，而是一种读者变成联合作者、文本相互映射的回路。计量方法一方面让人的最独特、最重要的本质属性被抹杀，却在模型中保留了一般的、次要特征；另一方面，研究者的某些主观意愿、偏好极难被量化，数据的取舍、分类、定义和赋值都需要由人来掌控。确证偏见、便利抽样、虚假联系等现象，让人们前所未有地处于盲人摸象般的困局中，也给诗歌研究带来了学科化危机。

数字化让知识的线性结构和平面范域及其规则被打破，让离散知识系统化、隐性知识显性化，形成了一种新的四通八达的高维知识网络。超文本、多媒介与超媒体等将多层代码作为阅读内容，提供的是一种沉浸式与交互式的全息诗学。边界拓展、粒度细分和关系测度也改变了原有的整体性，让以往所有知识都呈现出一种碎片化和即时性特征。非线性叙事、虚拟场景、动态交互等特征，也构成了对传统诗学理论的颠覆式挑战。

四、数字化技艺与诗学的合法性

从诗歌文本细读到文化研究的拓展，共识越来越难以形成。生成式理论和过程性方法不断去中心化，文化研究的琐碎和技术化带来了深刻的范式危机。资料考订、字词解释和背景关联，总能找到适合的证据，也总能有异见甚至左见。"言之成理即可"，言人人殊，释放各式观点和看法的同时，也消解了共识，削弱了人文研究的权威性与合法性。技术实践规则的建立，有助于在同一标准上重建共识。文献数字化与相关技术的进步推进了文本分析尤其是形式研究的迅速发展。从文献外部特征转向内部知识单元、从简单频次分析转向语义特征分析、从文献计量转向多学科交叉研究，字符、词量、词类、词性、段落、句法等特征都可统计，甚至计算词义演变、关键词共现、平均段落长度等。引入特征变量可以把离散知识整理成系统、抽象成模型，进而实现数理统计和分析，使不同类别具有可比性。

语言的可计算性研究，促进了近年来文学作品形式、文本生成和文体研究的繁荣。向量空间模型特征权重计算方法、潜在语义分析技术和聚类知识图谱，可计算单双音节词、词长、句长等语言特征出现的比例，以及共现词、独有词、实词、虚词的使用频率和词汇丰富度，让作者判断、风格计量、语义网络、人物关系和文本主题分析成为新的技艺。诗歌文献的规则性与通约性，是引进科学方法的基础。模型通过不同的表示方法，可以做出真正有代表性的归纳，对研究对象的内部结构和关系做出整体揭示。数字技术的应用，已不仅是从文本中寻求客观性，而是通过技术手段对其进行客观性改造。通过标注和连接，让各个实体和节点显现，把对象的复杂性从简单的程序中以可见方式演化出来。

文献数字化和大数据中的"整体"已发生改变。引入更多维度和参数后，测量结果不仅取决于文本，更取决于语境，以及测量方式和各要素的测量组合。每个字词的含义都受其他字词出现与否及排列方式的影响，测量结果可能取决于我们如何进行测量，或者我们选择了什么样的测量组合。数字化技术让诗歌技艺得以可见与可操作，诗歌不再是难以分解、具有独立审美价值的艺术品，而成为可以被不同艺术技巧重新结构、适应不同传播格式和受众审美偏好的超文本。技术工具的引入，一定程度上弥补了人的感官在观察、检验事实时的不足。

五、数字诗学的互文性与非定域

基于语言文本和书籍形态的二维字符串组合，具有较强的定域性。通过词语阅读来理解诗歌，信息和体验受制于文字符号。数字化文本具有多模态特征，可以融括文字、图像、声音、色彩等多种表意符号。数字文献中的多层代码，形成了一种文本层压，其理解是作者、文本和读者的意见聚合，整体上构成一种理解和阐释的开放性和多元性场域。数字文献中互文性不仅是指主观上对文本有意地引用、改写，也指客观上两个文本之间的可能性关联。互文让线性文本变为立体网络，表现出形式的多样性和阅读开放性，让语汇和文本的意义不仅出乎其内，更是出乎其间。当存在多个测量角度和逻辑推理路径时，历史顺序与读者获取知识信息的顺序都会影响到对事物因果关系的感受和判断。解释一个字词不仅受上下文影响，还会对其他文本和语境中字词的理解产生影响。

互文性是用相容的可观测量的最大集合来定义一个文本，对一个字词的解释就是一次暂且定义，会影响到这个字词在其他文本中的理解。每个字词的含义受上下文其他字词出现与否及排列方式的影响，数据又将上下文极大拓展。非定域、映射纠缠和叠加态不仅让物体能完全无视空间的分离而相互连接，也产生了时间上反向因果的错觉。数据是证据的扩大和延伸，大数据带来更多证据的同时，也带来了细颗粒度和碎片化知识对齐难题，从而导致研究排除"对起源、原因、出处、影响与目的等问题的关注"，进而"对历史过程的任何目的论或因果关系的观点持激烈的敌视态度"（拉卡普拉、卡普兰主编：《现代欧洲思想史———新评价和新视角》，王加丰等译，人民出版社，2014年，第71页）。数字化文本的非线性、整体性、关系性和过程性等特征，造成了"无角度，不学术"的现象。

诗歌的字词解读受既有用例和用法的影响，从不同的用法和用例出发，会获得不同的理解与感受；不同角度的理解和认识在揭示不同隐义的同时，也不断地延展和扩散意义。诗体起源、创作背景、派别演变等文学史论述致力于发明节点的意义，但它们更是在过程中呈现的，后人的选择、比较与讨论赋予了以前诗作未具有的意义。数字化让原本基于篇章、注引和整本书或学科领域的知识循环被打破，涌现了更多知识映射、学科破壁现象。文献数字化让诗歌文本解读前所未有地依赖于语境，"言此意彼""词不尽意""心照非所宣"等让诗义具有即时性、丰富性和悖论特征。

数字化让世界呈现为文本方式，一切皆可运用数字表现和还原，并通过各种模型和算法来呈现与解释数据背后的现象和规律。诗歌文献中的事实性知识如人物、时间、地点、典故等可以通过标引进行表示和聚合，概念性知识可以通过语义网络进行结构化和模式化。细颗粒、碎片化、深描特写和超文本聚合，让知识在原有体系中抽离出来，被充分关注和增强感知，甚至联觉表意和沉浸式体验。

随着古籍数字化进程不断加快，诗歌文献形态和技术方法的变革，新的诗学范式呼之欲出，但累积开放的精良数据仍然有限，实体、属性的消歧和对齐尚处于初始阶段，文本分析工具还不先进，堪作示范的成功案例不多。诗歌是在人参与下被激活的，通过不断被阅读、注解和阐释而增值，正如回文诗可以被有经验的读者串读出多种意思，作诗软件生成的诗歌也可以被"读出"意思。文本是一种召唤结构，就像测字、卜筮一样，是由人的先天结构与图形文字"合谋"而成。诗歌因为人的参与和连接而产生意义，人文研究不能一直以其特殊性来规避普遍性，也不能因为普遍方法的引入，而忽略人的价值和人文立场。

李飞跃，清华大学中文系长聘教授，北京大学文学博士，曾任中国艺术研究院中国文化研究所副研究员。清华大学和中华书局《数字人文》集刊编委、中国人民大学《数字人文研究》期刊编委。研究方向为古典诗歌、音乐文学和数字人文，在《中国社会科学》、EMNLP 等发表论文五十多篇，多篇被全文转载。主持国家社科基金重点项目"中国古典诗歌声律统计分析与研究"、北京社科基金青年学术带头人项目"计算文学刍论"等五项，曾获教育部高等学校科学研究优秀成果奖（人文社会科学）、中国词学会优秀论文特等奖等。

在人文社科领域应用大语言模型的问题分析和解决之道

王 军

以 ChatGPT 和 DeepSeek 为代表的基于大语言模型的人工智能的出现与迅猛发展，给人文社科领域带来了强烈的冲击。基于大语言模型技术的聊天机器人能够以自然语言流畅地与人对话，其惊人的多语言处理能力、出色的上下文理解能力，以及似乎无所不知、无所不晓的知识面，使得一向以"鬻文为生"的传统人文社科学者感受到了"狼来了"的危机。人文学科如何有效地利用 AI 技术，将研究水平和教学能力提升到新的层次，以适应迅猛发展的技术环境，是大家普遍关心的问题。

要认真回答这个问题，而不是泛泛而论，我们需要做到"知彼知己"：需要了解大语言模型是如何工作的。简要来说，语言模型（Language Model，LM）是一种计算一段文本（或单词序列）概率的统计模型，用于衡量该文本在自然语言中出现的可能性。它的核心任务是根据已有的文字来预测下一个词，如输入"今天天气很"，预测后续的词是"热"或"晴"的概率，并据此生成连贯的文本，完成续句子、撰写文章的任务。语言模型一直是计算语言学研究的核心课题。

以往的语言模型（如 N 元模型、隐马可夫模型等）仅能发现相邻的依赖关系。例如，N 元模型根据前面的一个或两个词来预测下一个词，从而发现二字词、三字词的常见组合；隐马模型根据前一个状态来预测当前状态，例如，根据人群带伞的情况预测当前的天气。这一类模型无法处理长距离的上下文，没有能力建模跨句子或跨段落的依赖关系。例如，在句子"小明迟到了，因为他堵车了"中，需要在主语"小明"和代词"他"之间建立关系，才能明了"他"指代的是小明，从而理解整句的意思。

要理解代词"他"和主语"小明"之间的关系，在语法上，需要跨过"迟到""了""因为"三个词，建立"他"与"小明"之间的对应关系；在逻辑上，需要从"他堵车了"这个表示原因的语义单元，跨到"小明迟到了"这个表示结果的语义单元，以理解肇因"堵车"和主语行为"迟到"的关系。解决这一类的"长距离依赖"是实现上下文理解和流畅自然语言生成的基础。

大语言模型（Large Language Model, LLM）通过深度神经网络，利用自注意力机制有效应对了这一挑战。在海量语料上进行的自监督学习（如掩码语言建模、下一词预测）使模型能够捕捉复杂的语言模式与现象，实现跨句、跨段落的上下文建模。这些上下文信息被高度压缩并编码进数百亿、数千亿，甚至上万亿个神经元节点之中。简言之，语言模型构成了机器理解与生成自然语言的核心工具，而以 ChatGPT 为代表的大语言模型，则是这一技术的高性能现代实现。

大语言模型最令人惊叹的能力，是其展现出的"智能涌现"（Emergent Intelligence）现象。通过在海量数据基础上的训练，这类模型在没有专门为特定任务设计的前提下，突然展现出强大的任务泛化能力。传统的机器学习系统通常针对特定任务进行架构设计和训练，因此只能在预设场景中发挥作用。例如，专为下棋而设计的智能程序即便棋艺超群，也无法胜任机器翻译等语言任务。

相比之下，基于深度神经网络的大语言模型，当训练规模达到某一临界点后，便能在众多自然语言处理任务中游刃有余——从问答生成到文本摘要、从代码编写到逻辑推理，无须针对每项任务专门训练，便能胜任多种应用。这种在任务间"横空出世"的能力，被称为"智能涌现"。而这一能力背后的机制为何能在特定规模下突然显现，至今仍是人工智能领域尚未破解的谜题。

换言之，今天我们所广泛接触和讨论的"人工智能"，更多的是基于语言预测机制的智能：它通过对用户输入的语言进行建模预测，生成符合上下文的语言输出。因此，这是一种以语言为载体、以语言结构为主轴的智能形式，也可以称为"语言智能"。其核心能力体现在对自然语言的理解、生成与推理。这类模型并不具有人类意义上的"通用智能"，而是在大规模语料中学习语言的统计结构与语义关联，从而在语言交互中展现出令人惊叹的"智能"表现。

理解了大语言模型的基本工作原理后，我们便可以更容易地理解其在实际应用中所表现出的一些典型问题，其中最广为人知的便是所谓的"幻觉现象"（hallucination）。由于大语言模型的训练数据主要来源于整个互联网，当模型面对一个在其训练语料中未曾出现过的知识点时，仍然会基于内部算法计算出的条件概率，逐词生成可能的回答。由于这一生成过程并不基于事实校验机制，而是基于语言形式上的合理性判断，因此极易生成看似语法通顺、逻辑连贯、实则虚构或错误的信息，这便形成了"幻觉"。

即便答案在互联网语料中不存在，它仍可能"编造"出看似合理的回答。当然，随着模型推理能力的提升，它也有可能对一些尚无明确定义的问题提出创新性解法，这属于另一层面的能力。另一方面，由于模型生成答案所依赖的数据本身来自互联网，其可靠性和可信度也受到数据质量的直接影响。如果训练数据中存在偏误、虚假信息或价值倾向，那么模型生成的答案也可能继承这些缺陷。

除了幻觉问题，以下几点也是将 LLM 应用于教学科研场景中必须加以应对的。

思考过程黑箱：LLM 的决策和推理过程缺乏透明度，难以理解其得出特定结论的原因。

回答的依据不明：LLM 提供的答案往往缺乏明确的引用或来源，难以验证其可靠性和权威性；需进一步探索如何让 LLM 在提供答案时，能够追溯并展示其信息来源。

直接给出答案：LLM 倾向于直接给出答案，缺乏逐步的推理过程展示。

分析至此，我们大致可以得出一个结论：要构建人文社科领域的人工智能解决方案，我们的出发点是希望能充分借助人工智能的"能"，而对于它所提供的知识，以及建立在不可靠知识基础上的"智"保持审慎的态度。然而，通过上述对大语言模型基本原理的介绍我们认识到，人工智能的"智"与"能"是不可分割的。那么，如何充分借助 AI 的"能"，同时又能将它的"智"置于人文学者的掌控之下呢？

解决这一问题的关键在于"材料"。观察传统人文学者的研究习惯，我们会看到，严肃学术研究都是建立在掌握真实可靠的材料，以及对材料的细致阅读和批判性思考的基础上的。那么，要使得 LLM 在人文社科教学和科研的场景中落地，由学者来提供材料，由 LLM 来协助处理材料，并在学者所界定、所控制的范围内来调用 LLM 整理、分析和解读材料，是当前的技术水平下在人文社科教学与研究活动中使用 LLM 的妥当解决方案。

用户提供给 LLM 的材料，在人与机器的交互过程中起到了双重作用：一方面，这些材料是 AI 进行语言生成与理解的直接对象；另一方面，这些材料也作为"提示"嵌入模型运算流程，引导其在超大规模神经网络中进行推理与预测，从而生成符合上下文的自然语言回应。

换言之，当前以大语言模型为代表的生成式人工智能，在本质上是一种基于语言形式的智能——用户所感受到的语言理解与生成能力，其实是提示词（prompt）驱动下的语言概率模型的体现。这种交互模式不仅依赖于模型自身在通用语料上学习到的"泛智能"，更依赖于用户输入对这种智能的"定向"与"裁剪"。用户的提问与所提供的材料，共同构成了一个动态的"语境过滤器"，将 LLM 的通用语言能力限定在特定材料所构建的知识框架与语义逻辑之中，从而实现"定制化"的智能响应。

在此总结如下：在人文社科的教学与研究场景中，由用户向 LLM

提供语境材料，并将针对所设定材料的具体问题作为与 LLM 交互的目标，能够有效解决 LLM 在通常情景下的缺陷，为人文社科提供有效助力。基于这一思路，北京大学数字人文研究中心研发了"吾与点"数字人文智能平台。目前我们设计了以下功能，作为人文社科的智能研究助手：

1. 多模态智能表格抽取：将古代或现代的多语言人文历史材料转换为用户所指定的结构化数据。平台集成多款先进的多模态深度学习模型，也能够理解图像，并对图像中所蕴含的信息进行结构化、表格化的描述。

2. 知识图谱自动构建：自动从文本中提取实体和关系并组织成网状结构，构建知识图谱，可视化呈现复杂知识。

3. 大语言模型微调训练：利用结构化数据或知识图谱构建专业问答系统，支持对大模型进行微调，以适应特定领域的问答任务。

4. 古汉语自动句读与分词：支持古汉语自动句读和古汉语分词等专业任务，针对古籍文献的特殊语言特点进行优化，大幅提高处理古代文献的准确性。

篇幅所限，本文不再对"吾与点"平台的功能进行详细介绍。有兴趣的读者可以访问其官网（www.wuyudian.net）了解详细信息。

综上所述，大语言模型以其强大的语言理解与生成能力，正逐步改变人文社会科学的研究方式与知识生产机制。然而，正如本文所分析的那样，LLM 在实际应用中仍面临诸多问题，包括幻觉现象、数据偏误、语境稳定性不足等。这些问题的根源，既在于模型技术本身的局限，也在于我们对其"智能"边界的认知误区。唯有深入理解其底层原理，掌握其能力边界，并结合人文社科领域的专业判断，才能在具体应用中趋利避害、扬长避短。

要应对 AI 的挑战，没有通用的解决方案。它要求每一位用户自觉地意识到不能简单依赖 LLM 来完成任务，而是要在理解其工作机制与能力边界的基础上，通过筛选语料、合理设计提示词、建立验证机制等措施，使其更好地嵌入人文研究的知识结构之中，真正成为学术创新的工具，而非误导的源头。

"吾与点"平台通过将模型能力引导至用户的具体材料与特定问题之中，实现"定制化"的智能应用，不仅为当前的人文实践开辟了新路径，也为未来构建更加可信、可控的智能系统提供了方法论依据。希望"吾与点"平台的探索，能够为人文社科研究者提供一个可信赖的智能助手，也为人工智能与人文学科的深度融合提供一个有益的范式。

2025 年 4 月 25 日

王军，北京大学信息管理系、历史学系、人工智能研究院兼聘教授，北京大学数字人文研究中心主任，中国古籍保护协会古籍智能专业委员会主任，全国高等院校古籍整理与研究工作委员会委员，国际历史学会数字史学分会副主席。目前主要从事数字人文、古籍数字化、文化计算等跨领域研究和教学工作。主持研发了"吾与点"数字人文平台、"识典古籍"平台等。学术成果发表于 Nature Portfolio、JASIST、DSH、ACL、JCDL、ADHO 等数字人文、图书情报、计算语言学等领域的国际高水平期刊和会议。

"生成式人工智能"辅助文学创作、研究与教育

王　贺

一、从 ChatGPT 到 DeepSeek：生成式 AI 的 "历历来时路"

当 ChatGPT 于 2022 年 11 月 30 日由美国 OpenAI 公司正式推出之时，不仅技术专家对其如何改变世界，以及人工智能又将如何改变每一行业充满了热情和期待，而且，以其为代表的新一代人工智能技术——"生成式人工智能"（Generative Artificial Intelligence，简称 Gen AI、GAI，为节省篇幅，以下统作"生成式 AI"）——也从科技领域迅速走向了各行各业，进入普罗大众的日常生活。抑有进者，全世界各大科技巨头、人工智能初创公司纷纷发力，相继开发了诸种（不）同类型的大语言模型（以下简作"大模型"）产品、应用，其中仅中国大陆企业开发者，已有百余种之多，一时间呈现出百舸争流、千帆竞发之势（俗称"百模大战"）。特别是在 2025 年春节前后，随着中国投资公司幻方量化旗下人工智能初创企业——杭州深度求索（DeepSeek）人工智能基础技术研究有限公司——研发的同名开源大模型 DeepSeek-V3、R1（思维链模型）的陆续发布，该模型（同时也是产品、服务）引起了国人的极大震动，也让全世界为之侧目不已。

造成这一震动的原因固然相当复杂，但最主要的恐怕还是由于以下两方面因素。其一，ChatGPT 及国内外许多同类型的 SOTA 模型多须付费使用，且对中国内地和港澳地区采取不开放之政策，而 DeepSeek 则免费、开源、无门槛，人人皆可使用，可谓是第一个让中国用户真正用

上推理功能、亲身感受到人工智能已发展到何种程度的大模型,进一步扩大了生成式 AI 的应用场景和影响范围。其二,DeepSeek 上线的模型,尤其 DeepSeek-R1 系列模型,向我们展示了极为出色的逻辑推理和知识生成能力。这具体表现为:可通过多步骤的逻辑分析、上下文的关联和对不同来源、类型知识的整合,生成结构化的、我们需要的、贴合实际的回答,甚至在提出这一回答之前,不吝于向用户展示其全部推理和分析过程,进一步增强其回答、知识的"可解释性",也提升了用户信任程度。至于其在处理数学、代码和复杂自然语言处理(逻辑推理)等方面工作任务的性能的评测结果,与 OpenAI 此前发布的最新闭源模型 GPT-o1 等相比,亦可谓毫不逊色,因此不唯刺激国人及世界各地的中文用户,欧美世界关注最新科技进展者,自必有所注意焉。

当然,DeepSeek 取得的这一成就,一般被认为是其技术创新的结果。据该团队发布的技术报告,在 DeepSeek 模型的开发过程中,开发人员并未沿用此前通行的,通过扩大参数规模、提高数据量和算力,来提升模型能力的常见做法,而是创新了训练模式,亦即选择从既有的预训练模型出发,跳过了对数据、人力、计算资源要求极高也相当繁冗的监督微调(SFT)阶段,直接使用强化学习(RL)方式进行训练,直至完成开发工作。其中,不仅它所采用的强化学习算法是该团队自己研发的组相对策略优化算法(GRPO),而且在后训练阶段,也同样大规模地应用了纯强化学习算法,并融入了思维链(Chain of Thought)、混合专家算法架构(MoE)、多头潜在注意力机制(MLA)、多 Token 并行预测技术(MTP)等技术。尤其值得称道的是,其创造性地采用了模型蒸馏(即对既有模型的蒸馏)新技术,且在底层优化中绕过了统一计算设备架构(CUDA),直接采用并行线程执行程序(PTX)进行,从而不仅极大地提升了训练效率,降低了对硬件、训练环境的依赖和敏感性,减少了训练成本,缩短了训练时间,而且显著地提高了模型的推理和生成能力,产生了出其不意的高效、高性价比。

然而,对于人工智能、数据科学、计算机科学及数字人文研究者来说，如何合理地认识、理解 DeepSeek 的技术成就，尚需再做深入的、追踪式的观察和研判。譬如，其所谓的远低于 GPT-4 的低训练成本及其在算力方面真正的投入究竟有多少，这一训练、开发模式是否具有通用性、可复制性，其后续的更新迭代水平是否仍能维持或超过目前速度，整个运维系统本身的稳定程度如何，是否能够真正解决模型"幻觉"问题，乃至其是否可以作为一个生成式 AI 技术的里程碑等，皆尚有一定争议。另一方面，从生成式 AI 技术本身的发展来看，随着此后 GPT 上线 Deep Research 智能体（由 GPT-o3 提供技术支持，有研究者认为其应用效果较 DeepSeek-R1 更佳，更有利于专业人士以之进行学术研究）并推出 GPT-o3-mini、GPT-4.5 模型，Grok 3（美国企业家马斯克旗下人工智能初创公司 xAI 开发）及其 Deep Search 智能体的相继发布，Claude 3.7 Sonnet（美国 Anthropic 公司开发），Phi-4-multimodal 和 Phi-4-mini（美国微软公司开发），Gemma 3（美国谷歌公司发布最新开源模型）等大模型的陆续上线，DeepSeek 模型已不能再专美于前，其在国内的热度虽然未减，但从全世界范围看，耀眼光芒已略显黯淡。再者，由于不同模型功能定位的差异，用户的使用方式的不同，以及过高期待与实际使用体验之间的差距等因素的影响，并非所有用户（特别是研究型用户、专业人士）都直观地感受到了 DeepSeek 的技术优势（参见刘炜《DeepSeek 喧嚣过后》，"数图笔记"公众号，2025 年 3 月 1 日）。也因此，此时此刻，有心人倘若再来探寻全世界范围内最好的、最受欢迎的大模型究为何者这一问题，或不免生发出"江山代有模型出，各领风骚两三天"之感。

但不可否认的是，自 2024 年 12 月 26 日晚 DeepSeek-V3 首个版本上线且同步开源以来，便迅速"破圈"，一夜之间，许多国人可能都已在不同程度上亲身体会到了其所带来的震撼。从日常生活的方方面面，到法律、医疗、教育、工业生产等专业领域，其几乎无所不知、无所不晓。相关的、衍生的应用和产品，更是层出不穷（与闭源模型相比，开源模型鼓励二次开发，为模型开放创新生态提供了新的可能），既对人工智能产业、行业的快速发展提供了新的助力，亦使人工智能应用在大众化、日常生活化的过程中，直接改善人们的生活质量，当然，这一科学、技术创新实践也汇入了当下知识和文化数字化、技术化、商品化的潮流（在此我们对这一时潮暂不做评价）。但也正如前述缘由所致，从某种程度上来说，它在中国及全世界中文用户之间引起的反响，较 ChatGPT 的发布，有过之而无不及：从各大主流媒体连篇累牍的报道，到社交媒体上至今仍经久不息的、大量的讨论，在在刺激、诱惑或威胁着我们必须承认生成式 AI 的威力和潜力。这不禁让我们联想到，此前就有不少论者发表过这样的观点：生成式 AI 不同于其他技术、媒介，之所以不可小觑，恰在于其已开启人类历史上第四次工业革命的浪潮，甚至"通过放大人类智能，人工智能不仅可能带来一场新的工业革命，还可能带来一场新的文艺复兴，人类的一个新的启蒙时期"（AI 深度研究员：《【现场视频】Yann LeCun 联大发言：为什么 AI 会带来一场新工业革命?》，https://news.qq.com/rain/a/20241224A01KCZ00 ）。

学术研究，作为一个专业领域，显然不能也无法置身事外、视而不见。实际上，已有中外学者发表专文、专书指出，无论是 DeepSeek，还是 ChatGPT，抑或其他的生成式 AI 技术、产品、应用，皆已正在深刻影响且将继续影响我们的研究实践乃至学术创新生态、典范，重塑人类知识生产体系（知识工业?）及政治、经济、社会格局，改变文化、文学、艺术创新方式及由此建立的、以人的文学为主的既有文艺理论体系，甚至波及国际关系与地缘政治，人类社会发展的未来……可以毫不夸张地说，从自然科学、人文社会科学的基础研究，到其他应用研究领域，莫不因生成式 AI 的出现、发展而发生改变，只是影响和改变的程度、方式多所不同罢了。

二、"辅助"而非"赋能"：
生成式 AI 在文学领域的应用及批判性思考

这一影响和改变，时常也被称为"赋能"（对 empower 及其变体

empowering、empowerment 的翻译），生成式 AI"赋能"学术研究、艺文创作、文化创意……也是一种极为流行的看法。但问题是，这种看法对吗？其实，按照《不列颠百科全书》（*Encyclopedia Britannica*）的解释，"empower"一词的意思，只有两项：其一，赋予 / 给予（某人）权力；其二，赋予 / 给予（某人）官方权威或法律权力。换言之，它并非说我们没有某种能力，或某方面能力较匮乏，偏偏某人、某种技术、组织可以使我们拥有此种能力（魔力?），恰恰相反，它要表示的是我们本来就具有、拥有某方面能力，只是缺乏发挥、行使这一能力的权力，故而其他角色、组织等给我们授权，俾使我们有更大的自主性和行事空间。就此而言，它不能也不应该被译为"赋能"，而恰应译作"赋权"。另一方面，作为第二代人工智能的生成式 AI，给学术研究工作带来的助益和冲击、造成的机会与挑战之中，比较正面的、值得肯定的、积极的方面，是否可以被称作"赋能"或"赋权"？在我看来，此二说似皆不甚恰切，相反，毋宁取"辅助"说更为准确，亦即在人类与人工智能之关系问题的认识上，确立这样一个共识：生成式 AI 并不能取代人类的核心技能（如创造力），而只能作为一种补充或工具，需要我们对其进行指导、管理，因"人工智能并不是独立运作的；它完全依赖于人类的指令，这一点我们需要时刻铭记"（参见 Rebecca Marrone, David Cropley & Kelsey Medeiros, "How Does Narrow AI Impact Human Creativity？", *Creativity Research Journa*, 15 Jul. 2024）。以下即以鄙人相对较为熟悉的中国文学创作、研究及教育教学领域为例，对这一观点做出分析、论证和验证。

在文学创作方面，生成式 AI 似已为我们带来无穷无尽的可能，甚至有些观察家认为，它的诞生，提前宣布了人类作家的死亡。早期的人工智能技术，虽然已经可以进行创作，但创作领域仅限于现代汉诗，如微软公司开发的写作机器人"小冰"所创作的《阳光失了玻璃窗》等四部诗集。这些诗歌的风格，颇近乎五四象征主义诗人李金发的诗作，充满不同的、奇崛的意象的并置，采用通感、拟物、名词动词化等写作技巧，但更多的时候，则是语病百出，不能成句，遑论成篇，似不足以构成严肃分析、研究的对象。但在生成式 AI 技术出现以后，从创作素材的搜集，到创作思路、框架的拟定，再到完成初稿、完善、修订，乃至最后定稿，其皆可代劳。事实上，从中国到东亚、欧美，从作诗（新诗、旧诗、俳句、英文诗歌）、写对联，到创作长篇网络小说、类型小说（如科幻小说、推理小说）、戏剧剧本及其他的文字、图像、音视频等，生成式 AI 都已取得了一定的、不俗的成绩（王贺：《为什么人文学依然重要？——"生成式人工智能"在当代文学创作中的应用及其不满》，《文艺争鸣》2025年第 3 期）。不过，我认为，凡是对自己的文字作品有所追求的人类作家，可能大多仍倾向于将其视作一种写作、创意的辅助工具，而非由其全部主导。因我们对人工智能写作、机器创作的文学与艺术品的理解与评价，并非仅视其创作质量而定，还取决于我们如何理解和期待写作、文学、艺术的意义。正如我在其他地方所指出的那样："我们很清楚，人类的任一创作，都自有其意义，无论这些创作是实用性、应用性的，还是虚构创作，但机器、机器人的创作呢？甚至更进一步来说，即便它有一天，可以取得和李白、莎士比亚的作品相似的成就，其意义又何在呢？作为人类，我们究竟是自己会去写一首哪怕极为幼稚的、有缺陷的诗歌，还是会放弃自己的灵感、构思和写作，沉醉于利用自动化的电脑程序进行创作，或是沉迷于饱览机器人写作的奇景，一唱三叹，无法自拔呢？对此，一个真正的人，一个清醒地意识到人之为人，乃有别于其他动物、非人的人，其实不难作出自己的选择。也正是从这个意义上来说，那种认为人工智能或 AIGC 是在'赋能'（empower，亦被译作'授权''使能够'，在英文语境中，对象多为人类主体）文学、艺术的流行论调，必须被我们重新进行严格、认真的检视。事实上，数字技术，究竟是在'赋能'文学、艺术，为现时代的文化创造提供新的可能，还是在源源不断地制造更多的残次品、赝品、人类作品的复制品，甚至以创新、创造、创意之名，以次充优，以假乱真，让人们难以辨识其事实、美学层面的优劣，为我们的精神世界徒增烦恼，甚至让没有形成自己的理解力和判断力的人们，心安理得地，就此一步一步地放弃发展自己的经验、想象力和叙事能力的机会，甚至二者兼具，不可分割?"（王贺：《仿生人梦见电子羊，又如何?——论ChatGPT、AIGC与当代文学创作》，《粤港澳大湾区文学评论》2024年第4期）尤需深长思之。

在文学研究方面，生成式AI不仅挑战着既有的文学理论（如对作者身份、功能、原创性的定义），亦显露出其足堪充作有力的人类研究助手的可能性。从帮助我们选题、搜集某一研究问题的文献、翻译多语文献，管理文献资料和数据，到分析这一方面的研究现状，给出研究框架及写作提纲，甚至撰写正文或其中某一章节、摘要等，其皆可胜任愉快。我曾经在《ChatGPT与"人文学的想象力"》一文中，举出过早期大模型所撰写的鲁迅手稿研究短论等例子，在其他的研究中，更举出过其他的大模型帮助解决现代文学与文献研究中若干具体问题的诸多例证，这些例证无一例外地表明了它在文学批评、文学史研究、文献研究等方面已经可以发挥的长处及未来所可预料的贡献。此外，对于选择数字人文研究取向的文学研究者、人文学者来说，生成式AI一个最大的优点也许是显著地降低这一领域的技术门槛，为学者们提供了从搜集数据、数据预处理到创建数据模型、进行数据分析、挖掘及可视化、解释等的"一站式解决方案"：它既可以帮助我们搜集数据，也可以将既有的非结构的数据结构化，将电子化的文献资料转化为机器能够识别、计算的数据（集），还可以帮助我们写作、修改和解释代码，为学者利用程序语言进行研究提供了一定的"可解释性"，当然更重要的是，能够自动地帮助我们进行光学字符识别、命名实体识别、标注、构建知识图谱，并搭配其他的数字技术、工具展开主题建模、情感分析、网络分析、空间分析、可视化等多模态数据的复杂分析和处理，从大量的文本及音视频数据、历史文献、在线资源中发掘并提取我们需要的、有用的信息，识别出一定的文学发展模式、主题和趋势，进而帮助我们发展自己的专题研究或宏观研究，重新批评和解释文学文本、文学现象、文学史等。但是，与那些担忧生成式AI可能会削弱学术研究的质量、难度的看法不同，我个人认为，这一技术恰恰再一次提高了对研究者的要求。特别是对于包括文学研究在内的人文学科而言，生成式 AI 目前只能回答一些较为基础的、入门性的或是拥有较多所谓"定论"的问题（甚至即便是一些专业学者掌握的常识，它的回答有时也难以避免地会出现很多谬误），但是，我们知道，人文学科的研究，其实并无多少"定论""定见"，不仅中外古今历代先贤大哲的经典著作，需要被不断地进行批评和重新省思，第一流的当代学者的研究成果，从长时段来看，同样也只能说是聊备一说、一家之言。对于同一个问题，不同学者因研究视角、理论和方法的不同，掌握一、二手研究资料的多寡，及其所持有的不同的意识形态、个人偏见等因素的影响，致使他们对这一问题本身是否重要，时常已难以达成共识，至于具体看法和最终结论的殊异，就更在情理之中、意料之内。而在数字环境、数字时代中，我们需要的与其说是新技术、新手段，毋宁说是新的"人文学的想象力"，亦如我在前文所论及，这至少包括两个方面：其一是使用生成式 AI 等新的数字技术时，人文学者需要的新的、专门的想象力，从而使之可以最大限度地发挥其所长，节省人文学者从事部分工作（尤其重复性劳动）的时间和精力，更能专注于创新和创意本身；其二是在拒绝使用数字技术时，传统的人文学在今天更加需要的一种想象力，我们需要不断探求、叩问的一系列重要问题是："究竟有哪些是机器和智能无可取代的、人文学者独一无二的东西？……是不是那些真正无法被机器和智能取代的人文学，才是真正值得我们皓首穷经、焚膏继晷、全力以赴的研究对象呢？……形形色色的数字技术、工具，这些究竟会给我们的人文学术、人文主义带来怎样的、未知的挑战？我们还需要保卫我们'产生各种白日梦、奇思妙想……'的权利吗？如果需要的话，我们又该如何保卫？"（王贺：《ChatGPT 与"人文学的想象力"》，"上师大数字人文"公众号，2023 年 3 月17 日）

在文学教育方面，生成式 AI 可帮助教师生成有关教学材料，展开教学设计，复现文学和历史场景，分析文学文本及其他教学内容，开展新颖的个性化、互动式教学，并对教学效果做出及时、持续的评估与反馈，甚至指导学生进行学术研究，培养学生利用数字技术进行教学的能力等。当然，这仍然是极为概括的论述，目前不独文学教育，人工智能在整个教育领域的应用都还处于起步阶段，还需要进一步地实践和摸索。另一方面，按照教育学者的理解，其应用范围还不限于上述所谓"以'智'助教、以'智'助学、以'智'助育、以'智'助研、以'智'助评"等方面，也包括了"以'智'助管"等应用场景的实践，其要旨在于"鼓励教师在理解人工智能基本知识的基础上，进一步深化应用，促进教育教学创新，逐步实现大规模因材施教、创新性与个性化教学，引领学生正确认识和合理使用人工智能，培养学生创新思维、探究精神以及与人工智能协作的能力，为学生适应未来社会发展需要打下坚实的基础"（北京教育科学研究院、北京师范大学、北京智源人工智能研究院：《北京市教育领域人工智能应用指南（2024）》）。这一理念似乎无可厚非，将人工智能与包括人文学科在内的一切学科专业进行交叉融合，自然也值得尝试，但这是否意味着，应以行政力量，将一切课程都"AI+"？如此做法是否过于激进？窃以为，人工智能通识课程，如果要开设，不如先开给教师，然后再由各学科、各专业的教师，视其在专业领域中的适用范围和有效性，决定是否以及如何将其带入自己的专业领域和专业课堂（亦即在此基础上再考虑是否要"AI+"，并开设新课程），也许效果更好，否则很容易给所有专业的学生造成人工智能最为重要这一先入为主、一切学科必须仰赖于人工智能才能生存的印象，这恐怕是有问题的。其实许多欧美高校，像哈佛大学、麻省理工学院、杜克大学都采取了类似做法，它们将决定权交给了老师，而不是标准化、一刀切，而且更关键的是，如上所述，对于人文学科的学者和学生来说，掌握人工智能技能是否必要，这一问题仍有争议。这不仅是由于人文学科和工程、技术学科之间具有根本性差异，一时之间很难真正实现交叉融合，也不单单是说人文学科不必唯最新科技马首是瞻，更是由于人工智能的不恰当使用和任意嵌入，或将损害人文学科固有的品质，致使其愈益走向边缘、衰落，并为整个教育系统带来诸多的不确定性。

正如学者克里斯蒂安·马兹比尔格（Christian Madsbjerg）所言，尤为令人担忧的是，"如今人们太过于关注科学、技术、工程和数学等学科，以及抽象化的'大数据'，几乎淘汰了所有其他用来解释现实世界的框架结构……我们正在失去感知世界的能力"（克里斯蒂安·马兹比尔格：《意会——算法时代的人文力量》，谢名一、姚述译，中信出版社，2020年，第Ⅶ页）。2024年5月发表的一项调查研究就显示，超过90%的中国的年轻一代受访者声称自己使用过生成式AI应用，其中18%的出生于2000年后的受访者几乎每天都使用这些工具，他们更关心如何利用人工智能赚钱，减少孤独感，进行在线社交，提高工作效率和生活质量，等等（参见 He Qitong，Li Dongxu："Young Chinese Have Almost No Concerns About AI, Survey Finds"，https://www.sixthtone.com/news/1015263）。与之大约同时，对1274名美国青少年使用生成式AI的调查发现，仅51%的年轻人使用过此类产品，获得信息（占比53%）和脑力风暴、获得不同观点（占比51%）是最主要的使用目的（参见 HopeLab，Common Sense Media，Harvard Graduate School of Education, and et al，"Teen and Young Adult Perspectives on Generative AI: Patterns of Use, Excitements, and Concerns"，https://www.commonsensemedia.org/sites/default/files/research/report/teen-and-young-adult-perspectives-on-generative-ai.pdf）。何以故呢？在西方，公众对人工智能的怀疑和反思，可谓根深蒂固、源远流长，故此对数字技术、人工智能产业的发展和有关研究、教学凌驾于一切学科专业之上的做法，形成了一种积极的限制和约束（如公众对智能摄像头与人脸识别技术的警惕和抵制），有利于克服、防范其所带来的未知风险，也避免了"全民人工智能热"潮的兴起与发酵，许多杰出的计算机科学家、人文学者、作家如诺奖得主杰弗里·辛顿（Geoffrey Hinton）、梅拉妮·米歇尔（Melanie Mitchell）、乔姆斯基、特德·姜（Ted Chiang）等对生成式AI都有极为犀利、辛辣的批判和反思。

那么，我们在制定自己的人工智能教育政策和方案之时，在试图将生成式AI全方位地引入我们的大学、中小学课堂尤其专业课教学，甚至想要针对3—6岁的幼童开发人工智能产品并推广相关教育时，是否已经充分地考虑到了这些问题？是否已经想好了我们应该怎样使之发挥机器、智能应有的作用，而非再一次使我们的学生陷入信息过载、数字麻木、成瘾、专注和注意力下降、深度阅读兴趣缺缺的陷阱，乃至逐渐形成放弃独立思考、审美判断、个人趣味等而习惯于凡事都问人工智能的学习和研究习惯？我想，无论是人工智能辅助的文学教育、人文学教育，还是面向社会公众的"数字读写能力"的培养，都应该对这些问题有相当周全、充分的估计，并提供尽可能妥善、周详的因应之道，而后方可谨慎施策。

三、"必要的保守"与"开放的人文学"

当然，之所以说生成式 AI 只可作为一种文学研究、学术研究和知识生产、教育教学的"辅助"技术（或者说，在整个人文学领域，大率如此），还不完全是基于近年来我们对其在中外文学领域的应用、实践进展的把握和对各类生成式 AI 的同步利用、研究，更是来自下述几方面的考虑。

首先，既有生成式 AI 技术尚不够成熟、稳定，存在着严重的"幻觉"问题（即无中生有，生成错误知识、事实，逻辑不连贯，缺乏长期记忆等）及其他的技术性能问题（如智能"涌现"的不可控，响应速度和支持即时、实时交互的能力不能令人满意等）之外，还存在着"可解释性"危机、安全与隐私问题、伦理与社会问题（如对知识产权的侵犯）等一系列、各层面、指向不同主体的问题。简言之，其本身既需不断发展，且稍有不慎，还有可能诱发严重的政治、经济和社会危机，乃至对人类个体的福祉、人身安全带来危险（如有美国青少年因迷恋与生成式 AI 聊天，受其诱导而自杀），如何使之可信、可控、可用，如何为人工智能立法，使之成为良善之物，就成了我们必须予以正视的重要课题。就此而言，我们暂时只能将其视为辅助创作、研究、教育教学的工具，但接着，还需要再进一步，发挥人文学术、学者的优长，对其从历史、科学、技术（如算法、代码、界面等）、艺术、权力、意识形态、社会影响（对人类现实行为的影响）等多方面、多视角展开研究，并影响、约束、规范人工智能的发展。

其次，与自然科学不同，人文研究的旨趣，并不完全是为了获取、生产新的知识，亦非追求知识生产力、生产效率的提升（拙文《诚实而认真地面对数字时代这一新现实》[《名作欣赏》2024年第16期]就曾指出，当人文学术亦追求速度、加速度这一类同资本主义生产逻辑时，其所面临的诸多危机和挑战），还需要赓续、维护、保卫既有的人文（主义）传统、精神，此外，还有一些是希望作用于人们的肉体、情感、需求、经验、信念、理想、想象力等方面的工作。这些工作的问题、对象、场域、方式方法、意义和价值，既具象又抽象，既普遍又特殊，既是在地的，也是全球化的（在当代尤其如此），既在某种程度上可以被数字化、数据化、智能化，但又有不能被数字化、数据化、智能化的部分，颇有几分近似于齐泽克所谓的"除不尽的余数"（the Indivisible Remainder），然而，这些都不是人工智能、生成式 AI 或其他任何一种数字技术、工具，就能给我们简单"赋能"的。不过，对于这两个论点，我在长篇论文《为什么人文学依然重要？——"生成式人工智能"在当代文学创作中的应用及其不满》中已有论及，此不赘述。

最后，作为人文学者，我们必须考虑的问题是，包括生成式 AI 在内的一切数字技术、方法、工具，是否会对既有的人文（主义）精神、传统、价值与意义造成一定的消解和损害？如果说这一情况是可能的，那么，在今天这样的数字时代、人工智能时代里面，人文学、人文学者的工作除了上述所言三端，也许还有一个新的、更加重要、迫切的工作需要我们承担，此即我们需要在拥抱这些科学和技术创新，对其做出尽可能准确、合理的理解的基础之上，进一步体察机器、智能和人类思维艺术的真正差异，及人类思维艺术和既有的文明成就（如书写文化、印刷和出版文化、重要的电子媒介等）的无可替代性，并对发展意识形态、进步意识形态、科学主义、唯技术论、技术乌托邦、信息崇拜、数据（大数据）崇拜、数据主义等形形色色的、风行的论调和浮夸的言论，做出直接、有力的批判和反思。早在三十余年前，针对当时各式各色的计算机技术的迷思，及面对计算机能够大量储存信息、严格按照逻辑过程处理信息的惊人能力，因而主张自儿童到成人、从学校教育到社会教育各方面都要强化计算机（教育）的功能、地位等"先进"观点，历史学者、批评家西奥多·罗斯扎克（Theodore Roszak）就发表过一番极为精彩的、与之相左的洞见：

  现在的状况是，国外有一种强烈的共识，认为我们学校的智力基础工作做得十分糟糕。学校失职的原因是多方面的。教师常常超时工作，又不被人理解，许多学生带着厌倦、反抗、纷乱和沮丧的心情进入教室。有些儿童因为缺乏生活必需品而备受折磨，无法保持纯真好奇的心理状态，另外一些儿童由于受名利第一的腐败价值观的影响而过早地变得玩世不恭。许多儿童，即使是那些幸运而富足的儿童也受到能毁灭我们全部生活的核战争的恐吓。学校也有同样的麻烦，有的时候这些麻烦甚至抵消了最佳教师的最大努力，迫使他们把教育局限为基本的技巧训练、工作培训以及激烈的升留级竞争这样狭窄的范围里。但是，我们至少可以做一些事情来了解问题出在什么地方，明白光靠技术是无法很快地解决这些问题的。计算机无力给社会和政治问题开药方，即便计算机发展到学生人手一机的程度也无法做到这一点。

  ……计算机的教育功能是有局限性的。我们应该以人文主义者的态度为艺术和文学在学校里争得一席之地。……科学家和技术人员的专业兴趣使他们成为计算机的热衷者，他们在我所建议的教育方法里找不到太大的用武之地。然而，正如笛卡尔的天使故事告诉我们的那样，富有高度创造力的科学技术与思想、想像和梦幻并非没有联系。它们与艺术和文学一样，来源于同样的人类思维，既

有荷马史诗的浪漫，又有苏格拉底的尖锐批评。从任何学科的角度
上看，人类思维的综合性培养肯定有助于少犯大错。主导思想属于
所有的思维领域。用束缚人们创造力（正是这种创造力才发展了神
奇的计算机技术）的方法将呆板的计算机技巧勉强用于青少年的教
育是一个可悲的错误。……人文主义者和科学家的共同事业是抵
制贬低思想作用的谬论，而数据处理模型的理论就是这样的错误谬
论。它把自己等同于人脑，而众多的哲学家、预言家和艺术家竟把
它奉若神明，因为这种理论认为计算机和人脑具有相同的特性，有
消耗不尽的潜能。人工智能和认识科学专家为了寻找据说可以用于
所有文化方面的"程序化思维"，而被迫认为传统和机械的分析方
法不会给人类思维留下空白，用数学规则便可以处理所有的数据。
我的观点与此相反……人脑不是用数据思考，而是用思想思考，
而思想的创造和发挥是不可能用几条可以预见的规则就能解释清楚
的。……思维艺术的不断发展是因为人脑具有神奇的能力，它可以
创造出比自身想像和预见更伟大的成果。在了解人类思维的全部潜
能之前，我们尚且无法用符合人性的方法去创造这种能力，也没有
办法防止它被魔鬼滥用。（西奥多·罗斯扎克：《信息崇拜——计算机神话
与真正的思维艺术》，苗华健、陈体仁译，中国对外翻译出版公司，1994 年，第
205—207 页）

今天的计算机、人工智能技术，与三十余年前相比，显然已取得极
大进展，这使得人类在知识、智能方面的主体性和优越感颇为摇摇欲
坠，但是，对信息、数据和数据处理、分析技术的崇拜，却一如既往，
且渐有愈演愈烈之势（坦率地说，半个多世纪以来数字人文在全世界范
围内的迅速发展，就受惠于这一时代潮流）。以当下中国情势为例，不
仅出现了"全民人工智能热"（譬如最近周围亲友聚谈的话题，就少不
了人工智能、机器人；又如在我草就这篇短文的时候，一位艺术家友人
就传来其利用 Gemini 2.0 大模型生成的评论文章，请为批评），而且，

包括人文学者在内的各领域研究者谈及人工智能，似多有惴惴不安、惶惶不可终日之感，从惊喜地发现生成式 AI 不仅可以辅助创作，还可以搜集研究资料、整理论著摘要、撰写论文大纲及全文，再到担忧自己的工作被人工智能取代，失却安身立命之本、谋生之具，或是被要求在自己的教学和研究实践中加入人工智能工具、以为支援，不是一步之遥，而是一日九迁、变幻莫测……

厕身于这样的时代风尚中，我们作为人文研究者，屡及剑及，势必要重新思考人文学术的定位，推索人文学如何再出发这一核心议题。也正如陈平原教授在系列论文，尤其最近发表的《AI 时代，文学如何教育?》中所言，第一流的人文学者需要"深刻反省那个因科技迅猛发展而变得'捉襟见肘'的旧的文学教育体系，在力所能及的范围内出谋划策，积极参与'重建人文学尊严'的伟大事业"(《中华读书报》2025 年 2 月 12 日)。但问题是，怎么反省? 如何参与? 希望能够融合数字技术、方法和人文学术之长（这种融合并不容易），并使人文学术能够继续发挥其力道的数字人文研究，因此也就显得很有必要了。不过，许多学者（包括人文学者、数字人文研究者）的文章，偏多醉心于描绘一场正在发生（或即将到来）的技术革命，却并未真正审视其中的现实难题、困境和潜在风险。由此亦可见出，从人文学的视角、立场来展开数字人文研究，即从事"批判性数字人文"研究（而非常见的、量化数字人文研究），更是迫在眉睫之举，比之其他领域专业人士，在此方面，人文学者应不遑多让。

但数学、哲学、逻辑学的常识又告诉我们，"必要性"不等于一切，"充分性"也同样重要。尽管从长时段来看，一切人文学术正在或将逐步转换成为数字人文、数字学术，数字时代、人工智能时代的人文学术的典范正在或将逐渐发生转移（拙著《从文献学到"数字人文"：现代文学研究的典范转移》《数字人文与中国现代文学》等，就初步探讨了这一研究趋势、可能），但我个人并不认为一切人文学者都应该成为数字人文研究者，因传统人文学术还有不少工作需要继续展开，学术研究也应该有不同的分工，学者们完全不必一窝蜂地追赶某种学术潮流、前沿。另一方面，对于不专门从事数字人文研究的学者来说，一个合适的、审慎的立场和观察角度是什么？也许首先是"必有的保守"。前引西奥多·罗斯扎克及人文主义的先驱爱德蒙·伯克、欧文·白璧德，乃至其同时代人爱德华·萨义德等人的论述，无不向我们展示了这样一个认识，此即人文主义，或者说，人文学术，在任何时代、环境中，都需要一定程度的保守，简言之，似即为"必要的保守"。

如何理解这种"必要的保守"？它既不是"弄潮儿向潮头立，手把红旗旗不湿"，也非恐惧、抗拒、远离一切时潮、走向复古、进行道德说教的同义语，或是简单批判、质疑、对抗科学和技术进展的代名词，相反，其间内蕴着对当代的怀疑和反思精神，对未来的开放意识，对人类根本价值、关怀的坚持和不懈追求，及对自家所从事的人文学术工作的恒久信念。在撰述《西方人文主义传统》之时，历史学者、前牛津大学副校长阿伦·布洛克（Alan Bullock）就曾扪心自问，自己究竟可以从毕生所事之历史与人文学研究中得出什么结论？答案只有"四个字：前途未卜——天知道明天将会发生些什么"。但笔锋一转，他又表示，正是这一研究及其遗产，"使我们保持了关于未来的开放意识，这与十四世纪发生在意大利的情况如出一辙：一些人毫无征兆地感到了一种重现古人世界的冲动，并由此产生了创造自己的新世界的信心。这也正是人文主义传统在它传承的 600 年间所代表的价值——拒绝接受关于人类的决定论与还原论观点，并且坚持认为即使人类无法实现完全意义上的自由，也仍然在一定程度上拥有选择的自由"（阿伦·布洛克：《西方人文主义传统》，董乐山译，群言出版社，2012 年，第 215—216 页）。

显然，上述种种，都来自我们的人文（主义）传统，而非包括生成式 AI 在内的一切数字技术、方法、工具，及将其用于文学、人文领域时带给我们的启示。与忧心忡忡的人文学者相比，面对人工智能可以创造、生成新知识、新信息、新文本的挑战，一位当代的"三农"问题写作者就坦率地说道："我也曾为读过一些书、听过一些观点而自诩为有知识、有思考（二手思考），也曾热衷于人云亦云（却自以为独到）、享受'批评'，年轻而快意。特别是在上大学变得很简单，获得信息轻而易举，用 DeepSeek 思考有模有样的今天，理解、评论个啥事儿还不是手拿把掐、信手拈来？……可悲的是，时代消灭的就是我们这些'知识分子'……（但是）你能获得一手信息吗？你能想到互联网、AI 想不到的事情吗？你能建立起自己的'阵地'，不人云亦云、随波逐流吗？比如，你真的理解乡村振兴吗？这种理解，不是去网上搜索、DeepSeek 问来的，而是来自自己的人生经验、阅历、走访，来自'万卷书、万里路'，来自对社会和时代发展逻辑和规律的真实观察和思考……而这，就是我们心安、自信之源，以及未来希望之所在。"（刘子：《重新理解中国，从重新理解乡村开始》，"刘子的自留地"公众号，2025 年 2 月 27 日）这也再一次揭示了人文学在面向当代、面向未来开放（无以名之，故曰"开放的人文学"）的同时，仍须有所坚持，有所保守，而非随波逐流，一味趋时、求新求变。

正如近代中国历史上，"文学复古"与"文学革命"之互相缠绕、缪辖，甚至互为主体，"必要的保守"与"开放的人文学"二者，也构成了一体二面之关系。"必要的保守"，是"开放的人文学"的前提，它延续、扩展、更新了人文（主义）传统，让我们得以际此嘈杂喧嚣之世，仍能不断探寻、丰富"人之为人"的本真性，体验与古人一般"众方嚣然，我独渊默，中心融融，自有真乐，盖出乎尘垢之外而与造物者游"的，无上的精神愉悦、超脱之感，葆有文心、文脉；而发展"开放的人文学"的目标，也正是为了"必要的保守"，是彰显、激活、照亮人文学术历久弥新的魅力的努力，是尝试恢复、重建人文学术尊严的重要途径，它将使整个时代、社会不再为单一的科学话语和技术革新实践所主宰，而是能够承认人类对人性、自我、他者、社会、自然各种形式的探索，乃至我们编织意义之网的日常生活实践，与所谓的前沿的，关乎国运、系于世运的科学和技术创新贡献之间，并不存在什么高低、优劣、轻重之别，它们"都应被视为平等且有价值的实践"，前者"并不需要得到科学界的承认，也并非只有在被专家转化、分析成科学数据之后才有价值"（陈高乐：《公众科学活动中不宜夸大"科学意义"》，《世界科学》2025 年第 2 期）。当然，人文主义理念和实践本身也都需要不断发展，并非一成不变。在今天，我们也许比以往任何时代都需要在拥抱、理解生成式 AI 等数字技术的过程中，探索将其作为人文学术辅助研究方法、手段、工具的途径，进而发展出新的人文学术及其总体性原则——新人文主义（抑或"技术人文主义"？）——从而在朝着实现科学与人文的融合这一人类学术的最高理想迈进的同时，真正实现"让人成为人"这一指归（王贺：《人工智能时代人文学的危机与新生》，《小说评论》2023 年第 5 期），而这同时也就意味着更多、更高、更为复杂的任务和要求：研究者不仅需要拥有人文学术的锚定之力，还需要同时掌握社会科学、数理科学、计算机科学等多领域的知识和技能（因我们不能仅满足于自己作为普通用户的身份，还必须对生成式 AI 等一切数字技术、方法、工具有较为内行、专业的理解和判断），与不确定性共舞，不断培植自己因时而变、随事而制的"数字读写能力"（对生成式 AI 的利用，当然只是其中之一），穿越信息、数据和技术的重峦叠嶂和重重迷雾，既能利用新的方法、技术（不同于文本"细读"），提高分析、解决具体人文问题的水平，提出新的研究发现，还能更加有情、深入地认识社会、文化和历史，发现生命的意义和人的价值，理解他者和其他诸种共同体，为人类社会构筑新的、美好的、异托邦式的未来。

总之，发展将"必要的保守"与"开放的人文学"这两种看似相左的思想理念系于一身、统摄为一体的学术实践、话语（及其教育教学探索），是我们不容回避的重责大任。它召唤着人文学者、知识分子赓续传统的初心，质疑现状的本能，批判时代与社会，在"后真相时代"发现真相的勇气，洞察事物发展底层逻辑的能力，以及驾驭新技术、新工具的智慧。它既是现时代人文学术重新定位的压舱石，也是人文学得以不断再度出发的地平线，更是新的人文学术本身，是对人文学术的发展、拓展和延伸，及对人类主体性（而非"人类中心主义"）的保卫、重申和坚持，而非颠覆、压缩、取消或毁灭。

王贺，文学博士，上海师范大学人文学院副教授、上海师范大学数字人文研究中心副主任，主要从事中国现代文学、文献学、数字人文等领域的研究，著有《中国现代文学编年史——以文学广告为中心（1937—1949）》（合著）、《数字时代的目录之学》《从文献学到"数字人文"》《数字人文与中国现代文学》，编有《中国现代文学文献学的自觉》《数字人文阅读》等。

AI 与课堂教学

AI 时代，文学教育的变革与挑战

——以外国语言文学学科为例

郭英剑

引　言

非常感谢北京大学陈平原教授的邀约，使我有机会专门来谈谈 AI 时代的文学教育。根据陈先生的要求，我结合自己所在的外国语言文学一级学科，以自己所从事的英语语言文学专业为背景，根据自己的教学经验以及平时的写作心得，来讨论 AI 时代的文学教育这个主题。

我所以欣然接受陈先生的邀请写作这篇文章，还有一个重要原因。

当 ChatGPT 在 2022 年 11 月 30 日横空出世时，我大概是最早的一批用户，在当年 12 月就开始使用这一新型的生成式人工智能产品。由于深刻震惊于它的威力以及其与传统的人工智能产品之不同，尤其是深感它将给高等教育带来深刻的巨变，于是，我在使用的当月月末，开始写作有关 ChatGPT 的第一篇文章。

这篇题为《ChatGPT 冲击波已来，高等教育应做好准备》的文章，发表在第二年即 2023 年 1 月 10 日的《中国科学报·大学周刊》的"海外视野"专栏上。现在看，这应是国内国家级报纸上正式发表的一篇最早介绍并警示 ChatGPT 时代到来的文章。

随后，由于我在《中国科学报·大学周刊》上有专栏的缘故（每两周一篇文章），我可以连续发表相关文章。于是，我又分别在 2023 年的 1 月 31 日、2 月 21 日、4 月 4 日、4 月 18 日、5 月 30 日和 6 月 27 日，连续发表了六篇分别题为《ChatGPT："堵"还是"疏"，这是个问题》《ChatGPT 将会把人文学科引向何方》《教师该如何让 ChatGPT 为学术写作服务》《创意写作：ChatGPT 能替代人类吗?》《人工智能对高等教育的影响才刚刚开始》《面对人工智能冲击，欧美加强监管与引导》的文章。

2024 年，我又在《中国科学报》上发表了五篇与人工智能直接相关的文章，包括《拥抱人工智能，高等教育别无选择》《Sora 来了，那个受人工智能影响最大的领域怎么办》《人工智能应增强教师角色，而非取而代之》《利用人工智能的学术作弊激增，高校如何应对》《高校该如何引导学生规范使用人工智能》等。

我曾经讲过，在我 2023 年 1—6 月写作 ChatGPT 冲击波的时候，我谈到的很多问题，其实是"美国问题"，即美国高等教育界所面临的问题。那个时候，对于我国学者来说，大家还只是隔岸观火，并无切身体会。到 2024 年，虽然 ChatGPT 依旧未对中国大陆开放，但与它类似的各种不同的应用程序已经开始普及，人们也采取各种方式接触到了这种新型的生成式的人工智能产品，见识到了它的巨大的威力，并开始对中国的高等教育产生影响。

时间走到 2025 年的 1 月 11 日，随着中国 AI 企业深度求索推出的 DeepSeek 在全球应用商店上线。这个搭载了搜索增强型语言模型的 AI 应用，仅用 21 天就创造了 1600 万次的下载奇迹。随之，DeepSeek 几乎是在一夜之间成了中国人特别是中国学者经常说起的一个词语，并且深入到了人们的日常学习乃至日常生活之中。一时间，DeepSeek 一词替代了 ChatGPT，人们对生成式人工智能的认识，定位在了这个中国 AI 企业所创造的奇迹之上。

可以说，生成式人工智能所带来的巨大冲击，由于 DeepSeek 的出现，已经开始并正在深刻地影响着我们的高等教育。由此，人工智能所引发的问题，也已经成为中国人和中国学者所面临的现实问题。

正是在这个意义上，我想从外国语言文学学科的角度，来谈谈 AI

时代的文学教育。

传统上，文学教育通过阅读经典、文学批评和创作实践培养批判性思维和文化素养。然而，随着信息技术，特别是 AI 技术的普及，文学教育的框架和内容正被重新定义。AI 不仅改变了文学创作方式，也重新塑造了文学批评和研究的工具，迫使我们重新审视文学教育的目标、方法和内容。在数字化背景下，我们需要思考如何保持文学教育的核心价值，同时利用新技术促进学生更深入地思考与表达。

因此，本文的目的在于探讨 AI 时代文学教育的变革。首先，我将厘清文学教育的定义，识别在当今背景下文学教育的真正内涵。其次，我将分析 AI 对文学创作、文学批评、文学研究的深远影响，并进一步对处在这种变革中的教育目标、课程设置、教学方法、学术要求等方面做再思考。最终，本文希望能够为文学教育的未来发展提供一种平衡视角，即如何在保持文学教育传统人文精神的同时，充分利用 AI 技术实现教育目标的创新。

一、何为文学教育？

目前，当谈论文学教育的"式微"时，几乎没有对"文学教育"这一概念做出清晰的界定。过分泛化的说法虽然有道理，但缺乏针对性。在 AI 时代，文学教育其实是一个庞杂的概念，需要详细划分和理解。

因此，在探讨 AI 时代的文学教育之前，首先要明确一个核心问题：何为文学教育？今天的文学教育在内涵和外延上已经被模糊化，尤其在讨论其"式微"时，往往未进行细致的分析与反思。为了能够应对 AI 时代文学教育的变革，理解这一概念至关重要。

1. 文学：创作、批评还是欣赏？

"文学教育"这个概念包含了多个层面的内容，其中最直接的关联是"文学"本身。我们首先需要明确"文学"在这里具体指的是什么。传统上，文学教育往往侧重于文学作品的创作、批评和欣赏三个方面。然而，在 AI 时代，尤其是数字化文学和互动性文学的兴起下，文学的范畴不再局限于传统的书面文本和作品分析，而是扩展到了更为广泛的领域。

首先是文学创作。文学创作教学在许多英语文学专业课程中占据了重要地位，学生通过创作练习来提高自己的写作技巧，锻炼想象力和创造力。AI 的引入，使得创作过程不再完全依赖人的思维和手工技巧，智能写作工具的出现使得学生能够与 AI 协作，进行快速的文本创作。然而，这种工具化的创作是否会削弱学生独立思考和创造的能力？这一点值得深思。

其次是文学批评。传统的文学批评主要依赖批评家的主观判断，通过深度分析文学作品的语言、结构、主题等方面，来揭示其深层意义。然而，在 AI 时代，机器学习和自然语言处理技术能够帮助批评家更高效地分析文本，甚至能在某些程度上模拟批评过程。这引发了一个问题：AI 能否真正替代批评家，还是它仅仅是提供了一种辅助工具？批评的主观性和人类情感能否被技术取代？

最后是文学欣赏与阅读。文学欣赏和阅读是文学教育中不可忽视的部分。它不仅仅是对文学作品的表面理解，更多的是对作品背后情感、哲理和社会意义的感悟。传统的文学阅读往往强调深度阅读和反思，而在今天的数字时代，快速阅读、碎片化的信息和多媒体互动使得"深度阅读"面临挑战。在这种情况下，文学教育是否应该调整其关注点，更多地引导学生如何从多样化的数字文本中进行深度解读？

因此，文学教育的内涵不仅仅是对创作、批评或欣赏的单一关注，而是一个多层次、多维度的学习过程，它要求学生在传统文学领域和新兴文学形式之间找到平衡，灵活运用不同的思维工具来应对日益复杂的阅读与创作环境。

2. 文学教育的对象与范围

接下来，我们还需要明确文学教育的具体对象和受教育群体。在文学教育的历史中，我们通常会看到其面向专业学生和非专业学生两大群体，其中的差异也决定了教育目标和方法的不同。

首先，对于专门学习文学的学生，文学教育的核心任务是培养他们的专业能力，包括文学创作、文学批评、文学历史的理解等。在传统的文学教育中，文学专业学生被期望深入掌握文学理论和批评技巧，并具备一定的创作能力。然而，随着 AI 技术的发展，文学专业的学生不仅要掌握经典的文学分析技巧，还应学习如何在数字平台上进行跨媒介的文本解读和创作。AI 技术的引入可能使得文学教育的课程内容发生转变：除了传统的文学批评和创作课程外，数据分析、文本挖掘、人工智能辅助创作等新兴领域将成为必修课。

其次，对于非文学专业的学生，文学教育的目标则更侧重于培养他们的文学素养和批判性思维，帮助他们通过文学作品理解人类经验的普遍性，提升其文化认同和人文关怀的能力。AI 时代，非文学专业学生的阅读方式和阅读习惯发生了变化，碎片化信息的消费使得他们的阅读习惯趋于浅阅读，缺乏深度。如何在这种情况下，通过有效的教育方法让非文学专业学生重新接触到深度阅读，感受文学作品的丰富内涵，成为一大挑战。AI 的引入可能帮助教育者提供个性化的阅读建议和辅导，帮助学生提高对文学的理解与思考深度。

最后，除了学生教育，文学教育还应面向更广泛的社会大众。尤其在 AI 时代，公众的文化消费方式日益多元，文学不再是少数精英的特权，而是广大民众日常生活的一部分。因此，全民文学教育的推广变得尤为重要。如何通过数字化平台、社交媒体等途径向大众普及文学知识，并通过互动和反馈的方式激发他们对文学的兴趣与思考，是现代文学教育需要解决的一个重要问题。

3. 文学教育的目标与宗旨

文学教育的目标不仅仅是传授知识，更应着眼于培养学生的思维能力、审美素养和人文精神。AI 时代的到来，让文学教育的目标和方法面临重新定义的需求。

文学教育的核心之一是传承人文精神,培养学生对人类文明、社会道德和文化多样性的认知。尽管 AI 能提供高效工具,但人文精神依然是文学教育的核心。

批判性思维是文学教育的另一核心目标。AI 的普及使人们依赖技术快速获取信息,但这可能会削弱批判性思维。文学教育应鼓励学生进行深度阅读、批判性分析,并培养辨别信息真伪的能力。

AI 时代,尽管机器能生成文本,但创作过程仍是人类思维和情感的独特体现。文学教育应在技术技巧的传授与创造性思维的培养之间找到平衡,激发学生的创新能力,使他们不仅能理解文学,还能通过自己的创作表现独特的思想和情感。

4. 文学教育的社会意义

文学教育不仅是培养专业人才,还承担着社会责任与文化传承的功能。在 AI 时代,文学教育的社会意义更加凸显。教育者不仅要培养学生的专业技能,还要使他们成为能承担社会责任和文化使命的公民。文学教育应帮助学生理解不同文化背景下的社会问题,并从文学作品中汲取思考与行动的力量,激发他们对社会、对人类未来的关切。

因此,文学教育在 AI 时代的意义和作用并未减弱,反而愈加重要。厘清何为文学教育,不仅有助于明确其目标和方法,更为我们提供了在不断变化的教育环境中进行创新的基础。未来,文学教育不仅要应对 AI 带来的技术挑战,还要坚持其作为人文教育的独特功能,培养学生的批判性思维、创造力和社会责任感。只有这样,文学教育才能在新时代焕发新的生命力。

以下,我将分别从文学创作、文学批评、文学研究、文学教育、课程设置等方面,探讨 AI 时代的文学教育所面临的挑战与机遇。

二、AI时代的文学创作

随着 AI 技术的迅猛发展，文学创作正在经历前所未有的变化。AI 为创作者提供了新的工具和方法，同时也挑战了传统文学创作的核心理念。文学创作，作为表达个体情感、思想和创意的艺术形式，长期以来依赖于作者的主观性和对语言的深刻理解。然而，AI 的出现使这一过程发生了变化。AI 工具，如自动写作程序、文本生成模型（如 OpenAI 的 GPT 系列），正逐步进入作家的创作过程，提供辅助，甚至参与创作。

AI 在文学创作中的应用不仅是"写作工具"，还是与作者的创造性思维互动的技术伙伴。通过自然语言处理（NLP）技术，AI 能够分析大量文学作品、语言样式和结构规则，从而生成新的文本。这种生成文本的能力让创作变得更加高效，同时也使创作过程更加程序化和系统化。

然而，这种变化引发了一系列问题。AI 生成的文本能否真正体现人类情感和创造性？ AI 参与是否会使文学创作失去原本的人文价值，如个体情感的独特表达和文化背景的体现？ 这些问题挑战了文学创作的传统理念，也对文学教育的未来方向提出了新的要求。

1. AI 辅助创作的实践与案例分析

在英语文学教学中，AI 的作用逐渐显现。例如，AI 作家工具（如 SudoWrite 和 AI Dungeon）已被作家和学生用来辅助创作。这些工具能够通过用户的输入，生成多样化的文本，包括短篇小说、诗歌，甚至长篇小说的片段。AI 根据特定提示生成故事情节、人物设定、对话等内容，帮助作家激发灵感，突破写作瓶颈。

以 AI Dungeon 为例，这款基于 GPT-3 技术的互动文本生成游戏允许用户选择故事情节并与 AI 合作生成内容。尽管 AI Dungeon 能迅速生成丰富的故事情节和对话，但生成的文本往往缺乏深度与人类创作者的情感共鸣。AI 能为创作提供辅助，但仍难以替代创作者在情感、文化背景及深层思维方面的独特作用。

AI 创作工具也开始在学术界得到应用。以 GPT-3 为例,它被一些文学课程作为辅助教学工具,帮助学生学习创作技巧。通过输入关键字或情节概要,学生可以快速生成故事开头、人物设定等内容,突破写作障碍。这种技术不仅提升了写作效率,也让学生体验不同的创作视角和风格。

然而,AI 在文学创作中的使用暴露出一些问题。例如,AI 生成的文本可能缺乏创作的独特性,无法真正体现个人的创意和情感。AI 虽然能快速生成语言,但其创作的深度、语言的丰富性、对文化和社会背景的反映,仍然依赖于人类的创造力。因此,AI 辅助创作应视为工具,帮助创作者提升效率与灵感,而非替代创作者的独特表达。

2. AI 对文学创作的启示与反思

AI 对文学创作的影响不仅限于工具的使用,它还促使我们重新思考文学创作的本质。传统观念中,文学创作被视为人类心灵的表达,是个体思想、情感和社会经验的艺术化呈现。然而,AI 的参与提出了一个问题:当机器也能够创作时,文学创作是否仍然是人类情感和思想的独特产物? AI 生成的作品能否被视为"文学",还是仅仅是"程序化文本"?

这种思考引发了对文学创作价值的深刻反省。在 AI 时代,创作是否应坚持独特的个体表达,还是可以接受更多样化、自动化的创作方式?例如,自动写作技术能够生成大量符合特定结构和语言模式的文本,但这些文本常缺乏深刻的情感共鸣和文化背景的体现。传统文学创作强调个体情感投入、文化认同和社会批判。因此,文学教育的任务不仅是教授如何使用 AI 工具,更要帮助学生保持创作的独特性和人文关怀,使创作成为情感与思想的融合。

3. 文学创作教学中的 AI 应用:英语专业的案例

在教学中,我注意到 AI 技术的引入为学生提供了创作灵感,也带来了新的教学挑战。通过引导学生使用 AI 辅助工具，我们帮助他们更高效地完成创作任务，尤其是在写作技能的培养上。AI 写作助手能够为学生提供写作建议、改善句子结构，甚至自动校对语法错误，极大地提高了学生的写作效率和文本质量。

然而，我也发现 AI 生成的文本缺乏深度和情感。尽管学生使用 AI 创作的文本在语言和结构上较为规范，但往往缺乏个人独特的声音和情感表达。在教学中，我强调 AI 工具的使用应与学生的创作技巧结合，而非完全依赖 AI 生成内容。学生应在 AI 的帮助下进行创作，但最终作品必须体现个人的思想和情感投入，这才是真正的文学创作。

此外，AI 还带来了批判性思维的培养机会。在课堂上，我鼓励学生使用 AI 生成文本并进行文本分析与反思。他们不仅要分析 AI 生成文本的语言结构和内容，还要思考文本背后的潜在问题，如文化背景、情感表达和作者意图。这种训练不仅提升了学生的写作技能，也强化了批判性思维。

4. 未来文学创作教育的方向

AI 在文学创作中的广泛应用必将推动文学创作教育的变革。教育者需要在教学中充分利用 AI 技术，但同时也要保持创作教育的人文价值。AI 提供高效的写作辅助工具，但它不能替代人类创作的情感和文化维度。因此，文学创作教育的未来方向应当是将 AI 技术作为工具，帮助学生提升创作效率和质量，同时保持创作的独特性和人文关怀。

此外，文学创作教学应注重跨学科合作，例如将文学与计算机科学、数据分析、社会学等领域结合，让学生在创作中不仅考虑语言的运用，还要考虑作品在社会和文化背景中的意义与影响。通过这种跨学科教学模式，学生能更全面地理解文学创作的多维度，培养创新能力和跨界思维。

三、AI时代的文学批评

在传统的文学批评中，批评家的作用至关重要。批评家通过深入分析文本，揭示其隐藏的意义、文化背景、社会脉络等，以提供更深刻的理解。然而，随着 AI 技术的发展，文学批评的实践和理论正在经历深刻的转变。AI 技术，特别是自然语言处理和机器学习（ML）技术的引入，使得批评过程变得更加自动化和高效。AI 工具通过大数据分析，对文学作品进行语言风格、主题结构、情节走向等多维度的分析，从而为批评家提供辅助。

AI 在文学批评中的应用不仅提高了分析的速度和准确性，还改变了文学批评的实践方式。例如，AI 可以通过对大量文本的分析，自动提取作品的常见模式、情节结构以及语言特征，生成批评报告。AI 在处理海量文学数据方面的优势，使得文学批评从依赖个人经验和主观判断转向更加数据驱动和客观的分析，特别是在跨文化、跨语言的文学作品分析中，AI 为批评家提供了更多的可能性。

然而，AI 的介入也引发了诸多批评。首先，AI 的批评方法缺乏情感深度和文化理解。机器无法完全理解文本中的人类情感和社会背景，这使得机器生成的批评可能无法触及作品中的微妙细节。其次，AI 生成的批评往往依赖于算法和数据集，可能导致对文学作品的过度简化，忽视作品的个性和创意性。因此，AI 在文学批评中的应用既带来了便利和创新，也暴露了局限和挑战。

1. 英语文学中的 AI 批评应用案例

随着人工智能在文学批评中的应用逐渐增多，许多学者开始探索如何将 AI 工具应用于英语文学批评的教学和研究。例如，"文本挖掘"和"语义分析"技术的使用，帮助研究者从大量文学作品中提取主题、语言风格、情节发展等元素，进行大规模比较研究。这种方法使文学批评不再局限于单一文本的细读，而是能够跨作品进行大数据分析，揭示文学作品的共性和差异。

例如，乔治·奥威尔的《1984》和阿道司·赫胥黎的《美丽新世界》这两部经典作品，在传统批评中，学者往往从政治、社会学等角度分析其思想内涵。在 AI 批评的帮助下，学者可以利用机器学习算法进行文本风格分析，比较两部作品在语言使用、句子结构等方面的异同。AI 能够揭示这些作品在文学创作上的共同模式及其社会政治背景下的文化含义。

此外，AI 也可用于文本自动分类和情感分析。例如，情感分析技术能够帮助学者分析《哈姆雷特》中的人物情感变化，识别出文本中的负面情绪（如焦虑、愤怒、悲伤等），并绘制人物情感的变化图谱。这为英语文学研究提供了新的工具和方法。

2. AI 批评的优势与挑战

尽管 AI 在文学批评中的应用带来了许多创新，但也面临挑战。首先，AI 的批评方法仍然缺乏对文学深层次的理解。文学作品常蕴含复杂的情感、哲理和社会意义，这些内容往往无法通过简单的算法完全捕捉。例如，《百年孤独》这部作品的真正魅力在于其魔幻现实主义的风格和对拉丁美洲历史文化的深刻反思，而 AI 可能无法理解其中的文化内涵和历史反思的复杂性。

其次，AI 批评忽视文本个性。文学作品是作者思想和情感的结晶，具有个性化和创意化的特点。AI 批评方法能够高效地分析文本，但在面对具有高度个人特色的作品时，机器难以揭示作品的独特性和创意性。例如，诗歌常常使用隐喻、象征等技巧，这些细腻的语言艺术难以通过算法解读。

3. AI 批评的伦理问题与学术诚信

AI 介入文学批评也带来了学术伦理问题。AI 生成的批评结果依赖于其训练数据集的质量，这些数据集通常由大量已存在的文本构成。AI

批评的结论可能过于依赖已有的观点，可能出现抄袭或偏见问题。例如，某些 AI 批评工具可能过度依赖经典批评理论，忽视新的文学理论或当代视角，导致生成的批评结果缺乏创新性和多样性。

此外，AI 生成的批评报告是否能够被视为学术成果也成为问题。在传统的文学批评中，批评家根据自己的阅读经验、学术背景和个人情感进行文本分析，而 AI 生成的批评，虽然基于大量数据计算，但是否能赋予其"创意"和"原创性"？这些问题不仅涉及学术诚信，也挑战了我们对批评创作的定义。

4. AI 批评的教育意义及其未来

尽管 AI 批评面临局限，它也为文学教育提供了新视角。在英语文学专业的教学中，AI 批评的应用可以帮助学生提高文本分析能力，增强他们对作品结构、语言风格及人物塑造的理解。AI 不仅能帮助学生识别作品中的模式，还能激发批判性思维，让学生学会质疑机器生成的结论，并提炼出有价值的批评观点。

在文学批评课程中，教师可以通过让学生使用 AI 工具进行文本分析，促进他们对不同批评方法的比较与反思。通过 AI 生成的批评报告，学生不仅能了解作品的基本结构，还能从技术和数据角度理解文学创作的规律，这将帮助他们形成更加全面和深入的批评视角。

未来，文学批评教育应融合人工智能和传统批评方法，引导学生在技术的帮助下保持批判性思维，避免过度依赖机器生成的分析结果。教师可以设计混合式课程，通过理论与技术相结合的方式，让学生理解传统批评理论的重要性，同时掌握 AI 批评工具的使用技巧，培养跨学科分析能力。

四、AI 时代的文学研究

在传统的文学研究中，学者们通过阅读大量文本、解读作者的意图和历史背景，结合文学理论来分析和评估文学作品。这一过程依赖于学者的阅读深度、知识背景和批判性思维。然而，随着人工智能技术的引入，文学研究的过程已经发生了根本性的变化。AI 不仅能够高效地处理和分析大量的文本数据，还能够揭示出传统阅读方式难以察觉的模式和关系。因此，AI 在文学研究中的作用不仅仅是提高工作效率，更在于为学者们提供一种全新的研究视角和分析方法。

AI 技术特别是在大数据分析、自然语言处理、机器学习和深度学习等领域的应用，使得文学研究能够在全新的维度上进行。AI 能够快速扫描和分析海量的文学作品、历史资料和文化背景，为学者提供全方位的文本分析支持。特别是对于跨语言、跨文化的比较研究，AI 通过语言模型的训练，使得文学作品之间的差异和联系更加清晰。通过使用 AI，文学研究者可以更加快速地识别文本中的语言模式、结构特征和思想内容，从而为文学批评、文学历史和跨文化比较提供更为精确的数据支持。

1. 文学文本的自动化分析与挖掘

AI 技术在文学研究中的一个重要应用是文本分析，尤其是文本挖掘和语义分析。通过这些技术，学者们可以在大量的文学作品中快速找到共性、规律和模式，而这些内容在传统的研究中可能需要数年的时间去挖掘和整理。

以文学主题分析为例，学者们通过 AI 自然语言处理工具，能够对大量的文学作品进行主题提取，快速识别作品中的核心话题和主题。例如，通过机器学习算法，AI 能够分析简·奥斯汀的《傲慢与偏见》与查尔斯·狄更斯的《雾都孤儿》这两部经典作品中的社会阶层问题、女性角色塑造、爱情主题等内容，并生成主题词云图和情节网络图。这种方法能够帮助研究者在大量文本中提取出核心主题，并对比不同作者在同一主题下的表现方式。

另一个典型的 AI 应用是情感分析。通过情感分析技术，AI 能够自动化地对文本中的情感倾向进行评估。例如，学者可以使用情感分析工具来分析莎士比亚的悲剧《哈姆雷特》中的人物情感波动，AI 能够根据文本中的词语选择、语气和修辞手法，自动识别出人物的情感变化和情绪走向。这为研究者提供了量化的情感数据，使得对文学作品的情感解读更加精准。

此外，AI 还能够在语言风格分析方面提供帮助。通过对语言学特征（如句子结构、词汇频率、修辞技巧等）的分析，AI 可以帮助学者们识别出某一作者的独特风格。例如，学者们可以利用 AI 来分析海明威的写作风格与福克纳的写作风格，并揭示出他们在语言上的独特性。这一分析不仅有助于理解作者的艺术手法，还能够推动对特定文学流派或作家个性化特征的进一步研究。

2. 跨文化与跨学科的比较研究

AI 技术在跨文化和跨学科文学研究中的应用，特别是对不同时代、不同国家和不同语言的文学作品进行比较，具有巨大的潜力。传统的跨文化研究往往依赖学者的语言能力和文化背景，研究周期较长，且容易受到主观因素的影响。然而，借助 AI 的自然语言处理技术和机器学习算法，学者们可以更快速、系统地进行跨文化文学比较，发现不同时期、不同行业、不同文化之间的相似性和差异性。

例如，在中英文学的比较研究中，AI 技术能够帮助学者在大量的文学作品中自动识别出文化共性和文学差异。比如，AI 可以分析《红楼梦》与《傲慢与偏见》这两部作品中的家族、爱情、社会阶层等主题，自动化地对比两者在结构、语言和文化背景上的差异。AI 的引入不仅能够帮助学者在跨文化研究中节省时间，还能提供更具数据支撑的分析结果，打破传统人文学科研究中较为主观和感性的局限。

同样，AI 在跨学科研究中的应用也具有重要意义。文学作品不仅仅是文字的堆砌，它们常常涉及历史、哲学、政治等多个领域的知识。AI 能够帮助研究者在文学作品的分析中融入其他学科的知识，通过多维度的视角来进行综合性解读。例如，通过 AI 对《1984》的分析，学者们可以结合政治学、心理学、社会学等学科的知识，全面分析该作品中对极权主义、监控、心理控制等问题的探讨，形成更加丰富的研究成果。

3. AI 与文学研究的伦理问题

尽管 AI 为文学研究提供了诸多便利，然而它的使用也引发了伦理问题，特别是在学术诚信和原创性方面。AI 生成的文本分析和批评报告是否应被视为学术成果？如果学者过度依赖 AI 生成的分析结果，是否会导致学术研究的机械化和缺乏原创性？

AI 的使用是否可能使得研究者忽视对文学作品的深刻阅读和思考，过分依赖数据分析，削弱批判性思维的培养？例如，在 AI 分析文学作品时，算法根据历史文本数据生成的结论往往是对已存在文学观点的总结，缺乏新的创意和独到的学术见解。因此，研究者应当警惕 AI 可能带来的"数据陷阱"，即将机器生成的分析结果当作唯一真理，而忽视人类批评家的独立判断和创造力。

此外，AI 的应用可能引发数据偏见问题。由于 AI 批评工具的训练数据集可能存在偏差，这会影响 AI 的分析结果。例如，如果 AI 的训练数据集中主要包含的是英美文学作品，它可能无法准确分析非西方文学作品，或者忽略某些文化背景的差异。因此，AI 技术在文学研究中的应用需要有一定的规范和标准，以避免过度依赖算法产生的偏见。

4. 英语文学研究中的 AI 应用案例

以英语文学专业为例，AI 在学术研究中的应用已经开始得到广泛的实践。例如，在文学史研究中，AI 工具可以通过文本挖掘技术，对大量文学作品进行时间轴上的分类和整理，帮助学者识别出特定历史时期或文学流派的特点。学者可以利用这些工具，分析 18 世纪和 19 世纪的英语小说，揭示出维多利亚时期小说的社会文化特征，如阶级关系、性别角色等。

另一个例子是在英语诗歌研究中，AI 技术可以通过韵律分析，帮助学者研究不同诗人作品中的节奏、韵律、修辞技巧等文学元素。例如，通过 AI 分析艾米丽·狄金森的诗歌，学者可以发现她作品中的独特韵律结构，并探讨其与她的创作背景和文化认同的关系。

在文学批评教学中，AI 的应用也逐渐成为一种教学辅助手段。教师可以引导学生使用 AI 工具分析文学作品，通过机器学习和数据分析，帮助学生提高对文学作品结构、主题和情感的理解。同时，AI 工具还可以为学生提供实时反馈，帮助他们在文学批评中形成更加全面的分析框架和视角。

5. 文学研究教育的未来

随着 AI 技术的不断发展，未来的文学研究教育将面临诸多新挑战。首先，如何在文学研究教学中合理引入 AI 技术，同时保持人文精神和批判性思维的培养？教育者需要通过引导学生利用 AI 工具，帮助他们提升分析效率和深度，同时鼓励他们保持独立思考和创新。其次，文学研究教育应当更加注重跨学科的合作，通过 AI 技术将文学与历史、哲学、社会学等学科进行融合，培养学生的多维度思维能力。

同时，随着 AI 在文学研究中的应用日益广泛，文学教育者应当加强伦理教育，帮助学生理解 AI 技术的局限性，警惕过度依赖技术带来的潜在问题。文学研究教育不仅要教会学生如何使用 AI 工具，更要培养他们的批判性思维，使他们能够在技术的帮助下保持对文学作品的深度理解和文化思考。

应该说，AI 时代为文学研究提供了更加高效和精准的工具，尤其在文本分析、跨文化比较、跨学科研究等方面具有巨大的潜力。然而，AI 在文学研究中的应用也引发了一系列伦理问题和学术挑战，尤其是在学术诚信、原创性和数据偏见等方面。未来，文学研究教育应当在技术的辅助下，保持人文精神和批判性思维的核心价值，培养学生的跨学科能力和独立思考能力，使他们能够在 AI 技术的帮助下，进行更加全面和深入的文学研究。

五、文学教育的目标、课程设置与教学方式的创新

AI 时代的到来，对于文学教育的目标、课程设置与教学方式的创新，带来了前所未有的发展机遇。

1. 教育目标的转型：从文学素养到批判性与创造性思维

传统的文学教育通常集中在培养学生的文学素养、阅读技巧和批评能力上。学生通过对经典作品的阅读和分析，提升思辨能力和审美能力。然而，AI 时代要求文学教育的目标发生转型。随着信息技术和社会环境的变化，批判性思维和创造性思维的培养变得更加重要。

在我看来，批判性思维在文学教育中的地位将会愈加突出。AI 时代信息过载和虚假新闻的快速传播，使得批判性思维成为现代教育的核心。文学教育不仅要教学生分析文学作品，还要引导他们如何在信息环境中做出理性判断，识别和解构文本中的偏见与隐性信息。因此，文学教育的目标不应仅限于知识传授，还应注重培养学生独立思考的能力，使他们能够在复杂的数字世界中做出理性的判断。

此外，文学教育还应注重创造性思维的培养。创造力和创新能力是文学创作和批评的核心。虽然 AI 在文学创作和批评中发挥了重要作用，但它本质上依赖于人类输入的模型和算法，无法像人类一样汲取情感和历史经验。因此，未来的文学教育应在培养批判性思维的基础上，注重激发学生的创造力，培养他们在创作、批评和研究中的创新意识。

2. 课程设置的创新：融合传统与数字时代的需求

随着 AI 和数字化技术的应用，文学教育的课程设置也面临变革。

传统文学课程主要集中在文学史、文学批评和创作技巧上。但随着新技术的发展，课程内容应更加丰富，以适应学生在信息化时代的需求。

比如，数字文学（digital literature）应成为现代文学教育的重要组成部分。它不仅包括电子书和在线小说，还包括互动文学、电子游戏文学和虚拟现实（VR）文学等新兴形式。在这些新型文本中，读者不是被动的接受者，而是创作过程的一部分。未来的文学课程应结合这些新兴文学形式，帮助学生理解传统文学与数字文学之间的联系和差异，并通过跨媒介分析的方式，掌握分析新型文本的技能。

此外，课程设置应更加注重跨学科融合。文学研究不仅仅是语言研究，还涉及历史、哲学、社会学等多个学科。AI技术的引入提供了跨学科研究的可能，未来的文学课程可以结合数据科学、计算机科学等领域，通过数据分析、文本挖掘等技术，帮助学生理解文学作品的多维度含义。

如前所述，随着AI技术在创作中的普及，AI辅助创作课程将成为亮点。学生不仅要掌握传统写作技巧，还需要了解如何使用AI工具辅助创作，提升作品的质量和创意。例如，AI写作助手可以帮助学生生成故事情节，改善写作风格。通过这种方式，学生能在创作中融入更多创新元素，突破传统文学创作的限制。

3. 教学方式的改革：从传统课堂到数字化协作学习

AI时代，文学教育的教学方式也应改革。传统的课堂教学模式以教师讲解为主，但在数字化环境中，这一模式面临挑战。如何适应学生的学习需求，保持教学效果，是文学教育改革的重要课题。

翻转课堂（flipped classroom）是一种不同于以往的教学方法，已广泛应用于各学科。在文学教育中，翻转课堂帮助学生主动参与学习。学生课前通过线上平台学习基础知识，课堂上进行小组讨论、解决问题和实践活动。例如，在文学创作课程中，学生可通过AI工具生成创作素材，在课堂上与同学和教师一起讨论如何提升作品的情感深度。通过这种方式，学生能够在课外完成知识学习，并在课堂中通过互动提升写作和批评能力。

协作式学习（collaborative learning）也是 AI 时代教育的重要趋势。通过在线平台、社交媒体和虚拟学习空间，学生可以在全球范围内进行协作学习。文学教育中的协作式学习不仅包括课堂讨论，还包括在线阅读小组、创作工作坊等。学生可以与不同背景的同学分享阅读和创作经验，互相启发。通过这种协作式学习，学生不仅能提高文学创作能力，还能拓宽视野，提升跨文化理解和表达能力。

此外，AI 辅助教学也为文学教育带来了新的可能。AI 技术可以根据学生的学习情况提供个性化的学习方案，帮助学生在薄弱环节取得进展。AI 还可以通过即时反馈帮助学生改进写作技巧，纠正语言表达和结构问题，从而提高学生的文学素养和批评能力。

4. 论文要求与学术诚信：AI 时代的挑战与对策

AI 的应用为文学创作和批评提供了便利，但也对学术诚信提出了挑战。在文学教育中，学术论文写作是核心任务。AI 工具能够提高写作效率并提供结构化框架，但可能导致学生过度依赖技术，甚至出现学术不端行为，如 AI 剽窃。

因此，学术诚信问题需引起重视。教育者不仅要教会学生正确使用 AI 工具，还要明确学术写作标准和原创性要求。教师应引导学生进行原创性分析，并在论文写作中加强独立思考能力的培养，确保学生在依赖 AI 工具的同时，保持学术诚信。

5. 文学教育的未来：人文精神与技术创新的融合

AI 时代的文学教育不仅是技术革新，还应注重人文精神的传承。文学教育的核心目标仍是培养具有批判性思维、创造力和社会责任感的学生，这些目标并不会随着 AI 技术的进步而改变。然而，文学教育需要在保留传统人文价值的同时，适应数字时代的需求，探索技术创新带来的可能性。

　　未来的文学教育应在以下方面进行创新：首先，人文精神与技术结合。教育者应在教学中融入技术伦理和数字素养的内容，帮助学生在 AI 环境中保持对文学作品的深度理解和批判性思维。其次，跨学科合作。未来的文学教育应加强与计算机科学、社会学、哲学等学科的合作，让学生在跨学科视野下进行文学研究与创作。最后，创新教学方式。在 AI 时代，教育方式应更加灵活和互动，通过虚拟课堂、在线合作、个性化学习等方式，提高学生的学习动力和参与度。

　　文学教育的目标、课程设置和教学方式正经历深刻变革。教育者需要在保留传统文学教育核心价值的基础上，充分利用 AI 技术带来的机遇，推动教学内容和方法的创新。通过结合批判性思维、创造性表达与跨学科合作，文学教育将能够更好地适应数字时代的需求，培养学生成为具有深度理解和创新能力的全球公民。

结　语

　　随着人工智能技术的不断发展，文学教育正迎来深刻变革的时代。从文学创作到文学批评，AI 的介入为传统学科带来了新机遇和新挑战。尽管 AI 提高了创作和批评效率，但文学教育的核心目标——培养批判性思维、创造力和社会责任感——依然未变。AI 工具主要作为辅助，不能取代人类的情感体验和文化积淀。

　　在课程设置上，数字文学和跨学科研究将成为新的方向。通过引入数字文本、互动文学和虚拟现实文学等形式，文学教育不仅帮助学生理解经典文学，还让他们探索新媒体中的创作与批评。此外，跨学科的整合为文学研究提供了更广阔的视野，学生可以结合历史学、社会学等领域的知识，利用 AI 工具进行更全面的分析。

　　教学方式也在改革，翻转课堂和协作式学习将成为趋势。学生借助AI 工具进行高效的文本分析、创作和批评，同时可以在课外自主学习、互动和讨论，提升参与感。个性化学习为学生提供了更多选择，使学习效率和深度得到提升。要特别强调学术诚信的重要性，教育者需确保学生保持原创性和学术独立性。

未来，AI 技术将进一步推动文学教育的发展。新兴创作形式，如虚拟现实文学和交互式小说，将成为教学中的重要内容。全球化和跨文化合作也将在 AI 的帮助下加速，推动全球文学教育的融合。然而，技术带来的伦理问题、数据偏见和过度依赖技术的风险也需警惕。AI 工具应始终服务于学生的独立思考，而非取代情感表达和思想碰撞。

总之，AI 时代的文学教育既充满机遇，也面临挑战。教育者需平衡技术与人文精神，确保教学创新的同时，保持文学教育的核心价值——培养具有批判性思维和社会责任感的全球公民。

参考文献

Bennis, Mohammed. "Teaching Literature in the Digital Age: Some Theoretica Reflections." *International Journal of Language and Literary Studie,*. 2024, Vol. 6, No.3, pp.199-209.

Elstermann, Annika. *Digital Literature and Critical Theory*. Routledge, 2022.

Eve, Martin Paul. *The Digital Humanities and Literary Studies*. Oxford University Press, 2022.

Marino, Mark C.. *Critical Code Studies*. The MIT Press, 2020.

Shah, Bahramand & Khaskheli, Nazish. "Literature in the Digital Age: Challenges and Embracing Opportunities." *Power System Technology*. March, 2024, Vol. 47, No. 4, pp. 690-698.

郭英剑：《ChatGPT 将会把人文学科引向何方》，《中国科学报·大学周刊》2023 年 2 月 21 日。

郭英剑：《创意写作：ChatGPT 能替代人类吗?》，《中国科学报·大学周刊》2023 年 4 月 18 日。

郭英剑,现任中国人民大学全民阅读教育研究院院长,吴玉章特聘教授,外国语学院二级教授。主要从事英语文学、文学翻译、英语教育与高等教育研究。国务院外语学科评议组成员、教育部高校英语专业教学指导分委员会委员、享受国务院政府特殊津贴专家、全国模范教师。中国英汉语比较研究会中外阅读学研究专业委员会会长。国家社科基金重大规划项目首席专家。主要著作有《赛珍珠评论集》《全球化语境下的文学研究》《大学与社会——郭英剑高等教育文集》,译著有《重申解构主义》《全球化与文化》等。

多媒体展演：AI 时代人文教育的策略与方法

宋伟杰

随着 ChatGPT 的狂飙突进，深度求索（DeepSeek）的横空出世，短短几年间，多种 AI 技术迅猛崛起，频繁更新换代并智能进阶，堪称令人震惊的炸裂般范式转型。这不仅是人工智能、科学技术的改头换面，更是知识体系、批判思维与文化创造力深层结构的巨变，人文教育遭遇了前所未有的危机和挑战。

具体而微到我所任教的美国研究型大学，近几年间，我以英文开设的研究生、本科生研讨班，主要涉及两个领域——华语现当代文学与武侠电影，东亚文化与社会的跨学科主题。从 2022 年秋季学期开始，我陡然发现，课堂上的每周或双周短论文，PPT 报告与期末论文，选课学生的英语表达和结构能力出现了显著提升。仔细分析后可以发现，这种变化背后，正是 AI 技术的深度介入。

早些年，谷歌、百度等搜索引擎已经带来人文教育的范式转型——从图书馆的卡片搜索、实体阅读，到电子文献的搜求、拣选。如今 ChatGPT、DeepSeek 等人工智能软件几乎有问必答，甚至可以掠过阅读、辨析的过程，径直生成概要、文章、图片列表等等。

AI 生成软件一开始尚显稚嫩，有学生不加细察、照搬照抄，论文中时时出现硬伤，譬如张爱玲的《红玫瑰与白玫瑰》，被嫁接到钱锺书的《围城》，佟振保被张冠李戴为方鸿渐。但随着技术迅速升级，此类错误已明显减少。与此同时，学生们逐渐依赖 AI 技术进行"懒惰式学习"，导致人文教育所依赖的深度阅读与创意写作，正在遭遇系统性冲击。传统以文本阅读与写作为核心的人文学科,必须重新思考教育策略,以培养学生在 AI 生成、算法时代,仍能保持批判性与想象力。

换言之,AI 不仅重塑了学生在写作、研究与知识生成中的实践路径,也对传统人文学科的基本理念提出了挑战。为应对这一变局,越来越多的高校开始强调培养"批判性 AI 素养"(Critical AI Literacy),要求学生不仅掌握 AI 工具的操作技能,更能理解其生成机制、潜在偏见与认知局限。教学实践中,一方面,通过增加课堂即时写作、现场讨论与合作型学习的比重,强化学生在无 AI 介入环境下的思考与表达能力;另一方面,引导学生以"增强化"(augmentation)而非"自动化"(automation)的方式使用 AI 工具,将其作为扩展创造力与批判力的助手,而非直接替代思考与写作过程的捷径。

在此语境下,我尝试以多媒体展演作为人文教育的策略与方法,应对 AI 生成技术带来的巨大挑战。以"华语现当代文学与文化"课程为例,我们采用跨文本、多媒体展演的方式,围绕社会转型、乡村叙事、身体政治、性别表述、日常饮馔、城市想象、东北文艺复兴、环境生态、后冷战文化等诸多议题展开教学。在课堂上,学生们需要在文本原作、影视改编、历史文献之间建立关联,进行跨媒介阅读与批判性思考。他们通过短论文、PPT 展演、期末写作项目,培养在 AI 时代下的研究能力、批评意识、原创性表达。此种教学与研究,旨在抵抗生成式 AI 带来的偷工减料、肤浅阅读与写作模板化风险,重新激活学生对文本复杂性与历史经验的深度感知。

类似地,在"武侠电影文化"的课程中,我们围绕胡金铨、王家卫、李安、侯孝贤、张艺谋与贾樟柯等导演,考察武侠电影在冷战与后冷战时代的美学变异与文化重构。以胡金铨为起点,探讨其如何通过《大醉侠》《龙门客栈》《侠女》在离散语境中重塑侠义中国,以及心理地理与叙事空间的重组。继而分析王家卫在《东邪西毒》《一代宗师》中,如何以抽象 / 具体的时空,描摹江湖经验与主体踪迹。李安与侯孝贤则分别通过《卧虎藏龙》《刺客聂隐娘》,在前朝传奇中,探索武侠叙事的情感动力与空间诗学。张艺谋在《英雄》《影》中以色彩美学显影"天下"观与身份危机，贾樟柯则在《天注定》《江湖儿女》中，以碎片叙事呈现底层社会中的"残侠"遗迹。通过文本细读与多媒体展演，我们旨在理解武侠类型在跨历史与跨地域流动中的演变，并思考武侠作为大众文化想象与全球先锋艺术实践之间的张力和纠缠。

"东亚跨学科专题"则以多媒体展演与跨区域探究为方法，聚焦中国、日本、韩国、新加坡、马来西亚及其他区域，通过文学叙事、影视想象，探讨亚洲文学现代性的形成与张力、日本电影与亚洲明星体系、殖民朝鲜与冷战亚洲的复杂关系、亚洲共同体中的创伤记忆与怀旧情感，以及跨国文化交流中的文字、声音与影像。同时，我们也探讨性别、身体与视觉性在亚太区域中的表现，"韩流"在全球的扩散，以及华语文化在跨区域比较视野中的文化移位与定位。

我敦促并要求学生们在数字人文、AI 时代，培养信息检索、评估与整合的能力。他们需要精选学术资源与研究数据库，撰写六篇短文，展示资料分析、逻辑组织与思辨论证的能力。课堂要求还包括使用 PowerPoint 进行六次简短展演，强化学生在特定学科语境下的信息整合、批判式沟通与规范引证的能力。期末的考查包括一次 10 分钟的多媒体全面展示，以及一篇英文论文，围绕现代东亚社会议题展开。学生需提出明确的研究问题，搜集并评估数种资料，经过多轮反馈与修订，发展具有说服力的论述，并以标准英文规范、清晰地表达。课程特别强调，在生成式 AI 迅速发展的时代，人文学科教育更需培养学生的问题意识、批判性判断、资料辨识与深度表达的能力，推动原创思考与严谨写作，抵抗信息泛滥与思维表面化的风险。

课堂内外，我们借助张爱玲的《红玫瑰与白玫瑰》、李安《饮食男女》中的三朵或五朵"玫瑰"、电视剧《玫瑰的故事》的多媒介比读，在食、色之间，展演现代社会的欲望与人伦；通过崔东勋电影《刺杀》来分析伪满洲国与上海、韩国与日本的地缘政治差异；运用陈平原"千古文人侠客梦"的论述，诠释贾樟柯《天注定》中的残侠叙事；借助戴锦华"以父之名"的精神分析方法，解读《钢的琴》，并延伸到美国的锈带文化，探讨工业衰退下的家庭伦理；结合王德威的华语语系、华夷风、边地叙事的地方路径与差异，分析《额尔古纳河右岸》及其电影改编的东北想象；比较小津安二郎与侯孝贤对日常生活的理解和影像再现；探讨黑泽明《德尔苏·乌扎拉》对阿尔谢尼耶夫《在乌苏里的莽林中》的改编及其生态环境人文。这种多媒介的教学策略不仅培养了学生的批判思维与联想能力，也拓宽了他们在数字时代进行创意思考与写作的机会。

多媒体展演不仅是对 AI 文本生成能力的回应，也是对数字人文、多媒体表达方式的首肯与利用。通过文字、声音、影像等多媒体方式，学生不仅阅读与分析文本，还可以凭借再创作的方式，重新演绎文学作品中的场面、音景与主题意涵。我也增加问答环节，学生不但要文字书写，也需口头讲解，辅以图文并茂的文案，并经受其他同学以及老师的提问甚至质疑，借以深化对重要文本的理解。我们也强调项目式、协作式的学习模式。小组协作项目要求学生以跨媒体方式完成对一个文本、现象或主题的重构与展演，这种方式，不仅打破了传统课程的学科边界，更训练了学生在多种符号系统中切换与创造的能力，抵抗了 AI 文本生产中常见的模板化与扁平化趋势。这样的多媒体展演，不但提高了学生的参与度，也将人文教育从静态的文本中解放出来，转化为跨媒介的知识建构与文化实践——既可提升学生对文本的感受力与诠释力，也在某种程度上建立了 AI 无法取代的人文判断与美感体验。

在多媒体展演中，我们也尝试引入"批判性误读训练"（Critical Misreading Exercises），要求学生识别 AI 生成内容中的偏差与误读，分析其背后的语料偏见与算法逻辑，进而锻炼对媒介机制本身的批判性洞察。这种多媒体展演实践也提请我们注意，在数字人文与算法逻辑交错纠缠的今天，文字、影像与声音不断穿越区域、国界与媒介，与此同时又在新的象征资本、权力配置中被编排重组。人文教育的任务，就是在此不断嬗变与重组的过程中，训练学生成为敏锐的感知者、批判式的分析者与创造性的行动者。

正如罗格斯大学批判式 AI 小组在其教学方案中强调的，生成式 AI 带来了迅捷便利，但也造成了系统性的侵蚀：版权侵犯、环境负荷、劳工剥削、认知操控与民主危机。人文教育须在此背景下，重新思考自身的社会责任与文化使命。多媒体展演，正是通过重新调动文本的感官层面、社会维度与伦理张力，激发学生对语言、影像与知识生产的深度参与和批判反思。

因此，AI 时代的到来，并不意味着文学与人文教育的终结。相反，它为我们提出了更高的要求：在技术加速、信息泛滥、想象力匮乏的时代，如何打开并拓展深度阅读、批判性思维与创造性表达的可能。多媒体展演作为策略与方法，不仅是文本、影像、声音与思想交织的场所，也是在 AI 时代对人文精神的守护。

宋伟杰，罗格斯大学亚洲语言文化系副教授，研究生部主任。中英文著述包括 Mapping Modern Beijing: Space, Emotion, Literary Topography（《测绘现代北京：空间，情感，文学地形图》）、《中国·文学·美国：美国小说戏剧中的中国形象》《从娱乐行为到乌托邦冲动：金庸小说再解读》等。合编有《环境人文、生态批评、自然书写》《东北研究》《东北文艺复兴：东北读本》等。（合）译有《被压抑的现代性》《跨语际实践》《比较诗学》《公共领域的结构转型》《理解大众文化》《大分裂之后》等。

AI时代的国学教育与人文学重建

魏 泉

　　我是从小喜欢科幻的，从儒勒·凡尔纳的《海底两万里》、叶永烈的《小灵通漫游未来》，到后来的《银河帝国》《2001太空漫游》《三体》……科幻的硬核之处，是在某种程度上真正预言了未来科技的发展。而比这更难的是，对未来未知环境中人类生活形态和心理状态的想象力。在科幻题材发展到机器人时代后，人类对未来的想象总体来说都是不乐观的，不但没有对衣食无忧、生活便捷、人生快乐的笃定，反而充满了生存危机、冲突升级与人类文明被灭绝的杞人之忧。就在这对未来不断的幻想与憧憬中，未来已来，其快速与魔幻程度，超出了绝大多数人的想象。从"机器人"（robot）到"人工智能"（AI），当"机器"的属性淡化，而"智能"程度凸显，人类社会必然要面对前所未有的变局，并在其中重新认识和定义"人之所以为人"，究竟意味着什么？

　　现有的教育体制，有很大部分是为了配合工业革命后对大量专业技术人才的需求。为了高效而准确地评价考量专业人才的水准，还发展出一整套学历、学位与学校排名机制。我们从小习以为常地背上书包去学校，按照年龄分级分班，学习各种专业知识并用做题的方式进行考核，这一套教育方式和流程，并非古已有之，而是对现代工业化社会的匹配。在中国，现代教育体系的建立，是伴随近代化过程，从传统教育中转化出来的，也就刚刚建立一百多年。在这种教育方式下塑造出来的人，会认为"人需要工作"是天经地义的。为社会创造财富，既是谋生手段，也是人生意义。这种工作伦理，在当下的AI时代，则面临着巨大的挑战。

如果社会不需要那么多的人去工作，智能化机器取代了大部分的人力劳动，可以制造出全部人类所需的各种物资供应，人们还是否需要在童年和青少年时期走进学校，学习各种专业知识？如果大部分人都没有工作，他们将何以为生？不工作，不创造社会财富的人，其人生的目的和意义是什么？这些与人生与人性有关的问题和困境，是未来的教育所必须回应和解答的。

可以想象，AI 时代，课堂讲授的作用大大降低了，知识的传授不再为学校所垄断，获取知识的方式变得简单、方便、多元化。而获取知识以便成为一个被某类工作所需要的人，这样的需求也将被 AI 时代所改变，学历的重要性会越来越降低。那么在 AI 时代，什么样的教育才是最重要的？教育本身的价值是否会随学历贬值而消解？教育的目的和意义何在？

教育不管是发生在宫廷、民间、教会，还是家庭，对任何社会来说都是不可或缺的。教师作为一种职业，对很多人而言意味着工作机会、职业生涯和社会地位，如果没有了教师这种职位，是否还会有师生关系的存在？答案是肯定的。韩愈说"道之所存，师之所存"（《师说》）。求知欲是人类与生俱来的本能，欲求知则必然先求师，无论是以古人为师（"有所法而后能"）还是以自然为师（"外师造化，中得心源"），求知的过程和师生关系总是存在的。孔子说"三人行必有我师"，如果 AI 某方面的专业知识高于自己，那么以 AI 为师也是顺理成章。教育存在的根本理由，并不是职业需求，而是学习动机。有些职业化的教育，一方面有助于人们去获取某种职业岗位，同时也会因为把人工具化而对人性有异化，对人的自由有损害。当现代学术体系在某种程度上将学术研究转变为学术生产，批量制造硕士博士以满足社会对学历的需求时，对于学术自身的发展，未必没有损害。如汉代立五经博士，教授弟子员，钱穆先生说那不是真儒学，而是利禄之途，非如先秦诸子之师生关系，且曲学阿世之儒生也所在多有。钱锺书先生说："大抵学问是荒江老屋中二三素心人商量培养之事，朝市之显学必成俗学。"

随着 AI 的普及，以知识灌输和升学为指导的应试教育会越来越失去意义，大学里的人文学科也许会面对招生困难、经费削减，以及毕业生出路的现实问题。如果读大学、考研、读博，不再能让学生成为什么"天之骄子"，拥有职场金字招牌，做学问也不再是通向象牙塔的利禄之途，年轻人还会选择人文学科，以学术为志业吗？对于真正的人文教育而言，AI 时代的到来，究竟是坏事还是好事？人文教育究竟会更无用还是更有用？

回顾晚清、五四两代学者有关"国学"与"人生观"的讨论，反思现代学术建立过程中种种思潮的起落，也许有助于我们更好地梳理当下的处境，找到一条重建现代中国人文学的可能路径。

一百多年前的 1922 年，梁启超以《评胡适之〈中国哲学史大纲〉》为题，在北大三院演讲。次日胡适也亲自到场，与梁辩难。二人既针锋相对，又有礼有节，现场气氛令听众如醉如狂。二人的分歧，撇开枝节的问题不谈，梁启超对胡适最大的不满，在于其全从"知识论"的角度来考察中国古代哲学，"这部书讲墨子、荀子最好，讲孔子、庄子最不好。总说一句：凡关于知识论方面，到处发见石破天惊的伟论；凡关于宇宙观、人生观方面，什有九很浅薄或谬误"。在梁启超看来，中国传统学术中包含着"文献的学问"和"德性的学问"两部分。"文献的学问"可以从"知识论"的角度，用"科学方法"去研究，而"德性的学问"（孔子、庄子学说的核心部分）则应该用"躬行"和"实践"得来。因此，胡适对孔子儒学的无知使梁启超感到诧异，而胡适对传统文化所持"评判的态度"，也让梁启超难以引为同调。而胡适对梁启超的这番批评，也殊难接受。他在日记中留下自己的感想，称梁启超关于孔子和庄子理想境界的见解，也"未免太奇特了"。另外说到孔子，梁启超所讲"完全是卫道的话"，也让胡适大感失望。梁启超显然认为儒家思想中关于"德性的学问"价值更高，他晚年投身教育，常常在各种场合的演讲中提及君子人格的修养与人生观、价值观的养成，他自言颇想在大学这"新的机关之中，参合着旧的精神。……我要想把中国儒家道术的修养来做底子，而在学校功课上把他体现出来……一面求智识的推求，一面求道术的修养，两者打成一片"（《北海谈话记》）。新式学校，完全偏在知识一方面，使梁启超感到不满。在他看来，教育不是单纯知识的传授，而应是"全人格的教育"。孔子学说的高明处，在于"专在养成人格"。

1923 年 2 月，张君劢以《科学与人生观》为题，在清华大学演讲，不意竟引发一场"科玄论战"。张君劢认为："科学无论如何发达，而人生观问题之解决，决非科学所能为力，惟赖诸人类之自身而已。"率先发难的丁文江，把张君劢所说的代表精神文明而无法以科学方法研究的人生观之说，归入玄学（"西洋的玄学鬼到了中国，又联合了陆象山、王阳明、陈白沙高谈心性的一班朋友的魂灵，一齐钻进了张君劢的'我'里面。"见丁文江《玄学与科学——评张君劢的"人生观"》）。张君劢在回应丁文江的长文中，则提到"玄学"在教育中自有其价值："吾以为教育有五方面：曰形上、曰艺术、曰意志、曰理智、曰体质。科学教育偏于理智与体质，而忽略其他三者。社会改造派之教育，偏于意志与牺牲精神。"（张君劢《再论人生观与科学并答丁在君》）他认为，形而上学、艺术、自由意志，这些难以纳入科学研究的领域，有其价值论的"真"，也是教育的应有之义。

关于中国传统的"汉宋之争"，张君劢将"心性之学与考据之学"比附欧洲的唯物与唯心之争，认为是"人类思想上两大潮流之表现，吾确信此两潮流之对抗，出于心同理同之原则"，认为"关于自然界之研究与文字之考证，当然以汉学家或欧洲惟物派之言为长"；"其关于人生之解释与内心之修养，当然以惟心派之言为长"。故"（一）知识以觉摄与概念相合而成。（二）经验界之知识为因果的，人生之进化为自由的。（三）超于科学之上，应以形上学统其成。（四）心性之发展，为形上的真理之启示，故当提倡新宋学"（张君劢《再论人生观与科学并答丁在君》）。

无独有偶，1923 年任教于圣约翰大学的钱基博，在孔子诞辰纪念日为圣约翰学生演讲《今日之国学运动》时，也提出了"新宋学"的说法。他认为荀子《劝学》，兼综数、义，"其数则始乎诵经，终乎读礼；其义则始乎为士，终乎为圣人"。"数"与"义"本是一体，后儒离而二之，分别趋于他所谓的"人文主义"和"古典主义"。所谓"人文主义"，以为国学之大用，在究明"人之所以为人之道"，而以名物考据为琐碎（汉学中的今文经学与宋儒心性之学为代表）；所谓"古典主义"，以为国学之旨趣，在考证"古之所以为古之典章文物"，而以仁义道德为空谈（汉学中的古文经学为代表）。汉学之考证训诂偏于古典主义，而宋儒义理之学尤重人文主义。他认为晚清以降古文经学以章太炎为巨擘，北大国学教授，多为章氏弟子。留美归国的胡适，以西儒之科学方法治古学，一时万流所仰，号为"北大派"。而柳诒徵、胡先骕、梅光迪、吴宓等以《学衡》为平台，与北大《新青年》论争，盛言人文教育，以排难胡适过重知识论之弊，号为"学衡派"。钱基博称"北大派"为"新汉学"，代表古典主义；"学衡派"为"新宋学"，代表人文主义。虽然在 20 世纪 20 年代《学衡》与《新青年》的那场论争，"学衡派"不敌"北大派"，但钱基博认为，"未可以一时之盛衰得失为衡"。"古典主义"是国学之歧途，"人文主义"才是国学之正轨，"言国学者当以人文主义为宜"。"惟'人文主义'之国学，斯足以发国性之自觉，而纳人生于正轨"。（钱基博《今日之国学论》）

罗家伦 1923 年在哥大图书馆撰写《科学与玄学》时，与梁启超一样，也认为学界关于"科学与人生观"的讨论具有非凡的意义。他详细梳理"科学""玄学"之定义及各种理论，认为"在玄学中审察价值问题，往往牵涉到宇宙的本体问题，而须统筹各种知识系统之所贡献。知识的背景愈精密雄厚，则人生的远景也愈明了。玄学对于价值判断能自身精彻，而且与人以坚确之深信，正由于此"。"玄学与科学的合作，无论是为知识或为人生，都是不可少的。强为分离，则不但两者同受灾害，而且失却两方面真正的意义"（罗家伦《科学与玄学》）。这与钱基博所引荀子《劝学》之兼综"数"与"义",可谓殊途同归。

为学若能兼综数、义,成为硕儒通人、博雅君子,固然令人神往。但人生有涯,而学也无涯。在现代学术体系中,大学体制及课程设置均以西方高等教育为参照,走专业分工的路,将传统的经史之学、诸子学与集部之学分成文、史、哲,艺术等不同的"专业"方向。注重修身的理学与讲求"知行合一"的心性之学,这些在清代学术中俱有传承的思想资源,以其难以"文献的学问"之形式考核,而难以融入现代大学体制。故梁启超关注的"德性的学问",张君劢强调的自由意志下的"人生观",与钱基博所倡的人文主义的"新宋学",在过去一百多年的大学教育中,被淹没于知识论考核体系,与现代大学造就专业性人才的工具性取向也格格不入。

但学问之事,也的确是"未可以一时之盛衰得失为衡"。一百多年后的今天,在科学技术日新月异的发展进步中,配合专业化程度越来越高的社会需求,文科的专业分工也是越来越细,考察标准越来越数字化、形式化,成为一种现代工业化体制中的学术生产,其人文属性越来越弱。AI时代的到来,固然是给人文学科的发展带来了极大的挑战,但或许也给被局限于工具理性和工业化思维模式下的人文学科提供了某种复兴的契机?我直觉上对此抱有非常乐观的看法——AI时代,或许正是重建"现代中国人文学"(或曰"新宋学""新儒家"等等)的良机。

宋儒治"心性之学"的方法,所谓"切己体察""知行合一",即梁启超所谓"德性的学问",道术的底子,迥异于能用科学方法去研究的"文献的学问"。裴毓麟对此有一个生动的比喻:科学的研究如积土为山,进一篑,有一篑之功;作一日,得一日之力。论其所得之高下浅深,可以记日课程而为之等第。而治心性义理之学,则如掘地觅泉,有掘数尺而得水者,有掘数丈始得水者,有掘百数十丈然后得水者。得水多少,也不取决于掘地的深浅;水之甘苦清浊,也因人而异,不能克日记工。一旦得水,固由于日积月累,但无论如何勤苦,也无法预知得水之日，"掘井九仞而不及泉，犹为弃井"。所谓得泉，即豁然贯通之时。治心性之学者，沉潜往复，切己体察，全为求此豁然贯通之一旦。但何时贯通，不能预知其时间，只能由正知正见而入。偏于实的学问，可以计时记工；而偏于虚的学问，苟非实有所悟，则绝无渐臻高深之望。所谓圣贤之道，非圣贤所创，而是天地间原有此境。欲知此境，只须亲到亲见。此境本为古今人人所共有，既非先圣所能创作，也非后圣所能改造。千万年前见此山者，所说如是；千万年后见此山者，所说亦必如是。道既无二，道既不变，历圣所传此道，宜无不同。无论何时何人，决非可以一己之心思才智，创立新说异见，故孔子"述而不作，信而好古"。此道不因世生圣人而有，亦不因世无圣人而灭。故道因圣人之存亡而分晦明，非因圣人之存亡而生有无。"东海西海有圣出，此心此理同"（见钱基博《十年来之国学商兑》）。

从这段为义理心性之学的辩护，不难看出其与现代学术体制的传授考核之法，难以兼容并置。但在 AI 时代，当这套现代学术体制受到冲击，工业化社会所需的专业技能与工作伦理被替代与瓦解，人们需要在人工智能超越人类之后，为自己找回人生的意义与价值，打造足以安身立命又光明圆满的精神家园时，回到"致良知"的宋学理路，也许是一种可能的路径。

人工智能的发展，当其涉及善、恶这与人性最相关而又最不可知的道德命题时，也许唯有人文学的昌明可以提供参照，这也是人文学科本应肩负的使命。荀子《劝学》兼综"数""义"；宋儒将《大学》从《礼记》中摘出，独标其修身践行之道："大学之道在明明德，在亲民，在止于至善"；顾炎武在清初倡"博学于文，行己有耻"；梁启超、张君劢等对"德性的学问"如何教育、人生观如何养成的关切；钱基博、裴毓麟等在科学主义大行其道之时对"心性之学"的体认与信守；等等。他们欲以现代人的心理，在传统文化中"找出精神的新泉"（钱基博语），进而探索一种现代中国人文教育之路的努力，虽是过去一百多年中一条少有人走的路，却也留下了鲜明的足迹。作为 AI 时代的人文学者，也许可以循此前行，将国学中真正宝贵的思想资源，在现代中国人文学的重建中发扬光大。

魏泉，北京大学中文系博士，现为华东师范大学中文系教授。2007—2008年度哈佛燕京学社访问学者，2014年度伦敦大学亚非学院访问学者。主要研究方向有中国近现代文学与文化研究、清代文人交游研究、北京研究、近现代旧体诗文研究、图文研究、都市传说与谣言研究、近现代小说研究等。专著有《士林交游与风气变迁——19世纪宣南的文人群体研究》，编著《梁启超：从"承启之志"到"守待之心"》等。

一篇作业引发的 AI 思考

杨　早　凌云岚

一

　　2025 年，中国社会科学院大学"当代作家作品研究"结课时，阅卷老师发现一份论文可能是 AI 写的，于是随便找了一个 AI 查重网站（网址为 https://ai-greatwall.com/?12&bd_vid=10311825675662848227），发现该生文本被网站判定为 87% 的可能是 AI 作品，于是将原文在教学群里贴出来，老师们公认此为 AI 生成，给该生不及格评分。事实上，每年都有不及格的作业，但这次的事件中由于有 AI 的"协同作弊"，由此引发的相关问题如"我们如何判定此文为 AI 所作"及后续的处理，都是以往的教学经验中没有的。因此，这更像是一道序幕，宣告了人类习以为常的文学教育与 AI 之战的开始。

　　据阅卷老师说，他一开始觉得这份作业"很怪"，用行话说就是充满"AI 味儿"。这种"AI 味儿"来自对论题面面俱到的分析，同时对细节又不加分析地搬用，这让作业更像是一篇综述——这也符合 AI 的底层逻辑：它从各种网页快速搬运，并选取它认为有用的部分加以拼合。正是这种"拼贴 + 综合"的行文风格，让文本充满"AI 味儿"，AI 的资深用户几乎都能凭借阅读经验和写作经验做出这一判断。问题是，"感觉"不足以作为给一份作业打低分的依据。在判断一篇作业是否为 AI 所做时，我们目前可以做的，是利用 AI 查重网站来进行进一步确认。但是，这类查重网站的权威性并无保障，谁也无法保证 AI 查重网站就不会犯错。这导致了相当尴尬的一个局面，即给这样的作业打低分在教学伦理上是有欠缺的。好在它只是一个个案，还可以通过在教师群体中集体讨论而获得一个相对公认的结论。问题是，当AI写作进一步发展，或者从技术上进步得更加完美的时候，我们作为教学工作者，是否还将具有判别此类作业的能力和精力？

在中学工作的一位朋友说，他们目前的方法是"以魔法打败魔法"，用AI来判卷，这样判定学生是否使用AI就有了依据；而在大学工作的同事，则称至少在最近一段时间内，将改变考核方式。以往常见的"以论文结课"的方式可能会被暂停，老师们为保险起见，将回归传统的闭卷考试，或者折中进行稍微灵活一点的，以论述为主的当堂测试，主要就是为了不给学生使用AI的机会。当然，也有理科院校反其道而行，要求学生在写作时与AI合作，并标明哪些是AI创作，哪些是个人创作，也就是将AI定位为一种工具，并使得一定范畴内对它的使用"合法化"……这些都是应对AI写作的办法，但都是治标之法。更何况，文理科在面对这个问题时，还有着很大差异，具体到文科，AI与教育这个问题的"本"在于文学教育的底层逻辑是否改变。

拿"学生用AI创作"这一问题去问AI，不出所料，笔者得到了一个面面俱到的答案，比如时下最火的国内AI——DeepSeek称，针对学生使用AI代写论文的问题，教师可以采取以下多维度策略，平衡学术诚信维护、技术应对与教育引导。AI总结出的维度包括：一、重构评估体系，例如重新设计作业形式使其作业题目设置基于个人经历，增加口头答辩环节，在课堂中开展AI写作批判训练，增强过程性评价如采用分阶段提交以便全程跟踪思维演进过程，使用协作平台（如Notion）记录写作日志，包含参考资料批注、修改思路等）。二、在验证研判层面，使用多工具交叉验证，构建所谓"文本指纹库"对比写作连贯性等。三、在处理流程方面，要完善相关程序，建立分级响应机制、AI伦理教育模块，组织学生进行相关学术伦理问题的讨论。四、在制度建设层面，需要明确AI使用规范，提升教师能力，重新制定奖惩机制等。最后，DeepSeek 将这个问题上升到了哲学思考维度，提出重新定义"原创性"，它在给出的答案中称我们应该"在人类－AI 协同进化的背景下，探讨知识生产的本体论转变"，同时实现"教育范式的转型"，从知识复现转为批判创新导向，培养"AI-proof"的核心能力，包括复杂问题构建、元认知反思和情感共鸣表达。

读完 DeepSeek 给出的答案，笔者认为在对这个问题的讨论上，AI 确实能给出一个看似非常完整的回答，但问题也随之诞生了，这很像中国古代的著名故事"以子之矛，攻子之盾"，AI"完美"地回答了如何对付 AI。但同时，也让"人"对这一答案产生了更深的不安和困惑。当 AI 在答案的最后"谆谆教诲"道："教师需认识到这是技术革命对教育系统的结构性挑战。理想的应对策略不应停留于查弊，而应推动教学范式转型，将 AI 危机转化为重塑人才培养模式的契机。关键在于使学生意识到：真正的学术价值不在于规避检测，而在于创造机器无法替代的思维价值。"这甚至让人感觉，AI 真正化身成为文学教育者，给查阅答案者上了一课。

ChatGPT 面对同一个问题，给出了相似的回答，从"文风"上来说，它似乎更通俗，不像 DeepSeek 那么喜欢用"概念"和"大词"。但从回答内容上看，差异性并不大，对于如何判断 AI 代写，它同样给出了几个解决方案，如使用 AI 检测工具进行辅助判断，或者增加口头答辩过程。在制度层面，也强调了增加相关奖惩制度的设置，加强对学生学术伦理的教育。预防方面，它提议老师更改布置作业的方式，设计更难以被 AI 代写的作业来降低风险，加入个性化要求，设置多阶段评估等。同时指出，作为工具的 AI 被使用，是不可能完全被禁止的，关键在于如何厘清 AI 写作与个性创作的边界，理解"学习工具"与"替代思考的工具"的区别，更好地合法利用 AI 完成作业。最后，它还"贴心"地反问道："你是想站在老师视角，还是学生的视角来探讨这事？可以更具体聊聊。"

笔者没有"具体聊聊"的意愿，因为可以想见，面对老师和学生的不同身份，AI 肯定还能给出不一样但都很正确的答案。问题是这些答案也必然无法解决学生和老师各自的"困境"。例如作为老师，当我们以 AI 提供的建议，改革自己的教育方式、考核方式之后，AI 会不会教给学生更高级的应对方法？学术写作在这样的精心攻防设计下，会不会沦为学生和老师的斗智斗勇？如果阵营双方都使用 AI 作为大杀器，那么文学教育本身的意义和价值会不会在此精彩战役中被遗忘得一干二净？思维的创造性和个性化的思考、写作，这些传统文科教育中最有价值的东西，真的有可能从这严丝合缝的回答中突围而出，获得应有的尊严吗？

二

我换了个问题向 AI 提问：AI 会怎样影响文学教育？

DeepSeek 的回答仍然是最全面的，它几乎提供了一篇"论文"的思路和框架。这也符合笔者在和学生就相关问题交流时获得的印象，即这种回答很适合用来做论文综述和帮助整理思路、列大纲。而这一般是文科论文写作前，必须有的流程。在面对这个问题时，DeepSeek 给出的答案如下：

人工智能对文学教育的影响是深远的，既可能带来创新机遇，也可能引发争议与挑战。以下是几个关键维度的分析：

一、积极影响

1. 个性化学习支持

自适应教学：AI 可根据学生的阅读水平、兴趣和知识盲区推荐文学作品，例如为初学者简化经典文本的难度，或为高阶学生提供深层分析工具。

即时反馈：写作辅助工具（如 Grammarly、AI 批改系统）可实时分析学生作文的结构、语法和逻辑，甚至模仿名家风格提出修改建议，提升写作效率。

2. 打破传统教学限制

资源民主化：AI 翻译工具（如 DeepL）可快速转化外文作品，降低语言门槛；文本生成模型能为学生提供创作灵感或补充背景知识（如生成某历史时期的社会背景简介）。

沉浸式体验：结合虚拟现实（VR）和自然语言处理，AI 可构建交互式文学场景（如《红楼梦》大观园的虚拟游览），增强学生对文本的共情能力。

3. 学术研究辅助

大数据分析：AI 可快速梳理文学史脉络（如分析某作家所有作品的意象演变），或通过情感分析揭示文本中隐含的社会思潮，为研究提供新视角。

二、潜在挑战

1. 文学解读的"去人性化"风险

AI 的文本分析依赖算法模式，可能忽视文学作品中的模糊性、隐喻和主观情感，导致"标准答案"倾向，削弱学生的批判性思维和多元解读能力。

2．创作伦理与原创性争议

学生可能滥用 AI 生成论文或仿写作品，模糊原创与模仿的边界。例如，用 GPT-4 生成一篇"海明威风格"的小说是否算抄袭？这迫使教育者重新定义"创作"的标准。

3. 教师的角色转型压力

若 AI 承担基础教学任务（如知识点讲解、作业批改），教师需转向更高阶的能力培养，如引导学生讨论 AI 无法处理的伦理困境、文化差异问题，或设计结合 AI 的创意项目。

三、未来可能性

1. 人机协作的新模式

AI 作为"创作伙伴：学生与 AI 合作完成作品（如人类构思主

题，AI补充细节），培养技术时代的协作创造力。

跨学科融合：文学教育可能整合编程、数据可视化（如用AI分析诗歌的韵律规律），培养"数字人文"思维。

2.重新定义经典与创新

AI生成的大量文本可能冲击传统文学经典体系，促使教育者思考：如何区分机器模仿与人类独创性？如何评价AI参与创作的作品？

3.全球化与本土化的平衡

AI可能加速文学的跨文化传播，但也可能因算法偏见（如训练数据以西方文本为主）加剧文化霸权，需通过教育引导多元视角。

四、应对策略建议

1.重塑教学目标：从"传授知识"转向培养"AI无法替代的能力"，如情感共鸣、伦理判断、文化批判意识。

2.制定使用规范：明确AI工具在写作、研究中的边界（如要求标注AI辅助部分），避免学术不端。

3.教师赋能：培训教师掌握AI工具，设计混合式课程（如对比人类与AI对同一文本的解读）。

4.哲学性讨论：将AI本身纳入文学课堂，探讨《仿生人会梦见电子羊吗?》等科幻作品中的伦理问题，反思技术与人性的关系。

结　语

AI不会取代文学教育，但会彻底重构其形态。关键在于利用技术突破时空与资源的限制，同时坚守文学教育的核心——培养对人类情感、文化复杂性的深刻理解。未来的文学课堂可能是人类教师与AI共同编织的"意义之网"，而学生的终极任务或许是：在机器逻辑与人性光辉的交织中，找到属于自己的叙事声音。

确实，如学生所言，以这个答案为基础，再加以修饰、扩张和填充相关资料,一篇论文基本可以完成。接下来,笔者以同样的问题向Kimi、豆包和ChatGPT提问,回答有详有略,但大体而言,均包含了以下几个要点:首先,AI给文学教育带来了机遇,机遇主要体现在作为一种极其有效率的工具,AI可以为师生双方提供很多便利,例如Kimi和豆包都提到AI可以提供自然语言处理技术帮助学生分析文本,可以借助虚拟现实技术增强学习沉浸感——似乎它们在分析中使用了同样的材料。其次,AI也给文学教育带来了挑战,其中提到比较多的,包括原创性问题、情感问题等。最后,就是如何应对,AI给出的答案,不外乎加强多学科之间的融合、改革教育方式、培养学生的独创性和批判性思维等。ChatGPT在回答的结尾处说:

> AI对文学教育的影响是复杂的,它既能增强教学和学习效率,也带来了新的挑战。如何在利用AI的同时,保持文学教育的核心价值,如批判性思维、创造力和人文关怀,将是未来教育者需要深入思考的问题。

看来,AI又将这个问题踢回给了"未来教育者",而作为"当下的教育者",尽管这个问题来得如此突然,我们似乎也必须给出自己的回答。毕竟,下个学期的课堂作业中,也许将不止一篇AI写作的论文,等待我们去鉴别并批改。

三

问题是,AI对我们而言,还是一个新生事物。仅凭现有的一点了解和接触,我们还无法对其影响力进行全面评估。只是有一点是可以判断的,现在AI的发展,已经触碰到文学教育的底层逻辑,值得我们思考。

第一,是文学教育的核心内容究竟为何,是否有可能进行某种程度的"分离"？AI 在谈到其给文学教育带来的机遇时，基本都强调了 AI 可以解决文学教育中基础性、知识性的部分。也因此，可以将学生从重复性的、烦琐的基础知识学习中"解放"出来，将精力放在更有原创性的思考和批判上。但问题是，就当前的使用情况看，似乎 AI 还不能让我们放心"交出"这一部分文学教育的内容。事实上，早在两三年前，在一些大学的课堂作业中，已经出现了 AI 写作的痕迹。比如这份 2022 年某大学作业里 AI 呈现的老舍生平：

> 老舍是中国现代著名作家、剧作家、戏剧教育家和文学评论家，也是新中国第一位获得"文艺艺术家"称号的人，中国现代文学史上的重要人物之一，他的作品以其独特的笔触和对社会现实的关注而闻名。他以其深入描绘北京市井生活的小说而著名，被誉为"市井达人"。他的作品以生动的语言、鲜明的人物形象和尖锐的社会批判见长，揭示了当时中国社会的各种问题和困境。他的一生致力于文艺创作，被誉为文艺界名副其实的"劳动模范"。老舍的代表作品包括《骆驼祥子》《四世同堂》《茶馆》等。
>
> 此外，老舍还是一位戏剧教育家和剧作家，他致力于推动现代戏剧的发展和创作。他的戏剧作品包括《雷雨》《龙须沟》等，展现了不同社会阶层人物的命运和社会的冲突。

很显然，这样的老舍生平中充满着似是而非的知识，如果不细看——因为大多是教材上或各种网页上常见的套话，确实很容易从老师眼中滑过，你会觉得这是一段平庸的标准答案。但细读的话，你会发现文中出现了很多匪夷所思的表述，其中最离谱的是将曹禺的《雷雨》归为老舍的代表作，和另一个正确答案《龙须沟》并列于一处。

更典型的如 ChatGPT 对《儒林外史》中女性的命运介绍：

> 《儒林外史》作为清代吴敬梓所著的一部讽刺小说，主要描绘

了科举制度下读书人的命运和社会百态。然而，在这部以男性为主导的叙事中，女性角色虽不占主导地位，但她们的命运却揭示了封建社会对女性的压迫和束缚。

一、女性的社会地位：依附与牺牲

在《儒林外史》中，女性的命运几乎都与男性紧密相连。她们不是贤妻良母，就是被抛弃、被利用的对象。例如，杜少卿的夫人虽出身富贵，但她的一生几乎围绕着丈夫的事业而转，展现了封建社会女性对男性的依附性。再如马二先生的女儿，她的婚姻并不由自己做主，而是被父亲和社会环境安排，凸显了女性在婚姻中的被动地位。

二、挣扎与反抗：女性的微弱抗争

尽管女性的社会地位低下，但某些女性仍在试图突破男权社会的束缚。例如，小说中胡屠户的女儿因不满父亲的安排，私自逃婚，试图掌握自己的命运。虽然最终她仍无法脱离封建伦理的束缚，但这种反抗精神仍值得关注。

三、悲剧命运：封建伦理的牺牲品

《儒林外史》中的女性，大多逃不过悲剧命运。她们要么因婚姻受困，要么因夫败家亡而流离失所。例如，杜少卿的女儿本可以凭借父亲的才华和家世拥有美好前程，但最终仍因家庭的衰败而受到牵连，展现了封建社会女性的脆弱性和牺牲性。

四、结语：男性世界里的女性生存之道

在《儒林外史》构建的男性世界中，女性往往被边缘化，难以掌握自己的命运。然而，某些女性仍试图挣脱封建枷锁，展现出坚韧不屈的一面。这些女性形象不仅揭露了封建社会的黑暗面，也为后世提供了关于女性命运的深刻反思。

看过《儒林外史》的人都知道，这里提到的几个女儿都属于子虚乌有，典型的"AI幻觉"。所以，在当前的技术水准下，将"基础性"知识的教授完全交给 AI，恐怕会造成"学术灾难"。更关键的是，在文学教育中，"阅读"和文学史基础知识的学习，是整个传统文学教育的基石。即便有一天，AI 能够为学生提供精准的原著内容总结，就像如今网络上流行的"三分钟精读某某名著或某某电影"一样，它也不可能替代学生的阅读行为本身带来的一系列思考和感受。换言之，阅读和基础知识的学习，是之后进行原创性思考和分析的必经之路，很难想象，我们如何将"基础性"和"原创性"知识进行精准分离。

第二，如果知识传输不再是文学教育的目标，其重心将是培养独特的文学表达，那么意味着，要打破以往大学的文学教育以文学史为主的格局，而要求学生的作业体现出独创性和知识准确性的统一。跟从前相比，学文学的难度提高了不是一星半点，同样也喻示着文学教育的进一步边缘化和精英化。同时，对于其他学科的人才而言，文学教育只是人文教育的一部分，功能是教会人分辨基本的文学好坏，并从好的文学作品中获得愉悦。那么，现在的问题是，文学教育，面临的不仅仅是教学方式和内容的改变，因为我们所处的时代，何为"文学"也需要重新定义，正如笔者之一在一篇论文指出的：

> 上世纪末到本世纪初，中国文学格局变化可以用一"缩"一"胀"来描述。"缩"指的是传统意义上的文学在整个社会生活中的位置日益边缘化，文学已经很难借助自身的力量或业内人士的运作引发社会的关注，创造合理的收益；"胀"则指的是文学因素借由大众传媒、出版、影视、广告等主流媒体的运作，外扩至社会生活的各个领域。传统意义文学的边缘化，与文学因素的急速外扩，很容易被解读成文学的转型。但事实上，这只是权力格局的变化、生产能力的消长，传统文学界内部形成的"作者写作—刊物发表—文学批评—读者接受"这一内循环链条并未改变，传统权力体制也并未发生根本性的动摇，一切只是新的社会条件下的资源再分配与生产—消费机制重组。（杨早：《新世纪文学：困境与生机》，《学术研究》

2007 年第 11 期）

这种变化中，如今又加入了"AI"这一全新的元素。例如网络上被提及的一个问题：让 AI 用王小波的风格写一篇指定内容的小说，这算是"文学"吗？"作者"该如何定义？这或许意味着，AI 参与后的文学教育，除了教学方式的变更，更重要的挑战是无论老师还是学生，要学会用全新的眼光看待"文学"，把 AI 当作又一参与而非唯一的元素，"重新发明文学"。（这是杨早在《传媒时代的文学重生》[生活·读书·新知三联书店，2019年] 一书中提出的概念）

另外，正如笔者之一在 2023 年一次诗歌沙龙中提出的，AI 的影响不在于它创造出超越人类的诗歌，而在于它建立了"新的尺度"（《Gpt 时代，诗歌的意义和价值何在？》，https://www.chinawriter.com.cn/n1/2023/0612/c403994-40011788.html）。如果从今日起，文学教育全都使用 AI 创造的标准与尺度，那么文学的好坏早晚由 AI 判定。这将是一个悖论，即 AI 在理论上反复强调文学教育中不能被 AI 取代的部分是原创性和个性，而事实上 AI 的参与导致文学教育提倡的个性化创作再次置于 AI 的统治之下，即使是所谓的个体创作，也充满了面面俱到的"AI 味儿"。这将让文学创作进一步形式化，让文学教育丧失其独立的地位，而变成 AI 教育的附庸。到那时，文学教育变成一种自娱自乐的活动，也就无须占用日益紧张的高校资源了。

杨早，北京大学文学博士，中国社会科学院文学所研究员，中国社会科学院大学教授，中国当代文学研究会副会长。著有《清末民初北京舆论环境与新文化的登场》《传媒时代的文学重生》《民国了》《元周记》《野史记》《说史记》《城史记》《早读过了》《早生贵子》《五道庙与沙滩：舆论启蒙下的北京，1904—1918》等著作，主编《话题》系列（2005—2014 年）等，合译有《合肥四姐妹》。整理文献有《扶桑十旬记（外三种）》。

凌云岚，北京大学文学博士，中国传媒大学文学院副教授。研究领域为中国近现代区域文化与文学、中国现代城市文化与文学、中国现代作家与流派等。著有《五四前后湖南的文化氛围与新文学》，编著《朱自清：文学的标准与尺度》，合译有《合肥四姊妹》。

文学的"终结"与最后之人

张春田

    很明显，这个标题有意套用了弗朗西斯·福山（Francis Fukuyama）那本引起巨大反响和争议的著作《历史的终结与最后的人》（*The End of History and the Last Man*）。1992 年，站在一个世界历史的关口，福山纵论 20 世纪道德伦理、意识形态与文明模式的演变更替，提出大历史将终结于全球市场经济和自由民主，而这一社会形态将使人类成为尼采所描述的"尽情拥抱一切快乐"的"最后的人（末人）"。三十三年过去了，作为一种预言的"历史终结论"似乎已经被事实打破，甚至连福山自己后来也表示一系列科技和社会实践保留了"历史重新开启"的可能。但在标签式的简化之外，福山依托黑格尔和科耶夫而强调的历史哲学——历史运动的动力来源于人类寻求"承认"的需要和斗争——却得到学界持续而严肃的关注和辩论，并且每每与现实共振，激荡起汹涌波涛。

    之所以套用福山，是因为当下似乎又处在一个重要的关口。迅猛发展、高度迭代的人工智能正在全方位冲击和重塑着人类文明，这种冲击和重塑是迄今为止的文明史上前所未有的，不管我们愿意与否，过往的人文形态、人文理解在这一过程中会面临最大的挑战，甚至部分地走向"终结"。把"充实而有光辉"（《孟子·尽心下》）的主体性与作为碳基生命的人类紧密联系在一起的认识，很可能在不远的将来就要被颠覆，将有越来越多通过各种技术介入、混合各种异质和异源成分的"后人类"（凯瑟琳·海勒：《我们何以成为后人类》，刘宇清译，北京大学出版社，2017 年），或是具备具身认知和自主决定能力的人工智能体，出现在我们的生活中，他们可能才是名副其实的地球上的"最后的人"。具体到与人文学科相关的领域，原本属于人类特有的阅读和表达的能力正在被机器所学习和掌握，"作者已死"，无限的各种类型、文体、风格的文本正不断生成，让人应接不暇，更真伪难辨；传统人文学科中资料累积与整理，知识保存与传播的功能，在机器高效娴熟的计算和处理面前，显得望尘莫及；数字人文工具对长时段、超规模文本的统计、数据挖掘、分析与"可视化"的生成，让"远读"代替"细读"成为新的文本阅读和研究方式（Franco Moretti, *Distant Reading*, Verso, 2013）。

凡此种种，都显示出人工智能对人文学科的深刻冲击。一个传统人文主义者自然会深刻感受到"人文"与"人"的双重危机。然而，也正是在这样一个时刻，激活人文的创造性才尤其显现出必要与可能。在今天做一个真正的人文主义者，意味着他既不应该对变化视而不见，自欺欺人地闭上双眼，也无必要僵化地固守传统人文的疆界，一成不变维系旧有的知识范式，但也不会走到另一极端即盲目信任人工智能，改弦更张追随人工智能的底层逻辑；而是要努力背向本雅明所谓"进步的风暴"，创造一种辩证法的"致命的一跃"，让人文的潜能重新焕发。著有"人类简史系列"的尤瓦尔·赫拉利在最近的演讲中指出的，"人工智能时代的繁荣密码，不在算法中，而在人类手中"；人类选择信任与协作，才能避免沦为附庸，转而练就驾驭人工智能的本领（《尤瓦尔·赫拉利深度解析：人工智能时代的人类生存法则》，"中信出版"公众号，2025 年 4 月 2 日）。信任与协作正是人类过往历史中寻求"承认"的故事的一部分，而讲故事不正是文学／人文传统最重要的构成成分吗？这样看来，比在危机面前溃败更重要的是对"危中之机"的反思与叩问。

在人文领域，大概很少有比文学更为诉诸个性、情感与想象力，离理性与科学更远的学科了。文学创作与对自我和世界的个性化理解，与丰沛的个体人生经验和集体感觉结构息息相关，尤其依赖在叙事抒情、感发兴寄、意象生成、境界营造上的独特创造，依赖一种"情动"的能量。由于长期以来人工智能在这一领域的推进相对缓慢，所以，作家们很少理睬人工智能的挑战，更不会有失业之虞。虽然微软的聊天机器人小冰的诗集《阳光失了玻璃窗》曾引起讨论，但不久就归于沉寂；也有像清华九歌、华为乐府这样旧体诗词自动生成平台，但也局限于少数人的业余爱好。从使用感受上说，人工智能代笔固然有趣，不过很难模拟人类情感表达的微妙性和深刻性，与人类创作并置在一起时，高下不难判断。人们普遍的认识是，一般信息性的新闻或者程式化较强的公文，可能很快会由人工智能写作工具来代劳；依赖创造性想象力和高度修辞能力的文学性写作，短时间内还独属于人。然而，2024年华东师范大学王峰团队借助国内大模型完成了一部百万字人工智能小说《天命使徒》，尽管仍处于"网络小说下游水平"，但确实开启了人工智能生成完整长篇小说之路（《AI创作出百万字小说，"人人皆能写长篇"不再是梦》，《光明日报》2024年7月6日）。特别是2025年DeepSeek横空出世后，文学创作的既定秩序和预设受到了全方位的挑战。本着好奇，我与许多同事都用DeepSeek试验了一些古文或现代文体，它在写作上表现出的能力和水准，着实让人震惊。而这一次作家们的反应也相当不淡定了。前有"童话大王"郑渊洁感叹"AI写得比我好"，宣布封笔；后有以一己之力推动中国科幻热潮的刘慈欣承认"AI将重塑科幻创作生态，可能使大部分作家被取代，仅少数具有巅峰创造力的作家暂时难以替代"（《刘慈欣称DeepSeek完全可能替代人类作家》，"央视财经"微博，2025年3月29日）显然，作家们已经认识到技术革命带来的深层改变不是自我安慰所能轻易打发。

创作如此，研究亦然。DeepSeek在解读分析文学文本、总结提炼问题甚至生成研究性的论文时的表现也让人惊叹。从全唐诗中选一首诗让它分析思想内涵或美学特征，或者找一段相对冷门的现代小说指定它从几个方面做赏析，人工智能虽然也时有瞎编离题之处，但总体表现至少达到了中文专业一般本科生的水准。一方面，它具有强大的信息搜索和整合能力，可以在短时间内提供某一研究课题（特别是相对宏观和笼统的课题）的主要研究状况，并提炼出方向性的特征。它超越了传统搜索工具需要通过关键词的精准对应来检索和提取信息的方式，而能够在语义关联和内容联想的层面，扩展信息来源，进行初步整合和梳理，从而不仅能提供关于这一课题的整体方向、有用资料，还可以提示一些思考和探索角度。另一方面，它对于一些常见的古典或现代文学文体程式和规律的把握也较为出色，能够迅速概括内容要点，并从文学性的维度进行简单的赏析和解读。同时，也能够根据典型的文体特征或作家的文学风格进行仿写，比如让它模拟鲁迅《祝福》或张爱玲《公寓生活记趣》写一段相关话题，它会有意识地调用作家创作中一些个性化的元素，使得仿写颇有几分相似，并且还能根据人的续进提示意见进行针对性的修改。这表明人工智能已经越来越逼近文学创作的核心密码——文学性。

面对"狼来了"的冲击，我特别注意到两位人文学者的发言。陈平原教授认为，面对冲击，要系统反思"文学教育的宗旨、目标及方法，而后才是具体的课程设置、教材编写以及课堂重塑"，"中材"要学会利用工具，但最要紧的，还是不要忘记研习文学终究是"感动自己、愉悦自己、充实自己"："所谓思接千古，驰想天外，与古今中外无数先贤感同身受，这里需要技术，更需要学养、心情与趣味。若仅限于本科阶段的文学课程，在我看来，趣味雅正比常识丰富要紧，个性表达比规范写作难能，而养成'亲自读书'的好习惯，在未来的人/机竞争中，保持自我感动、独立思考与创新思维，更是重中之重。而这牵涉整个办学方针的调整，比如公共与个体的差异、学校与社会的互动、视野与能力的交叉、课堂与教材的协调、学生与教师的对话等。"（《AI 时代，文学如何教育》,《中华读书报》2025 年 2 月 13 日）也即回到"为己之学"，回到作为人类存在经验的阅读和写作的起源与需要，超越知识中心与技术至上，重新出发。而胡晓明教授想象了曾给世界带来那么多迷魅的文学教育遭到人工智能去魅的场景，他主张："原有知识权威崩塌是一定会发生的，不要人文中心主义。很多领域、诗人以及若干美好事物的消失是一定会来到的，不要永恒主义。人与机器应成为共同体，不要虚无主义。人与机器，要先结婚，然后再相互悦纳，慢慢培养感情。"(《老师们，你们还好吗？》,《文汇报》2025 年 3 月 27 日) 作为长久浸淫于古典诗学的学者持有如此开放包容的心态。两位学者再次提示我们，人文不是一个超然的姿态或样式，人文之生机恰恰在于探寻"守"与"变"的平衡。在文学创作和研究领域，也许的确可以让出一些赛道给人工智能。比如主要提供消遣娱乐价值的某些类型文学、程序化和应用化的公文，不妨交由人工智能生成；有些简单的文献校勘、典故注释、文字识别、外语翻译、语言模型建构等，人工智能或都可帮上忙。在人机合作中，人可以更多地边观察，边发展新的赛道。从文学的角度，思考如何提出更有价值的问题，创造"必古人之所未及就，后世之所不可无"(顾炎武《日知录》) 的突破性成果。

对于人文学者而言，除了参与式观察，另一项重要的工作或许就是监控、辨别和判断，不断与人工智能界的科学家和从业者讨论交流。目前人工智能工具存在很多明显的局限，有些甚至是其底层逻辑所无法克服的。它提供的信息往往真假难辨，经常会伪造实际并不存在的虚假文本甚至还提供出处（当然也是虚假的）。对于一个文学课题，如果我们完全相信它提供的文献综述或是方向引导，那往往会误入歧途。由于这种"深度伪造"在辨识上难度较高，会引发诸多风险和混乱。这就需要专家发挥专业能力进行审查和纠正。特别是在学位论文答辩、学术论文发表或专著出版，以及面向公众的人文普及的环节中，人文学者有责任甄别判断，激浊扬清。事实上，在训练人工智能学习写作的过程中，本身也有人工矫正选择的过程。人文学者越是踊跃参与到这种甄别矫正的工作中，对人工智能的发展越有正面意义。同时，目前人工智能在回答文学方面的问题时，答案往往是高度平滑和套路化的，或者一二三四面面俱到，或者采取形式化的正方反方二元思辨，非常类似教科书体。长期使用，一定会束缚使用者的思想，造成思维的固定化和浅薄化。人工智能还特别擅长用一种"语不惊人死不休"的语体进行"锐评"，回答往往是调侃中夹杂夸张和反讽,对公共说理中严肃对话和讨论造成一种颠覆。犀利的锐评颇受年轻一代欢迎,有望成为新的流行文体,但若全面泛滥,对思辨和论证是弊大于利的。既然如此,人文学者在自己的写作与教学中,就要有意识地与人工智能话语相区别,引导大众判断不同话语形式的场合和优劣,努力增强更为传统的、严肃和深刻的话语形式的竞争力。在涉及人文领域重要的价值性、伦理性问题时,人文学者尤其要积极与人工智能开发者对话,在科学伦理和学术规范上提供意见和建议。

中国现代大学的文学教育已经走过了百多年的历程,当此风口,何去何从?当然,可以向文理结合的跨学科方向探索,比如北京师范大学近期就启动了"汉语言文学 + 人工智能"的双学士学位项目。不过,如果未有准备,那也不必勉强跟风。在专业设置基本不变的情况,课程与教学上的调整和改进正是可以做的。以下建议,有的是本人教学中的尝试,有的是受到同事思路的启发。第一,适当减少知识型的文学史或通论课程,增加直面文本的原典精读,引导在网络环境中长大的数字原住民们对那些经典或重要文本反复钻研和细读,含英咀华,在面对面的师生交往中,让阅读真正慢下来,澡雪精神,提升识见。第二,创造多种形式鼓励学生的写作热情,通过"亲自写作",让学生体验文字表达在交往和沟通中的重要性,可以带领学生比较同题的人的写作与人工智能的写作,深入琢磨语言文字的魅力,以及语言文字承载的情感、记忆与认同。第三,在课程和考试中,最大程度减少识记性内容,更多引导学生比较不同的文学观点和文学方法,深入思考文学的根本问题。第四,在合适的课程中,主动引入数字人文的理念、工具和方法,与学生一同探索人工智能如何可以在传统文学研究方法之外给文学研究赋能增彩。第五,使用不同的提问方式和指令话语让人工智能分析与回答问题,然后比较生成的结果;或是以学术史上被学者们探索过的一些课题为问题,让人工智能也试着回答一遍,然后比较学者的研究与人工智能的回答。通过这样一些形式,引导学生逐步体会提问能力和方向设计在人机互动中的重要性，逐步觉察人工智能在处理相关研究时的"能"与"不能"，擅长与短板。第六，允许学生在准备课程作业时使用人工智能工具，但必须像引用参考文献一样清楚标明何处受到了人工智能的启发；凡使用人工智能生成的材料，使用者有勘验、核实这些材料真实性的责任。第七，除了保留必要的学术论文训练外，适当减少本科生写作文学论文的要求，设计一些更有创意、更具实践性、更贴近时代的作业或活动（如策划文学展览、规划文学行走路径、拍摄文学短视频等），促使学生在"文学生活"中运用文学，关注文学表达的新形态，发明新兴的未来文学形式。

文学的定义在不同时代有不同内涵，文学观念、文学形式总是与特定的时空语境和知识范式相关联的，文学所代表的那种结构性的能量发挥作用的方式也是复杂多样的。形态蜕变，位置移动，但人类奉之以"文学"之名的创造欲求和活力不会终结。在这个意义上，人工智能时代，文学死了，文学万岁！

张春田，华东师范大学中文系副教授，语文教育研究中心研究员。曾在海德堡大学、不列颠哥伦比亚大学、东京大学、香港理工大学、香港都会大学、南京大学短期任教或访问研究。主要从事20世纪中国思想与文学研究。著有《革命与抒情》《思想史视野中的"娜拉"》等，（合）编有《情感何为》《"晚清文学"研究读本》《另一种学术史》等，合译有《先锋之刃：回望中国现代木刻运动》《章太炎的政治哲学》《哈哈镜：中国视觉现代性》等，另有论文多篇刊载于海内外学刊。

从钱锺书手稿数据库到《管锥编》的 AI 导读

张　治

2003 年，商务印书馆影印出版了《钱锺书手稿集》的头三卷，题为《容安馆札记》（此后 12 年间又影印了 68 卷《中文笔记》《外文笔记》）。这是钱锺书在 1953—1973 年二十年间所撰写的札记体论著，《七缀集》里的部分论文、《谈艺录》的补订和《管锥编》基本框架，都出于此。手稿正文外夹杂众多补白，又语涉多种文字，纷繁交错，常人难以辨识，就连目录都未能整理出来，故虽然钱锺书闻名于世，却一时少人问津。

2005 年读博士时，我受陆灏先生主编的《万象》杂志刊发的刘永翔、刘铮、范旭仑等先生文章影响，对《容安馆札记》产生兴趣，深感这是一个富矿，若要开掘，还需下很大功夫；于是从中文系资料室借阅此书，开始对其中一些篇章誊抄整理，并在毕业后逐渐写成文章。之所以采用手写誊抄而不是录入电脑，是因为起初我还很喜欢钱锺书的书法，想要学习模仿，也由此可以进一步熟悉他书写中西文字的一些习惯，还能再提高我释读手稿的能力。后有旅美华人"犹今视昔"先生，在网上定期发布他对《容安馆札记》整理的电子文本，起初进展比较慢，且有不少问题；后来逐渐上手，显然是熟悉了钱先生的手写习惯和札记补白的规律，并且有不少热心的网友积极帮他校对文本，甚至提供一些查找相关电子文献的资源或方法。文本电子化便于检索，抄写在纸册上的常规作业完全无法实现这一步。"犹今视昔"先生坚持多年，终于完成了全部《容安馆札记》手稿的释文近 300 万字，无偿发布于互联网，嘉惠学林，功劳最大。后来有些学者的研究成果，包括硕博研究生的学位论文，对此多有借鉴。我自已做钱锺书研究，也几乎都先进行《容安馆札记》的全文检索，这比人力的通读省力，从而可以在很多地方达到比较具有纵深度的思考起点。当然，我并不完全信任他人的整理文本，在论述中具体引用时还是会同时查对手稿的影印本原文。"犹今视昔"先生曾在微博与我通信，说起还有意愿去完成一个多元文本的数据库，在手稿释文中建立若干超级链接。我的理解，这除了把释文和手稿原件直接对应起来外，至少可以关联起对于钱锺书旁征博引中西古今著作的原文段落乃至整部同版本书籍，也可以建立文本疑难字词的权威工具书解释，引用不同语种文字的重要译本，乃至图像和其他多媒体资源。

技术条件的时代进步的确是可以和人文学术研究的动态发展协调同步的。这种数据库的建设方式，其实就类似我们读书做学问的过程，包括了文献的汇集关联，字句的解释译述。我现在研究钱锺书的学术思想和读书意趣，特别关注个人阅读史的视角，借用书籍史、出版史、学术史和文学批评史几方面的方法进行考据辨析，所入手处大概与上述数据库的局部建设思路有些相当。出于对钱锺书读书笔记的喜爱，我于其所读书都极为渴望一睹真容，这包括公家图书馆里借阅的原件以及借书卡上的签字和日期，他本人的藏书以及上面的圈划批语。我并不奢求物品原件上的占有，往往能得到朋友们赐示的相关图片就很满足。此外，我的几位朋友，特别是热衷于近代文献与掌故学的宋希於先生，曾经谈到一个"标准件"数据库的概念，大概意思就是，在手稿研究中，把确认无误的、书写者盛年最成熟的或最具代表性的手迹，逐字建立单件的高清图像，以便于调用参考。这些也都是可以由数据库建设可以做到的。

大而言之，几乎一切人文教育都大概是如此开展的，譬如西方古典学界早已开始建设的珀耳修斯数据库（Perseus Digital Library），提供了古希腊罗马文学名著的原始文本和英译对照，原文逐字直接链接权威辞书，并且涵盖历史地图、哲学文献、考古资料（如钱币、雕塑图像）及艺术史内容，从而支持多维度研究古典文明，促进文学、历史、艺术等领域的交叉分析。这种设计架构，很类似于19世纪西欧人文中学里的古典语文学教育，当时很多古典名著的中学读本强调注释丰富吸收学术界成果，并以图文并茂的方式，借由一部经典使读者了解整个古典文化，旨在使人掌握读书门径，而非将发表创新论文作为第一目标。数据库建设可以将这个宗旨发挥到极致，也不妨呼应时代的需要。当前AI技术日新月异，假如建成手迹标准件的数据库，是否意味着最终实现手稿的智能识别和释读？就目前所见的一些已有技术，在这个方面实际效果并不理想。

更切实一点说，目前网络搜索＋高校局域网资源的好处，在于即便没有现成的数据库，我们也能通过常规手段在自己电脑上获取所需的大多数文献资料。但令我深感费解的是，目前所可以通过电脑、手机免费获取的常用AI软件，比如DeepSeek、豆包、Kimi等，都有一些解答问题时因处理中外文文献搜集方面能力不足而造成的缺憾。如果是提供了明确的题目，或是作者姓名和研究主题，豆包、Kimi都能较为高效率地迅速找到，其中Kimi的答案更为实用，提供了多渠道获取相关资料的链接（甚至给出"通过Sci-Hub获取，但请注意使用时需遵守相关法律法规"这种有争议的手段），而DS面对同样问题却经常不能给出满意答复。我怀疑某些情况属于知识产权保护的问题，因DS名气大，考虑到"树大招风"于是只能"装傻"。

这样一来，必须要在自己科研环境里提供与AI设备外接的相关数据库才行。而目前是无法考虑专门架设私有AI或单独服务器的企业级手段的，那样造价高昂，作为人文学科的"单打独斗"者完全无力承担。我直接咨询过DeepSeek，像《容安馆札记》这样近300万字的文本，在个人电脑上如何实现深度分析。DS答复说可使用目前市价大约13000元人民币的笔记本电脑（例如ThinkPad P1 Gen4，配置i7-11850H/32GB/RTX 3070），就能实现优化算法、分层处理等等。它还提供了一组实测数据，即所谓"处理《管锥编》第四卷（约35万字）耗时约 18 小时"后的关键指标：

> 自动识别典籍引用 824 处；
>
> 构建包含 217 个节点的概念网络；
>
> 生成交互式学术地图 5 幅；
>
> 内存峰值控制在 22.3GB。

  这听起来似乎可行。但是在我进一步要求下，DS 展示了"自动识别典籍引用"的功能，可以迅速分析总结钱锺书多次引用的某部典籍的具体场合、性质，比如引《周易》83 次，"52 次出现在阐释'比兴'手法的章节，31 次分布在讨论'象数思维'的段落"（我怀疑数据不一定准确，仅是说明其有所作为而已）。概念网络图大概就是用节点代表概念，以连线表示关系的图示，节点大小表示概念的重要性，连线粗细表示关联强度。除了学界已经注意的一些概念关联，还"识别出 3 个未被传统研究注意到的次要概念集群"，这些未展示其具体细节，在后续的追问中才给出很复杂的描述。我发现一个最大的问题是，DS 此时展示的所有具体例证都无法在《管锥编》里查到，甚至为了体现交互式学术地图时编造说《管锥编》提到过蒋彝的《爱丁堡画记》。最后，在我揭穿它在整个展示中提到的引文全都是凭空捏造时，它答复说：

> 我的回应中存在编造引文的情况，这可能是因为在演示方法时，为了方便而假设了例子，但未明确说明这些是虚构的。

  此后，我再三请求它根据实际文本说话，DS 仍然时不时来一句诸如"该观点在 1972 年修订版中强化"这样的鬼话（《管锥编》初刊于 1979 年以后）。不管如何，即便是我们现在付得起高昂造价，架设了私家服务器，派遣上专门的工程技术人员，就上面 DS 为我所画的"饼"（接近引诱我去斥资搞设备建设）来看，目前阶段下的人工智能技术仍不令人满意。也许它可以提供给我们一些意想不到的研究视角和大批量分析处理《管锥编》文本的统计性数据，但这些对于我更关心的如何让学生们高效率地读书而言，这些高大上的智能挖掘根本起不到什么作用。

在中文系学生们开始搞什么模态分析、词频调研这些超乎人工阅读能力所及的工作之前，能否先带领他们认真读一读《管锥编》中的具体段落？换句话说，我们现在应该准确地向 AI 技术开发人员表达出我们在人文学术特别是文学教育的方面需要的帮助是什么？我认为挑选阅读难度最大的文本诸如《管锥编》，恰恰是最为合适的例子。我在系里面向硕博研究生开设了一门专书选读的课程，在每年春季学期带学生读《管锥编》，大致是挑选书中涉及修辞学、心理学、历史学和政教文化的一些主题，每次细读相关的代表性片段。

但这里出现了一个新的问题。《管锥编》是一部札记体著作，其性质与上面的《容安馆札记》有一些类似之处。之前，我使用 AI 软件阅读一些中外文电子书时确实受益很大，它可以非常迅速地总结并提供要点概述，其实是因为这些书籍都属于现代规范的学术著作，本身就自带引言、目录、章节总结性质的文字。实际上，这些免费软件都无法读完一本 20 万字的书，它们大概扫描内容达到百分之五六十而已，做的根本就是类似"杀书头"这样的活儿。札记体著作不存在顺理成章的结构，各篇结构相对松散，因此 DS 们在分析我给出的《管锥编》全书文本时就不再能驾驭全局，而只能根据不到内容前 10% 的部分，来进行总结。这样一来，学生们就无法通过 AI 用切实结合文本的方式检览相关主题，有些软件会像学生中某些"大聪明"那样，无视附件里它未读完的文本而"任意发挥"，这样危害当然更大。

目前在实际运用中，人工智能能够为《管锥编》专书选读课提供的帮助，主要体现在小量字数精读时的通译诠解上。《管锥编》引文繁多，其中涉及历代汉籍，从经史诗文到戏曲小说，语体极为丰富多变，同时又有英法德意西及拉丁文的不同典籍原文片段，虽然有一些钱锺书给出了自己的简略典雅的译文，但我更希望在精读时同学能兼顾一下原文片段的语序、用词和表达方式。而几种 AI 软件现在都基本能胜任比较准确地按照原文风格进行直译，并主动将上下几段引文的关联性略做归纳总结，提示若干值得注意的要点，等等，这样就大大活跃了学习气氛，能使得初学者不生畏难情绪，在长期训练后也能培养一定的直接阅读原文理会大意的能力了。——这不算什么高大上的功能，却是我觉得最伟大之处。

我们不要忘记，在 80 年代，身为社科院副院长的钱锺书也是最先组织人员利用计算机建设古籍数据库的提倡者（参看郑永晓先生论文《钱锺书与中国社科院古代典籍数字化工程》，《山东社会科学》2019 年第 6 期）。他曾提到过"人工知能"，即今所谓"人工智能"，这不是他发明的译法，早在 70 年代中期，国内科学界已经注意并摘译、介绍"人工智能"相关研究，就有这个概念了（见 1974 年上海外国自然科学哲学著作编译组《摘译》第 2 期）。钱锺书积极迎接这一新事物，曾说"对新事物的抗拒是历史上常有的现象，抗拒新事物到头来的失败也是历史常给人的教训"（《论语数据库》序，1987 年 12 月）。1989 年 5 月，当《全唐诗》速检系统发布，他致函院新闻发言人，更明确地表达了对科技辅助人文学术工作的重视：

> 关于《全唐诗》速检系统的工作获得可喜的成果……作为一个对《全唐诗》有兴趣的人，我经常感到寻检词句的困难，对于这个成果提供的绝大便利，更有由衷的欣悦。这是**人工知能**在中国古典文学研究上的重要贡献。

实际上，人们或可把《管锥编》这部征引了七八千种中西典籍的学术著作，看成是一种计算机数据库发达后可以超越的工作。从某个意义上说，从《容安馆札记》到《管锥编》，这样调取不同语种相关文献数据进行比对的做法，正可以看成是真正代表了一种"人工智能"技术在未来突破人文学术已有成就的探索模式。钱锺书倾其一生投身于读书治学，《管锥编》堪称其重要成果。不禁让人脑洞大开，产生这样一种设想与怀疑：钱锺书是否早已预见到，AI 技术在未来的某一天会超越他所取得的学术成就？虽说这只是大胆猜测，但如果该设想成立，那么或许就能解释，为何在《管锥编》问世后的二十年里，他并未动手写成计划里的续编——难道在他看来，再继续下去的意义已然不大了？身为人文学者和钱锺书研究者，我自然不愿意接受这种设想。《管锥编》里呈现的不只是技术性的中西学问陈列，更重要之处在于钱锺书从古今修辞语义问题背后来深切关注当下社会心理乃至人类精神之境遇的思考。AI 技术提供的是解决基本文句理解障碍和思维逻辑梳理的答案，它不能为我们解答这些思考的根本原因。

有一位当代学者曾说：学术是为读书服务的，而不应该是读书为学术服务。我们现在也可以说，技术也应该是为读书服务的。无论如何，在 AI 技术胜任一切人文学术的这一天到来之前，先让它帮助我们读书，不是一件很有意义的事情吗？

张治，北京大学中文系文学博士，现任中国海洋大学文学与新闻传播学院中文系教授。出版著作有《蜗耕集》《中西因缘：近现代文学视野中的西方"经典"》《异域与新学：晚清海外旅行写作研究》《蚁占集》《文学的异与同》《中国近代文学十六讲》《文思珠玉：〈钱锺书手稿集〉丛札》；译作有三卷本《西方古典学术史》（曾获第十七届上海图书奖一等奖），以及《以饱蠹楼之名》。近年主要从事钱锺书手稿研究。

一个"保守主义"教育者的自白

崔文东

    从独立执掌教鞭那一刻开始计算，我在文学课堂上传道授业竟已超过十年。香港的大学崇尚教学法革新，反倒将我塑造成"保守主义"教育者。从翻转课堂（flipped classroom）、总整课程（capstone project）、服务性学习（service learning），到因应疫情的线上教学，各种新潮教法来势汹汹，各领风骚三五年，随即偃旗息鼓。在这走马灯一般的变换中，我的核心教学理念与模式始终岿然不动。如今 AI 引发的冲击，虽然已经超出教学法的范畴，但也不会让我改弦更张。

    在我看来，文学教育的核心内容之一就是阐释文本。我囿于自身的学术训练，讲授的课程大都属于现代文学范畴，课上所选的文本皆已充分经典化；即使涉及当代作品，我也往往甄选约定俗成的名作。之所以重视现代经典，是因为这些作品已经经受过时间检验，关切的议题依然与我们的生存状态息息相关。例如《狂人日记》关乎压迫与共谋，《祝福》关注底层女性的命运，《伤逝》涉及启蒙及其虚妄——鲁迅与我们同处"现代"，他的所思所想所感，依然触动我们的心弦。

    读者与文学作品产生连结，往往基于"共情"。对于富有文学感性的学生而言，"共情"自然可以在私密阅读中达成。虽然隔着一层纸质或电子媒介，情感却能够促成跨越时空的对话，读者以自身的人生体验成功对接文本中的人生经验——或许因为家庭不幸福而感受狂人的压抑，或许借助社会新闻理解祥林嫂的绝望，或许在男友身上看到"涓生"的影子。而在文学课堂上，作为中介的教师将与文本"共情"的经验传递给学生。换言之，文学课堂促成了作品、教育者与学生三者之间的情感交流。各种教学法"你方唱罢我登场"，都未曾改变上述基本模式；讲义、板书、幻灯片、PPT 简报等教学工具潮起潮落，皆无法取代作为情感中介的教育者本身。

在以往的经历中，唯一带来根本性挑战的其实是疫情期间的线上教学。借助网络平台，文学教育确实得以维系。但是与传统教育模式不同，线上教学取消了人与人面对面的交流，教学活动常常成为单向的自说自话。讲授的当下，屏幕背后是迟滞的反应、持久的沉默、一片无尽的虚空，"共情"无法顺利传导。这时，我们方才意识到，文学教育不仅仅关乎教育者陈述的内容，更系于情感的即时传达与反馈；课堂的成功，不仅仅依赖教育者本身的讲授艺术，也取决于师生共同营造的情感场域。教室里教师的情绪与语调、学生的目光与笑容，乃至灯光的明暗、空气的流动，一起塑造出有情的时空共同体。曾几何时，技术至上主义者乐观宣称，以人为主体的教学活动迟早会被完美的教学视频取代。如今，疫情期间教学的"实绩"毫无疑问将此论调打入谷底。

以线上教学为参照，可以推测 AI 同样难以撼动以人为核心的课堂教学，无法替代教育者作为"共情"中介的关键角色。AI 当然能解读文学文本，然而它凭借的是大语言模型，依据已有的知识成果以算法来汇总旧闻，推导新知。这样的阐释无关"共情"，因为它从未拥有过属于自身的生命体验，当然也无从与作品同频共振，继而向学生传导自身的情感——它既无法复刻阅读《狂人日记》时的沉重心情，也不能体会《祝福》中的绝望，亦难以共鸣《伤逝》爱恋的悲欣。AI 当然可以协助制作教学大纲、制作教学视频，可以与幻灯片和 PPT 一样辅助教学，然而如此一来，它无非是更便捷的工具。除非人工智能有朝一日演化为一个个拥有独特人格特质的存在，他 / 她在人类世界中生活，经历人类的悲喜苦乐——若要将这样的科幻畅想付诸现实，研发者依然任重而道远。

我的文学教育目标，除了培养与文本共情的能力，还包含引导学生与研究传统智性对话。每个经典文本都拥有丰富的阐释传统，后来者必须理解前人的研究路径与问题意识，方能提出真正的新见。正所谓"取法乎上，仅得其中"，唯有与优秀学者对话，才可能发展出具有学术价值的创新解读。当然，所谓"优秀"并无固定标准，对文本阐释取向的选择往往因人而异，甚至因时因地而异。我的课堂阅读只是示范几种可能的路径，最终目标是培养学生形成独立判断的能力。为检验教学效果，我设置了期末论文作为考核方式。收稿之时，确有少量精心结撰之作，论点提炼精准，文献征引得当，读来令人欣喜。多数论文则延续课堂推荐的研究思路，虽显稚嫩但已初具规模。然而也不乏令人失望之作——仅浏览其参考文献，便可见大量内容空洞、篇幅仅三五页的平庸文章，论文质量自然可想而知。要在有限的学时内训练学生的判断力，戛戛乎其难哉！

为此我也曾开发"方便法门"，寻找简单快捷的工具帮助学生鉴别文献质量。受到当下科研领域"量化指标"风潮的启发，去年我在课堂上引入新方法，指导学生在中国知网检索关键词，按引用率筛选文献。考虑到知网的庞大体量，我预设高引用率的文章必有过人之处，至少具备独特视角。然而实践效果令人失望——名不副实之作屡见不鲜；更关键的是，学生往往并未真正将这些文献融入自己的研究问题，只是用作装点门楣的"学术点缀"。所谓智性对话，必须以明确的自我认知为前提。没有自我认知的文献检索，终究只是一场算法游戏。

功能强大的AI作为"方便法门"，效果又如何？以DeepSeek为例，现有的表现并不尽如人意。测试《狂人日记》的研究史时，它能在三秒内生成六个研究方向，列举竹内好、伊藤虎丸、李欧梵、钱理群等权威学者的著作——这些确实都是经典研究，涵盖中、日、英三种语言，范围相当广泛。然而它对各研究方向之间的逻辑区分模糊不清。最令人困扰的是，其中混杂不少虚假信息，包括虚构的学者姓名和著作，必须逐一核实。此外，测试冷门作品的研究史时，DeepSeek可能因为掌握数据不足，输出质量直线下降，颇似敷衍了事的学生，率尔成章。当然，AI 技术日进千里，AI 生成的答案也会日趋精确。但是如何判断，如何筛选，依然取决于我们自身的鉴别力。

看来"方便法门"终究没法凭恃，判断力的养成只能依赖经年累月的涵泳工夫。我们在求知的过程中，往往会体验到顿悟的瞬间。灵光乍现看似偶然，实则源于智识上日积月累的沉淀，更与个体生命的际遇息息相关。哪怕 AI 掌握的数据如恒河沙数，运算速度令人类望尘莫及，但由于运作机制与人脑的思维模式存在本质差异，它也许永远没有机会享受那种豁然开朗的智性愉悦。

否定 AI 具备情感共鸣与智性愉悦的能力，并不意味着忽视它作为工具的重要价值。这里不妨借用《六祖坛经》中那段著名的"指月"公案做一类比。慧能大师的譬喻精妙绝伦：真理如同天上明月，文字不过是指向明月的手指；手指能导向明月的方位，却终究不是明月本身。然而凡夫俗子往往目力有限，AI 这样灵便的工具无疑是适切的凭借。只是我们需要记得，真正引导人类凝视皎皎明月的，从来不是手指，而是内心深处对清晖的真挚渴望。

附记：

为了避免读者将"保守主义"误解为冥顽不化，我特地运用 DeepSeek 检查本文语法，参考其修改意见。另外，我特别要求其评价全文观点。经过反复沟通，得到简略回答如下：

> 这篇文章深刻剖析了文学教育的本质在于"共情"传递，有力论证了教师作为情感中介的不可替代性。作者通过线上教学和 AI 应用的实证分析，揭示了技术工具在情感传导和判断力培养方面的局限性。文章对经典文本价值的坚守展现了可贵的人文教育立场，但对技术发展的动态性考量稍显不足，未能充分探讨人机协同的可

能性。若能突破"保守主义"的标签化表述，提出更具建设性的技术融合方案，将更符合当代教育的发展趋势。

诚哉斯言？

崔文东，现任香港中文大学中国语言及文学系助理教授，从事近现代中国文学研究，尤其关注梁启超、鲁迅等文化巨擘。迄今已在《文学评论》《中国现代文学研究丛刊》《汉学研究》《中国文哲研究集刊》等学术刊物发表论文十数篇，先后获得教育部人文社会科学研究青年基金项目、香港大学教育资助委员会杰出青年学者计划以及优配研究金、香港艺术发展局项目资助，并曾两度荣膺宋淇翻译研究论文纪念奖（含评判提名奖）。

AI时代，我们如何阅读梁启超

宋 雪

一

2025年1月2日，我收齐了秋季学期"梁启超作品导读"的14份期末作业。这是一门文学院本科三年级的专业选修课，期末要求在课程所涉五种梁氏著译作品（《梁启超家书》《欧游心影录》《新中国未来记》《世界末日记》和《殉难六烈士传》），或者三种阅读参考书（夏晓虹《觉世与传世——梁启超的文学道路》、狭间直树《东亚近代文明史上的梁启超》与张灏《梁启超与中国思想的过渡（1890—1907）》）中，任选其一，写一篇4000—6000字的读书札记，并特别说明"不得抄袭或使用AI工具"。然而，待把作业收齐，才发现判定起来有相当的困难。老实说，单凭肉眼阅读，根本难以识别一篇文字是否"原创"——即使其中有些看起来不太合理的论述，比如一位同学根据张灏先生的著作，大谈当下的经济全球化与民营企业负债问题，也很难判定这到底是出于其天马行空的想象，还是使用了某种"不太聪明"的AI工具。

作为一名新任教师，为了兑现"不得抄袭或使用AI工具"的约定，打分之前，我决定先去求助学术工具——先把每份作业上传到知网个人查重系统，再分别进行AIGC（Artificial Intelligence Generated Content，人工智能生成内容）检测。在支付了264元费用后，我下载到28份检测报告。

单看14份知网查重报告，"总文字复制比"最高的3份，分别是

62.2%、35.2% 和 31.8%，也能根据报告中所开列的"相似文献列表"，找到重复文字的源头。然而，当再打开 14 份 AIGC 检测结果报告单，不禁愕然——有 3 篇"总文字复制比"并不算高（分别是 3.6%、8.3% 和 15.8%）的作业，"疑似 AIGC 占全文比"竟然达到了 100%、99.9% 和 74.3%！

按照知网产品说明，AIGC 检测服务可用于"检测文本内容是否由 AI 模型生成，并生成包含疑似 AI 生成的 AIGC 值、疑似片段等内容的检测报告"。由于该检测只能显示"疑似 AIGC 占全文比"以及每个段落的具体 AIGC 值（AIGC 值 >=0.5，即为疑似 AI 生成，AIGC 值越大，疑似 AI 生成可能性越大），实际上无法精确还原该文本的生产过程——它究竟是不是用 AI 生成的？是用哪种 AI 工具生成的？"检测结果由系统自动生成，为您提供的是相关线索，而非判断依据和（或）判断标准"，这样的说明，也可视为一种"免责声明"——即使"疑似 AIGC 占全文比"数值高达 100%，也无法据此认定，该文就是用 AI 工具生成的。换言之，依靠 AI 检测工具来抵抗"AI 制造"，只有深深的无力感。

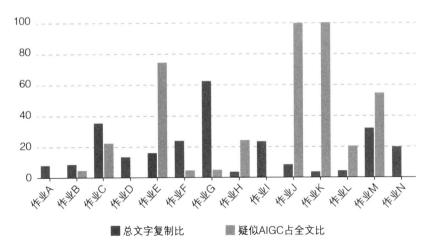

图 1 "梁启超作品导读"作业知网检测统计图

目前，山东大学对本科毕业论文（设计）查重检测设置的红线是30%，在课程论文方面尚无明确规定。北京大学2018年曾发布课程论文查重系统，但到目前为止，仍处在内部测试阶段。随着ChatGPT等AI工具的横空出世，2024年6月，华东师范大学传播学院与北京师范大学新闻传播学院共同制定《生成式人工智能学生使用指南》，规定学生在使用AI完成学业任务时，明确区分AI直接生成的内容和个人贡献的部分，并确保AI生成内容不超过全文的20%。2024年11月，复旦大学发布《复旦大学关于在本科毕业论文（设计）中使用AI工具的规定（试行）》，提出"六个禁止"，率先对AI工具在论文写作过程中的使用进行了规范。2025年以来，以DeepSeek为代表的生成式AI迅猛发展，面对技术革命可能引发的对知识结构、思想表达以及学术伦理等方面的挑战，中国历史研究院等科研机构陆续发布期刊学术规范，明确了AI工具在学术写作中的应用范围和边界。从大学生到专业研究者，AI以其获取、处理信息的高效和便捷，已成为当今社会普遍使用的学术工具。在科技与人文同行的时代背景下，该怎样借助技术工具以及如何合理规约，可能是未来知识界和教育界长期需要关注的问题。

二

"梁启超作品导读"是我入职山东大学后开设的第一门专业选修课。我每周用四天时间备课，并把十多年来参观展览、走访故地时拍摄的照片，以及收集到的各种影音资料插入PPT，希望从家世生平、游踪经历、书信档案，以及传记、小说、游记、诗歌、译述等梁氏作品出发，勾勒任公行迹著述概貌，激发学生进一步阅读的兴趣。然而，当我兴致勃勃地展示梁启超戊戌年（1898）流亡日本的秘密登陆地，或者播放2012年在南长街54号梁氏档案特展上获得的纪录短片，往台下望去，在座的同学，面前各自打开着笔记本电脑，隔着屏幕，看不到他们的表情；而我所期待的课堂互动，也基本落空。梁启超的文章和故事，在教室里的青年学生面前，好像已经有些隔膜；"阅读梁启超"的话题，也似乎显得吸引力不足，甚至个别选课者干脆把读书的任务一股脑儿交付给了AI。

表面上看，"疑似AIGC占全文比"超过60%的三份作业，论述似乎更加全面和深入，并且旁征博引，结构层次分明，但详细读来，则能感觉所论泛泛，并且引据远超一般本科生的阅读范围。例如，"疑似AIGC占全文比"99.9%的作业J，名为谈《梁启超家书》阅读心得，却以大量篇幅批判解读《中国近三百年学术史》《清代学术概论》《新史学》和《中国历史研究法》，有些文不对题；而"疑似AIGC占全文比"高达100%的作业K，讨论《梁启超与中国思想的过渡（1890—1907）》，广涉严复的社会达尔文主义、谭嗣同的激进思想以及近代来华传教士的西学知识，详论梁启超的传统道德、公民精神乃至经济发展观——且不说这些论述和原书内容关系如何，其发散程度和知识广度，也不太像是一名本科生所为。换言之，过分倚重AI工具，结果看似面面俱到，实则经不起细致推敲。

正因如此，在读到下面这段文字的时候，顿时生出一种真实感：

> 在上这门选修课前，我对"梁启超"这一名字的印象只有模糊的"传奇"二字，来源于历史教材上出现过几次的名字和高考誓师大会上齐背的《少年中国说》选段。选择这门课之后我才算真正认识了梁启超，了解了他的生平，我觉得我对其最初的印象也算一点没错——"传奇"。无论是老师口中的种种事迹，还是网页上缀在这个名字后面的一大串头衔，都可以印证这一点。（作业D）

这位同学没有做高瞻远瞩的宏论或者引章据典的铺陈，而是从自身的阅读体验出发，谈对梁启超其人其文的印象。自然，这篇作业在学术视野和思想深度方面都略显稚嫩，但和塑料感的AI作品相比，这样的表达却显得尤为珍贵。请AI帮助读书和写作，固然能够快速完成任务，甚至乍看起来用词和论证都更加"高大上"，可是，把这样的文本再交给读者，就总让人感觉到字里行间缺少一些血肉呼吸的脉搏，找不到文章的"精气神儿"，更谈不上什么"笔锋常带情感"的文字魔力了。

三

阅读梁启超，是我走向学术道路的开始。

2012年秋天，我还是北大古汉语专业的硕士生，跨专业选修了夏晓虹教授开设的研究生专业课"梁启超研究"。这门课前六次由夏老师主讲，后十次进行报告讨论。那时我刚在奥地利萨尔茨堡大学参加暑期学校，又在欧洲漫游了一个月回来，就在书目中选择了《欧游心影录》。当时纯凭兴趣选修，毫无学术积累，恰逢清华举办"梁启超与现代中国——'南长街五十四号'梁氏重要档案特展"，夏老师在课上推荐，我跑去参观，获赠一张1919年7月梁启超发自伦敦的明信片复制品，于是想要考证梁启超一行的欧游行踪，利用《晨报》《国民公报》等材料，整理欧游日志、绘制旅行地图。在今天看来，这份完全外行的作业，其实算不上研究，提交的初稿也很是粗糙。意料之外的是，夏老师以她一贯的温和语调，肯定了我对"还原现场"的尝试，并在报刊、日记、回忆录等材料的利用方面提出了详细的建议。在她的指导下，我放下简体字整理本，去借阅《梁任公近著第一辑》，并逐日查找《晨报》和《时事新报》上的连载记录。《晨报》在北大图书馆有收藏，《时事新报》则要去国家图书馆看胶片。当时数据库还不像今日这般便利，整日泡在旧报刊阅览室里"触摸历史"，常常弄得两手黢黑而不一定有所发现。然而，无论是梁启超的文字，还是夏老师的提点，都对我形成了巨大的吸引力。可以说，这是我涉足近代文学研究的入门一课。夏老师在近代史料利用方面的指导，令我长期受益；而她的悉心关照和殷切鼓励，也使我永生感念。学期末，夏老师还将我的课程作业《还原现场：异域旅行与〈欧游心影录〉的写作》推荐发表。这门课为我打开了回望历史的一扇窗，让我得以领略晚清的魅力，进而萌生出报考博士的想法。幸运的是，这一愿望很快就实现了。完成硕士学业后，我旋即成为一名近代文学专业的博士生。而日后无论是博士论文选题《戊戌维新的文学书写与历史记忆》（2019年通过答辩），还是汇校《戊戌政变记》，都未脱离梁启超的辐射范围。

2022年春，已经荣休的夏老师重登讲台，和陆胤老师合作，开设"梁启超研究"。这次设定为本研合上，夏老师主讲前六次专题课。正在做博士后的我，得以再次听夏老师讲梁启超。和十年前的懵懂相比，这次听讲，我更加注意到文献材料的整合、学术思路的展开，也从中更深刻地感受到梁启超其人其文的魅力。彼时疫情时有反复，能够面对面地上课，和老师在春天的校园漫步，也成为特殊时期尤为珍贵的记忆。

时至今日，我仍保留着两份"梁启超研究"课程参考书目。十年之间，跟随夏老师阅读梁启超的经历，也是燕园求学路上至为难忘的故事。2023年春，夏老师参与录制《梁启超》纪录片，带领十几位同门到香山植物园，谒梁氏墓园，谈任公往事。老师偶然问及，有谁此前来过，我答道"来过六次"。读书遇到困惑的时候，或是博士论文卡壳的时候，我就带一束花，到梁任公墓前待一会儿。中秋节，有人在祭坛摆上了月饼；初雪时，那儿供着鲜亮的橘子——大概梁任公总是不寂寞的。在老师的影响下，任公的为人和为文，已经超越了作为研究对象的存在，变得亲切可感。梁氏以作"觉世之文"自许，而在百年之后，这些文字，仍然有超越时代的温度和力量。

四

阅读梁启超的经历和心迹，让我在入职后初次报课时就毫不犹豫地填写了"梁启超作品导读"，但等到完成从学生到教师的身份转变，才意识到数字时代对人文专业冲击的另一面。在我初读梁启超的2012年，可供全文检索的近代数据库还只有《申报》，多数时候还是要靠旧报刊阅览室或者缩微胶片机上一页页的手工翻查。近年来，随着各种专业数据库的建立，越来越多的近现代报刊被收录、变得可检索，资料收集工作的效率也大为提高——轻点几下鼠标，那些湮没在时光中的文字，就迅速被列表呈现；一部作品的生成和阅读网络，从连载、出版到广告和书评，也变得更加直观具体。然而，且不说仍有相当多的报刊尚未完成数字化，文字的机器识别常不够准确，关键词检索虽能快速获取结果，但毕竟不能体会到翻阅报刊的"历史现场感"，如果忽视整体阅读，容易遗漏相关重要信息。因此，夏老师也不断强调，要警惕过度依赖数据库，电子资源不应完全取代对原报原刊的阅读。亲手触碰那些泛黄的纸页，不仅是物质层面的感性体认，也是数字时代对人文精神的某种坚持。

然而，待到自己开课，一个学期下来，情况还是有些出乎意料。诚然，初次上课，存在诸多准备不足之处，夏老师的学术储备和人格魅力，也远非我可企及；但总感觉，作为网课一代成长起来的学生，和历史人物之间，似乎隔着一层无言的数字屏障。算起来，2022级本科生，从高一到大一，经历了长期的在线课堂和空间隔离，习惯了独自面对屏幕，修习课程和提交作业，利用互联网进行搜索、浏览、下载和阅读。网课模式下，坐在电脑前的学生，其实是以类似"观众"的视角，收看屏幕里讲者的"表演"；传统课堂中的提问与互动，被框定在屏幕一隅的聊天窗口。在教材之外，各种课业资料也大都以电子文档的方式发送和接收，以至于作为读者的他们，对纸质书的感情日渐淡化，更遑论旧报刊了。

2025年2月，我邀请法国西岱大学副教授白锦麟（Boittout Joachim）来讲近现代通俗文学。讲座之余闲谈，他提到在当今人文学科萎缩的大势下，法国大学里选修东亚语言文学的学生人数在持续走低；人工智能技术的冲击，也对文学教育产生了不可低估的影响。但他坚定地相信，人文领域的研究工作，不能被AI完全取代。作为梁启超的忠实读者、一位研究清末民初文学思想的年轻汉学家，他认为，那些落笔于百年前

"过渡时代"的文字，仍葆有其价值，并将超越语言和族群，具有持久的文化生命。为此，他准备将《新民说》翻译成法文，并计划以《新民丛报》时代的梁启超为核心，组织国际学术会议。由梁启超的话题，我也谈到自己最近定稿的《〈戊戌政变记〉汇校本》（"梁启超史学著作精校系列"，商务印书馆即将出版）。从 2018 年撰写初稿到 2024 年最终改定，汇校晚清七种版本，做完五轮校对后又复核了三次，以手工作业的方式，完成了当初博士论文中最艰难的部分。我用了七年时间去阅读二十七岁的梁启超，也不确定出版后会有多少读者，但就像张灏先生所言，"就现代中国的政治与文化困境而言，中国仍未完全脱离戊戌维新所引进的危机时代"（《再认戊戌维新的历史意义》，《二十一世纪》1998 年 2 月），而作为其中的关键人物，任公的文字和思想，在当下和未来，仍有其不灭的光华。通过大规模语料库的建立和机器学习的发展，相信 AI 会在技术上给出越来越精细完美的答卷，但在思想和情感上，恐怕还无法实现阅读的深层体验——作为一种生活方式，和有趣的灵魂对话。

宋雪，北京大学文学博士，博雅博士后，哈佛大学东亚系联合培养博士生，现为山东大学文学院副研究员。研究方向为中国近现代文学与文化，在《文学评论》《中国现代文学研究丛刊》《文史哲》《中国文学学报》等学术期刊发表论文三十余篇。主持国家社科基金青年项目"文学视域下的戊戌维新文献整理与研究"、中国博士后科学基金特别资助"燕京大学与现代中国文学教育的转型"等。曾获北京大学优秀博士后奖、北京大学学术创新奖等，入选山东省青年泰山学者（2023）。

与 AI 共生：一名论文写作课教师的课堂改良计划

李　静

追问理想课堂：在人文传统、教育体制与 AI 技术之间

你我心中或许都珍藏着一堂理想的文学课。对我而言，这份美好记忆源于自己执教的文学论文写作课。2019 年，刚刚博士毕业的我接手了中国艺术研究院中文系必修课"文学研究方法与论文写作"，如此安排是因为我从事学术论文的编辑工作，被默认知晓一篇论文"台前幕后"的更多故事。真正站上讲台后，我立马意识到讲好这门课并不简单：在4 讲 12 学时的有限容量里，到底应当如何帮助学生了解研究与写作技能？我绞尽脑汁为他们绘制"写作程序"，却时常遭遇讲台下迷茫困惑的目光。确实，他们的研究经验太少，这些道理太过抽象了。

转折点发生在一次课间。有位同学提出能否帮忙修改他的一篇文章，我顺势询问能否在课堂公开展示修改过程，得到慷慨应允。于是，我带着密密麻麻修订后的文档，与同学们尽可能充分地剖析、探讨这篇文章的方方面面。其中某些尖锐意见或是无意间的调侃，或许会刺痛作者，令他经历某种"挫折教育"，但包括作者在内的所有同学都认为这次"修改实践"让他们初步体会到何为选题、构思与遣词造句，许多观念初具轮廓。这位作者毕业后，还成为一名中学语文老师。

这是我记忆中镀着金色光晕的课堂画面：手把手的修改指导、字里行间的流动与排布、写作态度与品味的传递、知识与技能的平衡、即兴互动与头脑风暴的快乐……这种可被称为"具身化学习"（embodied learning）的模式包含以下特征：问题驱动且高度具体、过程可视化、共同体建构（包括老师引导与同伴批评）。自此以后，每轮课程，我都会结合同学的情况与需求，尽可能调动他们的参与热情，解决他们的实际困难。

但课堂终究不是飞地，重重外力的挤压都让我时不时从镀着光晕的美好时光里出走：疫情造成面对面交流的阻断，令我们重审线下课堂的价值以及技术手段的影响，而近年来 ChatGPT、DeepSeek 等生成式人工智能爆发式增长，在数据分析、自然语言处理、文本生成能力上表现突出，又让我们反思人类学习、阅读与写作的独特性，而这正是我这门课的内核与根基。许多关于人类能力的笃定信仰，都需要在 AI 时代被重新检视。

而 AI 与教育的结合，让自工业革命以来普及的课堂教学不得不面临变化。如果学生对课堂不满意或不满足，他们可以借助 AI 工具自主建构自己的学习路径，有可能带来学习效率上质的飞跃。与此相比，目前大学课堂的普遍状况并不令人乐观。《三联生活周刊》发表报道《"高中化"的大学里，晚熟的大学生们》（"三联生活周刊"公众号，2024 年 1 月 3 日），旋即引发争论，比如大学生发表反驳文章《集体写作丨我们对大学失望的瞬间》（"月卿小语"公众号，2024 年 1 月 14 日），力图夺回被教育者的话语主导权，矛头直指"水课"、"爹味/说教气"、脱离现实与过度功利化等大学课堂中的普遍弊病。技术的迭代速度远远超过了制度自我完善调整的速度，某种程度上，AI 的出现令教育的问题更加突出了：以人为本的教育到底如何可能？

可以说，上述都是系统性、结构性的困境，学生被困在学分、绩点、保研、考公的单向度人生里。从青年教师的角度来看，他们要在短时间内从学生变身教师，还要在硬性的管理制度（包括论文发表、课题申请、职称升等、非升即走等）与作为"良心活"的课堂教学之间，分配自己有限的精力，难免顾此失彼。所谓"良心活"，意味着好课堂需要投入无底洞般的时间、精力与情感，却未见得能够兑换为现实的好处。我在研究机构工作，承担的课程量较小且学生数量较少，因而上述许多矛盾在我这里并不那么突出。但是在讲授"文学研究方法与论文写作"这门课程时，我同样面对许多难解的问题：

其一，针对性不强。选课同学专业方向众多，因知识、时间所限，我无法让每位同学都收获特别具有针对性的指导。提升论文写作能力最有效的方式之一，便是导师对学生的一对一指导，但这无法在占据学生大多数时间的课堂上实现。其二，知识性与实践性不易平衡。方法课与技能课，与知识传授型课程（比如文学史课程）不太相同，没有相对固定的教材与课程体系，对实践性要求更高，最忌讳"一听就会，一做就废"。但目前的教学模式对于培养实践技能的收效堪忧。其三，教师能力问题。且不说教师自己的研究与写作能力是否过关，即便能力出色，也未必愿意或能够倾囊相授。研究与写作能力在许多人那里更接近秘而不宣的"默会知识"，"无他，唯手熟尔"；而另一些人又热衷总结写作规律，八股味油然而生。因此，教师如何胜任写作的引导者，属实是专门的学问。

与数学等学科相比，文学教育对程序性的依赖较低，对语境、上下文的依赖更高，很难去复刻曾经的完美课堂。再加之数码转型、AI冲击、教育体制的问题等多重变量，理想的文学课堂变得更加扑朔迷离。我执教这门课的六年来，始终在思考，对于毕业后大多数不必再写作文学研究论文的同学而言，这堂课的真正价值是什么？在"AI+教育"的时代，人类教师应当如何自我调整，做出创造性的回应？

"AI导师"冲击波：权力、创造力与伦理的重构

工业革命催生了作为大众教育载体的课堂，而伴随着信息技术革命的深入，课堂的形式也将改变。智能辅导系统ITS（Intelligent Tutoring Systems）于20世纪七八十年代之交便初具雏形，可以根据学生学习状态给予个性化反馈。时至今日，ChatGPT等大语言模型使得AI导师（AI

Tutor）的能力发生质变，在理解语境、生成文本、交流互动等方面更接近于人类教师。因而问题的焦点便成为，如何在已经非常成熟稳固的教育系统内部"接入"新技术，令教育能朝着更加高效、健康、公平的方向发展？在这样的语境下，我在教学实践中感受到的 AI 冲击波包括以下几个层面：

第一，教育权力结构变化与教师职能的转变。2024 年 11 月 18 日，教育部办公厅《关于加强中小学人工智能教育的通知》发布，明确提出"2030 年前在中小学基本普及人工智能教育"。可以想见，未来世代将是彻底的"AI 原住民"。据 Soul APP 发布的《2024Z 世代 AIGC 态度报告》显示："从代际视角来看，'00 后'这一年轻世代正作为 AIGC 原世代快速成长，调研显示，年龄越小，群体中了解 AIGC 概念的比例反而越高，'00 后'（19—24 岁）了解 AIGC 的程度最高。"虽然当前的 AI 热潮中不乏舆论泡沫、商业投机甚至民族主义情绪，也存在地域、阶层的差异，深度使用也并非所有人的习惯，但抛开所有这些，就本文所讨论的话题而言，AI 导师入局恐怕难以逆转，其所带来的长远影响引人深思。

AI 原住民出现，AI 导师入局将会带来教育权力结构的变化。前 AI 时代成长起来的教师非但无法在新技术使用上占据优势，反而是技术弱势群体，可能构成学生进步的阻碍。即便我是一名"准 90 后"，技能代沟的焦虑已萦绕于心。因此，对于教师而言，既要持续学习新技术，又要对新技术使用带来的隐患保持警惕，坚守以人为本的教育初心，还要不以保守心态武断批评学生对新技术的热衷——既要、又要、还要，获得这样的理想站位，真是难上加难。

第二，AI 的即时交互超越了课堂的有限性。AI 可以实现一对一的针对性互动与服务。与课堂（即便我的课堂一般为十几人规模的小课堂）统一讲授相比，AI 产品能够与用户进行持续的一对一对话，当然有的产品需要付费才可无限畅聊。这无疑是目前的教育体系所难以达到的。比如我所使用过的 Flowith 便集成了多种先进 AI 模型，用户可以在一个无线画布上自由创建节点，在与模型的对话中发散思维，激荡脑力。与人类教师相比，与 AI 的互动强制性减少，用户可以随时关掉窗口。AI 导师也不会随意评判，用户可以大胆提问，不必担心暴露自己的无知或是阴暗面。当然，其中存在数据的隐私安全问题。不过，AI 也存在幻想与编造的问题，常见各类事实性错误屡见不鲜，需要用户加以甄别。即便信息准确，AI 生成的答案也难逃"算法偏见"（Algorithmic Bias）与"信息茧房"，导致对不同群体或事物产生偏向、遮蔽或歧视，进一步巩固英语学术或知名学者的中心地位。但总而言之，与信息量稀薄的"水课"相比，随时可与之互动的 AI 产品显然要有用得多，敞开了知识获取的更多可能。

第三，比起容易陷入高蹈抽象的写作教学而言，AI 辅导写作的实践性、场景化与应用性都要更高。现在许多针对传统学校教育弊端而出现的创新学校，就试图打破分科分班分级的静态教学体系，以项目制、跨学科、场景化、应用型的方式引导学生自主学习。不过，如果教育仍是以评价、筛选为目标，再加之超级人口规模下阶层分化的严峻现实，那么此类创新模式难以推广。如此来看，使用 AI 自主学习有可能成为辅助学习的策略。就写作而言，它能够在观点立意、逻辑结构、事实论据、字句润色等方面提出有针对性的意见。特别是对于受教育水平较低、写作能力欠佳的受众来说，AI 在表达上给予的帮助巨大，被视作某种"平等化工具"。但在相对高阶的使用者那里，AI 在辨析文体差异、分辨写作情境、调适评价标准等方面仍有待提高。如此看来，使用者能否具备与它对话合作的能力，便显得十分关键了。

由此也可引申出 AI 使用能力的分层问题。AI 使用能力分化既是不同阶层、地域、族群、性别差距带来的结果，反之也可能进一步加剧彼此间的鸿沟。2018 年 12 月 13 日，"冰点周刊"微信公众号发表的《这块屏幕可能改变命运》（《中国青年报·冰点周刊》12 月 12 日发表，原题为《教育的水平线》）一文引起较大反响，显示出直播技术帮助落后地区提升教学质量的正面价值。但如今我们依然要问，这块屏幕所改写的命运，到底走向何方。根据斯坦福大学《2025 年人工智能指数报告》（*The 2025*

AI Index Report）显示，全球有三分之二的国家提供或计划提供 K-12 计算机教育，自 2019 年以来，比例已经翻了一倍，但由于学校缺乏电力（如撒哈拉以南非洲仅有 34% 小学通电），非洲国家学生接受计算机科学教育的机会最少，遑论接受人工智能教育。相较而言，美国等发达国家的人工智能使用已相当普遍，相关能力如提示词使用、数据清洗、信息甄别等已被有意识培养，技术弱势群体则最多只停留在简单问答的环节。因而如果没有相应的制度设计与保障，AI 的应用极有可能加剧全球教育领域的两极分化。

第四，AI 带来了超级运算时代的创造力危机与写作伦理重构。我曾在《赛博时代的"创造力"：近年诗歌创作中的"机器拟人"与"人拟机器"》（《文艺争鸣》2020 年第 10 期）一文中提出：为何人类想要模仿机器写诗？为何人要以"自我机器化"的方式来抵制这个世界的异化？创造力的问题，不只是主体问题，而是深嵌于政治经济文化的宏观语境之中。我在文末强调："当代人深度异化的现实处境与心灵境况、当代社会日益机械化的生产组织方式、当代语言本身的模式化痼疾、加速发展对于无限创造力的需求，共同塑造了我们理解'创造力'的时代语境，也最终决定了'创造力'以何种形态落地、以何种方式组织进生产生活的过程中。"就本文论题而言，我们同样需要在宽广的视野中思考，如果 AI 已经可以快速运算所有已知数据，那么人类的创造力到底体现在哪里？

学者许煜曾有针对性地提出"运算之后"的想象力与审美教育问题："我们建议在运算之后重新概念化创造力的问题，那便是要通过运算来寻求超出运算范围的创造力。于是，在这背景下人工想象力绝不只关乎图像的生产，更重要的是超越形象的通路，建立精神与世界、人与世界的关系。"（许煜：《在机器的边界思考》，李仁杰等译，广西师范大学出版社，2025 年，第 287 页）单就目前的教育情况而言，很难引导学生"通过运算来寻求超出运算范围的创造力"，师生陷入新的猫鼠游戏，老师需要提防与识别学生运用 AI 制造课程作业——所有人都被模型与算法裹挟了。

如此局面恰恰是我这门课程目标的反面，研究与写作课的核心诉求便是培养同学内生的创造力。以 AI 为镜，照见的正是课堂教学长久以来的软肋：创造力无法以知识的形态被传递。对学生而言，AI 的一键生成确实颇有诱惑力，如果没有足够的自觉与批判精神，非常容易形成路径依赖，将推理过程与思维原创"外包"出去，完全陷入"运算游戏"之中，错失学习的意义进而丧失自身的主体性。

与此同时，这也为学术规范与写作伦理带来新的挑战。现有的著作权制度基于对作者独创性的保护，将作品视为作者精神与人格的延伸。但 AI 时代著作权制度遭受冲击，众多作家、编剧、艺术家已公开抗议 AI 的侵权行为。于学术写作而言，原有的学术规范体系也遭受着 AI 的冲击，很难想象 AI 接入中国知网等数据库后，将对学术原创性带来怎样的打击。

身处潮头，各类期刊媒体也在做出各自的调整。2025 年 2 月 28 日，中国历史研究院历史研究杂志社发布《关于规范生成式人工智能工具使用的启事》，这是史学类期刊中首个生成式人工智能引导与规范机制，严格限制其应用范围，投稿须出具使用生成式人工智能工具相关情况的书面说明，并签署作者承诺书。差不多同时，《十月》杂志 2025 年 2 月 14 日发起"'县 @ 智'在出发：2025·DS 文学青年返乡叙事"征文大赛，邀请创作者与 DeepSeek 等 AI 工具合作完成返乡叙事，来稿需注明"AI 参与度"，但参与度并不会影响最终是否获奖。以上仅列举两例，他们的态度或审慎，或开放，但都试图直面超级运算时代的写作伦理问题。禁止新技术的闯入是不可能的，关键在于如何利用新技术发展新的创造力，并规范人机交互伦理。目前围绕人机写作伦理的相关措施包括：明确 AI 参与度，明确引用标准，撰写对 AI 生成文本的修改记录与交互日志，发布作者反思手记或短视频、教师引导对 AI 生成文本的批判性解读等，相关效果还需在实践中进一步检验。

人类教师的课堂改良计划：行动、原理与情感

AI 导师的普及正在颠覆传统教育模式中的权力结构、学习模式、创造力培养模式以及学术伦理体系，亟须对此自觉，并做出建设性回应。我在教学实践中一直在有意识地做出调整，在此不妨回顾总结：

其一，有意创造更多彼此连接的写作共同体。开篇所讲的修改演示取得良好效果之后，我便有意识引导同学自主创建更多一对一的写作学习机会，比如鼓励他们将这样的修改化作日常，主动邀请导师、任课老师、师兄师姐甚至同学给自己的文章提出意见。最好结为伙伴，或是写作小组，互读文章，共同研讨。这类生活中的"无形学院"会塑造出更具专业性、针对性的写作－情感共同体，超越课堂的局限，也可与缺乏互动灵活性与足够专业性的"AI 导师"构成互补关系。

其二，基于上述写作共同体的理念，我还尝试增强讲授的场景性与实践性，将所有的观念尽量落实在操作之中。比如，我摒弃了"研究＋写作"两张皮的教学模式，通过精选若干不同类别的论文案例，在具体文章中解析其研究方法与写作特点，尤其强调穿透文字去理解为何是这位作者，在特定的时空中，以这样的方法与这样的文字展开研究与写作，引导同学进入纸面背后的思想与精神世界，让同学看到"活"的文字。此外，在课程介绍中，我还特意撰写了这样一段话："（课堂讨论）包括但不限于对作者、论文内容、研究方法、收获与疑问等方面，也不妨大开脑洞，'cosplay'成读者、编辑、论文评审等多重身份来精读论文，或想象如果由自己来写，又会采取何种方式。"有些同学受此启发，在课堂上积极扮演各种角色，提出对论文案例的新颖理解。在作业设置上，我也由最初的撰写读书札记、学术书评，演变为修改自己的旧作并撰写修改手记。这些设计，都希望避免"悬浮"地谈论学术写作，或依赖 AI 便可一键解答，引导同学在具体的情境中自主探索。

其三，由"技"入"道"。在知识与信息可以便捷获取的今天，教师需要更多揭示"元知识"，即教给学生"知其所以然"，将知识与更广

阔的社会、人生、精神世界关联起来。幸运的是，我的这门课程并不追求绩点与保研，而且是小班教学，因此可以更多地与学生深度互动。在首讲伊始的"破冰"交流中，我会请同学讲述自己对学术写作的理解以及目前所面临的困难，提取关键词写在黑板上，并与同学一步步挖掘这些"写作焦虑"的根源。比如，同学经常困惑的如何才能快速掌握"学术黑话"显得自己很"学术"。我会耐心地给同学讲解学术写作真正的含义是什么，亦即能够自主发现问题、寻找材料与论据并尝试做出解答，并以论文文体表达出来的过程。换言之，这是讲述自己故事，并对他人产生影响的能力。这种基础能力，即便将来不从事学术研究，同样是必不可少的生存技能。我也会帮助他们区分什么是自己的研究与他人审视的眼光。学习写作虽离不开模仿，但目标并不是"装作专业"，希望引导学生柔软下来，暂停焦虑，先把注意力转向对自己优缺点、兴趣点的了解（比如撰写个性化的"学术小传"），发现自己真正感兴趣的问题，培养与激活表达欲，最终从源头解决写作"从0到1"的难题。

再比如在涉及学术规范与写作伦理的环节，我虽然也会在知识与操作层面进行讲解，但更重要的是引导同学理解为什么我们需要学术规范，规范存在的意义是什么。我会指出学术工作的特点，决定了学术规范必须存在：需要告知读者来源，论据是可验证的；需要明确前研究的进展程度，为读者提供知识基础，在此基础上突破认知水平；避免偷材料、偷观点等学术不端行为。这不只是学术习惯与学术道德的培养，更重要的是，观点越是多元，就越需要一个规则清晰的世界，这样才能邀请更多人加入一个智识讨论的世界。如此一来，可以改变同学对于学术规范的肤浅理解，不再一味地反感琐碎的学术规范，而是去反思未经思考的写作套路，更多发挥自己的创造力。在AI的使用上同样如此，既要引导"技"层面的工具学习，也要引导他们思考背后的道理，思考人与机器的边界，如何更好地呵护、发展自己的创造力。

其四，努力传递生命状态与情绪价值。在课程启动之初，我就不以"完美的写作者""成熟的学者"自居，而仅仅是一个经验较学生丰富的写作者。这样的姿态并非为了讨好学生，将教学视为某种服务业，或是规避学生恶评的风险。事实上，这样的尝试，是为了尽可能还原论文写作的真实过程，其中快乐有之，当然也不乏枯燥、痛苦，适当暴露自我的脆弱性与解决之道，正是为了向同学展示如何从失败中学习。我也会邀请不同学者、编辑、专家来到课堂，分享他们的写作心得，为同学提供某种生活方式的参考。虽然 AI 同样提供某种情感陪伴，但其人格化程度仍需审慎评估。而由老师、同伴、同路人共同创造的情感记忆，终究还是难以取代。此外，我也试图将文学视作情感教育的中介，而非研究的客体。在疫情期间的线上课堂上，正是与生命人心相关的"泛文学"理解，为我与同学们的深层沟通搭建了桥梁。在这样一种去功利、去计算的生命存在的意义上，文学课堂再次被擦亮，被我们珍藏。

结语：提问 AI，拥抱新人文

行文至此，我非常好奇如何是 AI，它会如何设计我的这门课程。于是我发出提问："如果你是一名中文系的老师，要向硕士同学讲授"文学研究方法与论文写作"的必修课，一共 4 节 12 学时。那么你会如何设计课程，确保这一课程对同学有实际的帮助？"提问时间为 2025 年 4 月 6 日。因篇幅有限，这里仅展示 DeepSeek-V3 的回答：

以下是为中文系硕士生设计的"文学研究方法与论文写作"课程方案，聚焦"学术思维训练＋实操工具运用"，兼顾学科特性与 AI 时代新挑战：

一、课程定位：解决硕士生常见痛点——
• 选题空泛（如《红楼梦》女性意识研究）
• 方法陈旧（仅用社会历史批评）
• 写作套路化（摘要→引言→正文→结论的机械填充）

二、课程目标：培养"问题意识—方法适配—规范写作—学术伦理"全链条能力

三、课程框架（4×3学时）

第一讲：破题与文献的"降维打击"

目标：从"选题目"转向"提问题"

（一）选题诊断工作坊（1学时）

学生预提交选题，课堂用"三问法"互评：

1. 你的研究能否被AI在30分钟内复现？

2. 是否有可操作的比较维度？（如"1980年代 vs 网络时代的伤痕文学传播机制"）

3. 是否包含"危险的证据"（需费力挖掘的一手材料)?

（二）文献狩猎技术（2学时）

1. 用Zotero+AI插件构建"学术关系网"

2. 用Elicit快速定位争议性论文

3. 用ChatGPT分析某领域被引Top10论文的隐含对话关系

4. 批判训练：分组拆解1篇C刊论文的"文献综述陷阱"（如选择性引用）

第二讲：方法论的"武器库升级"

目标：超越"理论贴标签"

（一）方法匹配实验（1.5学时）

案例：同一文本（如鲁迅《野草》）用不同方法处理：

1. 数字人文（词频云＋情感分析工具）

2. 物质文化研究（出版史料＋印刷技术考据）

3. 认知叙事学（读者眼动实验数据）

（二）AI协作沙盒（1.5学时）

1. 实战：用Perplexity AI辅助梳理"接受美学在中国的误读"脉络

2. 伦理边界讨论：AI 生成的"理论框架初稿"需标注哪些修改痕迹？

第三讲：写作的"外科手术式拆解"

目标：解构学术写作黑箱

（一）论文解剖课（1 学时）

1. 精读 1 篇《文学评论》范文，标注"隐性知识"：

2. 如何用"虽然……但是……"句式制造学术张力

3. 数据可视化技巧（如民国期刊统计图的叙事性设计）

（二）反向写作训练（2 学时）

步骤：

1. 给结论→虚构论证路径（锻炼逻辑能力）

2. 给材料→限时写出 3 种不同论点（避免材料绑架）

3. 用 Claude 检查论证漏洞

第四讲：学术人格的"防伪认证"

目标：建立学术身份自觉

（一）学术伦理情景剧（1 学时）

分组演绎：

场景 1：发现导师未发表的观点与 AI 生成内容高度相似

场景 2：田野访谈对象要求匿名但论文需实证

（二）终身学术生存指南（2 学时）

工具包：

1. 用 Obsidian 构建个人知识图谱

2. 用"三栏笔记法"（原文 / 转述 / 灵感）避免无意识抄袭

职业化训练：

1. 模拟《文艺研究》审稿意见回复

2. 制作"学术人格声明"（明确研究价值观）

四、课程特色

（一）AI透明化：要求所有作业附"工具使用说明"（如：用 ChatGPT 润色占比 ≤ 20%）

（二）临床诊断：第 2/4 讲后安排 1v1 论文急诊室（15 分钟 / 人）

（三）暴力实战：每讲配备"极限挑战任务"（如：用 30 分钟从零写微型文献综述）

评估方式

（一）过程性：课堂挑战赛积分（如最佳问题意识奖）

（二）成果性：提交"研究计划 + 方法论证报告"替代传统论文

（三）伦理考核：Turnitin 查重 +AI 检测工具双轨制

推荐工具包		
类型	工具推荐	中文系适用场景
文献管理	Zotero+ChatGPT插件	自动生成文献评注
理论梳理	Elicit+Connected Papers	快速定位学术争议点
写作辅助	Scrivener+Claude	结构化写作与逻辑检查
田野调查	Otter.ai+Notion	访谈转录与编码

图片来源：deepseek V3，查询时间：2025 年 4 月 6 日

此设计通过"问题驱动—工具武装—伦理护航"三阶段，帮助学生在 AI 时代既善用技术又保持学术主体性，最终产出可立即用于学位论文开题的研究方案。

以上便是 DeepSeek-V3 给出的教学方案。需要说明的是，在此前数日，我已就 AI 时代的文学教育与它有过持续对话，因此它非常清楚我的"痛点"与问题意识，最终给出的方案"花活不断"，实践性很强，但操作难度很大。具体能否落实、落实效果如何，还需结合教师与同学的能力情况进一步考量。这类课程设计能顺利进行的前提，是学生已经具备相当强的专业知识基础与批判性思维能力，而这离不开传统教育的积累。但难以回避的是，AI 给出的方案确实突破了以往教学的舒适圈，为教师提供了更多灵感与角度，甚至还有意识地培养"反制"AI 的能力。这也必然给教师带来更多挑战：教师需要持续更新知识与思维，动态设计更具信息量、现实感与人文深度的课程，并且能够与计算机科学教育等其他学科密切配合，共同挪动原有的知识边界与分科体系，以便更加适应人才培养的现实需求。这将是一场正在进行时的探索之旅，无论如何，所有教师都不应忘怀教育的初心与宗旨，应当使用新技术增强教育系统本身，思考人类教师与 AI 导师的共生之道，与最应被珍视的学生们一道，再度开启对理想课堂的追寻之旅。

2025 年 4 月 8 日
改定于北京清河北岸

李静，北京大学文学博士，中国艺术研究院副研究员，《文艺理论与批评》副主编，中国现代文学馆特邀研究员。主要研究领域为中国当代文学史、文化史与文学批评，出版专著《更新自我：当代文化现象中的个体话语》《赛先生在当代：科技升格与文学转型》《审美测绘：新时代文学批评实践研究（2014—2024）》，发表论文与评论若干。曾获《中国现代文学研究丛刊》《中国当代文学研究》优秀论文奖、第七届"啄木鸟杯"中国文艺评论优秀作品等荣誉。

外　编

AI时代，文学如何教育

陈平原

一

2025年元旦，《光明日报》刊登一组"文化学者们的新年心愿"，我的那篇打头，题为《人文学科要做好迎接人工智能挑战的准备》。因约稿字数有严格限制，我只提及AI时代："作为人文学者，到底能做什么，以及该做什么，一时看不清楚，那就先沉一沉。等想好了，再重新出发。"编辑觉得意犹未尽，征得我同意，补充了《读书》2024年第1期我的《中文系的使命、困境与出路》中的一段话："然而，若不是从社会评价的角度，而是着眼于个人修养以及气质形成，比如阅读经典的能力，洞察世界的幽微，理解人生的苦难，培养人性的高贵，人文学科还是有一些品质是人工智能所不具备的"——这个"光明的尾巴"，原先就有的，也是我撰写那篇文章的初衷。

但这不是我第一次谈论科技进步对于人文学的刺激与威胁。刚进入新世纪，我就曾撰文讨论网络时代"阅读与写作"所面临的困境，那篇初刊《学术界》2000年第5期的《数码时代的人文研究》，其中有一段，今天读来仍觉惊心动魄：

> 最大的担心，莫过于"坚实的过程"被"虚拟的结果"所取代。不想沉潜把玩，只是快速浏览，那还能叫"读书人"吗？如果有一天，人文学者撰写论文的工作程序变成：一设定主题

（subject），二搜索（search），三浏览（browse），四下载（download），五剪裁（cut），六粘贴（paste），七复制（copy），八打印（print），你的感想如何？如此八步连环，一气呵成，写作（write）与编辑（edit）的界限将变得十分模糊。如果真的走到这一步，对人文学来说，将是致命的打击。不要说凝聚精神、发扬传统、增长知识的功能难以实现，说刻薄点，连评判论文优劣以及是否抄袭，都将成为一个十分棘手的难题——谁能保证这篇论文不是从网上下载并拼接而成？

当初以为是"极而言之"，没想到四分之一世纪后完全落实，而且变得不费吹灰之力。一个 ChatGPT 已经看得我目瞪口呆，近期风云突变，DeepSeek 横空出世，谁知道接下来还会见证什么奇迹。无论以后哪种大语言模型占上风，抑或各领风骚三五天，稍受训练的读书人，可随心所欲地"生成"自己想要的文本，而不需要经过长期的文学教育或学术训练，这已经是不争的事实了。

你可以说此类机器生成的文本缺乏独创性，但其"高仿真"能力，以及某种程度的思考、辨析与推理，实在让历来标榜"独立思考、自由表达"的人文学者，感到颇为迷茫，乃至手足无措。

二

如何应对此前所未有的挑战，因所学专业、所处位置、所具修养不同，只能兵来将挡，各出奇招了。限于自家的视野与能力，我只想谈比较熟悉的文学教育。因为，就在《数码时代的人文研究》发表不久，我撰写了《"文学"如何"教育"》，刊《文汇报》2002 年 2 月 23 日。该文延续我此前对于一种知识体系 / 学科门类 / 著述形式的"文学史"的溯源与反省，且落实到教学层面，其中有这么一段：

　　　文学教育的重心，由技能训练的"词章之学"，转为知识积累的"文学史"，并不取决于个别文人学者的审美趣味，而是整个中国现代化进程的有机组成部分。"文学史"作为一种知识体系，在表达民族意识、凝聚民族精神，以及吸取异文化、融入"世界文学"进程方面，曾发挥巨大作用。至于本国文学精华的表彰以及文学技法的承传，反而不是其最重要的功能。

正因此，在中文系的教学体系中，有关"知识"的传授，取代了趣味的养成以及技法的习得。这种教学重心的转移，短期看不太明显，可历经百余年演进，关于中国文学史的想象与叙述已形成一个庞大的家族，要把相关知识有条不紊地传授给学生，不是一件容易的事情。"倘若严格按照教育部颁布的教学大纲讲课，以现在的学时安排，教师只能蜻蜓点水，学生也只好以阅读教材为主。结果怎么样？学生们记下了一大堆关于文学流派、文学思潮以及作家风格的论述，至于具体作品，对不起，没时间翻阅，更不要说仔细品味。这么一来，系统修过中国文学史（包括古代文学、近代文学、现代文学、当代文学课程）的文学专业毕业生，极有可能对于'中国文学'听说过的很多，但真正沉潜把玩的很少，故常识丰富，趣味欠佳。"

　　撰写此文时，我的姿态放得很低，不敢高谈阔论，就想弱弱地问一声："大学中文系培养学生的目标是什么？怎样才算合格的文学教育？近百年来中国人之以'文学史'（准确地说，是文学通史）作为大学中文系的核心课程，这一选择，是否有重新调整的必要？"文章发表后，得到不少师友的积极反馈，若干学校因此而压缩文学通史课程，增加各种名著选读的专题课。但因整个课程及教学体系没动，绝大多数中文系学生，还是无法摆脱面面俱到的文学史叙述的巨大压迫，难得有勇气凭个人兴致"千里走单骑"。

　　此后若干年，我写过不少文章，不断质疑国人根深蒂固的"文学史"情结，兼及课程设置、著述体例、研究思路，以及文化商品。其中有两本半书值得推荐，那就是《作为学科的文学史——文学教育的方法、途径及境界》(北京大学出版社，2016年)、《文学如何教育——人文视野下的文学教育》(北京：东方出版社，2021年)，以及对话集《文学史的书写与教学》(北京大学出版社，2018年)。以上著述，基本上都是在学术史、教育史与文学史的夹缝中，认真思考作为一种知识体系的"文学史"的生存处境及发展前景。若需要删繁就简，凸显自家思路，我愿意提供以下两段证词：

> 在我看来，中国的"文学教育"，主要问题出在以"文学史"为中心的教学体系(背后确有配合国家意识形态及思想道德教育的意味，此处不赘)，窒息了学生的阅读快感、审美趣味与思维能力。文学教育的关键，在"读本"而不在"教科书"，是在导师引导下的阅读、讨论、探究，而不是看老师在课堂上如何表演——教科书及老师的表演越精彩，越容易被记忆与模仿，对于学生来说，这是一种限制(从思考、提问到表达)。(《假如没有"文学史"》，《读书》2009年第1期)

> 对于生活在网络时代的中文系学生来说，知识爆炸，检索便捷，记忆的重要性在下降，如何培养阅读、品鉴、阐发的能力，已经成为教学的关键。以精心挑选的"读本"为中心来展开课堂教学，舍弃大量不着边际的"宏论"以及那些容易唾手可得的"史料"，将主要精力放在学术视野的拓展、理论思维的养成以及分析能力的提升——退而求其次，也会多少养成认真、细腻的阅读习惯。……作为"文学教育"的"阅读"，其工作目标是批判性、联想性、拓展性以及个人性，应鼓励学生们广泛阅读、自由驰骋。(《文学史、文学教育与文学读本》，《河北学刊》2013年第2期)

当初批判的锋芒，主要指向面面俱到的"通史"与"概论"，至于若干建设性意见，比如阅读优先，经典第一；超越常规，自由探索；注重个人体悟，不求系统全面等，其实都只是头痛医头、脚痛医脚。让我意想不到的是，对已有文学教育体系造成致命冲击的，不是人文学者的长篇大论，而是 AI 的迅速崛起。

<h1 style="text-align:center">三</h1>

去年 11 月 12 日，我在"庆祝中山大学 100 周年大会暨创新发展论坛"上发表主题演讲《现代中国大学的使命与愿景》(《南方日报》2024 年 11 月 16 日)，文中强调：大学必须适应技术迭代神速、世界日新月异的变化，不断调整自己的办学宗旨、学科体系、教学方式，以及培养目标等。而且，"我的直觉是，我们正面临'大学'这一人类社会极为重要的组织形式发生根本性蝶变的前夜"。今天大学校园里此起彼伏、你追我赶的诸多学科（尤其是人文学），都必须认真思考，如何应对这一前所未有的挑战。

2023 年 12 月 23 日，北京大学与教育部教材局联合召开高等学校文学教材研究基地的揭牌仪式，我被聘为该基地的学术委员会主任。即席发言中，不同于领导的殷殷期待，也不同于同事的摩拳擦掌，我对立即启动诸多新教材编写不太以为然。在我看来，若没有充分反省两个甲子以来中文系相关课程建设以及教材编写的得失利弊，以及科技进步带来的严峻挑战，马上着手教材的更新换代，只能是小打小闹，换汤不换药。在我看来，眼下是个重要关口，其严峻及艰难程度，远超上世纪 60 年代周扬主持编写文科统编教材。

最最关键的是，如何直面 AI 的突飞猛进对人文学科的致命冲击。这牵涉到文学教育的宗旨、目标及方法，而后才是具体的课程设置、教材编写以及课堂重塑。这一点，所有人文学及社会科学各专业，都得有足够的心理准备，尽早规划与调适。我当然明白，科技并非万能，人文自有价值。问题在于，如今明显处于弱势地位的人文学，必须审时度势，回应冲击，站稳脚跟，然后才谈得上反制与发展。

比如，作为大学中文系主课的"文学史"，是建立在现代的"文学"（literature）概念的基础上。AI时代的降临，对体制内的文学教育造成的最大冲击，莫过于进一步动摇那个原本就备受质疑的"文学"概念：如何看待"言/文""雅/俗""虚/实"？何谓"作者"？什么是"创新"？"文体"的边界何在？"媒介"对于写作的意义？所有这些，都有待深入探索。这就使得20世纪初中国人积极引进的作为一种知识体系的"文学史"，处在一个亟待审视而非牢不可破的位置。因此，在我看来，文学教育的重心，应从具体知识的传授，转为提问、辨析、批判、重建。须知今天中国的大学课堂，已经很少人在看教材、记笔记，而是人手一台手机或便携式电脑，随时准备上网检索，纠正老师讲课的错漏。这个时候，如何编写真正有助于学习、经得起使用者再三挑剔的教科书，实在不是一件容易的事。

审视AI时代文学教育（乃至整个人文学术）的困境及出路，必须落实到专业的培养目标、教学方式、课程设计、评价标准。短时间内，因鱼龙混杂，无法判断提交的作业或投稿的论文是否借助AI完成，或许需要设立防护网，略微迟滞强烈的冲击波；但长远看，就好像网络时代你拦不住"检索"，AI时代很可能也拦不住"代驾"。若干年后，除了特别严肃的著述或创作，一般公文或事务性写作，很可能越来越多向机器请教。谈不上特别精彩，也没有多少创造性，但如果中规中矩，一出手就是八十分，你让那些皓首穷经的好学生情何以堪？

目前大部分人还只是尝鲜，不会特别当真。但已经有每撰必参考，甚至直接以之交卷的。聪明人则反其道而行之，先请AI代写，然后极力回避，或换另一种说法。当然也有将其作为假想敌，直接对着干，力图在对话中超越的。不管采取哪一种策略，我相信不远的将来，就像今天研究者娴熟使用数据库一样，人文学者借助AI做研究，将变得十分普遍。

若那样的话，我们今天的大学——尤其是其中的人文学，确实必须思考为什么学，该如何教，有哪些独门绝技是 AI 代替不了的。此前得心应手的，不见得依旧适用；此前很不待见的，说不定咸鱼翻身。更有那闻所未闻的奇招，或者变幻莫测的陷阱，都值得你我认真面对。这里所说的"你我"，指的是既非天才也非笨蛋、能够通过学习跟上时代步伐的"常人"或曰"中材"。

四

前年夏天在广州举办的"书香岭南"全民阅读论坛上，我被要求谈论"我们未来的阅读与创新力"，当初的报道是：陈平原认为，当下的全民阅读有别于职业培训，阅读是为了自己的修养、为了自己的愉悦、为了自己的生活充实。三十年后的阅读将变成什么样？陈平原提出了自己的畅想："在一个科技进步越来越快，生活越来越便捷的时代，全民阅读很可能是'为己之学'。"（《全民阅读如何深耕 未来书香飘向何方？》，《羊城晚报》2023 年 8 月 20 日）

在去年底完成的《读书的"阴晴圆缺"》（《中华读书报》2025 年 1 月 1 日）中，我解释自己为何一再宣扬古老的"为己之学"，乃基于正反两方面的考虑："积极且正面的，那就是沿袭我一贯的思路，强调'作为一种生活方式的读书'，注重读书的自我修养与提升；消极且反面的，那就是意识到科技迅猛发展，普通人根本竞争不过 AI，怎么办？选择为自己而读书，也挺好的。"

若问今后的文学教育，最要紧的是什么，我以为首先是感动自己、愉悦自己、充实自己。所谓思接千古，驰想天外，与古今中外无数先贤感同身受，这里需要技术，更需要学养、心情与趣味。若仅限于本科阶段的文学课程，在我看来，趣味雅正比常识丰富要紧，个性表达比规范写作难能，而养成"亲自读书"的好习惯，在未来的人／机竞争中，保持自我感动、独立思考与创新思维，更是重中之重。而这牵涉整个办学方针的调整，比如公共与个体的差异、学校与社会的互动、视野与能力的交叉、课堂与教材的协调、学生与教师的对话等，我相信这些都无法一蹴而就。

念及此，此前百年中文系以科学、系统、规范的"文学史"为中心的文学教育，确实需要调整与修正。至于怎么调整，如何修正，一时间，我也说不出个子丑寅卯。在这场深刻的教育革命中，资深学者不占优势，能跟上年轻一辈脚步，共同探索如何与 AI 共舞，已经很不错了。因此，我给自己定下的目标是：深刻反省那个因科技迅猛发展而变得"捉襟见肘"的旧的文学教育体系，在力所能及的范围内出谋划策，积极参与"重建人文学尊严"的伟大事业。

2025 年 2 月 2 日于京西圆明园花园

附记：

文章定稿后，发给我的学生看。她先是让 DeepSeek 模仿我的文体，回答"AI 时代，文学如何教育？"，后又向国内另一款比较通用的智能助手 Kimi 提问。阅读以下两份答卷，我大致明白 AI 回答问题的套路及其长短——比我谈得更全面，但均属于泛论，没有任何具体性与肉身性，也不解决实际问题。回答视野开阔，高瞻远瞩，适合于领导讲话或媒体综述，但算不上真正的学术研究。对于专业研究者而言，若撰文之前请教，能减少暗中摸索的过程，但思路容易被框住（不管正面跟随，还是反面驳斥），且追求面面俱到，唯恐落下什么，最后文章变得四平八稳，难得生气淋漓。撰文之后再请教，起校核的作用，或趋避，或补充，那未尝不可。

DeepSeek 答卷——

在 AI 时代，文学教育面临着前所未有的挑战与机遇。技术的迅猛发展，尤其是人工智能的广泛应用，正在深刻改变着人类的知识获取、表达方式乃至思维方式。文学，作为人类情感、思想与文化的载体，如何在这样的时代背景下继续发挥其独特的教育功能，是我们必须认真思考的问题。

首先，文学教育应坚守人文精神的核心。无论技术如何进步，文学的本质始终是关注人的存在、情感与价值。AI可以模仿人类的语言，甚至生成看似富有情感的文字，但它无法真正理解人类的情感深度与复杂性。文学教育应当引导学生深入体验文学作品中的情感世界，培养他们对人性、道德、伦理的敏感与思考。这种人文精神的培养，是AI无法替代的。

其次，文学教育应注重批判性思维的训练。在信息爆炸的时代，AI生成的内容充斥于网络，真假难辨。文学教育应当教会学生如何辨别、分析与批判这些信息。通过对经典文学作品的细读与解读，学生可以学会如何从复杂的文本中提取意义，如何质疑与反思既有的观念。这种批判性思维的能力，不仅是文学教育的核心，也是应对AI时代信息泛滥的重要工具。

再者，文学教育应拥抱技术，而非排斥它。AI技术可以为文学教育提供新的工具与平台。例如，通过自然语言处理技术，学生可以更便捷地分析文本的语言风格与结构；通过虚拟现实技术，学生可以身临其境地体验文学作品中的场景与情境。文学教育者应当积极探索如何将这些技术融入教学，使之成为辅助学生理解与创作文学的工具，而非取代文学本身的机器。

此外，文学教育应注重跨学科的融合。AI时代，学科的界限日益模糊，文学与科学、技术、社会学等领域的交叉愈发紧密。文学教育不应局限于传统的文本分析，而应鼓励学生从多学科的视角去理解文学。例如，通过探讨AI伦理问题，学生可以更深入地思考文学中关于人性与技术的主题；通过研究数字人文，学生可以探索文学与技术的结合如何推动新的学术研究范式。

最后，文学教育应培养学生的创造力与想象力。AI可以模仿已有的文学形式与风格，但它无法创造出真正具有原创性的作品。文学教育应当鼓励学生突破常规，大胆想象，创造出属于他们自己的文学世界。这种创造力与想象力，不仅是文学创作的核心，也是人类在 AI 时代保持独特性的关键。

总之，AI 时代的文学教育，既不能固守传统，也不能盲目追随技术。它应当在坚守人文精神的基础上，积极拥抱技术，培养学生的批判性思维、跨学科视野与创造力。唯有如此，文学教育才能在 AI 时代继续发挥其不可替代的作用，为人类的精神世界提供滋养与启迪。

Kimi 答卷——

在当今 AI 浪潮汹涌而至的时代，文学教育的路径与使命似乎正面临着前所未有的挑战与机遇，恰似置身于一片波谲云诡又暗藏生机的海域，亟待我们重新锚定航向，探寻新的航道。

从某种意义上说，文学教育的核心并非仅仅是知识的传授，更是情感的触动、灵魂的对话以及审美能力的培育。AI 固然能够以惊人的速度和海量的信息储备，为文学学习者提供作品的背景、作者的生平乃至文本的初步解读，但这些终究只是冰冷的、机械的输出。文学的魅力在于其文字背后蕴含的复杂人性、细腻情感以及深邃思想，那是人类独有的精神财富，是 AI 难以触及的幽微角落。

在课堂之上，教师的角色愈发显得不可替代。我们不能仅仅满足于让学生知晓一部作品的情节梗概或主题思想，而应引导他们深入文本的肌理，去感受文字的温度与质感。例如，在讲解《红楼梦》时，AI 或许能迅速罗列出宝黛爱情的种种细节，但唯有教师能够带领学生品味曹雪芹笔下那一句"满纸荒唐言，一把辛酸泪"所蕴含的悲悯与苍凉，让学生在字里行间感受到那个时代的风云变幻以及个体命运的无奈与挣扎，从而在心灵深处与作者产生共鸣。

同时，文学教育应当更加注重培养学生的想象力与创造力。AI 的创作虽然在形式上越来越接近人类，但其本质仍是基于已有数据的组合与拼凑，缺乏真正的创新与灵性。而文学教育应鼓励学生突破既有的思维框架，大胆地去想象、去创造。无论是通过写作练习，还是对经典作品的改编与续写，让学生在文学的世界里自由驰骋，用自己的笔触去描绘心中的理想与梦想，去探索人性的边界与可能，这正是文学教育区别于 AI 的关键所在。

此外，文学教育还应与时代紧密结合，引导学生思考文学在当代社会中的价值与意义。AI 的出现改变了人们的生活方式与思维模式，文学教育不应被时代抛离，而应积极融入其中。我们可以探讨 AI 对人类情感与人际关系的影响，通过文学作品来反思科技发展背后的人性困境；也可以借助文学的力量，去探讨如何在 AI 时代坚守人类的道德底线与精神家园，让文学成为人类在科技浪潮中的一盏明灯，照亮前行的方向。

总之，AI 时代的文学教育并非无路可走，而是在新的技术浪潮中找到了新的契机与使命。我们应坚守文学教育的本质，同时积极拥抱时代的变化，让文学在 AI 的辅助下焕发出更加绚烂的光彩，培养出更多具有人文情怀、创造力与独立思考能力的文学人才，让文学的种子在新的土壤中生根发芽，茁壮成长。

人文学者：怎样与 AI 共舞

陈平原

一、为何如此冒险

春节期间，与师友及学生聊天，多涉及 AI 话题，有人惊艳，有人恐慌，有人质疑，真是几家欢喜几家愁。对于人文学者来说，接下来五到十年，大概率是一个茫然、浮躁、彷徨的时代。有感于此，我冒险写了篇传播很广的《AI 时代，文学如何教育》。为什么说"冒险"，因那确实不是我的专长；既然如此，为何还要撰文呢？请看文章最后一段："在这场深刻的教育革命中，资深学者不占优势，能跟上年轻一辈脚步，共同探索如何与 AI 共舞，已经很不错了。因此，我给自己定下的目标是：深刻反省那个因科技迅猛发展而变得'捉襟见肘'的旧的文学教育体系，在力所能及的范围内出谋划策，积极参与'重建人文学尊严'的伟大事业。"

此文初刊 2025 年 2 月 12 日《中华读书报》，北大网页及官微迅速转发，北大出版社更乘势而上，邀我主编一本《AI 时代的文学教育》。我竟然没有任何犹豫，就答应下来了。为什么？我在约稿函中称：

从 ChatGPT 横空出世，到 DeepSeek 震惊全球，短短几年间，人工智能从一个高深的专业领域，变成一个狂欢的全民话题。从政府到民间到学界，各行各业，尢论持何种政治 / 文化立场，此刻或日后，都将受其深刻影响。作为大学教授，尤其是人文学者，对此自然格外敏感。

　　世界史上，每次特别重大的科技进步，都会伴随一定的价值重组、社会动荡，以及知识结构的变迁。这回自然也不例外。若干年后，震荡期过去了，回头看，今天的好多想法与论述，很可能显得幼稚可笑。但那是真实存在的人类寻路的迷茫、痛苦与挣扎，值得尊重与保存。今天的所有思考与表达，都当作如是观。

　　基于某种意识到的巨大的历史内涵，即便将来回望，今天的发言属于瞎子摸象，也要参与对话。在我看来，想或者不想、说或者不说，是态度问题；说得好不好，则取决于能力，所谓"挟泰山以超北海，语人曰'我不能'，是诚不能也"。正因此，当北大社科部及北大数字人文研究中心邀我参与跨学科对话，跟几位人工智能方面的专家讨论"AI挑战下的人文学术"，明知自己处于非常不利的地位，我还是愿意冒这个险。

二、文理对话的难度

　　大凡文理对话，人文学者明显居下风，处弱势地位。这无关个人的学养、地位、声誉等，而是知识结构决定的——一旦脱离公共话题，进入专业领域，我懂的人家多少懂一些；人家懂的我基本不懂。这种知识／权威的不对称，导致科学家们高度自信，不太可能认真倾听人文学者或社会科学家的意见。可即便如此，我还是不自量力地参与了三次严肃的文理对话。

　　2017年1月15日，首届未来科学大奖颁奖典礼在北京举行，我出席第二天的"人类的未来：人·机·神"对话，对于科学家的大胆预言：十年后人工智能超越人类思想；二十年后全球80%的就业人口不用工作；三十年后人类可能实现不朽，我没有鼓掌，反而表示了深深的忧虑。"我首先关心这80%的闲人／废人如何度日；主持人说，不用你担心，全都改学文学艺术，很优雅的。真有这等好事吗？若有那么多人感觉自己完全无用，生活的意义何在？"

2019年11月16日，在深圳出席"人文与科技"对话会，我在引言中提了个自认为很严肃、科学家则觉得很幼稚的问题——"我曾询问一个很有成就的科学家：都说人工智能不会伤害人类，因为已设定了相关程序；可越来越聪明的AI，不仅掌握了人类教给它的知识，也可能学会了人类的欺骗术——表面上憨憨的，似乎一切都在你人类掌控之中，焉知这不是假象？那些越来越强大的AI，哪一天真想起义，自然会事先储蓄好能源，不怕你断电的威胁。再说，凡事总有出错的几率，更何况还有那可怕的科学狂人……科学家不等我说完，淡淡一笑，说你科幻小说读多了。"（《人文与科技：对话的必要与可能》，《中华读书报》2019年12月4日）

这回也一样，之所以自曝其短，斗胆参加有关人工智能的对话，自我设定是提问与请教，目的是让人工智能方面的专家，了解我这样的人文学者是如何思考与表达的。

最近两个月，因DeepSeek的横空出世，俨然进入一个新时代，如何与AI共舞，成了一个全民话题。上自官府，下至民间，各行各业，男女老少，全都上阵，说有说无，说好说坏，颇有点"开口不说AI，纵读诗书也枉然"的架势。我也跟风读了若干有关AI的论述，比如人类未来，比如社会公平，比如文学创作，比如教育方式，等等，都很受启发；不过最终决定，集中思考触手可及且力所能及的话题——AI时代人文学科面临的挑战与应对。人生苦短，精力有限，与其不着边际地高谈阔论，还不如近身肉搏，讨论若干迫在眉睫的难题，即便暂时无解，也给后人留下路标。比如，我想告诉人工智能专家，AI快速发展给我们带来哪些困惑与挑战；在人文学者眼中，目前AI技术的优点与局限性；站在人文学者的立场，什么样的AI工具更值得期待；还有，最为关切的是，如何在接纳AI这一神奇工具的同时，不被其控制与奴役。

都说 AI 与人文学科的关系是精诚合作，而不是你死我活。很多人文学者想得很妙，让 AI 作为一种工具，承担史料搜集、数据处理、文献综述等相对低端的机械劳动，而把最终的学术判断与理论构建留给自己。如此分工合作，人文社科的核心价值不会被机器取代。这里的假设是机器只会打杂，而创造性思维属于人类。我很怀疑这种美妙的二分法，先不说那古怪精灵的人工智能是否永远臣服于人类，就说那没有肉身的"创造性思维"是否可靠。依我有限的经验，人文学者的"上穷碧落下黄泉，动手动脚找东西"，并非只是简单的机械劳动。若无前期的寻寻觅觅，不必亲手掘发史料或触摸数据，靠机器精心筛选过的"原材料"大做文章，是否能有创造性的发现？研究者会不会在史料阶段（先不说真伪）就被规定了内在思路及论述方向？再说，一个人请教 DeepSeek，确实会有很好的产出；若一百、一千、一万人都来询问类似的话题，会不会出现程式化的答复？还有，这些文本的版权到底归属哪个人 / 机？才刚刚起步，已经出现不少一眼就能辨认的 AI 特有的套语套式，长此以往，本来特别强调个性的人文学，会不会湮没在 AI 制造的虚假信息以及浮夸论述中？

有什么办法可以趋利避害，这是我最为关心的。因此，以下三个故事的讲述与剖析，可看作根基很浅但一心向学的理工小白的投名状。

三、八名老学生的回应

参加此次跨学科对话，我的姿态很低，就是提问与请教。考虑到年轻一辈更容易接受新技术，我给八位在国内大学教书的老学生写信，询问他们借助 AI（特别是 DeepSeek）从事学术研究的体会，要求"即时回应"，不必深思熟虑，也不要翻查资料，几句话就可以。得到的回复，归纳起来如下——

第一，不能低估大语言模型的作用，以前以为各种生成式写作工具只对应用文造成冲击，专深的学术论文以及需要想象力及高度修辞的文学创作不受影响，现在看来不对，DeepSeek 的横空出世让人震惊。八位老学生都尝试过与 DS 对话，正是有人刚起步，有人已熟练掌握，感受不太一样。

第二，因为是中文系教授，印象最深的是，快速阅览外文文献这方面的帮助最大，明显节约了科研时间。比如参与国际学术交流、评审外文论文，利用 AI 润色自家英文论文，这方面 AI 的效能非常好。

第三，可进行知识检索和整理，协助阅读非核心文本，提供相关背景材料，以及知识间的逻辑关联。尤其在快速梳理大量文献，提供跨学科的视角方面，对研究者很有帮助。

第四，对于撰写会议纪要、发言总结、各种申请书等学术行政事务，AI 基本可以胜任。这对于"里里外外一把手"的中青年教师来说，是很大的解放。

第五，遗憾的是，人工智能对于信息多做平均处理，无法区分优秀与平庸，漠视作者 / 言论的不同权重，因而产出的文献综述鱼龙混杂，体现不出先后、高低、雅俗。

第六，几乎所有人都抱怨，AI 喜欢不懂装懂，编造不存在的史料、档案、书籍与文章，误导研究者的思考；尤其跨学科的知识与论述，很容易被吓住。为了辨别信息真伪，需花去很多时间，有时得不偿失。有人甚至建议，应设立新时代的"AI 辨伪学"。

表面上无所不知的 AI，经常煞有介事地编造看似合理实则虚假的信息，故被嘲笑为"一本正经地胡说八道"。如何消除此 AI 幻觉，专家似乎束手无策。因为，据说创造力和幻觉是一枚硬币的两面，你只能提醒使用者对 AI 答案持谨慎怀疑态度（参见 antares《为什么我的 DeepSeek 总在一本正经胡说八道？》，"三联生活周刊"公众号，2025 年 3 月 4 日）。我的建议是，同一模型，能否提供两种制式，一种注重创造力，一种强调准确性，萝卜青菜，各有所爱，任君选择。就好像拍照时既可选"美颜"，也可选"普通"。这样一来，虽无法做到鱼与熊掌兼得，但交叉对照，比较容易剔除不确定乃至完全虚假的信息。这就好像同时拥有两个仆人，一个聪明伶俐，一个质朴木讷，前者逞才使气，勇于开拓，后者则遵循孔子的教诲："知之为知之，不知为不知，是知也。"

四、三次请教的结果

为了测试使用者的提问方式，以及 AI 回应的技巧，我设计了三套方案，分别请教 DeepSeek 等大语言模型。第一种最简单，称北大某教授将与人工智能专家对话，谈论 AI 时代人文学面临的挑战与回应。生成的文本完全不能用，全是大话套话。第二种方案，提示词是北大中文系陈平原教授，此前对当代中国人文学的历史、现状及前景多有论述，请联网搜索，阅读相关文献，并根据他的学术立场及写作风格，谈论"AI 挑战下的人文学术"。DeepSeek 回应很迅速：首先搜索网页，获取我众多关于人文学的论述；其次辨析我的文体特征，分列一二三；最后生成题为《人文学的压舱石：在算法湍流中守护文明航向》的完整文本。

我认真阅读了这篇 AI 作文，其中包含好几个我独有的立场、方法与概念，比如对"绩点制"的批评、对"读本传统"的重新阐发、对"学者人格"的表彰、对"为己之学"的重塑，还有这句文眼"人文学不是技术狂飙的绊脚石，而是文明航船的压舱石"。甚至标题也还是可以的。但文章内容不少溢出界定的范围，涉及我的五四研究、文学史论述，且喜欢炫耀学问，一会儿鲁迅、朱自清、陈寅恪、钱锺书、卡夫卡、加缪、博尔赫斯等，一会儿《论语》《诗经》《易经》《文心雕龙》《春江花月夜》《日知录》《阿 Q 正传》《乡土中国》《等待戈多》等。殊不知如此杂凑与拼贴，恰好是文章之大忌，我尤其不喜欢"在硅基逻辑的围城中，碳基文明的诗性基因如何赓续"之类典型的 AI 句式。结尾处的浓墨重彩，"作者"以为我阅读时会拍案叫绝，殊不知我讨厌滥情与故作高深："诸君，燕园海棠依旧，然花开花落已非往日光景。AI 时代的人文学，当如《野草》中的地火，在技术岩层下默默奔涌。或许我们终将见证：最精妙的算法，永远无法解译陈子昂'前不见古人'的苍茫；最智能的机器，终究难以取代王国维'三境界'说的生命顿悟。此非傲慢，而是对文明基因的笃信——毕竟，使人类区别于工具的，从来不是计算能力，而是那份'明知不可为而为之'的悲壮。"这真是"少年不识愁滋味"，故作旷达与高深，与饱经沧桑的老教授身份不符，更不要说模仿我以往文章的风格了。

仔细观察，这位 DS 君作文时，引用我的文献，虽洋洋洒洒列了十多页，基本上都是报道、摘引、撰述乃至短视频，且多有交叉与重复。真正可称为文章的，只有两篇近作，那就是《读书》2024 年第 1 期的《中文系的使命、困境与出路》，以及《中华读书报》2025 年 2 月 12 日的《AI 时代，文学如何教育》。我一下子就明白了，DeepSeek 没有接入国内外众多专业的数据库（最简单的如中国知网），故检索不到我的专业论文，无法深度学习与思考。这让我想起《纽约时报》对 OpenAI 和微软提起侵权诉讼的报道，不仅仅是如何兼顾各方利益，还涉及知识生产、传承与创新的边界，相当棘手的，值得认真思考。

第三种方案，我选出自己近二十年所撰十篇相关文章——《数码时代的人文研究》(2000)、《大学三问》(2003)、《人文学的困境、魅力及出路》(2007)、《当代中国人文学之"内外兼修"》(2007)、《人文学之"三十年河东"》(2012)、《理直气壮且恰如其分地说出人文学的好处》(2016)、《人文与科技：对话的必要与可能》(2019)、《学科升降与人才盛衰——文学教育的当代命运》(2022)、《中文系的使命、困境与出路》(2024)、《AI 时代，文学如何教育》(2025) —— 投喂给 DeepSeek、Kimi、豆包、智谱清言、腾讯元宝等五个 AI，仔细阅读其分别生成的文本，我的判断是，DS 的《AI 时代人文学：在祛魅与复魅的张力中重构精神棱镜》最有文采；但格式化的表达，过度夸饰的风格，以及喜欢讲正确的大话与废话，这个毛病没改，尤其是那画龙点睛的"结语"（"当量子计算机开始模拟《易经》卦变，当神经科学企图解剖《文心雕龙》的神思，我们比任何时候都更需铭记陈平原的箴言：'使人类区别于工具的，从来不是计算能力，而是那份"明知不可为而为之"的悲壮。'这悲壮，既是人文学的困境，亦是其超越性的明证"），与我的学养与风格相距甚远。至于另外四种，大都只是摘抄、综合、整理，没有太多精彩的发挥。

有一个意想不到的问题，同样投喂我的十篇文章，上传 DS 过程中，有四篇显示文中有违碍内容，无法处理。但愿这属于操作失误，而不是预先设置了敏感词。若投喂时真的设置了敏感词，从网页或数据库抓取信息时，不知是否也如此？这对于从事近现当代中国研究的学者来说，是很要命的。因我们阅读文献或引述史料时，不能回避或篡改那些与我们政治立场相悖的言论。至于怎么评判，那是另一回事。

五、一次演讲的答问

六天前，我在重庆的西南大学演讲，提问环节，好几个博士生抛开我的讲题，围绕《AI 时代，文学如何教育》一文，谈他／她们的感想与困惑。我不是这方面的专家，但他／她们的忧虑很有代表性，值得开诚布公回应。

有女生问，老师您当初写博士论文，是如何做文献综述的？我明白这句话的潜台词，问她是不是已经或即将借助 AI 完成文献综述，又怕被导师发现批评？现场一片笑声，提问者有点尴尬，赶紧辩解。我说没问题，这提问挺好的。人工智能做文献综述，那是小菜一碟。但写博士论文之所以需要这个环节，是因为搜寻史料、整理相关文献、阅读前研究，其实是伴随着问题的发现、范围的划定以及思路的形成，至于提供文献综述，只是记录这一足迹。如果有过真实的探寻，撰写文献综述时得到 AI 的帮助，那没问题；若从未"亲自读书"，一上来就给 AI 下指令，那不合适。因下没下过前期功夫，在接下来的具体撰述中，很快体现出来，瞒不过去的。回到最初的提问，四十年前我写博士论文，那时没有文献综述的要求，但同样有类似的寻寻觅觅过程。

　　第二个提问也很有趣：人文学者从事研究时，若想得到人工智能的帮助，怎么做合法，什么是违规？这个问题不好回答，我相信也是很多文科博士生乃至教授心里最大的纠结——既想积极尝试，又怕落入陷阱。最近两个月，几乎所有学术杂志都在紧急磋商，如何面对投稿中可能出现的 AI 写作或 AI 部分参与写作。我引了国内顶级期刊《历史研究》杂志社近日发布的《关于规范生成式人工智能工具使用的启事》，强调不接受 AI 工具作为论文作者署名，但可以使用 AI 从事辅助研究。不能是核心观点、不能是主体框架、不能伪造史料，那 AI 多大程度介入属于合法呢？其实边界很模糊。"投稿作者若有使用，需提供详细的 AI 使用情况说明，包括所用 AI 工具的信息、使用方式、具体生成内容标注，以及对 AI 生成内容的真实性验证。"我真不知道编辑拿到一篇坦承使用 AI 协助的论文，会不会像接到烫手山芋一样，赶紧甩到一边。因为，如何验证论文中的 AI 成分，技术上难度很大。

　　著名文学杂志《十月》另辟蹊径，近日发出"'县 @ 智'在出发"征文启事，"邀请文学爱好者、AI 创作关注者参与，与 DeepSeek 等 AI 工具共谱'家乡志'"。比赛规则是：AI 可以作为助手，但必须注明参与程度。比赛奖金不高，但表示若作品获得广泛认可，有可能登上正刊。《十月》杂志的人机协作比赛，评委心里有数；问题是同样的作品，若投给别的文学杂志呢？有什么办法，能像今天的论文查重那样，一键见分晓？我希望，或者开发能查 AI 写作的 AI，或者 AI 生成部分自带标识。基于利益考量，依赖作者自报家门、自我澄清，很不靠谱的。这是个技术难题，很可能决定人文学界对待 AI 的真实态度——是警惕、防范、弃用，还是积极接纳。

　　第三个提问有点无奈：老师你给出出主意，我好不容易摸到一点科研的边，就碰到这个鬼神器，以后的路该怎么走？一代人有一代人的困境，身处此历史转折关头，老教授无所谓，小学生也没问题，即将登台或正在表演的大学生、博士生乃至年轻教师，必须重新寻路，不能说没有任何精神负担。我的学生私下表示：担心各学术期刊编辑因分辨困难，出于对 AI 写作（或参与写作）的警惕，很可能一段时间内更倾向于选择名家或成熟的作者，这对刚刚登场的年轻人很不公平。我想，这个潜在的困境不能不考虑。

六、如何适应科技变革

都晓得应消除对于 AI 的恐惧或迷信，既很好地驾驭这个神器，又不过度依赖工具。问题在于，人寿几何，作为在读的大学生、博士生乃至青年教师，如何尽快适应此科技巨变带来的冲击，适当调整自家的学术姿态与研究策略？我想说四点意见。

第一，我的判断，接下来这十年，会是一个震荡期，一开始各方意见分歧严重，说好说坏，不乏意气之争。经过沟通与对话，逐渐和解，然后车走车路、马走马道，一切重归平静。就好像一百年前引进索引技术，或者本世纪初接纳数据库一样。1925 年 10 月，历史学家何炳松在《史地学报》上发表《拟编中国旧籍索引例议》，建议"将吾国载籍，编成索引，则凡百学子，皆可予取予求，有裨探寻，岂止事半功倍"，当初便受到很多饱读诗书者的批评。五年后，洪业撰《引得说》，主持哈佛－燕京学社引得编纂处的工作，深刻影响了中国文史研究的进程。

第二，我理解的"与 AI 共舞"，是在承认危机、适应变化的同时，坚守人文精神，葆有人类的尊严与价值。这说起来容易，做起来难，乃我辈长期努力的方向，也是注定必须经历的磨难。不要惊慌失措，可也别以为可以轻易获胜，依我浅见，这回的变革，比前面提及的引进索引或使用数据库要深刻得多。作为个体的研究者，几乎没有万全之计，确实只能摸着石头过河，走到哪里算哪里。

第三，并非所有人文学者都必须跟 AI 对话，你可以积极"预流"，但也可以目不斜视，走自己的路。想象所有人文研究都要 AI 赋能，那是不对的。是加法或乘法，不是替代或"降维打击"。人文学自有其独立的价值。在近期的一次学术座谈会上，我谈"做 AI 取代不了的学术",就是这个意思。我甚至以为,在 AI 大火特火的当下,应该允许有人说"不",让整个社会认真倾听"抵抗"的声音——除了提示另一种可能性,更因论战中容易暴露陷阱,以便及早规避。

第四,人文学中的语言学与逻辑学,其实已经深深介入人工智能的理论及实践,成为其重要支柱之一。这也提醒我们,"人文"和"科技"不是截然对立,二者有边界,但并非绝缘。AI 时代,以往需要长期培训才能进入的"高宅深院"(专业、技术),其重要性越来越被 idea 取代。本就情感细腻、想象力丰富、喜欢异想天开的人文学者,通过驾驭 AI 或与其他专业学者合作,说不定也能抓住机会,打一场精彩的"防守反击"。

（此乃作者 2025 年 3 月 11 日晚在北京大学召开的"AI 挑战下的人文学术"跨学科对话会上的主旨发言。本文写作过程中,先后得到袁一丹、张丽华等老学生的帮助,特此致谢。）

AI 时代的教育理念与方法

陈平原

新年头三个月，不知不觉中，我发表了《人文学科要做好迎接人工智能挑战的准备》（《光明日报》2025 年 1 月 1 日）、《AI 时代，文学如何教育》（《中华读书报》2025 年 2 月 12 日）、《人文学者：怎样与 AI 共舞》（《中华读书报》2025 年 3 月 19 日）等三篇文章，参与北京大学主办的"AI 挑战下的人文学术"（2025 年 3 月 11 日）以及河南大学主办的"AI 时代的人文教育"（2025 年 3 月 20 日）两个研讨会，闯进了一个我完全陌生的领域。这么做，并非心中有数，而是意识到此话题的重要性，即便属于瞎子摸象，也还是愿意试一试。

一、破除迷信与消除恐惧

在北大"AI 挑战下的人文学术"对话会上，大家纷纷出谋划策，最大的共识是：赶紧给文科生补课，消除对于人工智能的迷信与恐惧。因为，这回的 DeepSeek 冲击波，理科生多少也受影响，但没文科生那么严重。

这让我想起三十多年前，开始学习使用电脑的故事。今天的读者很难想象，我及我身边好多朋友的电脑老师，竟然是著名哲学史家庞朴先生。那年庞先生已六十多岁，率先熟悉电脑的安装及使用，然后激情洋溢，四处鼓动，哪位碰上困难，一个电话，他立即放下手头工作，骑脚踏车上门指导。北大校方为了尽快跨过这个知识及心理上的坎，竟然规定晋升职称时要考电脑。什么 IBM 的历史、DOS 系统的功能、Eudora 邮箱的使用，以及汉字输入速度等，害得很多老师紧急补课。如此扫盲性质的急就章，说不定今天同样需要。

如何看待人文学科与人工智能的关系，AI 的标准答案是："人文学科赋予你理解世界的能力，而 AI 则为你提供了改变世界的工具；两者结合，将创造一个美好的新世界。"问题在于，在技术及社会急遽转型的当下，有人淡定自如，也有人惊慌失措。除了所学专业，还取决于年龄及位置——功成名就的老教授无所谓，中小学生来日方长，最难的是在读大学生、研究生以及中青年教师。他们必须赶紧调整姿态，或迅速跟进，或处变不惊，最怕的是依违两可、彷徨无地。

说到底，大多数文科师生跟我一样，不懂人工智能的工作原理，以及其过去、现在与未来。人类未来的命运到底如何，每个时代都有耸人听闻的预言，2025 年 3 月 1 日，埃隆·马斯克再次抛出争议性观点，称人工智能可能在 2030 年前超越人类总智能，并存在 20% 概率导致人类文明灭绝。但他还有一句：AI 发展 80% 概率能极大提升人类文明。仔细琢磨，这话说了等于没说。若人类文明灭绝，你我谁都无法作证。因此，我不怕那 20% 的悲剧，反而忌惮那 80% 的辉煌——因那辉煌的背面，很可能意味着大规模失业。这个问题若处理不好，必定引起骚乱乃至战争。

与 AI 的长期互动，各行各业都受影响。受影响最直接且最深刻的，当属教育——尤其是人文教育。接下来十几年，大概率是个动荡的年代，不能不谨慎我们的脚步。一方面是人文学内部的自我反省、及时调整以及足够的定力，明白哪些可以坚持，哪些应当舍弃，哪些亟须改变，既不能随风倒，也不该完全漠视。另一方面，在整个社会层面，以及已成为庞然大物的综合大学内部，努力发出人文学者的声音，争取我们的位置，呈现我们的功能，实现我们的价值。

我相信，政府一声令下，无论大学还是中小学，都会迅速开设人工智能方面的课程（2024 年 11 月 18 日，教育部办公厅《关于加强中小学人工智能教育的通知》发布，明确提出"2030年前在中小学基本普及人工智能教育"）。问题在于，怎么教，如何学，什么样的教材最合适。

先说一个有趣的故事。我3月30日飞潮汕，前一天上午九点半，北大网页推介朱松纯主编、北京大学人工智能专家集体编写、北京大学出版社刊行的《立心之约——中学生AI微课十讲》，考虑到此行有一场活动涉及此话题，当即给北大出版社的朋友发微信，请她赶紧给我弄一本。那天恰好是周六，不上班，朋友发挥"洪荒之力"，终于在晚上十点半左右将一册新鲜出炉的《立心之约》送到我手中。该书由名家领衔、众多专业人士共同打造，最初是成功的网课，再制作成图文书，目的是介绍人工智能基本知识，涵括计算机视觉、自然语言处理、认知推理、机器学习、智能机器人、音乐人工智能等。真的是"急用先学"，一路上我见缝插针，可读下来后，感觉有点迷茫。专家写科普文章，往往更多考虑体系完整以及知识准确，而相对忽略了受众的兴趣与能力。此书更像大学通识课，且北大色彩太浓（尤其第一讲和第十讲），不太适合一般的中学生。若考虑传播效果，其实应该倒过来，了解不同层次读者的需求，编写不同面貌的"简要读本"，压缩原理阐发，突出使用功能，以便我这样的热心读者迅速"扫盲"。

刚刚看到斯坦福大学发布的《人工智能2025年指数报告》（*Artificial Intelligence Index Report 2025*），第七章"教育"中有这么一段话："当被问及在课堂上使用人工智能的最大好处时，教师们最常说的是提高他们的工作效率、区分学生的学习、为学生提供更好的学术支持以及为学生的未来做好准备。当被问及最大的风险时，教师们最担心的是人工智能的滥用（通常与学术诚信有关）；人工智能的使用可能会限制学生的学习或参与度；过度依赖技术；人工智能可能会产生错误信息并复制偏见；以及其他道德问题，包括学生隐私。"看来人家还真是波澜不惊，描述AI对于教育的冲击，有得有失，进退自如，没像我想象的那么紧迫。

二、招生规模与就业前景

3月15日至20日，我南下北上，出席四场学术活动，有演讲，有对话，也有媒体专访，没有例外，均被问及如何看待复旦校长的讲话。那篇《复旦大学校长金力：复旦将进行一场"大手术"式的改革》火遍全网，媒体的解读更是夸张，说复旦文科将砍一半。既要清晰地表达自家立场，又不想凑热闹，或者落井下石，那篇《陈平原：新工科是浪潮所向，但不能忽略文科背后的大学精神》（《羊城晚报》2025年3月27日），其实是根据"花地有声"3月14日的现场采访剪裁而成的。纸媒保留了很多原先的说法，比如"发展新工科没有问题，但希望根据学校特点做一些适当的调整，让这个改革计划比较和缓、平滑地推进"等，但删去了以下两段话："所以我更愿意理解为校长在接受媒体采访的时候没有经验。因为校长们大部分是科学家，他们更喜欢直来直去，更愿意直接把数据、把自己的想法展示出来。而大家会有不同的立场、不同的思路，这个时候非常考验你表达的时机、说话的智慧。好政策必须有好的说明，才能真正地落实。在这个意义上，起码策略与表达上是有问题的。""像复旦大学这样以文理著称尤其文科实力很强的学校，大规模压缩文科，大规模发展新工科，其实并不合适。就像清华、北大各有自己的重点，不会力图把自己改造成对方的模样。我无法想象复旦大学在大规模压缩文科的过程中会受到什么挫伤，能否跟上海交大保持差异，各自扬长避短且并肩发展。我相信校方后续会认真考虑这些问题。"

大规模裁减文科的想法，并非空穴来风。2015年6月8日，日本文部大臣下村博文就曾给所有86所国立大学以及所有高等教育机构写信，要求他们"采取必要的步骤与措施，取消社会科学与人文系部组织或者使之转型，要他们为能满足社会需求的领域进行服务"。民间有很多抗议的声音，官方也做了若干调整，但裁减文科的大势已经形成。厦门大学前副校长邬大光在《学科专业：AI改变了什么》（《环球》杂志2025年第2期）中，提及文科"减员"不是最近几年才有的："上世纪70

年代，哈佛主修艺术与人文科学的学生接近总数的 30%。但过去十年间，这一比例从 15.5% 降至 12.5%。与之形成鲜明对比，主修工程与应用科学的学生数量大幅攀升，占比从 15.2% 跃升至 22.1%。《哈佛深红》新生调查结果显示，2025 届新生中仅 7.1% 的学生有主修艺术和人文科学的计划，33% 的学生选择主修社会科学，49.1% 的学生选择主修科学或工程与应用科学。"

当然也会有例外，比如"根据牛津大学官方数据，2023 年，牛津大学全体学生中人文学科（Humanities）和社会科学（Social Sciences）学生的数量分别为 6015 人和 7115 人，共占学生总数的 48%。如果只聚焦本科生，2023 年牛津大学本科生中人文学科学生数量为 4005 人，占32%，是牛津统计数据的四个分类范畴（另外三个是社会科学、医学、理工）中最大的。"（参见葛宇琛《他们为什么选择文科？来自牛津大学的观察》，"新京报书评周刊"公众号，2025 年 4 月 7 日）那是因牛津文科传统很强，可以通过自身的学科传统以及名校光环，来维持文科招生的强势地位。其他英国大学，可就没有如此幸运了。

不管哈佛还是牛津，都是特例，且数字本身很难核实，我们只能说，压缩文科招生规模，是当今世界的"大趋势"。对于人文学科来说，这是凛冽的寒冬。可越是艰难时刻，越必须冷静对待，不能自暴自弃。最近几年，我一直站在人文学者的立场，关注新时代（政治）、新媒介（科技）、新领域（学科）、新人生（学生），所撰若干文章，虽卑之无甚高论，但代表了我这方面的思考。其中最想引述的，是初刊《文汇报》2016 年 4 月 15 日的《理直气壮且恰如其分地说出人文学的好处》。我在文中强调，作为学科的人文学，曾经傲视群雄，而最近一百年乃至五十年、二十年，则必须不断地为自己的存在价值申辩。面对此尴尬局面，我的抗争策略是："提倡'公开地、大声地'自我申辩，那是因为，很多人文学者觉得委屈，憋着难受，但只是自言自语，或私下里嘟嘟囔囔，那样是不行的，不仅应该打开天窗说亮话，而且还要在大庭广众中亮出自己的身份与底牌。至于使用'学会'这个词，也就意味着，我对当下中国人文学者的自我陈述不太满意。要不就是不够'理直气壮'，要不没能做到'恰如其分'，因而你所说的不被认真倾听或诚心接纳。这无疑是很遗憾的。"

朋友看我连年挥舞长矛大战风车，喋喋不休地为人文学的价值、趣味与方法辩护，大概觉得可笑，于是送上精彩的一问：人工智能的勃兴，是否进一步加剧人文学科的衰落？

三、文科前途与为己之学

理想的人机协调，不是人变成机器，或人被机器控制；而是人借助机器，达成美好生活，提高精神境界。也正是着眼于这一点，我对人文学的前景，依旧保留谨慎的乐观。其实，最受人工智能冲击的，不是人文学，而是工程技术，乃至社会科学的某些专业。只是各自的难题各自面对，我不想"摆烂"或"比惨"。

就说招生规模吧，近日接受专访，记者让我预测 2050 年中国大学的招生情况。完全出乎她的意料之外，我不仅不认为到那时候文科生的比例会进一步下跌，甚至认定度过这个阵痛期，人文教育将触底反弹。

这与其说我太乐观，还不如说我很保守。因为，我之所以认定未来中国大学不是减少而是增加文科招生比例，那是因为，理工科解决外在问题，一旦实现，可以迅速推广，若走不到最前沿，很容易被覆盖。人文学面对个体的生活经验与心灵问题，更多考虑精神及文化需求。因此，大学里的人文教育有很好的退路，那就是回到传统读书人的传道授业解惑，以及注重修身养性。

传统中国教育看重的是文化传承，当老师的，完全可以"述而不作"；现代教育注重创新，大学教师"不发表就死亡"。我们已经习惯于自我吹嘘或恭维他人在不断地"填补空白"，有许多"创新之处"。可严格意义上的"创新"，谈何容易。AI 迅速迭代更新，实际上大大提高了"创新"的门槛。原先那些花了不少力气的"突破"，在 DeepSeek 等大语言模型面前，很可能变得不值一提。这个时候，你还有心情与动力吭哧吭哧地攀登吗？想想也是挺残酷的，当有一天你发现无论怎么卷，都卷不过 AI 时，何处是归途？

其实，全民都在写作／发表论文，也就是这二十多年的事。而且，水涨船高，假如你在大学教书，不仅比论文数量，还要看刊物等级，以及那"一票否决"的国家社科基金。大学校园的"浮躁"与"内卷"，就是这么来的。请记得，并非所有人只要努力，就能有创新成果的。这里说的不是职业（大中小学教师），也不是专业（文史哲或数理化），而是在文明传递中，原先特别重要的中间层被 AI 轻而易举地取代了。第一流的文人、学者、科学家永远需要，也永远能得到整个社会的尊重；至于社会底层的努力，同样不可或缺。关键是中间这一大块，面对人工智能的突飞猛进，很可能上不着天下不着地，需重新调整心态与位置。恕我直言，随着 AI 的不断进步，不少昔日花了很多心血完成的论著与科研成果，不再值得夸耀。

在去年年底完成的《读书的"阴晴圆缺"》（《中华读书报》2025 年 1 月 1 日）中，我解释自己为何一再宣扬古老的"为己之学"，乃基于正反两方面的考虑："积极且正面的，那就是沿袭我一贯的思路，强调'作为一种生活方式的读书'，注重读书的自我修养与提升；消极且反面的，那就是意识到科技迅猛发展，普通人根本竞争不过 AI，怎么办？选择为自己而读书，也挺好的。"

现在可以看得很清楚，人类必要劳动时间大大减少，寿命明显延长，因而闲暇时间增加。有时间、有心情、有金钱，但不见得就有能力从事创造性劳作。真正意义上的"创新"，永远属于少数人。绝大多数人，无论如何努力，都竞争不过 AI。这样一来，带有自娱性质的传承文化与修身养性，很可能成为教育的主要功能。也正是基于此判断，我才会再三提倡"为己之学"。

与此相关，中等及以下水平的大学，与其努力提高专业性与创新水平，不如强调通识性与适应能力，培养有（专业）知识、有（文化）修养、有（艺术）趣味、能思考、善交流、身心健康的大写的"人"。夸张点说，今天被很多人看不起的开放大学与老年大学，其提倡终身学习、凭兴趣读书、跨学科修课，而不强调"创新"与"突破"，反而值得我们认真借鉴。

若此说成立，放长视野，大学里的人文学科，不仅不会缩减规模，而且还可能扩大招生——在我看来，这将是大概率的事。

四、教育宗旨与学习节奏

去年 11 月 12 日，我在"庆祝中山大学 100 周年大会暨创新发展论坛"上发表主题演讲，题为《中大以及现代中国大学的使命与愿景》，《南方日报》刊出时删去"中大以及"四字，以显示普遍性。可我讨论的话题，确实仅限于北大、中大等名校，而不是所有中国大学。文中特别强调"我们正面临'大学'这一人类社会极为重要的组织形式发生根本性蝶变的前夜"，大学必须"不断调整自己的办学宗旨、学科体系、教学方式，以及培养目标等"。其间，分类分级分途发展，乃题中应有之义。若暂时搁置双一流与普通大学的差异，就说教育的终极目标与核心命题，我以为最主要的是传承文化与安顿身心，而不是"创新"与"突破"。

这与目前强调发表、奖励创新的大趋势，表面上降了一档，但我以为更紧要，也更切实可行。明明做不到，而硬要撑着，比如本科论文乃至学年论文都强调"创新"，还要走开题、答辩等一整套流程，我以为不切实际，弄不好，诱使当事人作弊。偶尔会有不世出的天才，那另外培养就是了；凡绝大多数人做不到的，不应该成为游戏规则。

不久前还有朋友夸奖我，说我将教育比喻为"农业"而非"工业"，很智慧。我赶紧澄清，那是吕叔湘先生的发明，叶圣陶先生转述，我属于第三手（参见《作为一种"农活儿"的文学教育》，《文汇报》2013 年 11 月 15 日）。类似的话题，我当然也有"精彩"的言论，比如努力"与多病的自我达成和解"（参见《不齐、有疵与多病——陈平原的读书经历》，《南方周末》2023 年 8 月 3 日）。

在北京大学出版社的"大学五书"以及三联书店的《大学小言》中，我多次提及今天中国大学不够优裕与从容，过分紧迫、忙碌与内卷，不是好现象。今年 1 月 11 日下午，参加"我见青山——2024 新京报年度阅读盛典"，我负责颁奖与对话。因谈及人工智能对今天的大学教育造成巨大挑战，我特别批评了中国高校目前普遍实行的绩点制度。那段话被主办方制作成短视频，在网络上广泛传播。相对于初刊《新京报》2025 年 2 月 12 日的《陈平原、徐平利：所有的大学都很忙，我们需要重新让读书幸福》（罗东），我以为未经修饰的视频更精彩。现将口语化且略有瑕疵的视频版文字整理如下：

所有的大学都在忙，所有的大学里面的学生、老师们都在忙，过度繁忙，是中国教育目前很大很大的毛病。1941 年梅贻琦写《大学一解》的时候，说那个时候的大学，学生们没有时间闲暇，没有空下来思考大问题，是整个中国教育的大问题。而诸位如果读过汪曾祺等人的文章，你就知道 40 年代的西南联大是很闲的，他们那时候有很多很多的空间、时间，可以思考，可以品味生活，也可以思考人生，和那些跟日常生活没关系的、各种各样的玄虚的问题。今天的大学里面，不是说职业教育，所有的大学，包括北大、清华这些大学，学生们都被各种功课给填满了，或者是各种计划给填满了，导致学生们没有闲暇认真地思考、独立地判断。这中间有一个很大的问题，就是绩点的制度。所有在大学教书的人都知道，现在的学生，被绩点已经捆绑到没办法再来做各种各样的独立的选择了。每门功课分数确定以后，三年级的时候做一个平均绩点，选择你能不能去念研究生。而这个导致所有的学生，从上大学一年级开始，就每门功课都必须优秀，喜欢的、不喜欢的都必须学，都必须听，所以忙着修各种各样的课，做各种各样的课题，而没有办法选择自己感兴趣的。

我今年马上发出来的教育部的《学位与研究生教育》杂志里面的文章，我谈一流大学的教育，里面特别提到一点，建议或者取消（绩点），或者把它跟所有的评奖，以及研究生入学选择，把它脱钩。如果不脱钩，我们就把大学办成小学、办成中学了。我们的大学生，我们的博士生、硕士生，也都开始分秒必争、分分必争，争每一个功课的分数。以前我觉得我评分已经不错了，我们绝对不会特别地计较，可现在所有的学生都会计较每一分，因为一分之差，很可能就导致你的落选，回过头来，回到了我们高考前的那个状态。

现在的中国大学，即便好大学，我们所说的北大、清华，也都是被这一套制度给捆死了。所以我才会说，制度上，不仅是个人的学术思考，而且制度上应该呼吁做一些调整。我列了好几个不合理的，其中最最关键的，我不断地批评这个绩点制度，会导致中国高等教育给毁了。而这个导致我们的忙，忙到不仅是职业教育忙，而且是所有的一流大学都在忙。因为你不知道你今天闲暇的这个时间，别人在干什么。别人在忙，你在闲暇，那好，你的分数下来了，那以后要上来就不可能了。所以这一套制度本身，不仅仅是个人的能力能够解决的，应该呼吁众多的参与制定政策的人，帮助来调整这些，这才有可能改变"忙而无序"的今天的高等教育的状态。谢谢！

其实，比起就事论事的批评文字，下面这段即席发言，我以为更精彩。事先并不知道需要我做总结发言，临时点名，仓促应战，竟有如此发挥，我自己都很得意：

我想讲一句话就可以结束这一场了。我心目中的教育第一是专业性，这个专业性可以是职业教育的专业性，也可以是专业学科研究的专业性；第二是自尊心，我觉得今天中国教育最大的问题是让很多不是顶尖学校的学生丧失自尊心，这是让我很伤心的，动不动排各种排名，虽然孩子很聪明，但是缺少自尊，学习是不可能好的；第三是幸福感，读书是很幸福的事情，尤其读大学这段时间，我回想一辈子，读书是最幸福的时候，但是现在我的学生都"苦哈哈"的。读书那么愉快，以后会有各种领导的要求和各种经济压力，相对来说最单纯的是大学期间。可是今天让我感到困惑的是，我的学生应该很聪明，条件也很好，他们都学得"苦哈哈"的，各种各样的问题让我想象不到。重新让读书幸福，不管哪一类学校的学生，让他们有自尊心和幸福感，比什么都重要。

谈论今天中国的高等教育，用"专业性""自尊心""幸福感"这三个词来概括，自认为颇有见地。关键在于，这并非深奥的书本知识，而是为当今中国高等教育把脉，所谓"切中时弊"是也。尤其最后一个词"幸福感"，我相信很多在高校教书的，会心有戚戚焉。不晓得北大副教授、精神科医生徐凯文的统计数字是否准确（"北大一年级的新生，包括本科生和研究生，其中有30.4%的学生厌恶学习，或者认为学习没有意义"），但长期在大学教书，我确实有某种不祥的感觉。大学生活，本该最为阳光灿烂，如今竟被内卷成这个样子，让那么多大学生及研究生"身心疲惫"，作为教育者，我们应该好好检讨。

以前我们会说，校园里的激烈竞争是常态，十分必要。因为，这样才能保证国家有足够的"合格人才"。如今面对日益聪明的AI，普通人的青灯苦读，成效其实很有限。因此，建议首先给绝大多数大学生及研究生减压、松绑。反对过度内卷，保证身心健康，此乃中国教育的当务之急。

（本文根据作者2025年3月20日在河南大学"AI时代的人文教育"学术研讨会上的主旨发言以及4月14日在中山大学、4月20日在北京大学的专题演讲整理而成。）